ULLSTEIN

DAS BUCH

Trevor Stone, ein krebskranker Multimillionär, beauftragt die Bostoner Privatdetektive Patrick Kenzie und Angela Gennaro mit der Suche nach seiner verschwundenen Tochter Desiree. Ihre Nachforschungen führen das Ermittlerduo zunächst zu der sektenähnlichen Vereinigung *Trauer & Trost AG*, die, als Seelsorge-Organisation getarnt, Hilfesuchende systematisch ausbeutet. Desirees Spur verliert sich in Florida, wohin es auch Patricks ehemaligen Kollegen Jay verschlagen hat, der offenbar selbst tief in den Fall verstrickt ist . . .
Ein gut konstruierter, action-reicher Thriller mit witzigen Dialogen und immer wieder überraschenden Wendungen.

DER AUTOR

Dennis Lehane lebt in Boston. Für seinen ersten Thriller ist er mit dem *Shamus Award* ausgezeichnet worden. »In tiefer Trauer«, sein dritter Roman, stand mehrere Wochen auf der Krimi-Bestsellerliste. Weitere Werke mit dem sympathischen Ermittlerduo sind in Vorbereitung.

Für Sheila

Dennis Lehane

In tiefer Trauer

Roman

Aus dem Amerikanischen
übersetzt von Andrea Fischer

Ullstein Gelbe Reihe

Ullstein Buchverlage GmbH & Co. KG, Berlin
Taschenbuchnummer: 24515
Titel der englischen Originalausgabe: *Sacred*

Deutsche Erstausgabe
Januar 1999

Umschlaggestaltung:
Vera Bauer
Foto:
Mauritius

Printed in Germany 1999
Gesamtherstellung:
Ebner Ulm
ISBN 3 548 24515 3

Gedruckt auf alterungsbeständigem
Papier mit chlorfrei gebleichtem
Zellstoff

Die Deutsche Bibliothek –
CIP-Einheitsaufnahme

Lehane, Dennis:
In tiefer Trauer : Roman / Dennis Lehane.
Aus dem Amerik. übers. von Andrea Fischer. –
Dt. Erstausg. – Berlin : Ullstein, 1999
(Ullstein-Buch ; Nr. 24515)
ISBN 3-548-24515-3

DANKSAGUNG

Von ganzem Herzen danke ich Claire Wachtel und Ann Rittenberg, weil sie das Buch im Manuskript erkannten und nicht aufgaben, bis ich es auch erkannte.

Mein spärliches Wissen über das Zerlegen einer halbautomatischen Handfeuerwaffe verdanke ich Jack und Gary Schmock von Jack's Guns and Ammo in Quincy, Massachusetts.

Einzelheiten über die Gegend von St. Pete/Tampa, die Sunshine Skyway Bridge und verschiedene Details der Gesetzgebung von Florida, an die ich mich nicht mehr erinnern konnte, wurden mir von Mal und Dawn Ellenburg ins Gedächtnis gerufen. Dennoch verbliebene Fehler sind allein mir zuzuschreiben.

Und wie immer bedanke ich mich bei denen, die die ersten Fassungen des Romans lasen und mir ehrlich ihre Meinung sagten: Chris, Gerry, Sheila, Reva Mae und Sterling.

Gebt das Heilige nicht den Hunden,
und werft eure Perlen nicht den Schweinen vor,
denn sie könnten sie mit ihren Füßen zertreten
und sich umwenden und euch zerreißen.

Matthäus 7,6

ERSTER TEIL

TRAUER UND TROST

1

Ein kleiner Tip: Wenn Sie bei mir in der Gegend jemals einen Menschen verfolgen, tragen Sie kein Rosa!

Am ersten Tag, als Angie und ich den kleinen Dicken bemerkten, der uns verfolgte, trug er ein rosa Hemd zu einem grauen Anzug und einem schwarzen Mantel. Das Sakko war ein italienischer Zweireiher und um einige hundert Dollar zu edel für den Teil der Stadt, in dem ich lebe. Der Mantel war aus Kaschmir. Die Leute in meiner Nachbarschaft konnten sich wahrscheinlich Kaschmir leisten, aber sie gaben schon so viel für diese speziellen Spangen aus, mit denen die Auspuffrohre an ihren 82er Chevys befestigt werden, daß sie nicht viel mehr Geld übrig hatten als für ihren Urlaub auf Aruba.

Am zweiten Tag trug der kleine Dicke statt des rosa Hemds ein unauffälligeres weißes, auch hatte er kein Kaschmir und keinen italienischen Anzug mehr an, aber er fiel noch immer auf wie Michael Jackson in einem Altersheim, weil er einen Hut trug. Niemand in dieser Gegend oder in einem anderen mir bekannten Stadtteil von Boston trägt etwas anderes auf dem Kopf als eine Baseballkappe oder manchmal eine Tweedmütze. Und unser Freund, der Flummi, wie wir ihn genannt hatten, trug eine Melone. Sie sah gut aus, damit wir uns nicht falsch verstehen, aber es war eben eine Melone.

»Vielleicht ist er ein Alien«, sagte Angie.

Ich sah aus dem Fenster des Avenue Coffee Shops. Der Flummi drehte schnell den Kopf weg und bückte sich dann, um an seinen Schnürsenkeln zu fummeln.

»Ein Alien?« fragte ich. »Von wo denn? Aus Frankreich?«

Sie sah mich böse an und häufte Frischkäse auf einen Bagel mit so viel Zwiebeln, daß meine Augen schon beim Zusehen tränten. »Ach, Quatsch! Aus der Zukunft. Hast du nie die alte

Star Trek-Folge gesehen, wo Kirk und Spock in den dreißiger Jahren auf der Erde landen und hoffnungslos von der Rolle sind?«

»Ich hasse *Star Trek*!«

»Aber du weißt doch, worum es dabei geht, oder?«

Ich nickte und gähnte dann. Der Flummi studierte einen Telefonmasten, als hätte er noch nie zuvor in seinem Leben einen gesehen. Vielleicht hatte Angie ja recht.

»Wie kann man denn *Star Trek* nicht mögen?« fragte Angie.

»Ganz einfach: Ich sehe es an, es nervt mich, ich stelle es aus.«

»Sogar *Das nächste Jahrhundert*?«

»Was ist das denn?« fragte ich.

»Von welchem Stern kommst du?« staunte sie. »Ich wette, bei deiner Geburt hat dich dein Vater hochgehalten und zu deiner Mutter gesagt: ›Guck mal, Liebes, was für einen strammen alten Sonderling du gerade zur Welt gebracht hast!‹«

»Was soll das?« gab ich zurück.

Am dritten Tag wollten wir uns einen kleinen Spaß erlauben. Als wir morgens aufstanden und mein Haus verließen, ging Angie Richtung Norden und ich Richtung Süden.

Und der Flummi folgte ihr.

Mir dagegen folgte Lurch.

Ich hatte Lurch noch nie gesehen, und er wäre mir wahrscheinlich auch niemals aufgefallen, wenn der Flummi mir nicht Grund gegeben hätte, mich nach ihm umzusehen.

Bevor wir das Haus verließen, hatte ich eine Kiste mit Sommerkleidung durchwühlt und eine Sonnenbrille gefunden, die ich aufsetze, wenn es draußen schön genug zum Fahrradfahren ist. An der linken Seite des Brillengestells ist ein kleiner Spiegel angebracht, den man hochdrehen und ausklappen kann, um zu beobachten, was hinter einem passiert. Nicht ganz so abgefahren wie die Ausrüstung, die James Bond immer von Q bekam, aber für meine Zwecke reichte es, und immerhin mußte ich nicht mit Miß Moneypenny flirten, um daran zu kommen.

Ein drittes Auge am Hinterkopf; ich wette, ich war damals das erste Kind in der Gegend, das so etwas besaß.

Ich entdeckte Lurch, als ich am Eingang zu Patty's Pantry plötzlich stehenblieb, um meine allmorgendliche Tasse Kaffee zu trinken. Ich starrte auf die Tür, als hinge dort eine Speisekarte, klappte den Spiegel aus und drehte meinen Kopf, bis ich den Typen sah, der auf der anderen Seite der Straße bei Pat Jays Apotheke stand und wie ein Leichenbestatter aussah. Er stand da, die Arme über seiner Hühnerbrust verschränkt, und betrachtete unverfroren meinen Hinterkopf. Riesige Furchen zogen sich über seine eingefallenen Wangen, und in der Mitte der Stirn lief der Haaransatz spitz zu.

Bei Patty's klappte ich den Spiegel wieder ein und bestellte mir einen Kaffee.

»Plötzlich blind geworden, Patrick?«

Ich blickte zu Johnny Deegan auf, der Sahne in meinen Kaffee goß. »Was?«

»Deine Sonnenbrille«, sagte er, »ich meine, wir haben jetzt, ähm, Mitte März, und seit Thanksgiving hat keiner mehr die Sonne gesehen. Bist du blind geworden, oder willst du nur besonders cool aussehen?«

»Ich will nur besonders cool aussehen, Johnny.«

Er schob mir den Kaffee über den Tresen zu und nahm mein Geld.

»Klappt aber nicht«, sagte er.

Draußen auf der Straße starrte ich Lurch durch meine Sonnenbrille an, wie er sich ein paar Fussel von der Hose bürstete und sich dann bückte, um sich die Schuhe zu binden, wie es der Flummi am Tag zuvor gemacht hatte.

Ich dachte an Johnny Deegan und nahm die Sonnenbrille ab: Sicher, James Bond war cool, aber er mußte auch niemals in Patty's Pantry gehen. Scheiße, versuch doch mal, hier einen Wodka Martini zu bestellen. Geschüttelt oder gerührt, die schmeißen dich postwendend raus!

Ich überquerte die Straße, während sich Lurch auf seine Schnürsenkel konzentrierte.

»Hallo!« sagte ich.

Er richtete sich wieder auf und sah sich um, als hätte ihn jemand von der anderen Seite des Häuserblocks gerufen.

»Hallo!« sagte ich erneut und hielt ihm die Hand hin.

Er sah sie an und blickte dann wieder die Straße hinunter.

»Toll!« sagte ich. »Sie sind zu blöd, um jemanden zu beschatten, aber immerhin haben Sie geschliffene Umgangsformen!«

Er drehte den Kopf schwerfällig herum, fast wie ein Dinosaurier, bis ich schließlich in seine dunklen, klaren Augen sah. Dazu mußte er auch noch den Kopf senken, der Schatten seines enormen Schädels verdunkelte mein Gesicht und lag auf meinen Schultern. Und ich bin nicht gerade klein.

»Kennen wir uns, Sir?« Seine Stimme klang, als müsse sie jeden Moment wieder zurück in den Sarg.

»Sicher kennen wir uns«, sagte ich, »Sie sind Lurch aus der Addams Family.« Ich suchte die Straße ab. »Wo sind Gomez und Morticia, Lurch?«

»Sie sind nicht annähernd so amüsant, wie Sie glauben, Sir.«

Ich hielt meine Kaffeetasse hoch. »Warten Sie, bis das Koffein wirkt, Lurch. In genau fünfzehn Minuten gehe ich ab wie eine Bombe. Garantiert.«

Er lächelte zu mir hinunter, und die Furchen in seinen Wangen verwandelten sich in Abgründe. »Es wäre besser für Sie, Mr. Kenzie, wenn Sie nicht so vorhersehbar wären.«

»Wie meinen Sie das, Lurch?«

Dann war es mir, als ob mir ein Kran einen Zementpfosten ins Kreuz schwang, etwas mit winzigen, scharfen Zähnen biß mir in die Haut rechts über meinem Nacken, und Lurch taumelte aus meinem Blickfeld, während der Bürgersteig sich von der Erde zu lösen begann und auf mein Ohr zu sauste.

»Super Sonnenbrille, Mr. Kenzie«, sagte der Flummi, als sein gummiartiges Gesicht an mir vorbeiglitt. »Hat das gewisse Etwas.«

»Wirklich High Tech!« bemerkte Lurch.

Jemand lachte, und jemand anderes ließ ein Auto an, und ich fühlte mich ziemlich bescheuert.

Q wäre entsetzt gewesen.

»Mein Kopf tut weh«, stöhnte Angie.

Sie saß neben mir auf einer schwarzen Ledercouch, auch ihr waren die Hände auf dem Rücken zuammengebunden.

»Wie geht es Ihnen, Mr. Kenzie?« fragte eine Stimme. »Wie geht es Ihrem Kopf?«

»Geschüttelt«, sagte ich, »nicht gerührt.«

Ich drehte meinen Kopf in Richtung der Stimme, doch meine Augen sahen nur ein grelles gelbes Licht, umrandet von einem sanften Braun. Ich blinzelte, und das Zimmer verschob sich ein wenig.

»Tut mir leid wegen der Betäubung«, sagte die Stimme. »Wenn es irgendwie anders gegangen wäre . . .«

»Es gibt nichts zu entschuldigen, Sir«, sagte eine Stimme, die ich Lurch zuordnete. »Es ging nicht anders.«

»Julian, geben Sie Miß Gennaro und Mr. Kenzie bitte ein Aspirin.« Die Stimme hinter dem grellen gelben Licht seufzte. »Und binden Sie die beiden los!«

»Und wenn sie sich bewegen?« Das war die Stimme des Flummis.

»Passen Sie darauf auf, Mr. Clifton.«

»Ja, Sir. Mit größtem Vergnügen!«

»Ich bin Trevor Stone«, sagte der Mann hinter dem Licht. »Sagt Ihnen das irgend etwas?«

Ich rieb die roten Abdrücke an meinen Handgelenken.

Angie tat das gleiche und atmete ein paarmal tief durch, offenbar befanden wir uns in Trevor Stones Arbeitszimmer.

»Ich habe Sie etwas gefragt.«

Ich blickte in das gelbe Licht. »Ja, haben Sie. Schön für Sie.« Ich wandte mich an Angie. »Wie geht's dir?«

»Meine Handgelenke tun weh und mein Kopf auch.«

»Und sonst?«

»Ansonsten habe ich schlechte Laune.«

Ich blickte wieder ins Licht. »Wir haben schlechte Laune.«

»Das nehme ich an.«

»Leck mich!« sagte ich.

»Sehr geistreich«, entgegnete Trevor Stone hinter dem Licht, und der Flummi und Lurch kicherten leise.

»Sehr geistreich«, wiederholte der Flummi.

»Mr. Kenzie, Miß Gennaro«, sagte Trevor Stone, »ich kann Ihnen versichern, daß ich Ihnen nicht weh tun möchte. Ich habe es wahrscheinlich schon, aber das war nicht meine Absicht. Ich brauche Ihre Hilfe.«

»Ach so.« Ich stellte mich auf meine wackeligen Beine, Angie erhob sich neben mir.

»Wenn einer von euch Trotteln uns nach Hause fahren könnte«, sagte Angie.

Ich griff nach ihrer Hand, während meine Beine wieder gegen die Couch sackten und der Raum sich ein bißchen zu sehr nach rechts neigte. Lurch drückte mir mit dem Zeigefinger so leicht gegen die Brust, daß ich es kaum fühlte, und schon saßen Angie und ich wieder auf der Couch.

In fünf Minuten versuchen wir es noch mal, sagte ich meinen Beinen.

»Mr. Kenzie«, hob Trevor Stone erneut an. »Sie können natürlich immer wieder versuchen, von der Couch aufzustehen, und wir können Sie immer wieder mit einer Feder zurückschubsen, nach meiner Schätzung noch mindestens die nächste halbe Stunde. Also entspannen Sie sich!«

»Entführung«, sagte Angie, »Freiheitsberaubung. Sind Ihnen diese Begriffe bekannt, Mr. Stone?«

»Ja.«

»Gut. Sie wissen auch, daß es sich bei beidem um Kapitalverbrechen handelt und daß darauf ziemlich hohe Strafen stehen?«

»Hm«, machte Trevor Stone. »Miß Gennaro, Mr. Kenzie, wie bewußt ist Ihnen Ihre eigene Sterblichkeit?«

»Wir sind ein paarmal aufeinandergestoßen«, antwortete Angie.

»Das weiß ich«, gab er zurück.

Angie blickte mich mit hochgezogenen Augenbrauen an. Ich sie auch.

»Aber das waren kurze Treffen, wie Sie sagten. Flüchtige Begegnungen. Sie beide leben, Sie sind jung, Sie beide haben Grund zu hoffen, daß Sie noch dreißig oder vierzig Jahre auf dieser Welt verbringen werden. Die Welt – ihre Gesetze, ihre Sitten und Gebräuche, ihre Strafen für Kapitalverbrechen –, Sie sind ihr unterworfen. Ich dagegen habe dieses Problem nicht mehr.«

»Er ist ein Geist«, flüsterte ich. Angie stieß mir in die Rippen.

»Gar nicht so falsch, Mr. Kenzie«, sagte er, »gar nicht so falsch.«

Das gelbe Licht wurde aus meinem Gesicht gedreht, und ich blinzelte in die Schwärze, die an seine Stelle trat. Inmitten des Schwarz drehte sich ein winziger weißer Punkt zu immer größer werdenden orangefarbenen Kreisen und schoß wie eine Leuchtrakete aus meinem Gesichtsfeld. Dann klärte sich mein Blick, und endlich sah ich Trevor Stone.

Die obere Hälfte seines Gesichts schien aus heller Eiche geschnitzt zu sein – vorstehende Augenbrauen warfen einen Schatten auf seine harten grünen Augen, die Adlernase und die starken Kieferknochen, auf perlmuttfarbene Haut.

Die untere Hälfte jedoch war in sich zusammengefallen. Der Kiefer war auf beiden Seiten zerstört; die Knochen schienen irgendwo im Mund verschwunden zu sein. Der Knubbel, der von seinem Kinn übrig war, hing in einer gummiartigen Hülle aus Hautlappen nach unten, und der Mund hatte jedwede Kontur verloren; er schwamm im Trümmerfeld der unteren Gesichtshälfte wie eine Amöbe, die Lippen weiß und verwelkt.

Er konnte ebenso vierzig wie siebzig Jahre alt sein. Aneinandergeflickte, durchnäßte hautfarbene Bandagen bedeckten seinen Hals. Als er sich hinter seinem massiven Schreibtisch erhob, stützte er sich auf einen Spazierstock aus Mahagoni mit einem goldenen Drachenkopf als Griff. Seine graue Glencheckhose schlackerte um die dünnen Beine, doch das blaue Baumwollhemd und das schwarze Leinensakko umspannten den breiten Brustkorb und die Schultern, als ob sie ihm angewachsen wären. Die Hand, die den Stock umfaßte, schien in der Lage zu sein, Golfbälle mit einem einzigen Händedruck zu zerquetschen.

Er setzte seine Füße auf und zitterte an seinem Stock, während er auf uns herunterblickte.

»Sehen Sie mich gut an«, sagte Trevor Stone, »und dann erzähle ich Ihnen etwas über Verlust.«

2

Letztes Jahr«, sagte Trevor Stone, »kam meine Frau von einer Party im Somerset Club in Beacon Hill. Kennen Sie den?«

»Da geben wir immer unsere Empfänge«, sagte Angie.

»Nun ja, auf jeden Fall blieb ihr Auto liegen. Ich kam gerade aus meinem Büro in der Stadt, als sie anrief. Also fuhr ich hin und nahm sie mit. Komisch.«

»Wie bitte?« fragte ich.

Er blinzelte. »Ich habe gerade daran gedacht, wie selten wir das taten. Zusammen Auto fahren. Das war eins von den Dingen, die meinem Arbeitseifer zum Opfer gefallen waren. So etwas Banales – zwanzig Minuten lang nebeneinander in einem Auto zu sitzen. Wenn es hoch kommt, machten wir das sechsmal im Jahr.«

»Was passierte dann?« fragte Angie.

Er räusperte sich. »Als wir von der Tobin Bridge kamen, versuchte ein Auto, uns von der Straße zu drängen. Carjacking nennt man das, glaube ich. Ich hatte das Auto gerade neu gekauft, einen Jaguar XKE, und ich war nicht bereit, ihn einfach ein paar Rowdies zu überlassen, die der Meinung waren, nur weil sie etwas haben wollten, hätten sie auch ein Recht darauf. Also . . .«

Er starrte einen Moment lang aus dem Fenster, vertieft, so vermutete ich, in das Kreischen des Metalls und das Aufheulen der Motoren, in den Geruch, der in jener Nacht in der Luft lag.

»Mein Auto überschlug sich und landete auf der Fahrerseite. Meine Frau Inez schrie ununterbrochen. Damals wußte ich es noch nicht, aber sie hatte sich die Wirbelsäule gebrochen. Die Carjacker waren wütend, weil ich das Auto zerstört hatte, das sie wohl schon als ihr Eigentum betrachtet hatten. Sie erschossen Inez, während ich versuchte, bei Bewußtsein zu bleiben. Sie hörten nicht auf, auf das Auto zu schießen, und ich wurde von drei Kugeln getroffen. Seltsam, aber keine davon verletzte mich lebensgefährlich, obwohl eine in meinem Kiefer steckenblieb. Die drei Männer versuchten dann eine Weile, das Auto anzuzünden, kamen aber nicht auf die Idee, auf den Benzintank zu schießen. Schließlich wurde es ihnen wohl langweilig, und sie verschwanden. Und ich lag da mit drei Kugeln im Körper, mehreren Knochenbrüchen und meiner toten Frau neben mir.«

Wir hatten Lurch und den Flummi im Arbeitszimmer zurückgelassen und waren auf wackeligen Beinen in Trevor Stones Empfangszimmer oder Salon gelangt, oder wie auch immer man einen Raum von der Größe eines Flugzeughangars nennt, eingerichtet mit einem Billard- und einem Snookertisch, einer mit Kirschholz unterlegten Dartscheibe, einem Pokertisch und einem kleinen Putting Green in der Ecke. Über dem Mahagonitresen entlang der Ostseite des Zimmers hingen genügend Gläser, um den gesamten Kennedy-Clan einen Monat lang bei Laune zu halten.

Trevor Stone schenkte sich zwei Fingerbreit Single Malt Whisky ein und deutete mit der Flasche erst auf mein Glas, dann auf Angies, doch wir lehnten beide ab.

»Die Männer, eigentlich Jungen, die das Verbrechen begangen hatten, wurden ziemlich schnell vor Gericht gestellt und verurteilt und haben vor kurzem in Norfolk eine lebenslange Freiheitsstrafe ohne Bewährung angetreten, und das ist, denke ich, eine ziemlich gerechte Strafe. Meine Tochter und ich beerdigten Inez, und damit wäre das Kapitel beendet gewesen, abgesehen von der Trauer.«

»Aber . . .«, sagte Angie.

»Als mir die Ärzte die Kugel aus dem Kiefer operierten, fanden sie die ersten Anzeichen von Krebs. Und als sie weitersuchten, fanden sie Veränderungen in meinen Lymphknoten. Sie gehen davon aus, ihn als nächstes im Dünn- und Dickdarm zu finden. Danach wird wohl kaum noch was zum Rausschneiden übrig sein.«

»Wie lange noch?« fragte ich.

»Sechs Monate. Sagen die Ärzte. Mein Körper sagt mir fünf. So oder so war's für mich der letzte Herbst.«

Er drehte seinen Stuhl herum und blickte wieder aus dem Fenster auf das Meer. Ich folgte seinem Blick und sah auf der anderen Seite der Bucht einen geschwungenen steinigen Küstenstreifen, der sich wie eine Hummerschere gabelte. In ihrem Scheitelpunkt entdeckte ich einen Leuchtturm, der mir bekannt vorkam. Trevor Stones Haus stand auf einem Felsvorsprung mitten auf Marblehead Neck, einer schmalen, zerklüfteten Landzunge vor Bostons Nordküste, wo der Kaufpreis für ein Haus nur etwas niedriger liegt als anderswo für eine ganze Stadt.

»Trauer«, sagte er, »frißt dich auf. Sie frißt sich durchs Fleisch, ob man wach ist oder schläft, ob man gegen sie kämpft oder sich ergibt. So wie Krebs. Und eines Morgens wacht man auf, und all die anderen Gefühle – Freude, Neid, Gier, sogar Liebe – sind von ihr verschluckt worden. Und dann ist man allein mit der Trauer, steht nackt vor ihr. Dann gehört man ihr.«

Er sah auf die Eiswürfel hinunter, die in seinem Glas klapperten.

»Nicht unbedingt«, sagte Angie.

Er drehte sich um und lächelte sie mit seinem konturenlosen Mund an. Seine weißen Lippen bebten unruhig in dem verfallenen Fleisch und dem pulverisierten Knochen seines Kiefers, dann verschwand sein Lächeln.

»Sie wissen, was Trauer ist«, sagte er weich. »Ich weiß. Sie haben Ihren Mann verloren. Vor fünf Monaten war das, oder?«

»Ex-Mann«, antwortete sie, den Blick gesenkt. »Ja.«

Ich griff nach ihrer Hand, aber sie schüttelte den Kopf und legte sie auf ihren Schoß.

»Ich habe alle Zeitungsartikel darüber gelesen«, sagte er. »Sogar dieses fürchterliche Taschenbuch aus der Reihe ›Wahre Verbrechen‹ habe ich gelesen. Sie beide haben gegen das Böse gekämpft. Und gewonnen.«

»Es war ein Unentschieden«, korrigierte ich und räusperte mich. »Glauben Sie mir.«

»Vielleicht«, sagte er und sah mich mit seinen starren grünen Augen an. »Für Sie beide war es vielleicht ein Unentschieden. Aber bedenken Sie, wie viele zukünftige Opfer Sie vor diesen Bestien gerettet haben.«

»Mr. Stone«, bat Angie, »bei allem Respekt, aber hören Sie bitte auf, davon zu sprechen.«

»Warum?«

Sie hob den Kopf. »Weil Sie nichts Genaues darüber wissen und sich deshalb ziemlich dumm anhören.«

Zärtlich strich er mit den Fingern über den Knauf seines Stockes, bevor er sich vorbeugte und mit der anderen Hand ihr Knie berührte. »Sie haben recht. Verzeihen Sie mir.«

Schließlich lächelte sie ihn auf eine Art an, wie ich sie seit Phils Tod niemanden mehr hatte anlächeln sehen. Als ob sie und Trevor Stone alte Freunde seien und beide an Orten gelebt hätten, wo Licht und Liebe nicht hingelangten.

»Ich bin allein«, hatte Angie vor einem Monat zu mir gesagt.

»Bist du nicht.«

Sie lag auf der Matratze, die wir ihr mit dem Springfederrahmen in mein Wohnzimmer gestellt hatten. Ihr eigenes Bett und der größte Teil ihres Besitzes befand sich noch immer in ihrem Haus in der Howes Street, weil sie es nicht fertigbrachte, den Ort zu betreten, wo Gerry Glynn auf sie geschossen hatte und Evandro Arujo auf dem Küchenboden verblutet war.

»Du bist nicht allein«, sagte ich und schlang meine Arme von hinten um sie.

»Bin ich wohl. Und all deine Umarmungen und all deine Liebe können im Moment nichts daran ändern.«

Angie sagte: »Mr. Stone . . .«

»Trevor.«

»Mr. Stone«, sagte sie, »ich verstehe Ihre Trauer. Wirklich. Aber Sie haben uns entführt. Sie . . .«

»Es ist nicht meine Trauer«, sagte er. »Nein, nein. Es war nicht meine Trauer, von der ich sprach.«

»Wessen Trauer dann?« fragte ich.

»Die meiner Tochter. Desiree.«

Desiree.

Er sprach ihren Namen aus, als sei es der einer Heiligen.

Sein Arbeitszimmer, nun in vollem Licht, entpuppte sich als Reliquienschrein für seine Tochter.

Wo ich vorher nur Schatten gesehen hatte, blickte ich nun auf Fotografien und Gemälde einer Frau aus nahezu allen Stationen ihres Lebens – von Schnappschüssen als Baby bis zu Fotos aus den Jahrbüchern der Grundschule und der High School und vom College-Abschluß. In die Jahre gekommene, abgegriffene Polaroid-Aufnahmen in neuen Teakholzrahmen. Darunter ein Bild von ihr und einer Frau, die offensichtlich ihre Mutter war, wohl zufällig auf einer Grillparty in einem Innenhof aufgenommen, während sich beide Frauen, das Gesicht von der Kamera abgewandt, über den Gasgrill beugten, Pappteller in den Händen. Es war ein belangloser Schnappschuß, unscharf an den Rändern, aufgenommen, ohne die Sonne zur Linken der Frauen zu beachten, die einen dunklen Schatten vor die Linse des Fotografen warf. So ein Foto, dem keiner nachweint, wenn es nicht ins Album geklebt wird. Aber in Trevor Stones Arbeitszimmer, in Sterlingsilber gerahmt und auf einer schlanken Elfenbeinsäule thronend, wirkte es göttlich.

Desiree Stone war eine wunderschöne Frau. Ihre Mutter war, wie ich auf mehreren Fotos erkennen konnte, offenbar Südamerikanerin, und die Tochter hatte ihr dichtes, pechschwarzes Haar geerbt, die anmutigen Züge des Kinns und des Halses, die zierlichen Wangenknochen und die schmale Nase, die Haut, die ständig von der untergehenden Sonne bestrahlt zu sein schien. Von ihrem Vater war Desiree mit jadefarbenen Augen und üppigen, wild entschlossenen Lippen gesegnet worden. Ihre Ähnlichkeit mit beiden Elternteilen erkannte man am deutlichsten auf einer Fotografie auf Trevor Stones Schreibtisch. Desiree stand zum College-Abschluß mit violettem Barett und Talar zwischen Mutter und Vater, im Hintergrund der Campus von Wellesley College. Sie hatte die Arme auf die Schultern ihrer Eltern gelegt, deren Köpfe zu sich herangezogen. Alle drei lachten, strotzten anscheinend vor Reichtum und Gesundheit, und die zarte Schönheit der Mutter schien sich mit der ungeheuren väterlichen Aura von Macht im Gesicht der Tochter zu treffen und zu vereinen.

»Zwei Monate vor dem Unfall«, sagte Trevor Stone und nahm das Foto einen Augenblick lang in die Hand. Er betrachtete es, und die untere Hälfte seines zusammengefallenen Gesichts verkrampfte sich anscheinend zu einem Lächeln. Er stellte das Bild auf den Schreibtisch zurück und sah uns an, als wir vor ihm Platz nahmen. »Kennt jemand von Ihnen einen Privatdetektiv namens Jay Becker?«

»Wir beide kennen Jay«, antwortete ich.

»Er arbeitet für die Detektei Hamlyn & Kohl«, ergänzte Angie.

»Stimmt. Was halten Sie von ihm?«

»Berufsmäßig?«

Trevor Stone zuckte mit den Achseln.

»Er macht seine Arbeit sehr gut«, sagte Angie. »Hamlyn & Kohl nehmen nur die Besten.«

Er nickte. »Ich habe gehört, das Büro hätte vor ein paar Jahren ein Angebot gemacht, Sie beide einzukaufen, wenn Sie damit einverstanden gewesen wären.«

»Woher wissen Sie das?« fragte ich.

»Das stimmt doch, oder?«

Ich nickte.

»Und es war doch ein ziemlich gutes Angebot, soweit ich gehört habe. Warum haben Sie abgelehnt?«

»Mr. Stone«, sagte Angie, »falls Sie es noch nicht bemerkt haben, wir sind nicht der Typ Börsenmakler im feinen Anzug.«

»Aber Jay Becker schon?«

Ich nickte. »Er arbeitete ein paar Jahre beim FBI, bevor er merkte, daß ihm das Geld, das in der Privatwirtschaft verdient wird, besser gefiel. Er mag gute Restaurants, schicke Klamotten, eine nette Eigentumswohnung und so weiter. Ihm stehen Anzüge.«

»Und wie Sie sagten, ist er ein guter Detektiv.«

»Ein sehr guter«, lobte Angie. »Er hat mitgeholfen, die schmutzigen Verbindungen der Boston Federal Bank aufzudecken.«

»Ich weiß. Was glauben Sie wohl, wer ihn damals engagiert hat?«

»Sie«, sagte ich.

»Und einige andere einflußreiche Geschäftsleute, die etwas Geld verloren hatten, als '88 der Grundstücksmarkt einbrach und die Bausparkassenkrise begann.«

»Wenn Sie ihn also schon mal angeheuert haben, warum fragen Sie uns dann nach seinem Charakter?«

»Weil ich, Mr. Kenzie, kürzlich Mr. Becker und damit Hamlyn & Kohl beauftragt habe, meine Tochter zu finden.«

»Zu finden?« fragte Angie. »Seit wann ist sie denn verschwunden?«

»Seit vier Wochen«, sagte er. »Seit zweiunddreißig Tagen, genau gesagt.«

»Und hat Jay sie gefunden?« fragte ich.

»Ich weiß es nicht«, sagte er. »Mr. Becker ist jetzt nämlich ebenfalls verschwunden.«

Am Morgen war es in der Stadt kalt, aber erträglich gewesen, da nicht viel Wind ging; das Quecksilber schwankte um die null Grad. Ein Wetter, dessen man sich bewußt war, aber nicht bewußt genug, um sich darüber zu ärgern.

Auf dem Rasenstück hinter Trevor Stones Haus heulte der Wind jedoch vom Atlantik herüber, und die aufgewühlten Wellen trugen weiße Schaumkronen. Die Kälte traf mein Gesicht wie Schrotkugeln. Ich schlug den Kragen meiner Lederjacke zum Schutz vor der steifen Brise hoch, und Angie stopfte die Hände tief in die Taschen und beugte sich vornüber. Trevor Stone jedoch lehnte sich gegen den Wind. Er hatte nur einen leichten grauen Regenmantel übergezogen, bevor er uns nach draußen führte. Der Mantel schlug ihm um den Körper, als er sich zum Meer hin wandte; er schien die Kälte förmlich herauszufordern, ihn zu durchdringen.

»Hamlyn & Kohl hat den Vorschuß zurückgezahlt und meinen Fall aufgegeben«, berichtete er.

»Aus welchen Gründen?«

»Das wollen sie nicht sagen.«

»Das ist gegen das Berufsethos«, sagte ich.

»Welche Möglichkeiten habe ich?«

»Vor Gericht gehen«, entgegnete ich. »Die sollten Sie gründlich ausnehmen.«

Er wandte sich wieder um und sah uns an, bis wir verstanden.

Angie sagte: »Jedes gerichtliche Vorgehen ist sinnlos.«

Er nickte. »Weil ich tot sein werde, bevor es zu irgendeiner Verhandlung kommt.« Er stellte sich wieder dem Wind entgegen und sprach mit dem Rücken zu uns, seine Worte wurden uns vom Wind zugetragen. »Ich war einmal ein mächtiger

Mann. Ich war Respektlosigkeit nicht gewohnt, ich kannte keine Angst. Jetzt bin ich machtlos. Alle wissen, daß ich sterbe. Alle wissen, daß ich keine Zeit habe, mich zu wehren. Ich bin sicher, alle lachen über mich.«

Ich ging über den Rasen und blieb neben ihm stehen. Direkt vor seinen Füßen hörte das Gras auf und gab den Blick frei auf schroff abfallende schwarze Klippen, deren felsige Oberfläche vor der schäumenden Brandung wie poliertes Ebenholz glänzte.

»Warum gerade wir?« fragte ich.

»Ich habe mich umgehört«, sagte er. »Alle Leute, mit denen ich gesprochen habe, sagen, daß Sie beide die zwei Eigenschaften besitzen, die ich brauche.«

»Und die wären?« fragte Angie.

»Sie sind ehrlich.«

»Sofern . . .«

». . . das in einer korrupten Welt möglich ist, ja, Mr. Kenzie. Aber Sie sind ehrlich zu denen, die Ihr Vertrauen wert sind. Dazu möchte ich auch gehören.«

»Uns zu entführen war wahrscheinlich nicht der beste Weg, das zu erreichen.«

Er zuckte mit den Achseln. »Ich bin ein verzweifelter Mann, der die Uhr ticken hört. Sie haben Ihr Büro geschlossen und weigern sich, Fälle anzunehmen oder überhaupt mit potentiellen Auftraggebern zu sprechen.«

»Stimmt«, bestätigte ich.

»Ich habe in der letzten Woche mehrmals sowohl bei Ihnen zu Hause als auch im Büro angerufen. Sie gehen nicht ans Telefon, und Sie haben auch keinen Anrufbeantworter.«

»Ich habe einen«, sagte ich, »nur ist er im Moment nicht angeschlossen.«

»Ich habe Ihnen Briefe geschrieben.«

»Er öffnet seine Post nur, wenn es eine Rechnung ist«, erklärte Angie.

Er nickte, als sei das in gewissen Kreisen üblich. »Also mußte ich zu ungewöhnlichen Mitteln greifen, um sicherzugehen, daß Sie mich anhören würden. Wenn Sie meinen Auftrag ablehnen, werde ich Ihnen auf der Stelle zwanzigtausend Dollar zahlen, nur für die Zeit, die Sie heute hier verbracht haben, und für die Ihnen entstandenen Unannehmlichkeiten.«

»Zwanzigtausend«, sagte Angie, »Dollar.«

»Ja. Geld bedeutet mir nichts mehr, und ich habe keine Erben, wenn ich Desiree nicht finde. Außerdem – wenn Sie Erkundigungen über mich einziehen, werden Sie sehen, daß zwanzigtausend Dollar im Vergleich zu meinem Gesamtvermögen zu vernachlässigen sind. Also, wenn Sie möchten, dann gehen Sie zurück in mein Arbeitszimmer, nehmen das Geld aus der oberen rechten Schublade meines Schreibtischs und gehen wieder zur Tagesordnung über.«

»Und wenn wir bleiben?« fragte Angie. »Was sollen wir dann für Sie tun?«

»Meine Tochter finden. Ich habe mich mit der Möglichkeit abgefunden, daß sie tot ist. Ich bin mir sogar bewußt, daß dies sehr wahrscheinlich ist. Aber ich möchte nicht sterben, ohne es genau zu wissen. Ich muß wissen, was mit ihr passiert ist.«

»Bei der Polizei sind Sie schon gewesen?« fragte ich.

»Die haben das nicht ernst genommen.« Er nickte. »Für die ist sie eine junge Frau in tiefer Trauer, die ein bißchen Urlaub macht, um wieder zu sich selbst zu finden.«

»Und Sie sind sicher, daß das nicht stimmt?«

»Ich kenne meine Tochter, Mr. Kenzie.«

Er wandte sich um und ging über die Wiese zum Haus zurück. Wir folgten ihm, und ich konnte unser Spiegelbild in den großen Fensterscheiben seines Arbeitszimmers sehen – den vor sich hin sterbenden Mann, der den Rücken aufrecht gegen den Wind hielt, während der Regenmantel um ihn herumflatterte und sein Stock festen Halt im gefrorenen Boden suchte; zu seiner Linken eine zierliche, wunderschöne Frau, deren dunkles Haar ihr ins Gesicht wehte, das von einem schweren Verlust gezeichnet war; zu seiner Rechten ein Mann in den frühen Dreißigern mit Baseballkappe, Lederjacke und Jeans, der angesichts der beiden stolzen, aber angeschlagenen Menschen neben ihm ein wenig verwirrt dreinblickte.

Als wir die Veranda erreichten, hielt Angie Trevor Stone die Tür auf und sagte: »Mr. Stone, Sie haben gesagt, Sie hätten gehört, daß wir die beiden Eigenschaften besäßen, die Ihnen am wichtigsten sind.«

»Ja.«

»Die erste war Ehrlichkeit. Was ist die zweite?«

»Ich habe gehört, daß Sie erbarmungslos sind«, sagte er, als er sein Arbeitszimmer betrat. »Absolut erbarmungslos.«

3

»Fünfzig«, sagte Angie, als wir mit der U-Bahn von Wonderland Station Richtung Innenstadt fuhren.

»Ich weiß«, sagte ich.

»Fünfzigtausend Mäuse«, wiederholte sie. »Ich fand zwanzig schon verrückt genug, aber jetzt laufen wir mit fünfzigtausend Dollar herum, Patrick.«

Ich blickte mich im Waggon um und sah die beiden schmierigen Alkoholiker drei Meter entfernt von uns, die Streetgang, die sich zusammenrottete und überlegte, ob sie die Notbremse in der Ecke ziehen sollte, ich sah den Verrückten mit dem kurzgeschorenen blonden Haar und den Argusaugen, der sich neben mir an einer Halteschlaufe festklammerte.

»Sag's noch ein bißchen lauter, Ange. Ich weiß nicht, ob dich die Spione da hinten verstanden haben.«

»Oh!« Sie lehnte sich gegen mich. »Fünfzigtausend Dollar«, flüsterte sie.

»Ja«, flüsterte ich zurück, während sich der Zug mit metallischem Kreischen in die Kurve legte und die Neonröhren über uns abwechselnd an- und ausgingen.

Lurch, oder Julian Archerson, wie er uns inzwischen vorgestellt worden war, hatte uns bis vor die Haustür fahren wollen, aber da wir auf der 1A auf stockenden Verkehr stießen und vorher schon fünfundvierzig Minuten auf der 129 im Stau gestanden hatten, stiegen wir aus, als wir uns in der Nähe der U-Bahn-Station Wonderland befanden, und gingen zu Fuß dorthin.

Nun standen wir also dichtgedrängt wie die Sardinen, während sich die altersschwache Bahn durch das Labyrinth von Tunneln quälte und das Licht flackerte, und trugen fünfzigtausend Dollar von Trevor Stone mit uns herum. Angie hatte den Scheck über dreißigtausend in die Innentasche ihres Universitätsblazers gesteckt, und ich hatte mir die zwanzigtausend in bar hinter die Gürtelschnalle gestopft.

»Sie werden Bares brauchen, wenn Sie sofort anfangen«, hatte Trevor Stone gesagt. »Geben Sie's aus! Das sind lediglich Betriebskosten. Rufen Sie an, wenn Sie mehr brauchen!«

»Betriebskosten.« Ich hatte keine Ahnung, ob Desiree Stone lebte oder nicht, aber wenn ja, müßte sie schon einen ziemlich abgelegenen Landstrich auf Borneo oder eine dunkle Ecke in Tanger gefunden haben, bevor ich fünfzig Riesen verpulvern mußte, um sie zu finden.

»Jay Becker«, sagte Angie und pfiff vor sich hin.

»Ja«, sagte ich, »kein Witz.«

»Wann hast du ihn zum letzten Mal gesehen?«

»Vor sechs Wochen ungefähr«, sagte ich und zuckte die Achseln. »Wir sind nicht miteinander verheiratet.«

»Ich habe ihn seit der Big-Dick-Preisverleihung nicht mehr gesehen.«

Der Verrückte rechts neben mir hob die Augenbrauen und sah mich an.

Ich zuckte wieder die Achseln: »Man kann sie zwar nett anziehen, aber man kann sie nicht mit vor die Tür nehmen.«

Er nickte und starrte dann wieder auf sein Spiegelbild in der dunklen Fensterscheibe, als öde es ihn an.

Der Big-Dick-Preis heißt eigentlich »Auszeichnung der Bostoner Detektivvereinigung in Gold für herausragende Leistungen«, aber alle, die ich in diesem Metier kannte, nannten ihn Big Dick.

Jay Becker hatte den Preis in diesem Jahr gewonnen wie auch im letzten Jahr und wie schon '89, und eine Zeitlang brodelte die Gerüchteküche unter den Privatdetektiven, daß er sich selbständig machen, sich von Hamlyn & Kohl trennen wolle. Doch ich kannte Jay gut und wunderte mich nicht, als sich diese Gerüchte als falsch erwiesen.

Es lag nicht daran, daß Jay alleine verhungert wäre, ganz im Gegenteil, er war wohl der bekannteste Ermittler in Boston. Er sah gut aus, war verdammt gerissen und konnte, wenn er wollte, ohne weiteres Aufträge im mittleren fünfstelligen Bereich bekommen. Viele der wohlhabendsten Klienten von Hamlyn & Kohl wären ohne zu zögern eine Straßenecke weiter gegangen, wenn Jay dort seine Pforten geöffnet hätte. Das Problem an der Sache war: Auch wenn diese Klienten Jay alles Geld von Neuengland bieten würden – er hätte ihre Fälle nicht übernehmen dürfen. Jeder Detektiv, der bei Hamlyn & Kohl unterschrieb, unterzeichnete eine Klausel, nach der sich jeder Privatermittler einverstanden erklären mußte, nach dem Ausscheiden aus der Firma drei Jahre lang keine Fälle von Kunden anzunehmen, für die er schon bei Hamlyn & Kohl gearbeitet hatte. Drei Jahre waren in diesem Geschäft soviel wie eine Ewigkeit.

Also hatten Hamlyn & Kohl Jay ganz gut im Griff. Wenn aber jemals ein Detektiv gut und angesehen genug gewesen war, Everett Hamlyn und Adam Kohl zu verlassen und auf eigene Faust Geld zu verdienen, so war das Jay Becker. Allerdings konnte Jay nicht mit Geld umgehen, ich kannte niemanden, der in dieser Hinsicht schlimmer war. Sobald er Geld in die Finger bekam, gab er es aus – für Kleidung, Autos, Frauen, Ledergarnituren und was auch immer.

Hamlyn & Kohl trugen seine Geschäftskosten, zahlten sein Büro, verwalteten seine Aktienfonds, seine betriebliche Altersvorsorge, seine Kommunalobligationen. Eigentlich bevormundeten sie ihn, aber Jay Becker brauchte das.

In Massachusetts müssen angehende Ermittler 2500 Stunden Dienst bei einem zugelassenen Ermittler ableisten, damit sie selbst die Zulassung bekommen. Jay brauchte wegen seiner Vergangenheit beim FBI nur tausend Stunden Dienst zu leisten, und die absolvierte er bei Everett Hamlyn. Angie machte ihre Ausbildung bei mir. Ich machte meine bei Jay Becker.

Es war Teil von Hamlyn & Kohls Strategie, in ihren Augen vielversprechende Aspiranten auszuwählen und diese hungrigen Möchtegerne mit einem erfahrenen Detektiv zusammenzuführen, der ihnen die Kniffe beibrachte, für die 2500 Stunden sorgte und ihnen natürlich die Augen öffnete für die vergoldete Welt von Hamlyn & Kohl. Jeder, der seine Lizenz auf diesem Weg bekam, landete schließlich bei Hamlyn & Kohl. Nun ja, alle außer mir!

Was Everett Hamlyn und Adam Kohl oder ihren Anwälten gar nicht paßte. Eine Weile gab es Gegrummel, das mich normalerweise auf Büttenpapier mit dem Briefkopf von Hamlyn & Kohls Anwälten erreichte oder manchmal auch auf dem Briefpapier des Büros selbst. Aber ich hatte nie etwas unterschrieben noch ihnen mündlich die Zusage gegeben, daß ich in ihrer Firma arbeiten würde, und als mein eigener Anwalt, Cheswick Hartman, diesen Umstand ihnen gegenüber ansprach (auf sehr ansprechendem malvenfarbenem Leinen), nahm das Gegrummel im Briefkasten spürbar ab. Und irgendwie baute ich mir ein Geschäft auf, dessen Erfolg selbst meine eigenen Erwartungen überstieg, schließlich arbeitete ich für eine Klientel, die sich Hamlyn & Kohls Preise kaum leisten konnte.

Vor kurzer Zeit jedoch hatten wir, erschüttert durch unseren gewaltsamen Zusammenstoß mit den ausgerasteten Psychopathen Evandro Arujo, Gerry Glynn und Alec Hardiman – ein Zusammenstoß, der Angies Mann Phil das Leben kostete –, unser Büro geschlossen. Seitdem hatten wir nicht mehr viel gemacht, es sei denn, man betrachtet immer über dasselbe reden, alte Filme ansehen und zu viel trinken als große Unternehmungen.

Ich weiß nicht, wie lange dieser Zustand sonst noch angedauert hätte, vielleicht noch einen Monat, vielleicht bis uns die Leber unter Androhung grausamer Strafen die rote Karte gezeigt hätte, doch dann blickte Angie Trevor Stone mit einer solchen Seelenverwandtschaft ins Gesicht, die sie in den drei

Monaten niemandem entgegengebracht hatte, und lächelte ihn tatsächlich derart offen an, daß ich wußte, wir würden den Fall annehmen, auch wenn Trevor Stone so unhöflich gewesen war, uns zu entführen und zu betäuben. Und die fünfzig Riesen, das gebe ich zu, trugen nicht unerheblich dazu bei, über Trevors anfänglich schlechtes Benehmen hinwegzusehen.

Desiree Stone finden.

Simple Zielvorgabe. Wie simpel die Durchführung dieser Vorgabe sein würde, müßte sich noch zeigen. Um sie zu finden, mußten wir Jay Becker aufspüren, da war ich mir ziemlich sicher, oder zumindest seiner Spur nachgehen. Jay, mein Mentor, der Mann, der mir meinen beruflichen Wahlspruch mitgegeben hatte:

»Niemand«, hatte er mir irgendwann gegen Ende meiner Ausbildung gesagt, »und ich meine wirklich niemand, kann sich verstecken, wenn der Richtige nach ihm sucht.«

»Und was ist mit den Nazis, die nach dem Krieg nach Südamerika flüchteten? Niemand fand Josef Mengele, bis er in Frieden und Freiheit starb.«

Und Jay blickte mich auf eine Art an, an die ich mich in unseren gemeinsamen drei Monaten gewöhnt hatte. Ich hatte sie den »FBI-Blick« genannt, der Blick eines Mannes, der seinen Dienst in den dunkelsten Korridoren der Macht abgeleistet hatte, eines Mannes, der wußte, wo die Leichen im Keller lagen und welche Dokumente vernichtet worden waren und warum, der die Maschinerie der Macht besser kannte, als die meisten von uns jemals ahnen würden.

»Glaubst du, die wußten nicht, wo Mengele steckte? Willst du mich verarschen?« Er lehnte sich über den Tisch, klemmte seine Krawatte hinter die Tischkante, untadelig wie immer, obwohl die Teller abgeräumt und die Tische gesäubert worden waren. »Patrick, eins kann ich dir versichern: Mengele hatte gegenüber den meisten Menschen, die verschwinden wollen, drei Vorteile.«

»Und die waren?«

»Erstens«, sagte er und hielt den Zeigefinger hoch, »hatte Mengele Geld. Anfangs sogar Millionen. Aber Millionäre kann man finden. Zweitens«, der Mittelfinger gesellte sich zum Zeigefinger, »hatte er Informationen – über andere Nazis, über Reichtümer, die in Berliner Bunkern versteckt waren, über alle möglichen medizinischen Experimente, die er mit Juden als Versuchskaninchen gemacht hatte –, und diese Informationen gingen an verschiedene Regierungen, die offenbar nach ihm suchten, darunter auch an unsere.«

Er hob die Augenbrauen und lehnte sich grinsend zurück.

»Und der dritte Vorteil?«

»Ach ja. Drittens, und das war sein größtes Glück, habe ich nie nach Josef Mengele gesucht. Denn vor Jay Becker kann sich niemand verstecken. Und jetzt, wo ich dir alles beigebracht habe, D'Artagnan, mein junger Gascon, kann sich auch niemand vor Patrick Kenzie verstecken.«

»Vielen Dank, Athos!«

Er machte eine schwungvolle Gebärde mit der Hand und tippte sich an die Stirn.

Jay Becker. Keiner hatte jemals mehr Format.

Jay, dachte ich, als die U-Bahn aus dem Tunnel in das wachsgrüne Licht von Downtown Crossing fuhr, hoffentlich hattest du recht. Denn jetzt komme ich. Wir spielen Verstecken, hinter mir und vor mir gilt nicht.

Als wir wieder in der Wohnung waren, versteckte ich die zwanzig Riesen hinter der Fußleiste, wo ich auch meine Ersatzwaffen verwahrte. Angie und ich wischten den Eßzimmertisch ab und breiteten aus, was wir seit heute morgen gesammelt hatten. Vier Fotos von Desiree Stone lagen in der Mitte, flankiert von den täglichen Rechenschaftsberichten, die Trevor von Jay erhalten hatte, bis er vor dreizehn Tagen verschwunden war.

»Warum haben Sie so lange damit gewartet, einen anderen Detektiv zu beauftragen?« hatte ich Trevor Stone gefragt.

»Adam Kohl versicherte mir, daß er jemand anderen auf den Fall ansetzen wollte, aber meiner Meinung nach hielt er mich nur hin. Eine Woche später ließen sie mich fallen. Fünf Tage lang habe ich mir jeden Detektiv in der Stadt angesehen, der einen guten Ruf hat, und habe mich schließlich für Sie entschieden.«

Im Eßzimmer erwog ich, Hamlyn & Kohl anzurufen und Everett Hamlyn nach seiner Version der Geschichte zu fragen, aber ich hatte das Gefühl, daß er mauern würde. Wenn man einen Klienten vom Format eines Trevor Stone fallenläßt, dann hängt man das nicht an die große Glocke und spricht darüber nicht mit der Konkurrenz.

Angie zog Jays Berichte zu sich herüber, und ich sah die Notizen durch, die wir uns in Trevor Stones Arbeitszimmer gemacht hatten.

»In dem Monat, nachdem ihre Mutter gestorben war«, hatte uns Trevor erzählt, als wir ins Haus zurückgekehrt waren, »durchlitt Desiree zwei weitere Traumata, die ein Mädchen schon jedes für sich allein erschüttert hätten. Zuerst fand man bei mir Krebs im Endstadium, und dann starb ein Junge, mit dem sie auf dem College gegangen war.«

»Wie starb er?« fragte Angie.

»Er ertrank. Ein Unfall. Nun ja, sehen Sie, Desiree war die meiste Zeit ihres Lebens von ihrer Mutter und mir behütet worden. Bis zum Tod ihrer Mutter war ihr gesamtes Leben verzaubert gewesen, von keiner dunklen Wolke getrübt. Sie hatte sich immer für stark gehalten. Wahrscheinlich, weil sie genauso dickköpfig und stur ist wie ich und das mit der Art von Kraft verwechselt, die man unter extremer Belastung entwickelt. Verstehen Sie, was ich meine, sie wurde nie auf die Probe gestellt. Und als ihre Mutter tot war und ihr Vater auf der Intensivstation lag, konnte man sehen, daß sie unbedingt durchhalten wollte. Hätte sie auch. Aber dann kam die Krebsnachricht, und unmittelbar darauf folgte der Tod ihres früheren Verehrers. Bumm, bumm, bumm.«

Nach Trevors Aussage begann Desiree unter dem Gewicht der drei Tragödien zusammenzubrechen. Sie hatte Schlafstörungen, nahm rapide ab und sprach selten mehr als einen vollständigen Satz pro Tag.

Ihr Vater drängte sie, professionelle Hilfe in Anspruch zu nehmen, aber sie nahm keinen der Termine wahr, die er für sie arrangierte. Statt dessen wurde sie, wie ihm Lurch, der Flummi und ein paar Freunde berichteten, den größten Teil des Tages in der Innenstadt gesichtet. Sie fuhr mit dem weißen Saab Turbo, den ihre Eltern ihr zum Studienabschluß geschenkt hatten, in ein Parkhaus in der Boylston Street und verbrachte ihre Tage mit Spaziergängen durch die Parkanlagen der Innenstadt und Back Bay, eine zehn Kilometer lange Grünanlage, die das Zentrum umgibt wie ein grüner Gürtel und Emerald Necklace genannt wird. Einmal lief sie sogar bis zu dem Streifen Marschland hinter dem Museum der schönen Künste, aber normalerweise, so erzählte Lurch Trevor, bevorzugte sie die schattigen Promenadenwege, die die Commonwealth Avenue und den angrenzenden öffentlichen Park in der Mitte durchqueren.

Und in diesem Park, erzählte sie Trevor, lernte sie auch einen Mann kennen, der ihr nach ihrer Aussage ein wenig Trost spendete und die Art von Mitgefühl entgegenbrachte, die sie den ganzen Spätsommer und Herbst gesucht hatte. Der Mann hieß Sean Price und war sieben oder acht Jahre älter als sie. Auch er war vom Schicksal gezeichnet. Seine Frau und seine fünfjährige Tochter, hatte er Desiree erzählt, waren letztes Jahr an Kohlenmonoxydvergiftung gestorben, das aus einer fehlerhaften Klimaanlage in ihrem Haus in Concord geströmt war, während Sean geschäftlich unterwegs war.

Sean Price fand sie am nächsten Abend, als er von seiner Geschäftsreise zurückkehrte, berichtete Desiree Trevor.

»Ziemlich spät«, sagte ich und blickte von meinen Aufzeichnungen hoch.

Angie hob den Kopf: »Was meinst du?«

»Ich habe mir aufgeschrieben, daß Desiree Trevor erzählte, Sean Price habe Frau und Tochter fast 24 Stunden nach deren Tod gefunden.«

Sie griff über den Tisch nach ihren eigenen Notizen, die neben meinen lagen, und blätterte sie durch. »Ja, so sagte Trevor.«

»Scheint ziemlich gedauert zu haben«, sagte ich. »Eine junge Frau – die Frau eines Geschäftsmannes, die wahrscheinlich zur besseren Gesellschaft gehört, wenn sie in Concord wohnten –, diese Frau und ihre fünfjährige Tochter werden 24 Stunden lang nicht gesehen, und es fällt niemandem auf?«

»Heutzutage sind Nachbarn nicht mehr so freundlich und interessieren sich nicht mehr so füreinander.«

Ich runzelte die Stirn. »Ja, okay, vielleicht in der Innenstadt oder in den Hochhaussiedlungen. Aber das hier war in Concord, Heimat der Viktorianer, der alten Kutschen und der Old North Bridge. Im provinziell-spießigen, blütenweißen, wohlhabenden Amerika. Das Kind von Sean Price ist fünf Jahre. Kommt da keine Tagesmutter? Oder geht sie nicht in den Kindergarten, zum Ballettunterricht oder sonst irgendwo hin? Geht seine Frau nicht zum Aerobic oder zur Arbeit und ißt zu Mittag mit einer anderen jungen, wohlhabenden Frau?«

»Es stört dich.«

»Ein bißchen. Ich habe ein komisches Gefühl.«

Sie lehnte sich im Stuhl zurück. »In unserem Beruf nennt man dieses Gefühl einen ›Verdacht‹.«

»Wie schreibt man das? Mit einem ›V‹, oder?«

»Nein, mit einem ›D‹ wie Dummkopf.« Sie pochte mit dem Stift auf ihre Papiere und lächelte mich an. »Sean Price überprüfen«, sprach sie laut, während sie diese Worte auf den oberen Rand schrieb. »Und Tod durch Kohlenmonoxydvergiftung in Concord 1994 oder '95.«

»Und einen toten Ex-Lover. Wie hieß er noch mal?«

Sie blätterte um. »Anthony Lisardo.«

»Richtig.« Sie verzog das Gesicht, als sie sich Desirees Fotos ansah. »Ganz schön viele Tote um sie herum.«

»Ja.«

Sie nahm eine der Aufnahmen in die Hand, ihr Gesicht entspannte sich wieder. »Mein Gott, ist sie hübsch. Aber es macht Sinn, daß sie Trost bei einem Schicksalsgenossen findet.« Sie sah mich an. »Verstehst du?«

Ich hielt ihrem Blick stand, suchte in ihm nach einem Hinweis auf die Verwundung und den Schmerz, die irgendwo hinter ihm lagen, auf die Angst, so stark zu lieben, daß man wieder verletzbar wurde. Aber ich sah nur die Zeichen von Vertraulichkeit und Verständnis, die aufgeflammt waren, als sie Desirees Foto betrachtete; es war der Blick, den sie gehabt hatte, nachdem Desirees Vater ihr in die Augen gesehen hatte.

»Ja«, sagte ich, »ich verstehe.«

»Aber das könnte man auch ausnutzen«, sagte sie und betrachtete wieder Desirees Gesicht.

»Wie denn?«

»Wenn du einem Menschen näherkommen willst, der vor Trauer schon fast gelähmt ist, wenn du dabei aber nicht unbedingt die edelsten Absichten hast, wie würdest du vorgehen?«

»Wenn ich zynisch und boshaft wäre?«

»Ja.«

»Ich würde über gemeinsame Gefühle eine Verbindung herstellen.«

»Vielleicht indem du erzählst, daß du selber gerade etwas Schweres durchgemacht hast?«

Ich nickte. »Das wäre genau die richtige Taktik.«

»Ich glaube, wir müssen unbedingt mehr über Sean Price herausbekommen.« Ihre Augen glänzten vor wachsender Erregung.

»Was steht in Jays Berichten über ihn?«

»Laß mal sehen. Nichts, was wir noch nicht wußten.« Sie fing an, in den Aufzeichnungen zu blättern, und hielt dann plötzlich inne, sah zu mir herüber und strahlte über das ganze Gesicht.

»Was?« fragte ich und mußte ebenfalls lächeln, ihre Aufregung war ansteckend.

»Das ist klasse«, sagte sie.

»Was?«

Sie hob ein Blatt Papier hoch, zeigte auf das Durcheinander auf dem Tisch: »Das hier. Das alles. Wir sind wieder im Rennen, Patrick.«

»Ja, stimmt.« Und bis zu diesem Augenblick war mir gar nicht bewußt gewesen, wie sehr ich es vermißt hatte – Verworrenes zu entwirren, eine Fährte aufzunehmen, den ersten Schritt zur Aufklärung eines Rätsels zu tun, das vorher unergründlich und unzugänglich gewesen war.

Für einen Moment erstarb mein Lächeln, denn es war genau diese Erregung, diese Sucht, Dinge aufzudecken, die manchmal besser unerforscht geblieben wären, die mich die moralische Verrottung von Gerry Glynn hatte erkennen lassen.

Eben diese Sucht hatte Angie eine Kugel in den Körper gejagt, Narben auf meinem Gesicht hinterlassen und die Nerven meiner Hand dauerhaft geschädigt. Sie hatte zuletzt Angies Ex-Mann Phil in meinen Armen sterben lassen, keuchend und angsterfüllt.

»Wird alles wieder gut«, hatte ich zu ihm gesagt.

»Ich weiß«, antwortete er. Und starb.

Und dahin konnte all dieses Suchen und Aufdecken und Jagen wieder führen – zu der eisigen Erkenntnis, daß es bei keinem von uns wohl wieder gut werden würde, bei keinem. Unsere Herzen und Gedanken waren verschlossen, weil sie zerbrechlich waren, aber sie waren auch verschlossen, weil in ihnen oft Dinge vor sich hin faulten, die düsterer und verkommener waren, als die meisten Menschen ertragen konnten.

»Hey«, sagte Angie noch immer lächelnd, jetzt jedoch nicht mehr so überzeugt, »stimmt was nicht?«

Ihr Lächeln hatte ich schon immer geliebt.

»Nichts«, sagte ich. »Du hast recht. Es ist klasse.«

»Erste Sahne«, rief sie, und wir klatschten uns über den Tisch hinweg ab. »Wir sind wieder im Geschäft! Alle Gauner, aufgepaßt!«

»Sie schlottern schon vor Angst«, versicherte ich ihr.

4

HAMLYN & KOHL WORLDWIDE INVESTIGATIONS
THE JOHN HANCOCK TOWER; 33RD FLOOR
150 CLARENDON STREET
BOSTON, MA 02116

Bericht des Privatdetektivs

AN: Mr. Trevor Stone
VON: Mr. Jay Becker, Ermittler
BETR.: Verschwinden von Miß Desiree Stone

16. Februar 1996

Erster Tag der Ermittlungen über das Verschwinden von Desiree Stone, zum letzten Mal lebend gesehen am 12. Februar um 11 Uhr, als sie ihr Haus am Oak Bluff Drive in Marblehead verließ.

Der Ermittler befragte Mr. Pietro Leone, Kassierer eines Parkhauses in 500 Boylston Street, Boston; daraufhin wurde auf Ebene P2 dieses Parkhauses Miß Desiree Stones weißer Saab Turbo gefunden. Der Parkschein im Handschuhfach des Wagens wies als Ankunftszeit 12. Februar, 11.51 Uhr, aus. Eine Durchsuchung des Autos und der näheren Umgebung ergab keinen Hinweis auf ein Verbrechen. Die Türen waren verriegelt, der Alarm war eingeschaltet.

Julian Anderson (Mr. Stones Hausdiener) angerufen; er erklärte sich bereit, Miß Stones Auto mit einem Zweitschlüssel aus dem Parkhaus zu holen und es zur weiteren Untersuchung zu obengenanntem Haus zurückzubringen. Der Ermittler zahlte Mr. Leone die Gebühr für fünfeinhalb Tage ($ 124,00) und verließ das Parkhaus. (Rechnung ist beigefügter Aufstellung der täglichen Ausgaben angeheftet.)

Der Ermittler fuhr fort mit der Sondierung der Emerald-Necklace-Parkanlagen vom Boston Common über Public Garden, die Commonwealth-Avenue-Promenade bis zu dem Marschland bei der Avenue Louis Pasteur. Der Ermittler zeigte Parkwächtern mehrere Fotos von Miß Stone und fand dadurch drei Menschen, die sie angeblich während der letzten sechs Monate gesehen hatten:

1. *Daniel Mahew, 23, Student, Berkeley College für Musik.* Sah Miß Stone mindestens viermal auf einer Bank auf der Comm.-Ave.-Promenade zwischen Massachusetts Avenue und Charlesgate East sitzen. Datumsangaben sind ungenau, aber er sah sie in der dritten Augustwoche, zweiten Septemberwoche, zweiten Oktoberwoche und ersten Novemberwoche. Mr. Mahews Interesse an Miß Stone war romantischer Natur, traf aber bei Miß Stone auf ausgesprochenes Desinteresse. Als Mr. Mahew versuchte, sie in ein Gespräch zu verwickeln, ging Miß Stone zweimal weg, ignorierte ihn beim dritten Mal und beendete das vierte Zusammentreffen nach Angaben von Mr. Mahew, indem sie ihm Pfefferspray oder Reizgas in die Augen sprühte.
   Mr. Mahew gab zu Protokoll, daß Miß Stone auf jeden Fall immer allein war.

2. *Agnes Pascher, 44, ohne festen Wohnsitz.* Miß Paschers Zeugenaussage ist fragwürdig, da der Ermittler bei ihr deutliche Hinweise auf Alkohol- und Drogenmißbrauch

(Heroin) feststellte. Miß Pascher behauptet, Miß Stone zweimal im Boston Common gesehen zu haben – jeweils im September. Nach Aussage von Miß Pascher saß Miß Stone beim Eingang auf der Ecke Beacon und Charles Street im Gras und fütterte Eichhörnchen mit einer Handvoll Sonnenblumenkerne. Miß Pascher, die keinen Kontakt mit Miß Stone aufnahm, nannte sie das »Eichhörnchen-Mädchen«.

3. *Herbert Costanza, 34, Installateur, Boston Park & Recreation Department.* Mr. Costanza beobachtete Miß Stone zahllose Male zwischen Mitte August und Anfang November, während sie unter einem Baum im nordwestlichen Winkel der Grünanlagen saß. Er nannte sie das »schöne traurige Mädchen«. Sein Kontakt mit ihr beschränkte sich auf ein »höfliches Hallo«, auf das sie nur selten antwortete. Mr. Costanza glaubte, Miß Stone sei eine Dichterin, obwohl er sie niemals etwas schreiben sah.

Beachte: Zum letzten Mal wurde sie Anfang November gesichtet. Miß Stone gab an, ebenfalls Anfang November einen Mann kennengelernt zu haben, der sich ihrer Aussage nach Sean Price nannte.

Eine Computerabfrage der Telefoneinträge im Bundesstaat auf Sean oder S. Price erbrachte 124 Treffer. Eine Abgleichung mit dem Kfz-Register von Massachusetts auf den Namen Sean Price verringerte die Anzahl auf 19 Treffer in der Zielgruppe (25–35 Jahre). Nachdem Miß Stone bei der Beschreibung von Sean Price sein Alter und seine Herkunft (kaukasisch), wenn auch nur ungenau, angab, verringerte sich die Anzahl der Treffer nach einer Abgleichung bezüglich der Abstammung auf sechs.

Der Ermittler beginnt morgen mit der Kontaktaufnahme und Befragung der sechs verbleibenden Personen.

Hochachtungsvoll
Jay Becker
Ermittler

Kopie an Mr. Hamlyn, Mr. Kohl, Mr. Keegan, Miß Tarnover

Angie blickte von dem Bericht hoch und rieb sich die Augen. Wir saßen nebeneinander und lasen gemeinsam.

»Junge!« sagte sie. »Der Bursche ist gründlich!«

»Typisch Jay«, sagte ich, »ein Vorbild für uns alle.«

Sie stupste mich an: »Sag schon – er ist dein Held!«

»Mein Held?« fragte ich. »Er ist mein Gott. Jay Becker könnte ohne große Mühe Jimmy Hoffa finden.«

Sie klopfte auf die Blätter seines Berichts. »Trotzdem scheint er Schwierigkeiten gehabt zu haben, sowohl Desiree Stone als auch Sean Price zu finden.«

»Vertrau ihm«, sagte ich und blätterte um.

Jay hatte drei Tage gebraucht, um die sechs Sean Prices abzuarbeiten, herausgekommen war dabei nicht viel. Der erste war ein Freigänger, der bis Ende Dezember 1995 eingesessen hatte. Der nächste war beidseitig gelähmt und praktisch ans Bett gefesselt. Ein dritter war Chemiker bei der Genzyme Corporation; er hatte im Herbst ein Projekt an der Universität Los Angeles betreut. Sean Edward Price aus Charlestown war ein Teilzeit-Dachdecker und Vollzeit-Rassist. Als Jay ihn fragte, ob er in letzter Zeit in den öffentlichen Parks oder im Boston Common gewesen sei, antwortete er »Wo sich die ganzen Schwuchteln und Linken und bettelnden Scheißneger, die sich davon Crack kaufen wollen, rumtreiben? Die sollten besser einen Zaun um die gesamte Innenstadt ziehen und sie vom Weltraum aus bombardieren, Mann!«

Sean Robert Price aus Braintree war ein klobiger, kahler Verkäufer einer Textilfirma, der nach einem Blick auf Desiree

Stones Foto sagte: »Wenn so eine Frau auch nur einmal flüchtig in meine Richtung blicken würde, hätte ich sofort einen Herzinfarkt.« Da er geschäftlich für die Küste südlich von Boston und den Norden von Cape Cod zuständig war, wäre es ihm unmöglich gewesen, sich unbemerkt in Boston aufzuhalten. Sein Chef versicherte Jay, daß er keine Fehltage habe.

Sean Armstrong Price aus Dover war ein Investmentberater für Shearson Lehman. Er versetzte Jay dreimal, und der Detektivbericht wies schon leichte Spuren von Erregung auf, als Jay ihn endlich aufstöberte. Price vergnügte seine Klientel im besten Steakhaus der Stadt. Jay zog sich einen Stuhl heran und fragte Price, warum er ihm aus dem Weg ginge. Price gab auf der Stelle zu, ein betrügerisches System entwickelt zu haben (er hielt Jay für einen Ermittler der Börsenaufsichtsbehörde), demzufolge er seinen Klienten riet, Aktienpakete von schlecht laufenden Firmen zu kaufen, in die Price über eine Tarnfirma bereits investiert hatte. Dieser Betrug lief schon seit Jahren, entdeckte Jay, und im Oktober und November war Sean Armstrong Price mehrmals verreist gewesen – auf die Kaiman-Inseln, die Niederländischen Antillen, nach Zürich –, um das Geld verschwinden zu lassen, das er überhaupt nicht hätte besitzen dürfen.

Zwei Tage später, notierte Jay, zeigte einer der Klienten, die Price ausgehalten hatte, ihn tatsächlich bei der Börsenaufsichtsbehörde an, und er wurde in seinem Büro in der Federal Street festgenommen. Las man zwischen den Zeilen der übrigen Angaben, die Jay über Price zusammengetragen hatte, so merkte man, daß er Price für zu schlicht hielt, für zu einseitig interessiert, zu fixiert auf Geld, um Desiree reinzulegen oder eine Verbindung mit ihr einzugehen.

Abgesehen von seinen kleinen Erfolgen erreichte Jay jedoch nichts, und nach fünf Tagen merkte man seinen Berichten langsam den Frust an. Die wenigen guten Freunde von Desiree hatten nach dem Tod der Mutter den Kontakt zu ihr verloren. Sie und ihr Vater hatten nur wenig miteinander gesprochen, auch Lurch oder dem Flummi hatte sie sich nicht anvertraut. Abgesehen von dem Sprühdosen-Anschlag auf Daniel Mahew war sie während ihrer Ausflüge in die Stadt auffällig unauffällig geblieben. Wenn sie nicht so hübsch wäre, schrieb Jay einmal, hätte man sie wahrscheinlich vollkommen übersehen.

Seit sie verschwunden war, hatte sie keine ihrer Kreditkarten gebraucht, keine Schecks ausgestellt; ihr Treuhandvermögen, ihre Aktien und Depotgelder waren unberührt geblieben. Eine Überprüfung ihres privaten Telefonanschlusses ergab, daß sie zwischen Juli und dem Tag ihres Verschwindens keine Telefongespräche geführt hatte.

»Keine Telefongespräche«, hatte Jay in seinem Bericht vom 20. Februar rot unterstrichen, und ich konnte spüren, daß er Frustration und verletzte Berufsehre schon überwunden hatte und langsam besessen wurde. »Es ist«, schrieb er am 22. Februar, »als hätte diese schöne Frau nie existiert.«

Als Trevor Stone die mangelnde Professionalität dieses Eintrags auffiel, benachrichtigte er Everett Hamlyn, und am Morgen des Dreiundzwanzigsten wurde Jay Becker zu einer Dringlichkeitssitzung mit Hamlyn, Adam Kohl und Trevor Stone in Trevors Haus gerufen. Trevor hatte Jays Berichten ein Protokoll beigelegt:

HAMLYN: Wir haben über die Form dieses Berichts zu sprechen.

BECKER: Ich war müde.

KOHL: Ausdrücke wie »schöne Frau«? In einem Dokument, das durch die ganze Firma geht? Wo haben Sie Ihren Kopf, Mr. Becker?

BECKER: Noch einmal: Ich war müde. Es tut mir leid, Mr. Stone.

STONE: Ich mache mir Sorgen, daß Sie ihre berufliche Distanz verlieren, Mr. Becker.

HAMLYN: Bei allem Respekt, Mr. Stone, aber meiner Meinung nach hat unser Detektiv den Abstand schon verloren.

KOHL: Zweifellos.

BECKER: Entziehen Sie mir den Fall?

HAMLYN: Wenn Mr. Stone unserer Empfehlung folgt ...

BECKER: Mr. Stone?

STONE: Überzeugen Sie mich vom Gegenteil, Mr. Becker. Es geht hier schließlich um das Leben meiner Tochter.

BECKER: Mr. Stone, ich gebe zu, daß es mich frustriert hat, weder Beweise für das Verschwinden Ihrer Tochter zu haben noch für diesen Sean Price, den sie angeblich kennengelernt hat. Dieser Frust führte zu einer gewissen Orientierungslosigkeit. Und ja, was Sie mir über Ihre Tochter erzählten, was ich von den Zeugen hörte und zweifellos auch ihre Schönheit trugen dazu bei, mich gefühlsmäßig mit ihr verbunden zu fühlen, was einer professionellen distanzierten Untersuchung sicherlich nicht zuträglich ist. Das ist alles richtig. Aber ich bin nah dran. Ich finde sie.

STONE: Wann?

BECKER: Bald. Sehr bald.

HAMLYN: Mr. Stone, ich bitte Sie ausdrücklich, uns die Erlaubnis zu geben, einen anderen Detektiv als Hauptermittler auf diesen Fall anzusetzen.

STONE: Ich gebe Ihnen noch drei Tage, Mr. Becker!

KOHL: Mr. Stone!

STONE: Drei Tage, um mir handfeste Beweise über den Aufenthaltsort meiner Tochter vorzulegen.

BECKER: Vielen Dank, Sir. Danke schön. Ich danke Ihnen.

»Das ist schlecht«, sagte ich.

»Was?« Angie zündete sich eine Zigarette an.

»Der Rest vom Protokoll ist egal, aber sieh dir Jays letzten Satz an. Er schleimt sich ein, kriecht ihm fast in den Arsch.«

»Er bedankt sich bei Trevor, weil er ihm den Job gerettet hat.«

Ich schüttelte den Kopf. »Das ist nicht Jay. Jay ist zu stolz. Er bringt gerade mal ein schlichtes ›Danke‹ heraus, wenn du ihn aus einem brennenden Auto gerettet hast. Er ist kein Typ, der ›Ich danke Ihnen‹ sagt. Dazu ist er zu großspurig. Und der Jay, den ich kenne, wäre auf die Barrikaden gegangen, wenn sie nur daran gedacht hätten, ihm den Fall zu entziehen.«

»Aber hier hat er den Faden verloren. Ich meine, sieh dir doch nur die letzten paar Einträge an, bevor das Treffen einberufen wurde.«

Ich stand auf, ging neben dem Eßzimmertisch auf und ab. »Jay kann jeden finden.«

»Das waren deine Worte.«

»Aber in diesem Fall hat er nach einer Woche niemanden gefunden. Keine Desiree. Keinen Sean Price.«

»Vielleicht hat er an den falschen Stellen gesucht.«

Ich beugte mich über den Tisch, bearbeitete meinen steifen Nacken und sah mir Desiree Stone noch einmal an. Auf einem Foto saß sie in einer Hollywoodschaukel auf der Veranda von Marblehead. Sie lachte, ihre leuchtend grünen Augen blickten dem Betrachter ins Gesicht. Das dichte schwarze Haar war zerzaust, sie trug einen zerlumpten Pullover und löchrige Jeans, sie war barfuß und zeigte ihre strahlend weißen Zähne.

Ihre Augen nahmen einen gefangen, keine Frage, aber es war mehr als das, was einen den Blick nicht mehr abwenden ließ. Sie hatte das, was der Leiter eines Castings in Hollywood wohl »Präsenz« nennen würde. Selbst dieser eingefrorene Augenblick strahlte eine Aura von Stärke, Kraft, natürlicher Sinnlichkeit aus, eine seltsame Mischung aus Verletzlichkeit und Selbstbewußtsein, aus Lust und Unschuld.

»Du hast recht«, sagte ich.

»Was meinst du?« fragte Angie.

»Sie ist hübsch.«

»Mach keine Witze. Ich würde einiges darum geben, in einem alten Pullover und zerrissenen Jeans so gut auszusehen. Mensch, ihr Haar sieht aus, als hätte sie es seit einer Woche nicht gebürstet, und trotzdem sieht sie klasse aus.«

Ich verzog mein Gesicht. »Du sparst ja nicht gerade mit Komplimenten, Ange.«

»Oh, bitte.« Sie drückte ihre Zigarette aus und betrachtete das Foto mit mir. »Ich bin hübsch. Okay. Manche Männer würden vielleicht sagen, ich sei schön.«

»Oder wunderschön. Oder wahnsinnig, atemberaubend, sexy . . .«

»Gut«, sagte sie. »In Ordnung. Einige Männer vielleicht. Das kann sein. Einige Männer. Aber nicht alle. Viele würden sagen, ich sei nicht ihr Typ, sehe zu italienisch aus, zu klein, bin zu sehr dies und nicht genug das.«

»Um der Diskussion willen«, sagte ich, »in Ordnung. Ich kann dir folgen.«

»Aber sie hier«, sagte sie und tippte mit dem Zeigefinger auf Desirees Stirn, »du wirst keinen Mann finden, der sie nicht attraktiv findet.«

»Sie hat was«, lenkte ich ein.

»Hat was?« antwortete sie, »Patrick, sie ist perfekt.«

Zwei Tage nach der Dringlichkeitssitzung bei Trevor Stone tat Jay Becker etwas, das ihn als völligen Spinner hätte dastehen lassen, wenn es sich nicht als Geniestreich erwiesen hätte.

Er wurde zu Desiree Stone.

Er rasierte sich nicht mehr, vernachlässigte sein Haar und sein Aussehen und aß nicht mehr. Bekleidet mit einem teuren, aber zerknitterten Anzug begab er sich auf Desirees Spuren durch den Emerald Necklace. Diesmal jedoch tat er es nicht als Ermittler; er tat es als Desiree.

Er saß auf derselben Bank auf der Commonwealth-Avenue-Promenade, auf demselben Streifen Gras im Park, unter denselben Bäumen im Public Garden. Wie er in seinen Berichten anmerkte, hoffte er anfangs, daß ihn jemand – vielleicht Sean Price – auf den Verdacht hin anspreche würde, daß Jay verletzt war, verzehrt von Trauer. Aber als nichts geschah, versuchte er statt dessen, sich in die Gemütslage hineinzuversetzen, in der sich Desiree seiner Meinung nach in den Wochen vor ihrem Verschwinden befunden hatte. Er blickte mit ihren Augen umher, hörte mit ihren Ohren, wartete und bat Gott, wie sie es wahrscheinlich getan hatte, um Kontakt zu Menschen, um ein Ende der Trauer, um einen Menschen, der ihren Verlust nachfühlen und teilen konnte.

»Trauer«, schrieb Jay in den Bericht jenes Tages. »Immer wieder komme ich auf die Trauer zurück. Wodurch konnte sie gelindert werden? Wodurch konnte sie geändert werden? Was konnte sie berühren?«

Die meiste Zeit allein in den winterlichen Parks, während ein feiner Schnee den Blick vernebelte, hätte Jay beinahe nicht gesehen, was genau vor ihm lag und durch sein Unterbewußtsein wühlte, seit er den Fall vor neun Tagen angenommen hatte.

Trauer, dachte er immer wieder. Trauer.

Und dann sah er es von der Bank auf der Commonwealth Avenue aus, er sah es von dem Flecken Gras im Park, er sah es vom Platz unter dem Baum im Public Garden.

Trauer.

Nicht das Gefühl, sondern das kleine goldene Namensschild.

TRAUER & TROST AG stand darauf.

Ein goldenes Namensschild befand sich auf der Fassade der Zentrale direkt gegenüber der Bank auf der Commonwealth Avenue, ein anderes an der Tür des Trauer & Trost-Therapiezentrums in der Beacon Street. Und das Büro von Trauer & Trost AG befand sich einen Block weiter in einem roten Backsteinhaus in der Arlington Street.

Trauer & Trost AG. Als es ihm dämmerte, muß Jay Becker hysterisch gelacht haben.

Zwei Tage, nachdem Jay Trevor Stone und Hamlyn & Kohl berichtet hatte, daß er genügend Beweismaterial für die Vermutung gefunden habe, Desiree Stone sei bei der Trauer & Trost AG gewesen und daß es genügend Ungereimtheiten bezüglich dieser Organisation gäbe, tauchte Jay unter.

Er betrat das Büro von Trauer & Trost und bat um ein Gespräch mit einem Berater. Dem erzählte er dann, daß er in Ruanda und in Bosnien freiwilliger Helfer der UNO gewesen sei (Freunde von Adam Kohl bei der UNO deckten ihn) und daß er einen völligen psychischen und emotionalen Zusammenbruch erlitten habe.

Noch in derselben Nacht besuchte er ein Intensivsemiar für akute Opfer von Trauer. Jay berichtete Everett Hamlyn in einem auf Band aufgenommenen Gespräch während der frühen

Morgenstunden des 27. Februar, daß Trauer & Trost seine Kunden in sechs verschiedene Trauerkategorien einordnete: Erste Stufe (Unbehagen); zweite Stufe (Einsamkeit); dritte Stufe (ernst, feindselig oder emotional entfremdet); vierte Stufe (gefährdet); fünfte Stufe (akut); und sechste Stufe (Wendepunkt).

Jay erklärte, »Wendepunkt« bedeute, daß ein Patient den Punkt erreicht habe, an dem er entweder verrückt oder sich mit seinem Zustand abfinden würde.

Um festzustellen, ob jemand auf Stufe fünf Gefahr lief, auf Stufe sechs zu gelangen, hielt Trauer & Trost Leute auf Stufe fünf an, an einem Befreiungsseminar teilzunehmen. Wie es der Zufall wollte, sagte Jay, begann das nächste Befreiungsseminar am nächsten Tag, dem 28. Februar, auf Nantucket.

Nach dem Anruf bei Trevor Stone genehmigten Hamlyn & Kohl Extraausgaben in Höhe von zweitausend Dollar, und Jay fuhr zum Befreiungsseminar.

»Sie ist hier gewesen«, erzählte Jay Everett Hamlyn bei den Telefongesprächen. »Desiree. Sie ist in der Trauer & Trost-Zentrale auf der Commonwealth Avenue gewesen.«

»Woher weißt du das?«

»Im Gemeinschaftsraum gibt es ein Schwarzes Brett. Da hängen alle möglichen Fotos, du weißt schon: Thanksgiving-Party, Geht-es-uns-nicht-allen-verdammt-gut-Party, dieser Scheiß. Sie ist auf einem zu sehen, im Hintergrund eines Gruppenfotos. Ich habe sie, Everett. Ich fühle es.«

»Sei vorsichtig, Jay«, mahnte Everett Hamlyn.

Das war Jay. Am 1. März kehrte er unversehrt von Nantukket zurück. Er rief Trevor Stone an und sagte ihm, er sei gerade wieder in Boston angekommen und würde in einer Stunde mit den neuesten Nachrichten in Marblehead vorbeikommen.

»Haben Sie sie gefunden?« fragte Trevor.

»Sie lebt!«

»Sind Sie sicher?«

»Ich habe es Ihnen gesagt, Mr. Stone«, sagte Jay mit einem Anflug seines alten Stolzes, »niemand kann sich vor Jay Bekker verstecken. Niemand.«

»Wo sind Sie? Ich schicke Ihnen ein Auto.«

Jay lachte. »Keine Sorge. Ich bin dreißig Kilometer weit weg. Ich bin in Null Komma nichts bei Ihnen.«

Und irgendwo auf dieser Strecke von dreißig Kilometern verschwand auch Jay.

5

Fin de siècle«, sagte Ginny Regan.

»Fin de siècle«, wiederholte ich, »ja.«

»Und das geht Ihnen nah?« fragte sie.

»Natürlich«, antwortete ich. »Ihnen etwa nicht?«

Ginny Regan war die Empfangsdame in den Büroräumen von Trauer & Trost AG, und sie wirkte ein bißchen durcheinander. Ich konnte es ihr nicht übelnehmen. Ich glaube nicht, daß sie den Unterschied zwischen Fin de siècle und Mixed Pickles kannte, und wenn ich nicht vorher ein Wörterbuch konsultiert hätte, hätte ich es auch nicht gewußt. Trotzdem stand ich hier und sog mir diesen Quatsch aus den Fingern und war selbst schon ganz durcheinander. Chico Marx, ich mußte immer wieder an Chico Marx denken. Was hätte er aus so einer Situation gemacht?

»Na ja«, sagte Ginny, »ich weiß nicht genau.«

»Sie wissen nicht genau?« Ich hämmerte mit der Handfläche auf ihren Schreibtisch. »Wie können Sie das nicht wissen? Ich meine, wenn Sie über Fin de siècle sprechen, dann haben Sie ein ganz schön heikles Thema. Jahrtausendwende, absolutes Chaos, nuklearer Weltuntergang und Wanzen so groß wie Range Rover.«

Ginny sah mich nervös an, während sich hinter ihr im Büro ein Mann in einem beigebraunen Anzug einen Mantel überzog und auf die kleine Schwingtür zukam, die den Empfangsraum mit Ginnys Schreibtisch von den Büroräumen trennte.

»Ja«, sagte Ginny. »Natürlich. Es ist ernst. Aber ich habe . . .«

»Das Menetekel an der Wand, Ginny. Die Gesellschaft bricht an den Rändern auseinander. Es gibt Beweise: die Anschläge in Oklahoma City und auf das World Trade Center, David Hasselhoff. Das alles.«

»Guten Abend, Ginny«, sagte der Mann im Mantel und drückte die Schwingtür neben Ginnys Schreibtisch auf.

»Oh, guten Abend, Fred«, erwiderte Ginny.

Fred blickte mich an.

Ich grinste: »n'Abend, Fred.«

»Hm, ja«, murmelte Fred. »Nun gut.« Und ging.

Ich warf einen kurzen Blick auf die Wand über Ginnys Schulter: 17.22 Uhr. Soweit ich sehen konnte, waren alle Büroangestellten nun nach Hause gegangen. Alle außer Ginny jedenfalls. Arme Ginny.

Ich kratzte mich mehrmals im Nacken, mein »Alles klar«-Zeichen für Angie, und bannte Ginny durch meinen gütig-glücklichen, wohlmeinend-irren Blick.

»Ich komme morgens immer schlechter aus dem Bett«, sagte ich, »immer schlechter.«

»Sie sind depressiv!« sagte Ginny dankbar, als hätte sie endlich verstanden, was ihr vorher nicht in den Kopf gehen wollte.

»Von Trauer zerfressen bin ich, Ginny. Zerfressen!«

Als ich ihren Namen aussprach, zuckte sie zusammen, lächelte dann aber. »Von Trauer zerfressen wegen, ähm, Fin de säckel?«

»Fin de siècle«, verbesserte ich sie. »Ja, sehr sogar. Ich meine, ich finde seine Methoden nicht gerade toll, verstehen Sie, aber vielleicht hatte Ted Kaczynski doch recht.«

»Ted«, sagte sie.

»Kaczynski«, ergänzte ich.

»Kaczynski.«

»Der Unabomber«, erklärte ich.

»Der Unabomber«, wiederholte sie langsam.

Ich lächelte sie an.

»Ach!« rief sie plötzlich. »Der Unabomber!« Ihre Augen

weiteten sich, sie schien irgendwie erregt und von einem großen Gewicht befreit. »Jetzt hab' ich's verstanden.«

»Wirklich?« Ich beugte mich vor.

Ihre Augen blickten verwirrt. »Nein.«

»Ach.« Ich richtete mich wieder auf.

In einer Ecke des Büros wurde hinter Ginnys Rücken ein Fenster geöffnet. Die Kälte, schoß es mir durch den Kopf. Sie wird die Kälte spüren.

Ich beugte mich über ihren Schreibtisch. »Die heutige kritische Einstellung gegenüber den Errungenschaften unserer Kultur verwirrt mich, Ginny.«

Sie fuhr zusammen, lächelte dann wieder. Ich schien richtig zu liegen. »Das stimmt.«

»Ganz und gar«, pflichtete ich bei, »und die Verwirrung macht mich wütend, und die Wut deprimiert mich, und die Depression« –, ich erhob meine Stimme donnernd, während Angie über die Fensterbank glitt, Ginnys Augen bei meinem Anblick so groß wie Frisbeescheiben wurden und sie mit der linken Hand in die Schreibtischschublade griff –, »läßt mich trauern! Echte Trauer, das ist kein Spaß, über den Verfall der Künste und des kritischen Geistes und über das Ende des Jahrtausends und die damit einhergehende Fin-de-siècle-Stimmung.«

Angie schloß das Fenster hinter sich. Sie trug Handschuhe.

»Mr. . . .«, begann Ginny.

»Doohan«, sagte ich. »Deforest Doohan.«

»Mr. Doohan«, sagte sie. »Ja. Ich weiß nicht, ob Trauer das richtige Wort für Ihr Problem ist.«

»Und Björk«, sagte ich, »erklären Sie mir Björk.«

»Kann ich nicht«, erwiderte sie. »Aber Manny kann es bestimmt.«

»Manny?« fragte ich, während sich hinter mir eine Tür öffnete.

»Ja, Manny«, sagte Ginny mit dem Anflug eines selbstzufriedenen Lächelns. »Manny ist einer unserer Berater.«

»Sie haben Berater«, staunte ich, »die Manny heißen?«

»Hallo, Mr. Doohan«, begrüßte mich Manny und stellte sich mit ausgestreckter Hand vor mich.

Manny, wurde mir schnell klar, als ich mir meinen Hals beim Hochsehen verrenkte, war riesig. Manny war gigantisch. Ehrlich gesagt, war Manny gar kein Mensch. Er war ein Industriekomplex auf zwei Beinen.

»Hi, Manny«, sagte ich, und meine Hand verschwand in seiner Catcherpranke.

»Hi, Mr. Doohan. Was ist Ihr Problem?«

»Leid«, antwortete ich.

»Davon gibt's momentan 'ne Menge«, sagte Manny. Und grinste.

Manny und ich gingen vorsichtig über die vereisten Bürgersteige und Straßen um die Ecke des Public Garden zum Trauer & Trost-Therapiezentrum in der Beacon Street.

Manny erklärte mir freundlich, daß ich den gängigen, verständlichen Fehler gemacht hätte und in das Bürohaus von Trauer & Trost gegangen wäre, obwohl ich offensichtlich eher Hilfe therapeutischer Art suchte.

»Offensichtlich«, stimmte ich zu.

»Also, was haben Sie auf dem Herzen, Mr. Doohan?« Für einen Mann von seiner Statur hatte Manny eine sehr sanfte Stimme. Es war die ruhige, ernsthafte Stimme eines lieben Onkels.

»Ach, ich weiß nicht, Manny«, sagte ich, während wir an der Ecke Beacon und Arlington auf eine Lücke im Feierabendverkehr warteten. »In letzter Zeit hat mich der allgemeine Zustand betrübt. Die Welt, wissen Sie. Amerika.«

Manny faßte mich am Ellenbogen und führte mich durch eine Lücke im Verkehr. Seine Hand war fest und stark, und er ging mit den Schritten eines Mannes, der niemals Angst hatte oder auch nur zögerte. Als wir auf der anderen Seite der Beacon Street ankamen, ließ er seine Hand wieder sinken, und wir gingen gegen den Wind in Richtung Osten.

»Was machen Sie beruflich, Mr. Doohan?«

»Werbung«, sagte ich.

»Ach«, erwiderte er. »Ach so. Einer von der Medienmafia.«

»Wenn Sie meinen, Manny.«

Als wir uns dem Therapiezentrum näherten, bemerkte ich eine mir schon bekannte Gruppe junger Leute um die achtzehn Jahre mit weißen Hemden und akkurat gebügelten, olivgrünen Hosen. Es waren allesamt Männer, alle trugen sorgfältig geschnittenes Haar und identische Fliegerjacken aus Leder.

»Haben Sie ›Die Botschaft‹ bekommen?« fragte einer von ihnen ein älteres Ehepaar vor uns. Er hielt der Frau ein Blatt Papier entgegen, aber sie drängte sich mit einem geübten Schritt zur Seite an ihm vorbei, so daß er das Papier ins Leere hielt.

»Botschafter«, sagte ich zu Manny.

»Ja«, seufzte er. »Aus irgendeinem Grund ist diese Ecke bei ihnen besonders beliebt.«

»Botschafter« war die Bostoner Bezeichnung für diese ernsten Jugendlichen, die plötzlich aus der Menge hervortraten und einem Informationsmaterial entgegenhielten. Meistens waren es Männer, manchmal Frauen, sie trugen weiß-grüne Uniformen und hatten kurzes Haar, sie blickten normalerweise freundlich und unschuldig und hatten nur einen ganz kleinen fiebrigen Schimmer in den Augen.

Sie waren Mitglieder der Church of Truth, und sie waren ausnahmslos höflich. Sie wollten nur, daß man sich ein paar Minuten Zeit nahm und ihrer »Botschaft« lauschte, die, glaube ich, etwas zu tun hatte mit der bevorstehenden Apokalypse oder der Ewigen Glückseligkeit oder was auch immer passierte, wenn die vier Apokalyptischen Reiter vom Himmel herunterstiegen und die Tremont Street herunterritten und sich die Hölle unter der Erde öffnete, um die Sünder zu verschlucken oder die Menschen, die die Botschaft ignorierten, was meiner Meinung nach praktisch auf dasselbe rauslief.

Diese Jugendlichen hier arbeiteten mit vollem Einsatz, sie tanzten um die Leute herum und schlängelten sich durch die trägen Massen von Passanten, die nach getaner Arbeit nach Hause wollten.

»Möchten Sie nicht ›Die Botschaft‹ erhalten, solange noch Zeit ist?« fragte einer von ihnen verzweifelt einen Mann, der das Blatt nahm und es beim Weitergehen in der Faust zerknüllte.

Aber Manny und ich waren scheinbar unsichtbar. Nicht einer von ihnen trat an uns heran, als wir auf den Eingang des Therapiezentrums zugingen. Sie wichen uns eher erschrocken aus.

Ich sah Manny an: »Kennen Sie diese Leute?«

Er schüttelte seinen riesigen Kopf. »Nein, Mr. Doohan.«

»Die scheinen Sie aber zu kennen, Manny.«

»Wahrscheinlich, weil ich so oft hier rumlaufe.«

»Bestimmt«, bestätigte ich.

Als er die Tür öffnete und ein wenig beiseite trat, damit ich vorgehen konnte, blickte ihn einer der Jugendlichen an. Er war ungefähr siebzehn, auf seinen Wangen blühte eine leichte Akne. Er hatte O-Beine und war so dünn, daß die nächste heftige Windböe ihn bestimmt umwerfen würde. Er blickte Manny nur eine Viertelsekunde lang an, aber dieser Blick sprach Bände.

Dieser Junge hatte Manny zweifellos schon einmal gesehen, und er hatte Angst vor ihm.

6

»Hallo!« »Hallo!«

»Hallo!«

»Schön, dich zu sehen!«

Vier Menschen kamen aus dem Haus, als Manny und ich eintraten. Und was für glückliche Menschen. Drei Frauen und ein Mann, ihre Gesichter glänzten vor Freude, ihre Augen waren hell und klar, ihre Körper bebten fast vor Kraft.

»Mitarbeiter?« fragte ich.

»Hmm?« sagte Manny.

»Die vier«, erklärte ich, »Mitarbeiter?«

»Und Patienten«, antwortete Manny.

»Sie meinen, einige sind Mitarbeiter, andere Patienten?«

»Ja«, sagte Manny. Etwas begriffsstutzig, unser Manny.

»Sie sehen aber nicht sonderlich gebeutelt aus.«

»Wir wollen ja auch heilen, Mr. Doohan. Ich würde sagen, Ihr Urteilsvermögen ist Ihr starker Punkt, was?«

Wir gingen durch das Foyer und stiegen auf der rechten Seite einer Flügeltreppe empor, die den größten Teil der Eingangshalle einzunehmen schien. Die Treppenstufen waren mit Teppich ausgelegt, und ein Kronleuchter von der Größe eines Cadillacs hing auf halber Höhe zwischen den Treppen.

Es mußte eine Menge Trauer geben, damit das alles hier bezahlt werden konnte. Kein Wunder, daß hier jeder so glücklich zu sein schien. Trauer war offensichtlich eine Wachstumsbranche.

Oben auf der Treppe stieß Manny die beiden Flügel einer großen Eichentür auf, und wir betraten ein Parkett, das sich über eine Meile zu erstrecken schien. Der Raum war wohl mal ein Ballsaal gewesen. Die Decke war zwei Stockwerke hoch und in einem hellen Blau gestrichen, auf das nebeneinander schwebende goldene Engel und mythische Figuren gemalt waren. Weitere Kronleuchter teilten sich den Platz mit den Engeln. An den Wänden hingen schwerer dunkelroter Brokat und alte Gobelins. Sofas und Sessel und der eine oder andere Tisch standen in dem Raum, wo einst bestimmt die standhaftesten Viktorianer Bostons getanzt und geplaudert hatten.

»Nicht schlecht, das Haus«, bemerkte ich.

»Auf jeden Fall«, antwortete Manny, während mehrere leidgeplagte Menschen von ihren Sofas zu uns aufblickten.

Ich mußte wohl annehmen, daß es wieder ein paar Patienten und ein paar Berater waren, konnte sie aber nicht auseinanderhalten und hatte das dumpfe Gefühl, der alte Manny konnte mir dabei auch nicht unbedingt behilflich sein.

»Hört mal her«, sagte Manny, während wir uns durch das Labyrinth der Couchen zwängten, »das ist Deforest.«

»Hallo, Deforest!« riefen zwanzig Stimmen unisono.

»Hallo!« brachte ich hervor und sah mich ein wenig um.

»Deforest leidet ein wenig an der Jahrtausendwende-Krankheit«, erklärte Manny und führte mich weiter in den Raum hinein. »Die kennen wir ja alle.«

Mehrere Stimmen riefen: »Ja, o ja«, als befänden wir uns auf einem Pfingsttreffen, und die Harlem-Gospel-Singers müßten jeden Moment auftreten.

Manny brachte mich zu einem Tisch ganz hinten und wies mich an, in einem Sessel Platz zu nehmen. Der Sessel war aus so dickem Plüsch, daß ich befürchtete, darin zu versinken; ich setzte mich aber trotzdem, und Manny wuchs um weitere dreißig Zentimeter, während ich immer tiefer sank und er auf einem Stuhl mit hoher Lehne hinter dem Tisch Platz nahm.

»Also, Deforest«, sagte Manny und holte ein leeres Blatt aus der Schublade, »wie können wir Ihnen helfen?«

»Ich weiß nicht genau.«

Er lehnte sich in seinem Stuhl zurück, breitete die Arme aus und lächelte: »Versuchen Sie's!«

Ich zuckte die Achseln. »Vielleicht war es eine dumme Idee. Ich lief nur gerade an dem Haus vorbei, sah das Schild . . .« Nochmals Achselzucken.

»Und Sie fühlten einen Ruck.«

»Was fühlte ich?«

»Einen Ruck.« Er beugte sich vor. »Sie fühlen sich deplaziert, habe ich recht?«

»Ein bißchen schon«, gestand ich und blickte auf meine Schuhe.

»Vielleicht ein bißchen, vielleicht sehr. Wir werden sehen. Auf jeden Fall aber deplaziert. Und dann sind Sie unterwegs, spüren das Gewicht auf Ihrer Brust, das Sie schon so lange ertragen, daß Sie es kaum noch bemerken. Dann sehen Sie das Schild. Trauer & Trost. Und Sie merken, wie es Sie anzieht. Weil es genau das ist, was Sie suchen. Erlösung. Von Ihrer Verwirrung, Ihrer Einsamkeit, Ihrer Deplaziertheit.« Er zog eine Augenbraue nach oben. »Ungefähr richtig?«

Ich räusperte mich, sah an ihm vorbei, als sei ich zu verschämt, ihm direkt in die Augen zu blicken. »Vielleicht.«

»Nicht ›vielleicht‹«, sagte er, »sondern ja. Sie haben Schmerzen, Deforest. Und wir können Ihnen helfen.«

»Wirklich?« fragte ich und ließ meine Stimme dabei leicht kippen. »Können Sie wirklich?« fragte ich nochmals.

»Können wir. Aber nur«, er hielt einen Finger hoch, »wenn Sie uns vertrauen.«

»Vertrauen ist nicht leicht«, antwortete ich.

»Das stimmt. Aber Vertrauen muß die Grundlage unserer Zusammenarbeit sein, wenn es klappen soll. Sie müssen mir vertrauen.« Er klopfte sich auf die Brust. »Und ich muß Ihnen vertrauen. Dann können wir auf eine Verbindung hinarbeiten.«

»Was für eine Verbindung?«

»Eine menschliche.« Seine freundliche Stimme war noch sanfter geworden. »Das einzige, was zählt. Deforest, aus fehlender Verbindung mit anderen menschlichen Wesen entsteht

Trauer, und daraus entsteht Schmerz. In der Vergangenheit wurde Ihr Vertrauen enttäuscht, Ihr Glaube an die Menschen wurde erschüttert, sogar zerstört. Sie wurden betrogen. Belogen. Sie haben sich entschlossen, nicht mehr zu vertrauen. Und das schützt Sie in gewisser Weise, sicher. Aber es isoliert Sie auch vom Rest der Menschheit. Sie sind abgeschnitten. Sie fühlen sich deplaziert. Und der einzige Weg, wieder einen Platz zu finden, eine Verbindung einzugehen, geht über das Vertrauen.«

»Und Sie wollen, daß ich Ihnen vertraue.«

Er nickte. »Einmal müssen Sie es versuchen.«

»Und warum sollte ich Ihnen vertrauen?«

»Weil ich es wert bin. Glauben Sie mir. Aber das gilt für beide Seiten, Deforest.«

Ich blickte fragend.

»Ich muß Ihnen auch vertrauen«, sagte er.

»Und wie kann ich beweisen, daß ich Ihr Vertrauen wert bin, Manny?«

Er faltete die Hände über dem Bauch. »Indem Sie mir zuerst einmal sagen, warum Sie eine Waffe tragen.«

Er war gut. Ich hatte meine Pistole auf dem Rücken in einem Halfter am Hosenbund verstaut. Um wie ein Werbefachmann auszusehen, trug ich einen weit geschnittenen Anzug und darüber einen schwarzen Mantel. Die Waffe zeichnete sich nicht unter der Kleidung ab. Manny war sehr gut.

»Angst«, sagte ich und versuchte, unschuldig dreinzuschauen.

»Verstehe.« Er beugte sich vor und schrieb »Angst« auf das linierte Blatt Papier auf dem Tisch. Auf dem oberen Rand notierte er »Deforest Doohan«.

»Wirklich?«

Sein Gesichtsausdruck war unverbindlich, nichtssagend. »Irgendwelche besonderen Ängste?«

»Nein«, antwortete ich. »Bloß das allgemeine Gefühl, daß

es ziemlich gefährlich ist auf der Welt und daß ich mich manchmal verloren fühle.«

Er nickte. »Natürlich. Das ist heutzutage eine geläufige Beschwerde. Die Menschen haben oft das Gefühl, daß sie selbst die alltäglichsten Dinge in dieser so großen, modernen Welt nicht mehr kontrollieren können. Sie fühlen sich isoliert, klein, haben Angst, daß sie sich im Labyrinth einer technokratischen, industrialisierten Welt verirrt haben, die so gewuchert ist, daß sie nicht mehr in der Lage ist, ihre bösen Energien im Zaum zu halten.«

»So ähnlich«, sagte ich.

»Wie Sie sagten, ist es eine Fin-de-siècle-Stimmung, die immer am Ende eines Jahrhunderts auftritt.«

»Ja.«

»Fin de siècle« hatte ich nicht in Mannys Gegenwart gesagt.

Das bedeutete, daß die Büros verwanzt waren.

Ich versuchte, das Flackern dieser Erkenntnis in meinen Augen zu unterdrücken, doch es gelang mir offenbar nicht, da sich Mannys Blick plötzlich verdunkelte. Wir durchschauten einander, und dies ließ die Stimmung explosiv werden.

Es war geplant gewesen, daß Angie einstieg, bevor die Alarmanlage eingeschaltet wurde. Natürlich würde sie sie auf dem Weg nach draußen auslösen, aber sie wäre längst verschwunden, bis jemand einträfe. Das war nun graue Theorie, denn keiner von uns hatte die Möglichkeit eines Abhörsystems bedacht.

Manny starrte mich an, die Augenbrauen hochgezogen, und preßte die Lippen gegen das von seinen Händen gebildete Dreieck. Er sah jetzt nicht mehr wie ein netter großer Onkel aus, auch nicht wie ein Trauerberater. Er sah aus wie ein fieses Arschloch, mit dem man sich besser nicht anlegte.

»Wer sind Sie, Mr. Doohan? In Wirklichkeit?«

»Ich bin ein Werbefachmann, dem die moderne Kultur große Angst bereitet.«

Er nahm die Hände herunter und betrachtete sie. »Aber Sie haben keine weichen Finger«, widersprach er. »Und einige Ihrer Fingerknöchel sehen aus, als seien sie im Laufe der Jahre mal gebrochen gewesen. Und Ihr Gesicht –«

»Mein Gesicht?« Ich merkte, daß es im Raum totenstill wurde.

Manny blickte jemanden oder etwas hinter meinem Rücken an. »Ja, Ihr Gesicht. In der richtigen Beleuchtung kann ich unter Ihrem Bart an den Wangen Narben erkennen. Sehen aus wie von Messern, Mr. Doohan. Vielleicht sogar Rasierklingen?«

»Und wer sind Sie, Manny?« fragte ich. »Sie sehen auch nicht gerade aus wie ein Trauerberater.«

»Ja, aber hier geht's nicht um mich.« Er blickte wieder über meine Schulter hinweg, und dann klingelte das Telefon auf seinem Schreibtisch. Er grinste und hob ab. »Hallo?« Beim Zuhören zog er die linke Augenbraue hoch und suchte Blickkontakt mit mir. »Das macht Sinn«, sprach er ins Telefon, »er arbeitet wahrscheinlich nicht allein. Egal, wer da im Büro ist«, er lächelte mich an, »hau richtig drauf. Die sollen es spüren.«

Manny legte auf und griff in seine Schublade. Im selben Moment wuchtete ich mich aus meinem Sessel hoch, stieß ihn unter mir weg und kippte den Tisch auf Mannys Brust.

Der Typ, der hinter mir gestanden und Blickkontakt mit Manny gehabt hatte, kam von rechts auf mich zu, doch ich spürte ihn, noch bevor ich ihn sah. Ich wich nach rechts aus, ließ den Ellbogen angewinkelt und traf ihn so stark mitten im Gesicht, daß mein Musikantenknochen bebte und die Finger taub wurden.

Manny schob den Schreibtisch zurück und stand auf, während ich um den Tisch herumkam und ihm die Pistole ans Ohr hielt.

Angesichts der Tatsache, daß ihm eine automatische Waffe

an den Kopf gehalten wurde, war Manny sehr gelassen. Er sah nicht verängstigt aus. Er sah eher aus, als hätte er sowas schon öfter erlebt. Er sah verärgert aus.

»Wahrscheinlich wollen Sie mich als Geisel benutzen, hm?« Er kicherte. »Ich bin ziemlich groß zum Herumschleppen, Junge. Haben Sie das bedacht?«

»Habe ich.«

Und ich schlug ihm mit dem Kolben der Pistole auf die Schläfe.

Bei den meisten hätte das vollkommen gereicht. Wie im Kino würden sie wie ein Mehlsack schwer atmend zu Boden sinken. Aber nicht Manny; ich hatte es aber auch nicht erwartet.

Als sein Kopf nach dem Schlag auf die Schläfe zurückschnellte, schlug ich ihn nochmals zwischen Nacken und Schlüsselbein und dann wieder auf die Schläfe. Beim letzten Treffer hatte ich Glück, denn er hatte schon seine riesigen Arme erhoben und hätte mich wie ein Sofakissen durch das Zimmer geschleudert, wenn seine Augen nicht statt dessen in ihre Höhlen zurückgerollt wären. Er fiel wieder in seinen umgestürzten Stuhl und lag am Boden. Ein von der Decke fallendes Klavier hätte nicht viel mehr Lärm verursacht.

Ich wirbelte herum und richtete meine Waffe nun auf den Typen, der mit meinem Ellbogen zusammengestoßen war. Er war drahtig wie ein Jogger, das kurzgeschorene schwarze Haar an den Seiten hob sich von dem kahlen Streifen in der Mitte ab. Er stand auf, Blut tropfte ihm vom Kopf in die Hände.

»Hey, du«, rief ich, »Arschloch!«

Er sah mich an.

»Nimm die Hände hoch und geh vor mir her!«

Er blinzelte.

Ich streckte meinen Arm aus und richtete die Waffe auf ihn. »Los!«

Er faltete die Hände über dem Kopf und ging los, meine Pistole zwischen seinen Schulterblättern. Die Menge glücklicher, strahlender Menschen teilte sich vor uns, sie wirkten dabei gar nicht mehr so glücklich und strahlend. Sie sahen giftig aus, wie Nattern, in deren Nest man herumstocherte.

Auf halbem Weg sah ich einen Typen hinter einem Schreibtisch stehen, der einen Telefonhörer ans Ohr hielt. Ich spannte den Hahn meiner Pistole und richtete sie auf ihn. Er ließ den Hörer sinken.

»Auflegen!« befahl ich.

Er folgte mit zitternden Händen.

»Weg vom Schreibtisch!«

Er gehorchte.

Der Typ vor mir mit dem lädierten Gesicht rief in den Raum: »Keiner ruft die Polizei!« Dann an mich gewandt: »Sie sitzen tief in der Scheiße.«

»Wie heißt du?« fragte ich und stieß ihm die Pistole in den Rücken.

»Fick dich«, sagte er.

»Netter Name. Ist das Schwedisch?« fragte ich.

»Sie sind so gut wie tot.«

»Hmm.« Ich langte mit meiner freien Hand nach ihm und schlug mit den Fingern leicht auf seine gebrochene Nase.

Eine wie erstarrt dastehende Frau zu unserer Linken sagte: »O Gott!«, und Mr. Fick dich keuchte und schwankte einen Moment, bevor er sein Gleichgewicht wiederfand.

Wir erreichten die Flügeltür, und ich hielt Fick dich an, indem ich meine freie Hand auf seine Schultern legte und die Mündung der Pistole an sein Kinn. Dann griff ich nach unten und zog ihm die Geldbörse aus der Gesäßtasche, klappte sie auf und las den Namen von seinem Führerschein ab: John Byrne. Ich ließ das Portemonnaie in meine Manteltasche gleiten.

»John Byrne«, flüsterte ich ihm ins Ohr, »wenn auf der anderen Seite der Tür jemand steht, hast du ein Loch mehr im Gesicht, verstanden?«

Von seiner Wange tropfte Schweiß und Blut auf den Kragen seines weißen Hemdes. »Ja«, sagte er.

»Gut. Gehen wir, John!«

Ich sah zurück auf all die glücklichen Leute. Niemand hatte sich bewegt. Manny war wahrscheinlich der einzige, der eine Pistole im Schreibtisch verwahrte.

»Jeder, der uns durch diese Tür folgt«, sagte ich mit leicht rauher Stimme, »wird sterben, okay?«

Einige nickten, dann drückte John Byrne die Tür auf.

Ich stieß ihn nach draußen, blieb dicht hinter ihm, dann standen wir auf dem Treppenabsatz.

Die Treppe war leer.

Ich drehte John Byrne um, so daß er in den Ballsaal zurückblickte. »Mach die Tür zu!«

Er gehorchte, dann stieß ich ihn wieder an, und wir stiegen die Treppe hinunter. Es gibt nicht viele Orte mit weniger Platz zum Manövrieren oder Verstecken als eine Doppeltreppe. Ich versuchte, das Schlucken nicht zu vergessen, während meine Augen nach links, rechts, oben, unten und wieder zurück schossen, doch mein Mund war trocken. Auf halbem Weg spürte ich, daß John seinen Körper anspannte. Ich riß ihn wieder an mich heran und stieß ihm die Mündung der Pistole in den Rücken.

»Willst du mich vielleicht die Treppe runterstoßen, John?«

»Nein«, preßte er durch die Zähne. »Nein.«

»Gut«, sagte ich. »Das wäre auch wirklich dumm.«

Er entspannte sich wieder, und ich schob ihn voran. Wir gingen die Treppe ganz hinunter. Sein Blut, vermischt mit Schweiß, war auf den Ärmel meines Mantels getropft und hatte dort einen rostroten feuchten Fleck hinterlassen.

»Du hast meinen Mantel ruiniert, John.«

Er blickte flüchtig auf meinen Ärmel. »Das geht wieder raus.«

»Das ist Blut. Auf Schurwolle, John.«

»Aber eine gute Reinigung . . .«

»Hoffentlich«, sagte ich, »wenn es nicht rausgeht, habe ich

ja dein Portemonnaie. Das heißt, ich weiß wo du wohnst. Denk daran, John.«

Wir hielten an der Tür an, die ins Foyer führte.

»Denkst du daran, John?«

»Ja.«

»Wartet draußen jemand auf uns?«

»Weiß ich nicht. Vielleicht die Bullen?«

»Mit denen hab' ich kein Problem«, sagte ich. »Ich würde jetzt liebend gerne verhaftet werden, John. Verstehst du?«

»Ich glaube schon.«

»Was mir Sorgen macht, John, ist, daß eine Horde von leidgeprüften Riesen wie Manny auf der Beacon Street auf mich wartet, die mehr Pistolen hat als ich.«

»Was soll ich sagen?« fragte er. »Ich weiß auch nicht, was da draußen ist. Ich kriege doch sowieso die erste Kugel ab.«

Ich pochte mit der Pistole gegen sein Kinn. »Die zweite auch, John. Denk dran.«

»Wer zum Teufel sind Sie, Mann?«

»Ich bin ein Angsthase mit fünfzehn Kugeln im Magazin. Das bin ich. Was geht hier eigentlich ab? Ist das eine Sekte?«

»Überhaupt nicht«, antwortete er. »Sie können mich erschießen, aber ich erzähle kein bißchen.«

»Desiree Stone«, sagte ich, »kennst du sie, John?«

»Los, drück ab, Mann, ich rede nicht.«

Ich näherte mich ihm, betrachtete sein Profil, sein linkes Auge, das in der Höhle zuckte.

»Wo ist sie?« fragte ich.

»Ich weiß nicht, wovon Sie sprechen.«

Ich hatte jetzt keine Zeit, ihn weiter auszufragen oder die Antwort aus ihm herauszuprügeln. Ich hatte immerhin sein Portemonnaie, und das reichte erst mal für eine zweite Runde mit John irgendwann.

»Hoffentlich ist das jetzt nicht die letzte Minute unseres Lebens, John«, sagte ich und schob ihn vor mir her ins Foyer.

7

Die Eingangstür der Trauer & Trost AG war aus schwarzer Birke, in ihrer Mitte befand sich lediglich ein kleiner Spion. Die Wand rechts der Tür war aus Backstein, aber auf der linken Seite gab es zwei kleine rechteckige Glasscheiben, die durch das Aufeinandertreffen von kaltem Wind draußen und warmer Luft im Haus beschlagen waren.

Ich drückte John Byrne neben den Scheiben auf die Knie und wischte das Glas mit dem Ärmel ab. Es half nicht viel: Es war so, als blicke man aus einer Sauna durch zehn Lagen Plastikfolie nach draußen. Die Beacon Street lag vor mir wie ein Gemälde der Impressionisten; die verschwommenen Formen in dem flüssigen Nebel deutete ich als vorbeihastende Menschen, die weißen Straßenlampen und die gelben Gaslaternen verschlimmerten alles nur noch, so als sähe ich mir ein überbelichtetes Bild an. Auf der anderen Straßenseite zeichneten sich die Bäume des Public Garden in dicken Klumpen ab, ohne klar voneinander abgegrenzt zu sein. Ich war mir nicht sicher, ob ich wirklich irgend etwas sah oder nicht, aber es schien so, als blitzten immer wieder mehrere kleine blaue Lichter durch die Bäume. Es war nicht herauszubekommen, was draußen vor sich ging. Aber hier konnte ich auch nicht länger bleiben. Ich hörte schon, wie die Stimmen oben im Ballsaal lauter wurden – jeden Augenblick würde jemand riskieren, die Tür zum Treppenhaus zu öffnen.

Die Beacon Street mußte jetzt, kurz nach Feierabend, halbvoll sein. Selbst wenn vor dem Haus bewaffnete Klone von Manny warteten, würden sie mich doch wohl nicht vor Zeugen erschießen – andererseits war ich mir da auch nicht sicher. Vielleicht waren es schiitische Moslems, und mich zu erschießen war der schnellste Weg zu Allah.

»Scheiß drauf!« sagte ich und zog John wieder hoch. »Los!«

»Scheiße!« fluchte er.

Ich atmete einige Male tief durch. »Mach die Tür auf, John!«

Seine Hand zögerte über dem Türknauf. Dann ließ er sie sinken und wischte sie am Hosenbein ab.

»Nimm die andere Hand runter, John. Aber mach keinen Blödsinn.«

Er gehorchte und blickte dann wieder auf den Türgriff.

Oben fiel etwas Schweres zu Boden.

»Bist du langsam soweit, John?«

»Ja.«

»Heute noch«, drängte ich.

»Ja.« Wieder wischte er sich die Hand an der Hose ab.

Ich seufzte, faßte um ihn herum und riß die Tür selbst auf. Die Pistole stieß ich ihm ins Kreuz, als wir auf die Außentreppe traten.

Und einem Polizisten ins Gesicht blickten.

Er war gerade am Haus vorbeigegangen, als er wohl aus dem Augenwinkel heraus eine Bewegung wahrgenommen hatte. Er hielt an, wandte sich um und sah uns.

Seine rechte Hand wanderte automatisch zur Hüfte, hielt kurz über der Pistole inne. Er betrachtete John Byrnes blutiges Gesicht.

Einen Block weiter hatten sich auf der Arlington mehrere Streifenwagen vor dem Bürogebäude der Trauer & Trost AG versammelt, ihre Lichter schienen weiß und blau durch die Bäume des Public Garden und wurden von dem roten Backsteingebäude hinter der Cheers-Bar reflektiert.

Der Cop sah schnell den Häuserblock hoch, dann wieder auf uns. Er war ein kräftiger Kerl mit rotem Haar und Stupsnase, sein Blick war der erfahrene, wütende Blick eines Polizisten oder kleinen Ganoven. Einer von der Sorte, den manche Menschen für lahm hielten, nur weil er sich schwerfällig bewegte, und ihnen wurde erst klar, daß sie sich geirrt hatten, wenn der Kerl sie eines Besseren belehrte. Auf schmerzhafte Art.

»Ähm, haben Sie ein Problem, Gentlemen?«

Da Johns Körper meinen eigenen vor dem Bullen abschirmte, ließ ich meine Pistole hinter den Hosenbund gleiten und knöpfte mein Sakko darüber zu.

»Gar keins, Officer. Will meinen Freund hier nur ins Krankenhaus bringen.«

»Ja, klar«, sagte der Kleine und ging noch einen weiteren Schritt auf die Treppe zu. »Was ist mit Ihrem Gesicht passiert, Sir?«

»Ich bin die Treppe runtergefallen«, sagte John.

Interessante Antwort, John. Um mich loszuwerden, brauchtest du doch nur die Wahrheit zu sagen. Hast du aber nicht.

»Und haben mit dem Gesicht gebremst, Sir?«

John kicherte, während ich meinen Mantel über der Anzugjacke zuknöpfte. »Leider«, antwortete er.

»Könnten Sie mal hinter Ihrem Freund vortreten, Sir?«

»Ich?« fragte ich.

Der Kleine nickte.

Ich stellte mich rechts von John.

»Und wären Sie bitte so nett, auf den Bürgersteig herunterzukommen?«

»Ja, sicher«, erwiderten wir beide wie aus einem Mund.

Der Kleine hieß Officer Largeant, erkannte ich, als wir nah genug waren, um sein Namensschild zu lesen. Er würde es eines Tages zum Sergeanten bringen. Sergeant Largeant. Irgendwie war ich mir sicher, daß ihn niemand deswegen aufziehen würde. Ich wettete, niemand würde dieses Bürschchen wegen irgend etwas aufziehen.

Er nahm die Taschenlampe aus der Hüfttasche, leuchtete auf die Tür von Trauer & Trost und las das goldene Schild.

»Arbeiten Sie hier?«

»Ich«, sagte John.

»Und Sie, Sir?« Largeant wandte sich zu mir um, und die Taschenlampe schien mir gerade lange genug in die Augen, daß es weh tat.

»Ich bin ein alter Freund von John«, antwortete ich.

»Dann sind Sie also John?« Das Licht richtete sich auf Johns Augen.

»Ja, Officer.«

»John ...?«

»Byrne.«

Largeant nickte.

»Ich habe ein wenig Schmerzen, Officer. Wir wollten zum Mass-General-Krankenhaus gehen, damit die sich da mein Gesicht ansehen.« Largeant nickte wieder und sah auf seine Schuhe hinunter. Ich nutzte den Moment, um John Byrnes Portemonnaie aus meiner Manteltasche zu ziehen.

»Können Sie sich irgendwie ausweisen?« fragte Largeant.

»Ausweisen?« fragte John.

»Officer«, sagte ich und legte John den Arm um den Rükken, als wollte ich ihn stützen. »Mein Freund hat vielleicht eine Gehirnerschütterung.«

»Ich möchte irgendeinen Ausweis sehen«, sagte Largeant und milderte seine scharfe Stimme durch ein Lächeln. »Wenn Sie jetzt einen Schritt von Ihrem Freund wegtreten würden. Jetzt, Sir.«

Ich schob John die Geldbörse hinter den Hosenbund, zog meine Hand wieder zurück und durchsuchte meine Taschen. Neben mir grinste John vor sich hin. Er hielt Largeant die Geldbörse hin und lächelte anerkennend. »Bitte sehr, Officer.«

Largeant öffnete die Brieftasche, während sich langsam eine Menschentraube um uns bildete. Die Leute hatten sich die ganze Zeit im Hintergrund gehalten, aber jetzt, wo es wirklich interessant wurde, kamen sie von allen Seiten näher. Darunter waren auch die »Botschafter«, die wir vorher schon gesehen hatten. Sie machten große Augen und staunten Bauklötze über dieses Beispiel endzeitlicher Dekadenz, das sich ihnen bot. Auf der Beacon Street werden zwei Männer verknackt – ein weiteres sicheres Zeichen der bevorstehenden Apokalypse.

Die anderen waren wohl Büroangestellte oder Leute, die ihren Hund ausgeführt hatten oder bei Starbucks fünfzig Meter weiter Kaffee getrunken hatten. Andere waren vor Cheers aus der U-Bahn gestiegen, wahrscheinlich hatten sie sich überlegt, daß sie ihr zweites Bier auch später trinken konnten – hier passierte schließlich etwas Besonderes.

Und dann waren da noch ein paar Typen, die ich gar nicht gerne sah. Gutgekleidete Männer mit zugeknöpften Mänteln und Augen wie Nadelspitzen, die mir zu schaffen machten. Sie kamen aus dem gleichen Stall wie Manny. Sie standen verteilt am Rand der Menschenmenge, so daß sie mir jeden Fluchtweg abschnitten, egal ob ich in Richtung Arlington ging oder runter zur Charles Street oder durch den Public Garden. Böse, gefährlich aussehende Männer.

Largeant gab John die Brieftasche zurück, und John grinste mich noch einmal kurz an, als er sie sich in die vordere Hosentasche schob.

»Und Sie, Sir?«

Ich gab ihm meine, er öffnete sie und leuchtete mit der Taschenlampe hinein. John versuchte, seinen Kopf so unauffällig wie möglich zu recken, um einen Blick zu erhaschen, aber Largeant klappte sie schnell wieder zu.

Jetzt warf ich John einen triumphierenden Blick zu und grinste. Beim nächsten Mal vielleicht, du Arschloch.

»Bitte sehr, Mr. Kenzie«, sagte Largeant, und ich fühlte mein Herz in die Hose rutschen. Er gab mir die Brieftasche zurück, und nun grinste John Byrne wie ein Honigkuchenpferd, formte mit den Lippen das Wort »Kenzie« vor sich hin und nickte zufrieden.

Ich hätte heulen können.

Doch dann sah ich auf die Beacon Street und erblickte zum ersten Mal in den letzten fünf Minuten etwas, das mich nicht deprimierte: Vor Public Garden saß Angie mit laufendem Motor in unserem braunen Crown Victoria. Innen war es dunkel, aber ich sah jedesmal die glühende Spitze ihrer Zigarette, wenn sie daran zog.

»Mr. Kenzie«, hörte ich eine vorsichtige Stimme.

Es war Largeant, und er sah mich an wie ein Hündchen. Ich verspürte plötzlich nackte Angst, weil ich ziemlich genau wußte, was jetzt kommen würde.

»Ich möchte Ihnen nur gerne die Hand schütteln, Sir.«

»Nein, nein«, wehrte ich mit einem falschen Lächeln ab.

»Na los!« ermunterte ihn John fröhlich. »Schütteln Sie ihm die Hand!«

»Bitte, Sir. Es wäre eine Ehre für mich, dem Mann die Hand zu schütteln, der diese Schweine Arujo und Glynn zur Strecke gebracht hat.«

John Byrne blickte mich mit hochgezogenen Augenbrauen an.

Ich ergriff Largeants Hand, obwohl ich dem dummen Hurensohn am liebsten in den Arsch getreten hätte. »Vielen Dank!« brachte ich heraus.

Largeant grinste, er zitterte vor Aufregung am ganzen Körper. »Wissen Sie, wer das hier ist?« fragte er in die Menge.

»Nein, wer denn?«

Ich sah mich um und bemerkte, daß Manny auf dem Treppenabsatz über mir stand, er trug ein noch breiteres Grinsen im Gesicht als John.

»Das hier«, sagte Largeant, »ist Patrick Kenzie, der Privatdetektiv, der mithalf, den Serienmörder Gerry Glynn und seinen Partner einzulochen. Der Held, der letztes Jahr im November in Dorchester die Frau mit dem Baby gerettet hat. Wissen Sie noch?«

Und ein paar Leute klatschten.

Doch niemand so laut wie Manny und John Byrne.

Ich riß mich zusammen, um nicht die Hände vors Gesicht zu schlagen und loszuheulen.

»Hier, meine Karte«. Largeant drückte sie mir in die Hand. »Hören Sie, wenn Sie irgendwann mal einen trinken gehen wollen oder bei einem Fall Hilfe brauchen, sagen Sie mir einfach Bescheid, Mr. Kenzie.«

Jederzeit, wenn ich bei einem Fall Hilfe brauche. Klar. Danke.

Die Menschenmenge löste sich nun auf, da man einigermaßen sicher sein konnte, daß niemand erschossen werden würde – nur die Männer mit den zugeknöpften Mänteln und den versteinerten Blicken nicht: Sie traten zur Seite, um die anderen Zuschauer gehen zu lassen, und ließen mich nicht aus den Augen.

Manny kam die Treppe herunter auf den Bürgersteig, stellte sich neben mich und flüsterte mir ins Ohr.

»Hi!« sagte er.

Largeant sagte: »Tja, ich schätze, Sie müssen Ihren Freund jetzt ins Krankenhaus bringen, und ich muß da lang.« Er zeigte in Richtung Ecke Arlington Street. Er klopfte mir auf die Schulter. »Schön, Sie kennengelernt zu haben, Mr. Kenzie.«

»Alles klar«, antwortete ich, und Manny trat einen Schritt auf mich zu.

»Nacht!« Largeant wandte sich um und versuchte, die Beacon Street zu überqueren.

Manny klopfte mir ebenfalls auf die Schulter. »Schön, Sie kennengelernt zu haben, Mr. Kenzie.«

»Officer Largeant!« rief ich, und Manny ließ die Hand sinken. Largeant drehte sich um und sah mich an.

»Warten Sie mal!« Ich trat an die Bürgersteigkante, und einen Augenblick lang verstellten mir zwei der Schleimbeutel den Weg. Dann blickte einer von ihnen schnell über meine Schulter, zog ein Gesicht, und beide entfernten sich grollend. Ich trat zwischen ihnen auf die Beacon Street.

»Ja, Mr. Kenzie?« Largeant schien verwirrt.

»Ich dachte, ich komme mit Ihnen und gucke mal, ob ein paar von meinen alten Kumpeln dabei sind.« Ich nickte in Richtung Arlington Street.

»Und was ist mit Ihrem Freund, Mr. Kenzie?«

Ich sah zurück zu Manny und John. Sie warteten mit gespitzten Ohren auf meine Antwort.

»Manny!« rief ich. »Willst du ihn wirklich mitnehmen?«

Manny antwortete: »Ich . . .«

»Ich schätze, mit deinem Auto ist man schneller als zu Fuß. Du hattest recht.«

»Ach so«, meinte Largeant. »Er hat ein Auto.«

»Sogar ein schönes! Stimmt doch, Manny, oder?«

»Einen Cherry«, antwortete Manny mit gepreßtem Lächeln.

»Nun ja«, sagte Largeant.

»Nun ja«, wiederholte ich. »Du fährst jetzt am besten los, Manny. Alles Gute, John!« Ich winkte.

Largeant sagte: »Mr. Kenzie, ich wollte Sie etwas über Gerry Glynn fragen: Wie haben Sie . . .?«

Der Crown Victoria fuhr neben uns heran.

»Mein Auto!« rief ich.

Largeant wandte sich um und blickte auf den Wagen.

»Hey, Officer Largeant«, sagte ich, »rufen Sie mich mal an. War echt toll. Schönen Tag noch. Alles Gute!« Ich öffnete die Beifahrertür. »Machen Sie weiter so! Klappt bestimmt alles bei Ihnen! Tschüs!«

Ich glitt ins Auto und schlug die Tür zu.

»Fahr los!« befahl ich.

»Ganz schön aufdringlich!« gab Angie zurück.

Wir ließen Largeant und Manny, John und ihre Leute hinter uns und bogen links in die Arlington Street ein, vorbei an den drei Streifenwagen, die vor den Büroräumen von Trauer & Trost geparkt hatten; ihre Lichter spiegelten sich in den Fensterscheiben, als ob Eis Feuer gefangen hätte.

Als wir einigermaßen sicher waren, daß uns niemand gefolgt war, hielt Angie hinter einer Bar in Southie an.

»So, Schätzchen!« sagte sie und wandte sich mir zu. »Wie war dein Tag?«

»Also ...«

»Frag mich mal!« forderte sie mich auf. »Los, frag mich!«

»Na gut«, sagte ich. »Wie war dein Tag, Süße?«

»Junge!« erwiderte sie. »Die waren in fünf Minuten da.«

»Wer? Die Polizei?«

»Die Polizei!« Sie lachte verächtlich. »Nein. Diese Monster, die um dich und den Bullen und den Typen mit dem eingeschlagenen Gesicht herumstanden.«

»Ach«, sagte ich, »die!«

»Nein, wirklich, Patrick, ich dachte, ich wär' tot. Ich war im hinteren Büro und packte gerade ein paar Disketten ein, und dann, wumm! flogen überall die Türen auf, die Alarmanlage legte los, und ... ehrlich, Kollege, es war nicht lustig, das sag' ich dir!«

»Disketten?« fragte ich.

Sie hielt eine Handvoll 3,5"-Disketten hoch, die mit einem roten Gummi zusammengebunden waren.

»Also«, sagte sie, »außer daß du einem Typen das Gesicht ruiniert hast und beinahe festgenommen wurdest – was hast du heute zustande gebracht?«

Angie war in das hintere Büro geklettert, und kurz danach war Manny eingetroffen, um mich mit zum Therapiezentrum zu nehmen.

Sie wartete, bis Ginny die Lichter gelöscht, die Kaffeemaschine ausgestellt und die Stühle ordentlich unter die Schreibtische geschoben hatte, wobei sie unaufhörlich *Foxy Lady* sang.

»Von Hendrix?« fragte ich.

»Aus vollem Halse«, erwiderte Angie, »so richtig mit Luftgitarre.«

Ich schüttelte mich bei der Vorstellung. »Du solltest Schmerzenszulage bekommen.«

»Aber wirklich.«

Nachdem Ginny gegangen war, trat Angie aus dem hinteren Büroraum und bemerkte die dünnen Lichtschranken im Hauptraum. Sie liefen kreuz und quer wie Drähte durch das ganze Zimmer, kamen an mehreren Stellen aus der Wand, manche auf einer Höhe von nur fünfzehn Zentimetern, manche in zwei Metern Höhe.

»Wahnsinns-Alarmanlage!« bemerkte ich.

»Allerneueste Technik. Also kam ich nicht mehr heraus aus dem hinteren Büro.«

Zuerst knackte sie die Schlösser der Aktenschränke, fand aber nichts als Steuervordrucke, Formulare für Tätigkeitsnachweise und Mitarbeiterbewertungen. Sie versuchte es mit dem Computer auf dem Schreibtisch, kam aber nicht am Paßwort vorbei. Sie durchwühlte gerade den Schreibtisch, als sie eine Bewegung an der Eingangstür wahrnahm. Da sie spürte, daß nicht mehr viel zu machen war, schlug sie mit der Brechstange, mit der sie schon das Fenster geöffnet hatte, auf das Schloß des Containers, der sich rechts unter dem Schreibtisch befand. Sie hackte ein Loch in das Holz, zog die Schubladen heraus – da lagen die Disketten.

»›Finesse‹ wäre hier wohl das passende Wort«, bemerkte ich.

»Hey«, widersprach sie. »Die kamen wie Rambos durch die Eingangstür! Ich habe alles eingepackt, was ich kriegen konnte, und bin schnell zum Fenster raus.«

Draußen wartete ein Typ auf sie, aber sie schlug ihm mehrmals mit der Brechstange auf den Kopf, da zog er es vor, ein bißchen in den Büschen zu schlafen.

Durch den kleinen Hof eines unauffälligen braunen Steingebäudes gelangte sie auf die Beacon Street und reihte sich in den Strom von Schülern des Emerson Colleges ein, die zu ihrem Abendkurs gingen. Sie marschierte mit ihnen bis zur Berkeley Street und holte dann unseren Firmenwagen, der auf der Marlborough Street im Parkverbot stand.

»Ach ja«, erzählte sie mir. »Wir haben ein Knöllchen.«

»Ja klar, natürlich«, antwortete ich. »Das war ja zu erwarten.«

Richie Colgan war so froh, uns zu sehen, daß er mir fast den Fuß brach, als er uns die Tür vor der Nase zuschlagen wollte.

»Hau ab!« knurrte er.

»Netter Bademantel!« erwiderte ich. »Können wir reinkommen?«

»Nein!«

»Bitte!« sagte Angie.

Hinter ihm im Wohnzimmer konnte ich Kerzen und ein halbvolles Glas Champagner erkennen.

»Hast du Barry White aufgelegt?« fragte ich.

»Patrick!« Er knirschte mit den Zähnen, und aus seiner Kehle stieg eine Art Knurren.

»Ja klar!« sagte ich. »Da läuft gerade *Can't Get Enough of Your Love,* Rich!«

»Zieht endlich Leine!« drohte Richie.

»Sag's ruhig offen, Rich!« meinte Angie. »Wenn's dir lieber ist, daß wir später noch mal wiederkommen . . .«

»Mach die Tür auf, Richard!« rief seine Frau Sherilynn.

»Hi, Sheri!« Angie winkte durch den Türspalt.

»Richard!« mahnte Sherilynn.

Richard trat zurück, und wir gingen ins Haus.

»Richard«, sagte ich.

»Leck mich!« antwortete er.

»Ich schätze, das wird schwierig, Rich.«

Er blickte nach unten und merkte, daß sich sein Bademantel geöffnet hatte. Er band ihn zu und boxte mir im Vorbeigehen in die Rippen.

»Du Schwein!« Ich zuckte zusammen.

Angie und Sherilynn umarmten sich an der Küchentheke.

»'tschuldigung!« sagte Angie.

»Schon gut!« antwortete Sherilynn. »Hey, Patrick. Wie geht's dir?«

»Jetzt sei nicht auch noch nett zu ihnen, Sheri«, sagte Richie.

»Mir geht's gut. Du siehst toll aus.«

Sie machte einen kleinen Knicks in ihrem roten Kimono, und wie immer wurde ich ein wenig nervös, verlegen wie ein Schuljunge. Richie Colgan, wohl der beste Zeitungsreporter der Stadt, war ein untersetzter Kerl, über seinem Gesicht lag ständig ein dunkler Schleier, auf seiner schwarzen Haut hatten zu viele durchgemachte Nächte, zu viel Koffein und Luft aus Klimaanlagen ihre Spuren hinterlassen. Sherilynn dagegen, mit ihrer Haut wie Milchkaffee und weichen grauen Augen, mit schlanken, muskulösen Gliedmaßen wie das Werk eines Bildhauers, mit ihrer sanften, melodischen Stimme, einem Überbleibsel der Sonnenuntergänge am Strand von Jamaika, die sie bis zu ihrem zehnten Lebensjahr täglich gesehen hatte: Sherylinn war eine der schönsten Frauen, die ich jemals gesehen hatte.

Sie küßte mich auf die Wange, und ich roch den Fliederduft ihrer Haut.

»Na gut«, sagte sie. »Mach's kurz!«

»Mein Gott!« rief ich. »Hab' ich einen Hunger! Habt ihr nicht irgendwas im Kühlschrank?«

Als ich den Kühlschrank öffnen wollte, versetzte mir Richie einen mächtigen Stoß und bugsierte mich aus dem Flur ins Eßzimmer.

»Was ist?« fragte ich.

»Jetzt sag nur noch, daß es wichtig ist!« Seine Hand war nur ein paar Zentimeter von meinem Gesicht entfernt. »Los, sag schon, Patrick!«

»Na ja . . .«

Ich erzählte ihm von meiner Nacht, von Trauer & Trost, von Manny und seinen Leuten, von meiner Begegnung mit Officer Largeant und von Angies Stippvisite im Bürogebäude.

»Und du bist sicher, daß du draußen Botschafter gesehen hast?«

»Ja klar, mindestens sechs.«

»Hmm.«

»Rich?« fragte ich.

»Gib mir die Disketten!«

»Was?«

»Darum bist du doch gekommen, oder?«

»Ich . . .«

»Du bist eine Null am Computer. Angie auch.«

»Tut mir leid. Ist das schlimm?«

Er streckte die Hand aus: »Die Disketten.«

»Wenn du bloß eben . . .«

»Ja, ja, ja!« Er riß mir die Disketten aus der Hand und klopfte sich damit einen Moment lang gegen das Knie. »Also, ich tu' dir mal wieder einen Gefallen, ja?«

»Tja, hmm, irgendwie schon«, antwortete ich, trat von einem Fuß auf den anderen und sah zur Decke hoch.

»O bitte, Patrick! Zieh doch diese Ehrlich-ich-schwöre-dir-Nummer bei jemand anderem ab!« Er klopfte mir mit den Disketten auf die Brust. »Wenn ich dir helfe, kriege ich alles, was drauf ist.«

»Wie meinst du das?«

Er schüttelte den Kopf und lächelte. »Guck mal, du denkst, ich spiele, oder?«

»Nein, Rich, ich . . .«

»Nur weil wir zusammen auf dem College waren, wegen

dem Scheiß glaubst du, daß ich einfach sage: ›Patrick steckt in der Klemme, egal, ich helfe ihm.‹«

»Rich, ich . . .«

Er kam nah an mich heran und zischte: »Weißt du, wann ich zum letzten Mal eine gute, alte, romantische Ich-schlaf'-heut'-mit-meiner-Frau-und-laß-mir-Zeit-dabei-Nacht hatte?«

Ich trat einen Schritt zurück. »Nein.«

»Tja, ich auch nicht«, antwortete er laut. Er schloß die Augen und zurrte den Gürtel des Bademantels fest. »Ich auch nicht«, wiederholte er mit einem zischenden Flüsterton.

»Ich geh' dann besser«, sagte ich.

Er trat mir in den Weg. »Nicht bevor wir das hier erledigt haben.«

»Okay.«

»Wenn ich was auf diesen Disketten entdecke, das ich gebrauchen kann, dann nehme ich's.«

»Gut«, antwortete ich. »Wie immer. Sobald . . .«

»Nein«, sagte er. »Nicht ›sobald‹! Ich habe diese ›Sobald‹-Scheiße bis hier oben stehen! Sobald es dir paßt? Nein. *Sobald ich kann,* Patrick. Das ist die neue Regel. Find' ich hier was drauf, verwende ich es, sobald ich kann. Okay?«

Ich blickte ihn an, und er starrte zurück.

»Okay«, sagte ich.

»'tschuldigung.« Er hielt sich die Hand ans Ohr. »Ich hab' dich nicht verstanden.«

»Okay, Richie.«

Er nickte. »Gut. Wann brauchst du sie?«

»Spätestens morgen früh.«

Er nickte. »Schön.«

Ich schüttelte ihm die Hand. »Du bist der Beste, Rich.«

»Ja ja. Haut jetzt endlich ab, damit ich mit meiner Frau schlafen kann.«

»Na klar.«

»Jetzt!« sagte er.

8

»Also wissen sie, wer du bist«, sagte Angie, als wir meine Wohnung betraten.

»Ja.«

»Das heißt, es ist nur eine Sache von Stunden, bis sie wissen, wer ich bin.«

»Nehme ich an.«

»Trotzdem wollten sie nicht, daß man dich festnimmt?«

»Das gibt uns doch zu denken, oder?«

Sie ließ ihr Portemonnaie im Wohnzimmer neben der Matratze auf den Boden fallen. »Was meinte denn Richie?«

»Er war ziemlich mies drauf, schien aber munter zu werden, als ich von den Botschaftern sprach.«

Sie warf ihre Jacke auf die Couch im Wohnzimmer, die momentan gleichzeitig als Ablage für ihre Kleidung diente. Die Jacke landete auf einem Haufen frisch gewaschener, gefalteter T-Shirts und Sweatshirts.

»Glaubst du, Trauer & Trost hat etwas mit der Church of Truth zu tun?«

»Würd' mich nicht wundern.«

Sie nickte. »Wär' nicht das erste Mal, daß eine Sekte oder so was Organisationen an der Front hätte.«

»Und das hier ist eine mächtige Sekte«, bemerkte ich.

»Und wir haben sie wahrscheinlich geärgert.«

»Darin scheinen wir gut zu sein: Leute zu ärgern, die nicht von so kleinen, unbedeutenden Leuten wie uns geärgert werden sollten.«

Sie lächelte, während sie sich eine Zigarette ansteckte. »Jeder braucht ein Spezialgebiet.«

Ich stieg über ihr Bett und drückte auf den blinkenden Knopf meines Anrufbeantworters.

»Hey«, war Bubbas Stimme zu hören. »Denkt an heute abend. Bei Declan's. Neun Uhr.«

Angie rollte mit den Augen. »Bubbas Abschiedsparty. Hätte ich fast vergessen.«

»Ich auch. Stell dir vor, was wir dann für einen Ärger bekommen hätten.«

Sie schüttelte sich.

Bubba Rogowski war unser Freund, manchmal schien das unser Unglück zu sein. Dann wieder war es unser Glück, denn er hatte uns mehr als einmal das Leben gerettet. Bubba war so riesig, daß er Manny in den Schatten stellte, und er war auch hundertmal furchteinflößender. Wir waren alle zusammen aufgewachsen – Angie, Bubba, Phil und ich –, aber Bubba war nie, sagen wir mal, normal gewesen. Und die letzte winzige Chance auf Normalität vergab er mit achtzehn, neunzehn Jahren, als er, um einer Haftstrafe zu entgehen, zu den Marines ging. Er wurde der amerikanischen Botschaft in Beirut an dem Tag zugeteilt, als ein Selbstmordattentäter das Tor durchbrach und den größten Teil von Bubbas Kompanie auslöschte.

Im Libanon knüpfte Bubba die Verbindungen, die ihm sein illegales Waffengeschäft in den Staaten ermöglichte. In den letzten zehn Jahren hatte er begonnen, sich in lukrativeren Geschäftszweigen zu betätigen, zum Beispiel Ausweise und Pässe fälschen, Falschgeld und Repliken von Markenwaren, täuschend echt nachgemachte Kreditkarten, Führerscheine und Arbeitserlaubnisse. Bubba konnte ein Diplom von Harvard vier Jahre schneller beschaffen, als man in Harvard dafür brauchte. Und er selbst hatte seine eigene Doktorurkunde von Cornell stolz an die Wand seines Warenlagers gehängt. Immerhin in Physik. Nicht schlecht für jemanden, der nach dem dritten Jahr von der kirchlichen Privatschule St. Bartholomew geflogen war.

In den letzten Jahren war er immer weniger im Waffengeschäft tätig gewesen. Aber eben dafür (ebenso wie für das Verschwinden einiger Dummköpfe im Laufe der Jahre) war er bekannt. Ende letzten Jahres hatte es eine Durchsuchung bei ihm gegeben, und die Bullen fanden eine nicht registrierte Ruger 22 an seinen Reservereifen geklebt. Im Leben kann man sich auf nicht viel verlassen, aber wenn man in Massachusetts mit einer nicht registrierten Waffe erwischt wird, dann ist sicher, daß man die vorgeschriebene einjährige Haftstrafe absitzen muß.

Bubbas Anwalt hatte ihn so lange wie möglich vor dem Gefängnis bewahrt, aber jetzt war es mit dem Aufschub vorbei. Morgen abend um neun hatte sich Bubba im Plymouth Correctional zu melden, um seine Strafe anzutreten.

Es machte ihm nicht besonders viel aus; die meisten seiner Freunde waren da. Die paar, die noch draußen waren, trafen sich heute abend mit ihm bei Declan's.

Declan's in Upham's Corner liegt mitten in einem Häuserblock von mit Brettern vernagelten Ladenfronten und enteigneten Häusern auf der Stoughton Street, direkt gegenüber eines Friedhofs. Von meinem Haus sind es zu Fuß nur fünf Minuten, aber man geht dabei durch unaufhaltsamen städtischen Verfall, wie man ihn sich schlimmer nicht vorstellen kann. Die Straßen um Declan's herum gehen steil auf Meeting House Hill zu, aber die Häuser dort scheinen immer in die andere Richtung zu rutschen, einzustürzen und die hügeligen Straßen hinunter auf den Friedhof fallen zu wollen, als sei der Tod hier das einzige Versprechen, auf das man sich verlassen kann.

Wir fanden Bubba im Hinterzimmer, er spielte Billard mit Nelson Ferrare und den Twoomey-Brüdern Danny und Iggy. Nicht gerade eine Ansammlung von Intelligenzbestien, und sie schienen sich die ihnen noch verbliebenen Gehirnzellen wegblasen zu wollen, indem sie einen Schnaps nach dem anderen tranken.

Nelson war Bubbas gelegentlicher Partner und Zechkumpan. Er war ein kleiner Kerl, dunkel und drahtig, und sein Gesicht sah aus wie ein schlecht gelauntes Fragezeichen. Er sprach nur wenig, aber wenn, dann so leise, als habe er Angst, es könnte in die falschen Ohren gelangen, und seine Schüchternheit gegenüber Frauen hatte etwas Liebenswertes. Aber es war nicht immer leicht, einen Typen liebenswert zu finden, der einem anderen bei einer Prügelei mal die Nase abgebissen hatte. Und sie als Souvenir mit nach Hause genommen hatte.

Die Twoomey-Brüder waren kleine Ausputzer für die Winter Hill Gang in Somerville, angeblich waren sie geschickt mit der Waffe und konnten gut Fluchtautos fahren. Aber wenn in ihren Köpfen mal ein Gedanke aufblitzte, so starb er auf der Stelle an Unterernährung. Bubba sah vom Pooltisch hoch, als wir das Hinterzimmer betraten, und hüpfte zu uns herüber.

»Supergeil!« rief er. »Ich wußte, ihr würdet mich nicht im Stich lassen.«

Angie küßte ihn und schob ihm ein Glas Wodka in die Hand. »Gott bewahre, du Blödmann!«

Bubba umarmte mich, viel überschwenglicher als sonst, so kräftig, daß ich sicher war, eine meiner Rippen werde nach innen gedrückt.

»Los, kommt!« sagte er. »Trinkt einen mit mir. Oder zwei!«

So ein Abend sollte das also werden.

Die Erinnerung an jenen Abend war ein bißchen verschwommen. Schnaps und Wodka und Bier waren dafür verantwortlich. Aber ich weiß noch, daß ich jedesmal auf Angie wettete, wenn irgendein Kerl gegen sie antrat, der dumm genug war, sein Geld einzusetzen. Und ich weiß noch, daß ich eine Weile bei Nelson saß und mich undeutlich dafür entschuldigte, daß er sich vor vier Monaten, als der Gerry-Glynn-Fall seinen Höhepunkt erreicht hatte, ein paar Rippen gebrochen hatte.

»Ist in Ordnung«, sagte er. »Echt. Im Krankenhaus hab' ich eine Krankenschwester kennengelernt. Ich glaube, ich liebe sie.«

»Und liebt sie dich auch?«

»Weiß nicht genau. Irgendwas stimmt nicht mit ihrem Telefon. Ich glaub', sie ist umgezogen und hat vergessen, mir Bescheid zu sagen.«

Als Nelson und die Twoomey-Brüder später an der Theke sehr fragwürdig aussehende Pizza aßen, saßen Angie und ich mit Bubba zusammen, Rücken gegen die Wand gelehnt, Füße auf dem Billardtisch.

»Meine Sendungen werden mir fehlen«, jammerte Bubba.

»Aber im Knast gibt's doch Fernsehen«, erinnerte ich ihn.

»Ja, aber da haben entweder die Brothers oder die Devils das Sagen. Also muß man sich entweder Comedies auf Fox angukken oder Chuck-Norris-Filme. Ist doch beides öde.«

»Wir können dir ja deine Sendungen aufnehmen!« schlug ich vor.

»Wirklich?«

»Klar«, bestätigte Angie.

»Kein Problem? Ich will euch keine Mühe machen.«

»Nein, kein Problem«, beruhigte ich ihn.

»Gut«, antwortete er und griff in die Hosentasche. »Hier ist die Liste.«

Angie und ich warfen einen Blick darauf.

»*Tiny Toons?*« fragte ich. »*Dr. Quinn, Medicine Woman?*«

Er beugte sich zu mir herüber, sein großes Gesicht nur ein paar Zentimeter von meinem entfernt. »Ist das ein Problem?«

»Nein«, sagte ich, »überhaupt kein Problem.«

»*Entertainment Tonight*«, sagte Angie, »du willst ein ganzes Jahr lang *Entertainment Tonight* aufgenommen haben?«

»Ich möchte über die Stars Bescheid wissen«, antwortete Bubba und rülpste laut.

»Schließlich weiß man nie, ob man nicht plötzlich Michelle Pfeiffer trifft«, sagte ich, »und wenn man *Entertainment Tonight* gesehen hat, weiß man vielleicht, was man dann sagen muß.«

Bubba stieß Angie an und hielt mir den nach oben gestreckten Daumen entgegen. »Siehste, Patrick kennt das. Patrick versteht das.«

»Männer«, sagte sie und schüttelte den Kopf. »Ach nee, trifft ja nicht auf beide zu.«

Bubba rülpste noch einmal und sah mich fragend an: »Was meint sie denn damit?«

Als schließlich die Rechnung kam, riß ich sie Bubba aus der Hand. »Die geht auf uns!« sagte ich.

»Nein!« protestierte er. »Ihr zwei habt seit vier Monaten nicht gearbeitet.«

»Bis heute!« korrigierte ihn Angie. »Heute haben wir einen Riesenjob bekommen. Riesenknete. Also laß uns für dich zahlen, Junge!«

Ich gab der Kellnerin meine Kreditkarte (nachdem ich mich vergewissert hatte, daß man hier wußte, wer ich bin), und sie kam ein paar Minuten später zurück und teilte mir mit, daß die Karte nicht angenommen worden sei.

Bubba fand das toll. »Riesenjob!« krähte er, »Riesenknete!«

»Sind Sie sicher?« fragte ich.

Die Kellnerin war unförmig und alt, und ihre Haut sah so trocken und abgenutzt aus wie die Lederjacke eines Hell's Angels. Sie sagte: »Nee, wahrscheinlich hab' ich Ihre Nummer sechsmal falsch eingegeben. Los, ich versuch's weiter!«

Ich nahm die Karte zurück, während Nelson und die Twoomey-Brüder in Bubbas Gekicher einstimmten.

»Geldsäcke!« gackerte einer der Twoomey-Schwachköpfe. »Hat wahrscheinlich das Konto überzogen, als er letzte Woche den Airbus gekauft hat!«

»Witzig«, sagte ich. »Haha!«

Angie bezahlte die Rechnung von dem Bargeld, das wir morgens von Trevor Stone bekommen hatten, und wir stolperten alle zusammen aus dem Lokal nach draußen.

Auf der Stoughton Street diskutierten Bubba und Nelson, welcher Strip-Club ihrem erlesenen ästhetischen Geschmack am nächsten kam, und die Twoomey-Brüder warfen einander auf einen gefrorenen Schneehügel und begannen, sich gegenseitig Genickschläge zu verpassen.

»Wen hast du diesmal wieder nicht bezahlt?« fragte Angie.

»Das ist es ja gerade«, antwortete ich. »Ich bin mir sicher, daß sie im Plus ist.«

»Patrick!« sagte sie in dem Ton, den meine Mutter immer draufgehabt hatte. Sie runzelte sogar die Stirn auf die gleiche Weise.

»Du fängst doch jetzt wohl nicht an, mir mit dem Finger zu drohen und mich bei meinem vollen Namen zu nennen, oder, Ange?«

»Dann haben sie den Scheck wohl nicht bekommen«, bemerkte sie.

»Hmm«, erwiderte ich, weil ich nicht wußte, was ich sonst sagen sollte.

»Also, kommt ihr mit?«

»Wohin denn?« fragte ich, nur um höflich zu sein.

»Mons Honey. In Saugus.«

»Ja klar«, antwortete Angie. »Klar, Bubba, ich will nur schnell einen Fünfziger kleinmachen, damit ich ihnen was in die Tangas stecken kann.«

»In Ordnung!« Bubba trat auf der Stelle.

»Bubba!« mahnte ich. Er blickte mich an, dann Angie, dann wieder mich. »Ach!« sagte er plötzlich und warf den Kopf zurück. »Das war ein Witz!«

»Ja, wirklich?« fragte Angie und schlug sich an die Brust. Bubba packte sie um die Taille, hob sie in die Luft und drückte sie mit einem Arm an sich, ihre Füße auf Höhe seiner Knie. »Ich werde dich vermissen.«

»Wir sehen uns morgen«, sagte sie. »Jetzt laß mich runter.«

»Morgen?«

»Wir fahren dich doch zum Knast«, erinnerte ich ihn.

»Ach ja, cool!«

Er ließ Angie herunter, und sie sagte: »Vielleicht brauchst du eine kleine Pause.«

»Aber wirklich!« Bubba seufzte. »Das ist schwer, wenn man immer derjenige ist, der für alle mitdenken muß.«

Ich folgte seinem Blick und sah Nelson auf die Twoomey-Brüder zuspringen, alle zusammen rutschten sie unter Gelächter den gefrorenen Schneehügel hinunter und boxten sich gegenseitig.

Ich sah Bubba an. »Wir haben alle unser Kreuz zu tragen«, bemerkte ich.

Nelson warf Iggy Twoomey vom Schneehaufen auf ein geparktes Auto und löste den Alarm aus. Es kreischte laut durch die Nachtluft, und Nelson sagte: »Oh-oh!«, und dann brachen er und die Brüder erneut in Gelächter aus.

»Siehst du, was ich meine?« fragte Bubba.

Ich sollte nicht vor dem nächsten Morgen herausfinden, was mit meiner Kreditkarte geschehen war. Die Stimme des Sprachcomputers, die ich an der Strippe hatte, als wir wieder in meiner Wohnung waren, sagte mir nur, daß mein Kredit einem Hiatus unterliege. Als ich sie bat, mir »Hiatus« zu erklären, ignorierte sie mich und teilte mir mit eintöniger Computerstimme mit, die Eins zu drücken, wenn ich weitere Fragen hätte.

»Ich sehe für mich keine weiteren Fragen beim Hiatus«, sagte ich ihr. Dann fiel mir wieder ein, daß sie ein Computer war. Und dann wurde mir klar, daß ich betrunken war.

Als ich zurück ins Wohnzimmer kam, schlief Angie schon.

Sie lag auf dem Rücken. Das Buch, in dem sie gelesen hatte, war von der Brust herunter in die Armbeuge gerutscht. Ich beugte mich über sie, nahm es weg, und sie stöhnte und drehte sich auf die Seite, griff nach dem Kopfkissen und drückte ihr Kinn hinein.

Das war die Position, in der ich sie jeden Morgen fand, wenn ich das Wohnzimmer betrat. Sie schlief nicht langsam ein, sondern grub sich in den Schlaf, sie rollte sich wie ein Embryo zusammen und nahm so kaum ein Viertel des Bettes ein. Ich beugte mich noch einmal vor und strich eine Haarsträhne zurück, die ihr ins Gesicht gefallen war. Sie lächelte kurz, bevor sie sich tiefer im Kopfkissen vergrub.

Als wir sechzehn waren, hatten wir miteinander geschlafen. Einmal. Der erste Mal für uns beide. Damals hätte wohl keiner von uns vermutet, daß wir in den folgenden sechzehn Jahren nicht mehr miteinander schlafen würden, aber so war es. Unsere Wege trennten sich, wie man so sagt.

Ihr Weg führte durch eine zwölfjährige, zum Scheitern verurteilte Ehe mit Phil Dimassi. Mein Weg führte durch eine Fünf-Minuten-Ehe mit ihrer Schwester Renee sowie unzählige One night stands und kurze Affären – eine derart vorhersehbare männliche Pathologie, daß ich darüber gelacht hätte, wenn ich nicht so eifrig mit deren Durchführung beschäftigt gewesen wäre.

Vor vier Monaten waren wir uns in ihrem Schlafzimmer in der Howes Street langsam wieder nähergekommen, und es war wunderbar gewesen, schmerzhaft schön, als ob es der alleinige Sinn meines Lebens gewesen war, in dieses Bett zu gelangen, zu dieser Frau, in diesem Moment. Und dann hatten Evandro Arujo und Gerry Glynn auf ihrem Weg durch Angies Eingangstür einen vierundzwanzigjährigen Cop geschlachtet und ihr eine Kugel in den Bauch gejagt.

Aber sie erwischte Evandro noch und pustete ihm drei dicke Böller in den Körper, so daß er schließlich in ihrer Küche auf dem Boden kniete und versuchte, einen Teil seines Kopfes zu berühren, der gar nicht mehr da war.

Und Phil und ich und ein Cop namens Oscar brachten Gerry Glynn zur Strecke, während Angie auf der Intensivstation lag. Oscar und ich kamen davon. Phil jedoch nicht. Gerry Glynn auch nicht, aber ich glaube nicht, daß das ein großer Trost für Angie war.

Die Seele des Menschen, das wußte ich, während ich ihre gerunzelte Stirn und ihre leicht geöffneten Lippen betrachtete, ist um so vieles schwerer zu heilen als der menschliche Körper. Tausend Jahre Forschung und Erfahrung haben die Genesung des Körpers erleichtert, aber bei der menschlichen Psyche war man keinen entscheidenden Schritt vorangekommen.

Als Phil starb, legte sich sein Tod auf Angies Seele, wo er sich in einem fort wiederholte. Verlust und Trauer und alles, was Desiree Stone quälte, quälte auch Angie.

Und wie Trevor seine Tochter, blickte ich Angie an und erkannte ebenfalls, daß ich nicht sehr viel tun konnte, daß sich der Schmerz erst zu Tode rennen mußte, wegschmelzen mußte wie Schnee.

9

Richie Colgan behauptet, seine Vorfahren stammten aus Nigeria, aber ich weiß nicht genau, ob ich ihm glauben soll. In Anbetracht seiner Rachegelüste würde ich ohne weiteres schwören, daß er ein halber Sizilianer ist.

Er weckte mich um sieben Uhr morgens, indem er Schneebälle gegen mein Fenster warf, bis das Geräusch in meine Träume vordrang und ich von einem Spaziergang mit Emmanuelle Béart in der Provence weggerissen und in einen schmutzigen Schützengraben geworfen wurde, wo uns der Feind unerklärlicherweise mit Grapefruits bombardierte.

Ich setzte mich auf und sah ein großes Stück schmutzigen Schnees gegen meine Fensterscheibe klatschen. Zuerst war ich froh, daß es keine Grapefruit war; dann wurde ich klarer im Kopf, ging zum Fenster und sah Richie unten stehen.

Der dumme Hund winkte zu mir hoch.

»Die Trauer & Trost Aktiengesellschaft«, sagte Richie, als er an meinem Küchentisch saß, »ist eine sehr interessante Organisation.«

»Wie interessant?«

»Interessant genug, daß mein Redakteur, den ich vor zwei Stunden weckte, sich einverstanden erklärte, daß ich zwei Wochen lang keine Kolumne schreiben muß, damit ich weiterrecherchieren kann, und daß ich eine fünftägige Serie auf der Titelseite unten rechts in der Ecke bekomme, wenn ich das herausbekomme, was ich vermute.«

»Und was vermutest du herauszubekommen?« fragte Angie. Sie sah ihn über die Kaffeetasse hinweg ziemlich böse an, nicht gerade glücklich über diesen Tagesanfang – ihr Gesicht war aufgedunsen, und das Haar hing ihr in die Augen.

»Na ja . . .« Er warf sein Notizbuch auf den Tisch. »Ich hab' nur die Disketten geprüft, die du mir gegeben hast, aber, Junge, Junge! Diese Leute haben Dreck am Stecken! Zu ihrer Therapie mit ihrem Stufensystem gehört, soweit ich sehen kann, ein systematisch betriebener psychischer Zusammenbruch und danach ein schneller Wiederaufbau. Das ähnelt sehr dem Ausbildungsmotto des amerikanischen Militärs, das bei den Soldaten angewendet wird: ›Brich ihren Willen, dann kannst du ihnen deinen aufzwingen.‹ Aber das Militär, das muß man ihm lassen, ist mit seiner Technik auf dem laufenden.« Er klopfte mit dem Notizbuch auf den Tisch. »Diese Monster sind eine ganz andere Geschichte.«

»Zum Beispiel?« fragte Angie.

»Kennt ihr die einzelnen Stufen: Stufe eins, zwei und so weiter?«

Ich nickte.

»Gut, innerhalb dieser Stufen gibt es verschiedene Schritte. Die Bezeichnungen dieser Schritte unterscheiden sich je nach Stufe, aber im Grunde genommen bedeuten sie alle dasselbe. Das Ziel dieser Schritte ist der ›Wendepunkt‹.«

»Wendepunkt ist Stufe sechs.«

»Richtig!« bestätigte er. »Wendepunkt ist das vorgegebene Endziel. Um also den absoluten Wendepunkt zu erreichen, muß man erst mehrere kleine Wendepunkte sammeln. Wenn du beispielsweise ein Einsamer von Stufe zwei bist, mußt du eine Reihe therapeutischer Entwicklungen, oder ›Schritte‹, durchmachen, durch die du den Wendepunkt erreichst, um nicht länger einsam zu sein. Die Schritte sind: Ehrlichkeit, Blöße . . .«

»Blöße?« fragte Angie.

»Ja. Emotionale, keine körperliche, obwohl das auch akzeptiert wird. Ehrlichkeit, Blöße, Zurschaustellung und Offenbarung.«

»Offenbarung«, wiederholte ich.

»Ja, das ist der Wendepunkt von Stufe zwei.«

»Und wie heißt das auf Stufe drei?« fragte Angie.

Er sah in seinen Notizen nach. »Epiphanie. Verstehst du? Es ist genau das gleiche: Auf Stufe vier heißt es Entschleierung, auf Stufe fünf Apokalypse. Auf der sechsten Stufe wird es ›Die Wahrheit‹ genannt.«

»Wie biblisch«, bemerkte ich.

»Genau. Trauer & Trost verkauft Religion unter dem Deckmantel der Psychologie.«

»Psychologie«, meinte Angie, »die ja an und für sich eine Religion ist.«

»Stimmt. Aber eigentlich keine organisierte.«

»Du willst sagen, die Hohenpriester der Psychologie und der Psychoanalyse erklären ihre Meinung nicht zur einzig selig machenden.«

Er stieß mit seiner Kaffeetasse an meine. »Genau.«

»Also«, fragte ich, »was ist ihr Ziel?«

»Von Trauer & Trost?«

»Nein, Rich«, stöhnte ich, »von Burger King! Worüber reden wir denn hier?«

Er roch an seinem Kaffee. »Ist der koffeinfrei?«

»Richie!« mahnte Angie. »Bitte!«

»Das Ziel von Trauer & Trost ist, soweit ich sehen kann, Anhänger für die Church of Truth zu rekrutieren.«

»Hast du Beweise, daß sie zusammengehören?«

»Noch nichts Druckreifes, aber, ja, sie haben was miteinander. Die Church of Truth ist doch unseres Wissens nach eine Bostoner Glaubensgemeinschaft. Stimmt's?«

Wir nickten.

»Und wieso sitzt dann ihre Geschäftsführung in Chicago? Und ihr Vermögensverwalter? Und das Anwaltsbüro, das momentan bei der obersten Finanzbehörde einen Antrag auf Steuerbefreiung aufgrund ihres Status als Religionsgemeinschaft vertritt?«

»Weil sie Chicago so schön finden?« fragte Angie.

»Genau wie Trauer & Trost«, antwortete Richie. »Weil dieselben Firmen in Chicago nämlich auch deren Interessen vertreten.«

»Also«, fragte ich, »wie lange brauchst du, um die beiden druckreif miteinander in Verbindung zu bringen?«

Er streckte sich und gähnte. »Wie ich eben sagte, noch mindestens zwei Wochen. Die verstecken alles in Tarnfirmen und hinter Strohmännern. Zur Zeit kann ich auf eine Verbindung zwischen Trauer & Trost und der Church of Truth *schließen*, aber ich kann es nicht schwarz auf weiß beweisen. An die Kirche kommst du da nicht ran.«

»Und Trauer & Trost?« fragte Angie.

Er lächelte. »Die kann ich erledigen.«

»Wie?« wollte ich wissen.

»Erinnert ihr euch, was ich über die Schritte innerhalb jeder Stufe erzählt habe, daß sie im Grunde genommen identisch sind? Also, wenn man das Ganze gutwillig betrachtet, haben sie eine Technik entwickelt, die funktioniert und die sie unterschiedlich subtil anwenden, je nach der Stufe von Schmerz, an der eine bestimmte Person leidet.«

»Und wenn man es weniger gutwillig betrachtet?«

»So wie jeder Reporter es tun sollte . . .«

»Versteht sich von selbst . . .«

»Dann«, antwortete Richie, »sind diese Leute erstklassige Ganoven. Sehen wir uns noch mal die Schritte auf Stufe zwei an und behalten dabei im Hinterkopf, daß die Schritte auf den anderen Stufen nur andere Namen haben. Stufe eins«, sagte er, »ist Ehrlichkeit. Nun, was das eigentlich heißt: Du erzählst deinem ersten Berater, wer du bist, warum du da bist und was dich wirklich nervt. Der nächste Schritt ist die Blöße, das bedeutet, du kehrst dein Innerstes nach außen.«

»Vor wem?« fragte Angie.

»Zu diesem Zeitpunkt nur vor deinem ersten Berater. Im

Grunde genommen sind das all die peinlichen kleinen Sachen, die du bei Schritt eins ausgelassen hast: Du hast als Kind eine Katze umgebracht, du hast deine Frau betrogen. Geld veruntreut, was auch immer – das soll alles im zweiten Schritt herauskommen.«

»Da soll dir die Zunge gelöst werden«, sagte ich. »Einfach so?« Ich schnippte mit dem Finger.

Er nickte, stand auf und schenkte sich Kaffee nach. »Die Berater verwenden eine Strategie, bei der der Patient sozusagen in Einzelteile zerlegt wird. Am Anfang verrätst du irgend etwas Einfaches – dein Einkommen vielleicht –, als nächstes, wann du zum letzten Mal gelogen hast. Dann vielleicht etwas Dummes, das du letzte Woche getan hast. Und so weiter und so fort. Zwölf Stunden lang.«

Angie ging zu ihm an die Kaffeemaschine. »Zwölf Stunden?«

Er nahm sich Sahne aus dem Kühlschrank. »Wenn nötig, mehr. Auf den Disketten gibt es Nachweise über ›Intensivsitzungen‹, die neunzehn Stunden dauern.«

»Ist das nicht illegal?« fragte ich.

»Für einen Bullen auf jeden Fall. Denkt doch mal nach!« forderte er uns auf und setzte sich wieder mir gegenüber. »Wenn ein Bulle einen Verdächtigen in diesem Staat nur eine Sekunde länger als zwölf Stunden verhört, hat er die Bürgerrechte des Verdächtigen verletzt, und nichts von dem, was der Verdächtige gesagt hat, innerhalb oder nach diesen zwölf Stunden, wird vor Gericht zugelassen. Und dafür gibt's auch einen guten Grund.«

»Ha!« sagte Angie.

»Tja, den mögt ihr Law-and-Order-Leute nicht so sehr, aber wenn ihr ehrlich seid: Wenn man von einer Autoritätsperson länger als zwölf Stunden verhört wird – ich persönlich bin der Meinung, zehn Stunden sollten die Grenze sein –, kann man nicht mehr geradeaus denken. Man würde alles sagen, nur damit das Verhör ein Ende hat. Nur um einfach schlafen zu können.«

»Das heißt also«, fragte Angie, »daß Trauer & Trost Gehirnwäsche betreibt?«

»In manchen Fällen. Ansonsten sammeln sie lagerweise Privatinformationen über ihre Patienten. Sagen wir, du bist verheiratet, hast Frau, zwei Kinder, Gartenzaun, aber du hast gerade gestanden, zweimal im Monat in Schwulenbars zu gehen und das Angebot dort zu testen. Und dann sagt dein Berater: ›Gut. Hervorragende Blöße. Jetzt mal etwas Einfaches. Ich muß Ihnen vertrauen, also müssen Sie auch mir vertrauen. Wie lautet die PIN-Nummer Ihrer Scheckkarte?‹«

»Moment mal, Rich«, wandte ich ein. »Du meinst, sie machen das alles, um finanzielle Informationen zu bekommen, so daß sie, na ja, das Geld ihrer Patienten unterschlagen können?«

»Nein«, antwortete er. »So einfach ist das nicht. Sie legen Akten über ihre Patienten an, die sämtliche physischen, emotionalen, psychologischen und finanziellen Informationen beinhalten. Sie sammeln *alles*, was man über einen Menschen wissen kann.«

»Und dann?«

Er grinste. »Dann gehört man ihnen, Patrick. Für immer.«

»Zu welchem Zweck?« fragte Angie.

»Was du willst. Nehmen wir doch mal unseren hypothetischen Patienten mit Frau und Kindern und der verdeckten Homosexualität. Er geht vom Schritt der Blöße über zur Zurschaustellung, was im Grunde genommen heißt, vor einer Gruppe anderer Patienten und Mitarbeiter häßliche Wahrheiten zu gestehen. Dann besucht er normalerweise ein Wochenendseminar auf einem Anwesen, das sie auf Nantucket besitzen. Ihm wird das Innerste nach außen gekehrt. Er ist ein leeres Gefäß, und fünf Tage lang hängt er mit all diesen anderen leeren Gefäßen herum, und sie reden, reden, reden – immer ›ehrlich‹, immer und immer wieder offenbaren sie sich in einem Umfeld, das von Trauer & Trost-Leuten kontrolliert und abgeschirmt wird. Normalerweise sind das ziemlich fragile, verkorkste Menschen, und jetzt gehören sie zu einer Gemeinschaft anderer fragiler, verkorkster Menschen, die genausoviele Leichen im Keller haben wie sie selbst. Unser Mann fühlt sich von einer großen Last befreit. Er fühlt sich gereinigt. Er ist kein schlechter Mensch; er ist in Ordnung. Er hat eine Familie gefunden. Er hat die Offenbarung gefunden. Er war dorthin gekommen, weil er sich einsam fühlte. Jetzt fühlt er sich nicht mehr einsam. Fall erledigt. Er kann in sein Leben zurückkehren. Stimmt's?«

»Nein«, antwortete ich.

Er nickte. »Genau. Jetzt braucht er seine neue Familie. Ihm wird erzählt, daß er Fortschritte gemacht hat, aber jederzeit den Halt verlieren kann. Weitere Kurse müssen besucht, weitere Schritte gemacht, weitere Stufen erreicht werden. Und dann, so nebenbei, fragt ihn jemand: ›Hast du schon einmal Die Botschaft gelesen?‹«

»Die Bibel der Church of Truth«, sagte Angie.

»Genau. Wenn unser Mann endlich merkt, daß er zu einer Sekte gehört und sich mit Beiträgen und Abgaben und Seminargebühren und so weiter ordentlich verschuldet hat, dann ist es zu spät. Er versucht, Trauer & Trost oder die Kirche zu verlassen, aber er merkt: Es geht nicht. Sie haben seine Bankverbindung, seine PIN-Nummer, all seine Geheimnisse.«

»Aber das sind doch nur Annahmen«, wandte ich ein. »Du hast keine einwandfreien Beweise.«

»Doch, für Trauer & Trost schon. Ich habe ein Ausbildungshandbuch für Berater, das sie ausdrücklich anweist, finanzielle Informationen über ihre Patienten herauszubekommen. Allein schon mit diesem Handbuch kann ich sie fertigmachen. Aber die Kirche, nein. Ich muß die Mitgliederverzeichnisse vergleichen.«

»Sag das noch mal!«

Er griff in die Sporttasche zu seinen Füßen und zog einen Packen Computerpapier heraus. »Das sind die Namen von allen, die jemals von Trauer & Trost behandelt wurden. Wenn ich eine Kopie des Mitgliederverzeichnisses der Kirche bekommen und die beiden vergleichen kann, dann bin ich reif für den Pulitzer-Preis.«

»Meinst du«, sagte Angie. Sie griff nach der Liste und blätterte sie durch, bis sie die gesuchte Seite fand. Dann lächelte sie.

»Sie steht drin, stimmt's?« fragte ich.

Sie nickte. »Schwarz auf weiß, Baby.« Sie drehte das Blatt Papier um, so daß ich auf halber Höhe den Namen lesen konnte:

Desiree Stone.

Richie packte einen zwanzig Zentimeter dicken Computerausdruck aus der Tasche und ließ ihn auf dem Tisch liegen, damit wir ihn durchsehen konnten. Alles, was er bisher auf den Disketten gefunden hatte, war da. Auch die Disketten gab er zurück, er hatte sich in der letzten Nacht Kopien gezogen.

Angie und ich starrten auf den Packen Papier zwischen uns und wollten gerade entscheiden, wo wir anfangen sollten, als das Telefon klingelte.

»Hallo«, meldete ich mich.

»Wir hätten gerne unsere Disketten zurück«, sagte jemand.

»Das kann ich mir denken«, antwortete ich. Ich hielt die Sprechmuschel einen Moment ans Kinn und sagte zu Angie: »Sie hätten gerne ihre Disketten zurück.«

»Nee, wer's findet, darf's behalten«, sagte sie.

»Wer's findet, darf's behalten«, sagte ich ins Telefon.

»Haben Sie in letzter Zeit Probleme, Ihre Rechnungen zu bezahlen, Mr. Kenzie?«

»Wie bitte?«

»Vielleicht möchten Sie sich bei Ihrer Bank erkundigen«, sagte die Stimme, »ich gebe Ihnen zehn Minuten. Und halten Sie die Leitung frei, wenn ich zurückrufe.«

Ich legte auf und ging sofort ins Schlafzimmer, um meine Brieftasche zu holen.

»Stimmt was nicht?« fragte Angie.

Ich schüttelte den Kopf und rief bei Visa an, arbeitete mich durch die Anrufbeantworter, bis ich an ein lebendes Wesen gelangte. Ich nannte der Frau meine Kartennummer, das Ablaufdatum und den Code.

»Mr. Kenzie?« fragte sie.

»Ja.«

»Ihre Karte wurde als Fälschung enttarnt.«

»Wie bitte?«

»Sie ist gefälscht, Sir.«

»Nein, ist sie nicht. Sie wurde von Ihnen ausgegeben.«

Sie seufzte gelangweilt. »Nein, wurde sie nicht. Bei einer internen Computerrecherche wurde festgestellt, daß Ihre Karte und Ihre Nummer Teil einer groß angelegten Infiltration unseres Rechnungswesens vor drei Jahren waren.«

»Das kann nicht sein«, widersprach ich. »*Sie haben sie ausgegeben.*«

»Ganz bestimmt nicht«, sagte sie in herablassendem Singsang.

»Was soll das heißen, verdammt noch mal?«

»Sie werden von unseren Anwälten hören, Mr. Kenzie. Und ebenso vom Justizministerium, Abteilung Post- und Computerbetrug. Auf Wiederhören.«

Sie legte einfach auf.

»Patrick?« fragte Angie.

Ich schüttelte wieder den Kopf und wählte die Nummer meiner Bank.

Ich komme aus armen Verhältnissen. Ich hatte immer Angst, panische Angst, vor unpersönlichen Bürokraten, Geldeintreibern und Kassierern, die von oben auf mich herabblickten und meinen Wert nach meinem Bankkonto bemaßen, mein Recht aufs Geldverdienen danach beurteilten, wieviel ich am Anfang gehabt hatte. In den letzten zehn Jahren hatte ich mir den Arsch aufgerissen, um Geld zu verdienen und zu sparen und auf diesen Ersparnissen aufzubauen. Nie wieder wollte ich arm sein, hatte ich mir geschworen. Nie wieder.

»Ihre Bankkonten wurden eingefroren«, sagte mir Mr. Pearl von der Bank.

»Eingefroren«, wiederholte ich. »Was bedeutet das?«

»Ihre Gelder sind beschlagnahmt, Mr. Kenzie. Von der obersten Finanzbehörde.«

»Per Gerichtsbeschluß?« fragte ich.

»Anhängig«, erwiderte er. »Vor der obersten Finanzbehörde.«

Und ich hörte es in seiner Stimme: Verachtung. Das, was die Armen immer von allen Seiten hören – von Bankern, Gläubigern, Geschäftsleuten. Verachtung, weil die Armen zweitklassig sind, dumm, faul und moralisch zu schwach, um ihr Geld auf legale Weise zusammenzuhalten und ihren Beitrag für die Gesellschaft zu leisten. Ich hatte diesen verachtenden Ton seit mindestens sieben, vielleicht zehn Jahren nicht mehr gehört, und ich war nicht darauf vorbereitet. Augenblicklich fühlte ich mich erniedrigt.

»Anhängig«, wiederholte ich.

»Das sagte ich bereits.« Seine Stimme war trocken, mit sich und der Welt zufrieden. Er hätte genausogut mit einem seiner Kinder sprechen können.

Ich kann das Auto wirklich nicht haben, Dad?

Das sagte ich bereits.

»Mr. Pearl«, versuchte ich es wieder.

»Ja, Mr. Kenzie?«

»Ist Ihnen das Anwaltsbüro Hartman und Hale ein Begriff?«

»Aber sicher, Mr. Kenzie.«

»Gut. Sie werden von ihnen hören. In Kürze. Und dieser anhängige Gerichtsbeschluß sollte besser . . .«

»Auf Wiederhören, Mr. Kenzie.« Er legte auf.

Angie kam um den Tisch herum, legte mir eine Hand auf den Rücken, die andere auf meine rechte Hand. »Patrick«, sagte sie, »du bist leichenblaß.«

»Mein Gott!« stieß ich aus. »Gott im Himmel!«

»Das wird schon wieder«, beruhigte sie mich. »das können sie nicht tun.«

»Aber sie tun es, Ange.«

Als drei Minuten später das Telefon klingelte, hob ich nach dem ersten Klingeln ab.

»Bißchen knapp bei Kasse in letzter Zeit, Mr. Kenzie?«

»Wo und wann, Manny?«

Er kicherte. »Oh, wir klingen, wie soll ich es sagen, ernüchtert, Mr. Kenzie.«

»Wo und wann?« fragte ich.

»Auf dem Prado. Kennen Sie den?«

»Kenne ich. Wann?«

»Um zwölf«, sagte Manny, »High noon. Haha.«

Er legte auf.

Heute legten alle einfach auf. Und dabei war es noch nicht einmal neun Uhr.

10

Vor vier Jahren fuhr ich nach einem besonders lukrativen Fall, bei dem ich mit Versicherungsbetrug und Erpressung in Wirtschaftskreisen zu tun gehabt hatte, für zwei Wochen nach Europa. Und was mich damals am meisten beeindruckte, war die Tatsache, wie viele der von mir besuchten kleinen Dörfer in Irland, Italien und Spanien dem North End in Boston ähnelten.

Das North End war der Stadtteil, wo ein Immigrantenstrom nach dem anderen die Boote verließ und alle ihre Koffer abstellten. So war diese Gegend die Heimat der Juden und dann der Iren und schließlich der Italiener geworden, und sie alle hatten ihr den deutlich europäischen Charakter verliehen, der sich bis heute gehalten hat. Die engen Straßen sind aus Kopfsteinpflaster und winden sich auf einem flächenmäßig so winzigen Gebiet um-, über- und durcheinander, das in manchen Städten nicht einmal einen Straßenblock ausmachen würde. Aber hier sind auf engstem Raum Legionen von roten und gelben Backsteinhäusern, restaurierte ehemalige Mietshäuser und das eine oder andere Lagerhaus mit seiner Front aus Schmiedeeisen oder Granit zusammengepackt, die alle um ihren Platz kämpfen und nach oben hin immer seltsamer aussehen, weil stets weitere Stockwerke aufgesetzt wurden, als man nur noch in die Höhe bauen konnte. Deshalb wuchsen Schindeln und Backsteine aus ehemaligen Mansardendächern empor, Wäsche hing noch immer zwischen gegenüberliegenden Feuerleitern und schmiedeeisernen Balkonen, und hier ein Stückchen Grün zu finden war ebenso abwegig wie einen Parkplatz.

Aus irgendeinem Grund befindet sich inmitten dieses engsten Stadtteils in der engsten Stadt hinter der Old North

Church die hübsche Nachahmung einer italienischen Dorfpiazza. Sie wird der Prado genannt, ist aber auch unter dem Namen Paul Revere Mall bekannt, nicht nur weil sie in der Nähe der Kirche und des Revere-Hauses liegt, sondern auch weil der Zugang von der Hanover Street aus von dem Denkmal des »Mitternachtsreiters« Revere von Dallin beherrscht wird. In der Mitte des Prados steht ein Springbrunnen; entlang der den Platz einfassenden Wände sind Gedenktafeln aus Bronze angebracht, die den Ruhm solcher Helden wie Revere, Dawes, einiger Revolutionäre und weniger bekannter Volkshelden des North End bezeugen.

Die Temperatur war auf ungefähr fünf Grad gestiegen, als wir gegen zwölf Uhr von der Unity Street her eintrafen, und der schmutzige Schnee schmolz in die Ritzen des Backsteinpflasters und bildete Pfützen in den Vertiefungen der Kalksteinbänke. Der frische Schnee, der für heute vorausgesagt gewesen war, hatte sich in einen der Temperatur angemessenen leichten Nieselregen verwandelt, so daß sich auf dem Prado weder Touristen noch Bewohner des North Ends in der Mittagspause befanden.

Nur Manny, John Byrne und zwei andere Männer erwarteten uns am Brunnen. Die zwei Männer erkannte ich von der letzten Nacht wieder – sie hatten links neben mir gestanden, als John und ich mit Officer Largeant sprachen, und obwohl keiner von beiden so riesig wie Manny war, waren sie auch nicht gerade klein.

»Das muß die liebenswürdige Miß Gennaro sein«, sagte Manny. Er klatschte in die Hände, als wir uns näherten. »Ein Freund von mir hat Ihretwegen ein paar häßliche Striemen am Kopf, Ma'am.«

»Ach«, antwortete Angie. »Das tut mir leid.«

Manny sah John mit hochgezogenen Augenbrauen an: »Sarkastisches kleines Luder, nicht?«

John wandte sich vom Brunnen ab, seine Nase war mit weißen Bandagen verbunden, die Haut um seine Augen war blauschwarz geschwollen. »Entschuldigung«, sagte er, kam hinter Manny hervor und schlug mir ins Gesicht.

Er legte so viel Kraft in den Schlag, daß er dabei vom Boden abhob, aber ich lehnte mich zurück und bekam den Schlag erst an die Schläfe, nachdem er schon die Hälfte seiner Schnelligkeit verloren hatte. Eigentlich war es ein ziemlicher Scheißschlag. Bienenstiche haben mir schon mehr weh getan.

»Was hast du außer Boxen noch von deiner Mutter gelernt, John?«

Manny grinste, und die beiden großen Kerle kicherten.

»Hört auf zu lachen!« befahl John und trat auf mich zu. »Ich bin derjenige, der jetzt die Unterlagen über dein gesamtes Leben besitzt, Kenzie.«

Ich stieß ihn zurück und sah Manny an: »Das ist also dein Computerfreak, he, Manny?«

»Auf jeden Fall ist er nicht meine Faust, Mr. Kenzie.«

Mannys Schlag sah ich nicht kommen. Irgend etwas explodierte im Zentrum meines Gehirns, mein Gesicht wurde taub, und plötzlich saß ich mit dem Arsch auf dem nassen Kopfsteinpflaster.

Mannys Leute fanden das toll. Sie klatschten sich ab und johlten und machten kleine Hüpfer, als würden sie sich gleich in die Hose machen.

Ich schluckte die Übelkeit hinunter, die aus meinem Magen hinaufdrängte, und fühlte, wie das taube Gefühl aus meinem Gesicht wich und durch das von tausend Nadeln ersetzt wurde, fühlte hinter meinen Ohren einen Blutstrom rauschen und hatte den Eindruck, ich hätte statt eines Gehirns einen Backstein im Kopf. Einen heißen Backstein, einen brennenden Backstein.

Manny hielt mir die Hand hin, ich ergriff sie, und er zog mich hoch.

»Nichts gegen Sie persönlich, Kenzie«, sagte er. »Aber

wenn Sie das nächste Mal die Hand gegen mich erheben, bring' ich Sie um.«

Ich stand auf wackeligen Beinen, schluckte immer noch, und der Brunnen schien mir wie durch einen Schleier zuzuschimmern.

»Gut zu wissen«, brachte ich heraus.

Ich hörte ein lautes Gepolter und wandte den Kopf nach links, wo ich einen Müllwagen die Unity Street heraufrumpeln sah, er war so breit und die Straße so eng, daß seine Reifen den Bürgersteig entlang schrammten. Ich hatte fürchterliche Kopfschmerzen, wahrscheinlich eine Gehirnerschütterung, und nun mußte ich auch noch diesen Müllwagen die Unity Street heraufklappern und -ächzen hören, das Geräusch von Mülleimern, die den ganzen Weg über gegen Beton und Metall krachten. Wie entzückend!

Manny legte den linken Arm um mich und den rechten um Angie und führte uns zum Brunnen, wo wir uns neben ihn setzten. John stand vor uns und sah böse auf mich herunter, die beiden Schleimbeutel blieben, wo sie waren, sie beobachteten die Zufahrten.

»Fand ich gut, wie du letzte Nacht den Bullen verarscht hast«, sagte Manny. »Das war gut. ›Manny, bist du *sicher,* daß du ihn ins Krankenhaus bringen kannst?‹« Er lachte in sich hinein. »Junge, du bist ganz schön wendig.«

»Danke, Manny. Das heißt schon was, wenn du das sagst.«

Er wandte sich an Angie. »Und du bist direkt auf die Disketten zugeschossen, als hättest du von vornherein gewußt, wo sie waren.«

»Ich hatte keine Wahl.«

»Warum nicht?«

»Weil ich wegen eurer Lasershow im Hauptbüro im hinteren Zimmer gefangen war.«

»Stimmt.« Er nickte mit seinem riesigen Kopf. »Am Anfang dachte ich, ihr wärt von der Konkurrenz.«

»Ihr habt Konkurrenz?« staunte Angie. »Bei der Trauertherapie?«

Er lächelte sie an. »Aber dann erzählte John mir, daß ihr Desiree Stone sucht, und dann entdeckte ich, daß du nicht einmal am Computer-Paßwort vorbeigekommen bist. Da war mir klar, daß es nur ein Zufallstreffer war.«

»Ein Zufallstreffer«, wiederholte Angie.

Er tätschelte ihr Knie. »Wer hat die Disketten?«

»Ich«, antwortete ich.

Er streckte seine Hand aus. Ich gab sie ihm, und er warf sie John zu. John verstaute sie in einem Aktenkoffer.

»Was ist mit meinem Bankkonto, den Kreditkarten und so weiter?« fragte ich.

»Na ja«, sagte Manny, »eigentlich wollte ich dich umbringen.«

»Du und diese Kerle?« lachte Angie.

Er sah sie an. »Ist das komisch?«

»Guck mal zwischen deine Beine, Manny«, sagte ich.

Er sah hinunter und entdeckte dort Angies Revolver, die Mündung nur wenige Millimeter von seinen Kronjuwelen entfernt.

»Das«, erwiderte Angie, »ist komisch.«

Er lachte, und sie lachte ebenfalls, ohne ihn aus den Augen zu lassen oder mit der Waffe zu zittern.

»Mensch«, sagte er, »ich mag Sie, Miß Gennaro.«

»Mensch«, gab sie zurück, »das Gefühl beruht definitiv nicht auf Gegenseitigkeit, Manny.«

Er wandte den Kopf und sah auf die Bronzetafeln und die große Steinwand gegenüber. »Also gut, heute wird keiner umgebracht. Aber, Mr. Kenzie, es tut mir leid, Sie haben leider den Schwarzen Peter gezogen. Ihre Guthaben sind weg. Ihr Geld ist weg. Und es kommt auch nicht zurück. Ein paar Kollegen und ich haben entschieden, daß Ihnen eine Lektion erteilt werden mußte.«

»Die habe ich ja wohl erhalten, sonst hätten Sie nicht die Disketten.«

»Ja schon, aber ich muß doch sicher sein, daß sie auch sitzt. Deshalb müssen Sie wieder zurück zum Anfang, Mr. Kenzie. Ich verspreche Ihnen, daß wir Sie von nun an in Ruhe lassen werden, aber der entstandene Schaden ist nicht rückgängig zu machen.«

Auf der Unity Street warfen die Müllmänner die metallenen Eimer von über einem Meter Höhe zurück auf den Bürgersteig, ein Lieferwagen, der sich inzwischen hinter dem Müllwagen befand, hupte laut, und von einem Fenster aus beschimpfte eine alte Frau alle auf italienisch. Das half mir auch nicht gerade bei meinen Kopfschmerzen.

»Das war's also?« Ich dachte an die zehn Jahre Sparen, an die vier Kreditkarten in meiner Brieftasche, die ich nie wieder würde benutzen können, an die unzähligen beschissenen Fälle, kleine und große, durch die ich mich geackert hatte. Alles für die Katz' – ich war wieder arm.

»Das war's.« Manny stand auf. »Passen Sie auf, mit wem Sie sich anlegen, Kenzie. Sie wissen nichts über uns, und wir wissen alles über Sie. Das macht uns gefährlich und Sie berechenbar.«

»Danke für die Lektion«, sagte ich.

Er stand so lange vor Angie, bis sie zu ihm aufsah. Sie hatte immer noch die Pistole in der Hand, doch jetzt zeigte sie zu Boden.

»Vielleicht kann ich bei Ihnen was gutmachen, bis Mr. Kenzie es sich wieder leisten kann, Sie zum Essen einzuladen. Was meinen Sie?«

»Ich meine, hol dir auf dem Heimweg eine Penthouse, Manny, und verabrede dich mit deiner rechten Hand.«

»Ich bin Linkshänder.« Er grinste.

»Mir auch egal«, antwortete sie, und John lachte.

Manny zuckte mit den Achseln und sah einen Moment lang

so aus, als erwäge er eine Erwiderung, machte dann statt dessen auf dem Absatz kehrt, ohne noch ein Wort zu sagen, und ging in Richtung Unity Street. John und die beiden anderen folgten ihm. An der Zufahrt zum Platz hielt Manny inne und wandte sich noch einmal zu uns um, sein massiver Körper eingerahmt vom Blau und Grau des Müllwagens.

»Bis demnächst, Leute!« Er winkte.

Und wir winkten zurück.

Und Bubba, Nelson und die Twoomey-Brüder kamen hinter dem Müllwagen hervor und fuchtelten mit ihren Waffen.

John wollte den Mund öffnen, da schlug ihm Nelson mit einem abgesägten Hockeyschläger mitten ins Gesicht. Blut schoß aus Johns gebrochener Nase, er fiel nach vorne, und Nelson fing ihn auf und hievte ihn auf die Schulter. Die Twoomey-Brüder kamen mit metallenen Mülleimern in den Händen aus der Einfahrt zum Prado. Sie schwenkten die Eimer über ihren Schultern und ließen sie Mannys schleimigen Freunden auf die Köpfe fallen, sie rammten die Männer förmlich in das Kopfsteinpflaster. Ich hörte ein lautes Krachen, als die Kniescheibe von einem der beiden auf dem Stein zerschmetterte, dann sackten beide zusammen und rollten sich wie in der Sonne schlafende Hunde auf den Boden.

Manny war versteinert. Mit ausgestreckten Armen sah er bestürzt zu, wie die drei Männer um ihn herum in weniger als vier Sekunden ausgeschaltet wurden.

Bubba stand hinter ihm, den Metalldeckel eines Mülleimers erhoben wie das Schild eines Gladiators. Er klopfte Manny auf die Schulter, und Manny bekam einen elenden Gesichtsausdruck.

Als er sich umdrehte, langte Bubba mit der freien Hand an seinen Hinterkopf, griff ihm ins Haar, und dann senkte sich der Metalldeckel viermal herunter, jeder Schlag klang wie das nasse Aufklatschen einer Wassermelone, die vom Dach eines Reihenhauses geworfen wird.

»Manny«, sagte Bubba, als Manny zu Boden sank. Bubba riß ihn an den Haaren, und Mannys Körper baumelte locker und elastisch zwischen seinen Händen. »Manny«, wiederholte Bubba, »wie geht's, Kumpel?«

Sie verfrachteten Manny und John in den Laderaum des Lieferwagens und warfen dann die beiden anderen Kerle hinten in den Müllwagen zu den geschmorten Tomaten, verfaulten Bananen und leeren Verpackungen von Tiefkühlgerichten.

Einen beängstigenden Moment lang hatte Nelson die Hand auf dem hydraulischen Hebel hinten am Müllwagen und fragte: »Darf ich, Bubba? Darf ich?«

»Besser nicht«, sagte Bubba. »Macht wahrscheinlich zu viel Krach.«

Nelson nickte, wirkte aber traurig.

Sie hatten den Müllwagen am Morgen von der Müllkippe in Brighton gestohlen. Sie ließen ihn an Ort und Stelle stehen und gingen zum Lieferwagen zurück. Bubba sah zu den Fenstern hinauf, die auf die Straße hinaus gingen. Niemand sah nach draußen. Und selbst wenn – hier war man im North End, der Heimat der Mafia, und eines wußten die Menschen hier von Geburt an: ganz egal, was sie sahen, sie hatten nichts gesehen, Officer.

»Nette Aufmachung!« sagte ich zu Bubba, als er in den Lieferwagen stieg.

»Ja«, bestätigte Angie, »du siehst gut aus als Müllmann.«

Bubba antwortete: »Für Sie immer noch Hygiene-Ingenieur.«

Bubba schritt durch die zweite Etage seines Warenlagers, nukkelte an einer Wodkaflasche, grinste und sah hin und wieder zu John und Manny hinüber, die, immer noch bewußtlos, an zwei Metallstühle gefesselt waren.

Das Erdgeschoß von Bubbas Lagerhaus war ausgeräumt, da

er seinen Warenbestand aufgelöst hatte. Auch der zweite Stock war leer. Im ersten Stock befand sich seine Wohnung, die wäre wahrscheinlich bequemer gewesen, aber wegen seiner bevorstehenden einjährigen Abwesenheit hatte er alles mit Tüchern abgedeckt, und außerdem war sie vermint. Das ist kein Witz. Vermint. Man fragt besser nicht nach.

»Der Kleine kommt zu sich«, sagte Iggy Twoomey. Er saß mit seinem Bruder und Nelson auf aneinandergeschobenen Stapeln von alten Paletten, sie ließen eine Flasche kreisen. Hin und wieder kicherte einer von ihnen ohne ersichtlichen Grund.

Als John die Augen öffnete, sprang Bubba hinüber zu ihm und landete mit den Händen auf den Knien vor ihm wie ein Sumoringer.

Einen Moment lang glaubte ich, John würde wieder ohnmächtig.

»Hi«, grüßte Bubba.

»Hi«, krächzte John.

Bubba beugte sich vor. »Es sieht folgendermaßen aus, John. John ist doch richtig, oder?«

»Ja«, antwortete John.

»Okay. Also, John: Meine Freunde Patrick und Angie werden dir jetzt ein paar Fragen stellen, verstanden?«

»Ja. Aber ich weiß nicht . . .«

Bubba legte John den Finger auf die Lippen. »Psst. Ich bin noch nicht fertig. Wenn du ihre Fragen nicht beantwortest, John, dann kommen meine anderen Freunde. Siehst du sie da drüben?«

Bubba trat zur Seite, und John warf einen Blick auf die drei Verrückten, die im Dunkeln auf den Paletten hockten, Alkohol in sich reinschütteten und auf ihn warteten.

»Wenn du nicht antwortest, werden Patrick und Angie gehen, und ich spiele dann mit meinen anderen Freunden ein Spiel mit dir, Manny und einem alten Akkubohrer.«

»Einem rostigen«, kicherte einer der Twoomeys.

John begann zu zucken, und ich glaube nicht einmal, daß er es bemerkte. Er sah zu Bubba auf, als erblicke er die leibhaftige Erscheinung eines Geistes, der ihn in seinen Träumen heimgesucht hatte.

Bubba stellte sich mit gespreizten Beinen über John und strich ihm das Haar aus der Stirn. »So sieht es aus, John. In Ordnung?«

»In Ordnung«, antwortete John und nickte mehrmals.

»Okay«, sagte Bubba mit einem zufriedenen Nicken. Er tätschelte Johns Wange und stieg von ihm herunter. Dann trat er zu Manny und schüttete ihm Wodka ins Gesicht.

Manny erwachte hustend, er zerrte an den Seilen und spuckte den Wodka aus.

Das erste, was er sagte, war: »Was?«

»Hi, Manny.«

Manny sah zu Bubba hoch und versuchte einen Moment lang, unerschrocken auszusehen. Er konnte so was. Aber Bubba lächelte, und dann seufzte Manny und sah zu Boden.

»Manny!« rief Bubba. »Schön, daß du wieder dabei bist. Es geht um folgende Abmachung, Manny: John erzählt Patrick und Angie, was sie wissen wollen. Wenn ich glaube, daß er lügt, oder wenn du ihn unterbrichst, zünde ich dich an.«

»Mich?« fragte Manny.

»Dich.«

»Wieso nicht ihn? Ich meine, wenn er es ist, der lügt?«

»Weil an dir mehr zu verbrennen ist, Manny.«

Manny biß sich auf die Oberlippe, in seinen Augen stiegen Tränen hoch. »Sag ihnen die Wahrheit, John.«

»Fuck off, Manny.«

»Erzähl's ihnen!«

»Das tue ich!« schrie John. »Aber nicht wegen dir. ›Warum nicht ihn?‹« äffte er Manny nach. »Toller Freund. Wenn wir hier jemals rauskommen, erzähle ich allen, daß du geheult hast wie ein altes Weib.«

»Habe ich nicht.«

»Hast du wohl.«

»John!« mischte sich Angie ein. »Wer hat das mit Patricks Bankkonto und Kreditkarten gemacht?«

Er sah zu Boden. »Ich.«

»Und wie?« fragte ich.

»Ich arbeite für die oberste Finanzbehörde«, antwortete er.

»Dann bringst du es auch wieder in Ordnung?« fragte Angie.

»Na ja«, wandte er ein, »es ist leichter, kaputtzumachen, als wieder in Ordnung zu bringen.«

»John!« mahnte ich. »Sieh mich an!«

Er tat es.

»Bring es in Ordnung!«

»Ich . . .«

»Bis morgen.«

»Bis morgen? Das kann ich nicht. Ich brauche . . .«

Ich pflanzte mich vor ihm auf: »John, du kannst mein Geld verschwinden lassen, das ist ganz schön beängstigend. Aber ich kann dich verschwinden lassen, und das ist ja wohl noch ein bißchen beängstigender, oder nicht?«

Er schluckte, und sein Adamsapfel hüpfte kurz in seinem Hals auf und ab.

»Morgen, John. Morgen früh.«

»Ja«, antwortete er, »in Ordnung.«

»Läßt du auch Gelder von anderen Leuten verschwinden?« fragte ich.

»Ich . . .«

»Antworte ihm!« forderte Bubba ihn auf und betrachtete seine Schuhe.

»Ja.«

»Von Leuten, die versuchen, aus der Church of Truth auszutreten?« fragte Angie.

Manny sagte: »He, warte mal!«

Bubba fragte: »Wer hat ein Streichholz?«

»Ich bin schon still«, sagte Manny, »bin schon still.«

»Wir wissen alles über Trauer & Trost und die Kirche«, erklärte Angie. »Ein Weg, mit ungehorsamen Mitgliedern umzugehen, ist, ihre Finanzen zu manipulieren, stimmt's?«

»Manchmal«, gab John zu, die Unterlippe vorgeschoben wie ein kleiner Junge, der dabei erwischt worden war, wie er den Mädchen in der Schule unter die Röcke guckte.

Ich begann: »Ihr habt Leute in allen großen Firmen, stimmt's, John? Bei der Finanzbehörde, bei der Polizei, bei Banken, in den Medien, wo noch?«

Sein Schulterzucken wurde von den Seilen beeinträchtigt. »Wo du willst.«

»Schön«, sagte ich.

Er schnaufte verächtlich. »Es gibt ja auch keine Klagen, wenn Katholiken für diese Firmen arbeiten. Oder Juden.«

»Oder von Siebenten-Tag-Adventisten«, ergänzte Bubba.

Ich sah ihn an.

»Oh.« Er hielt die Hand hoch. »'tschuldigung.«

Ich beugte mich zu John hinunter, legte die Ellenbogen auf seine Knie und sah ihm ins Gesicht.

»Okay, John. Jetzt kommt die wichtigste Frage. Und laß dir bloß nicht einfallen, mich anzulügen.«

»Das wäre schlecht«, sagte Bubba.

John blickte nervös zu Bubba, dann zurück zu mir.

»John«, fragte ich, »was ist mit Desiree Stone passiert?«

11

Desiree Stone«, wiederholte Angie. »Na los, John. Wir wissen, daß sie von Trauer & Trost behandelt wurde.«

John fuhr sich mit der Zunge über die Lippen und blinzelte. Er hatte seit über einer Minute nichts mehr gesagt, und Bubba wurde langsam unruhig.

»John!« mahnte ich.

»Ich weiß, daß ich hier irgendwo ein Feuerzeug hatte.« Bubba sah einen Augenblick lang ratlos aus. Er klopfte sich auf die Hosentaschen und schnippte dann plötzlich mit den Fingern. »Habe ich unten liegenlassen. Jetzt erinnere ich mich. Bin sofort wieder da.«

John und Manny blickten ihm nach, während er auf die Treppe am hinteren Ende der leeren Halle zulief; die Balken an der Decke warfen das hämmernde Klopfen seiner Springerstiefel zurück.

Als Bubba unten verschwunden war, sagte ich: »Jetzt habt ihr ihn soweit.«

John und Manny sahen einander an.

»Wenn er soweit ist«, erklärte Angie, »weiß man nie, was er als nächstes tut. Er wird dann gerne, ihr wißt schon, kreativ.«

John blickte uns mit großen Augen an. »Ihr dürft nicht zulassen, daß er mir was tut.«

»Ich kann nicht viel tun, wenn du uns nichts über Desiree erzählst.«

»Ich weiß nichts über Desiree Stone.«

»Na klar doch«, sagte ich.

»Nicht soviel wie Manny. Manny war ihr erster Berater.«

Angie und ich drehten langsam unsere Köpfe herum und blickten Manny an.

Manny schüttelte den Kopf.

Angie lächelte und ging zu ihm hinüber. »Manny, Manny, Manny«, sagte sie. »Was du für Geheimnisse hast.« Sie griff ihm unters Kinn, bis er ihr in die Augen sah. »Spuck's aus, Muskelprotz!«

»Ich muß mir diesen Scheiß schon von dem Irren da anhören, aber ich hör' mir das nicht von einer beschissenen Frau an.« Er spuckte sie an, und sie wich zurück.

»Junge!« sagte sie. »Man hat das Gefühl, Manny verbringt ein bißchen zuviel Zeit im Fitneßstudio. Stimmt doch, Manny, oder? Ein bißchen Gewichte heben, Kleinere vom Stepper verscheuchen und deinen ganzen Muskelprotzen von dem Flittchen erzählen, das du dir letzte Nacht genommen hast. Das ist Manny. Das ist typisch Manny.«

»Hey, fick dich.«

»Nein, Manny: Fick dich selbst!« erwiderte sie. »Fick dich und stirb!«

Und Bubba kam mit einem Schneidbrenner ins Zimmer zurückgesprungen und rief: »Ich hab' ihn, ich hab' ihn!«

Manny schrie und riß an den Seilen.

»Jetzt wird's gut!« freute sich einer der Twoomey-Brüder.

»Nein!« kreischte Manny. »Nein! Nein! Nein! Desiree Stone kam am 19. November ins Therapiezentrum. Sie war depressiv, weil, weil, weil . . .«

»Langsam, Manny«, sagte Angie. »Ganz langsam!«

Manny schloß die Augen und atmete tief ein, sein Gesicht war schweißüberströmt.

Bubba saß auf dem Boden und streichelte seinen Schneidbrenner.

»Okay, Manny«, forderte Angie ihn auf. »Von Anfang an.« Sie stellte ein Aufnahmegerät vor ihm auf den Boden und schaltete es ein.

»Desiree war depressiv, weil ihr Vater Krebs hatte, ihre Mutter gerade gestorben war und ein Typ, den sie vom College kannte, ertrunken war.«

»Den Teil kennen wir«, unterbrach ich ihn.

»Deshalb kam sie zu uns und . . .«

»Wie kam sie zu euch?« fragte Angie. »Ist sie einfach von der Straße aus hereinspaziert?«

»Ja.« Manny blinzelte.

Angie sah Bubba an. »Er lügt!«

Bubba schüttelte langsam den Kopf und stellte den Schneidbrenner an.

»Okay«, sagte Manny. »Okay, sie wurde angeworben.«

Bubba drohte: »Wenn ich den noch einmal anmache, dann gebrauch' ich ihn, Angie. Ob's dir paßt oder nicht.«

Sie nickte.

»Jeff Price«, fuhr Manny fort. »Er hat sie angeworben.«

»Jeff?« fragte ich. »Ich dachte, er heißt Sean.«

Manny schüttelte den Kopf. »Das war sein zweiter Name, den hat er manchmal als Pseudonym benutzt.«

»Erzähl mal von ihm!«

»Er überwachte bei Trauer & Trost die Therapien und war Mitglied des Kirchenrats.«

»Was ist das?«

»Der Kirchenrat ist wie ein Verwaltungsrat. Er besteht aus Mitgliedern, die schon seit der Chicagoer Zeit zur Kirche gehören.«

»Also, dieser Jeff Price«, sagte Angie, »wo ist er jetzt?«

»Weg«, antwortete John.

Wir sahen ihn an. Sogar Bubbas Interesse schien allmählich geweckt. Vielleicht merkte er es sich für den Tag, an dem er seine eigene Kirche aufmachen würde. Die Tempelkrüppel.

»Jeff Price hat der Kirche zwei Millionen Dollar gestohlen und ist verschwunden.«

»Seit wann?« fragte ich.

»Seit gut sechs Wochen«, antwortete Manny.

»Als auch Desiree Stone verschwand.«

Manny nickte. »Sie hatten ein Verhältnis.«

»Also meinst du, daß sie bei ihm ist?« fragte Angie.

Manny sah John an. John blickte zu Boden.

»Was ist?« fragte Angie.

»Ich glaube, daß sie tot ist«, erwiderte Manny. »Jeff, das müßt ihr wissen, ist . . .«

». . . ein astreines Arschloch«, ergänzte John. »Der kaltblütigste Hund, den ihr je gesehen habt.«

Manny nickte. »Er würde seine Mutter für ein Paar Schuhe verhökern, wenn ihr wißt, was ich meine.«

»Desiree könnte bei ihm sein«, widersprach Angie.

»Vielleicht. Aber Jeff reist mit leichtem Gepäck. Versteht ihr? Er weiß, daß wir nach ihm suchen. Und er weiß, daß eine so gutaussehende Frau wie Desiree überall auffällt. Ich will nicht sagen, daß sie Massachusetts nicht zusammen mit ihm verlassen hat, aber er hat sie irgendwo abgehängt. Wahrscheinlich, als sie von dem gestohlenen Geld erfuhr. Und mit abgehängt meine ich nicht, daß er sie an irgendeiner Raststätte rausgelassen hat oder so. Da ist er etwas gründlicher.«

Er schlug die Augen nieder, und sein Körper hing in den Seilen.

»Du hast sie gemocht«, stellte Angie fest.

Er blickte auf, und man sah es in seinen Augen. »Ja«, sagte er sanft. »Ob ich Leute abzocke? Ja. Stimmt. Das tue ich. Aber was ist mit den meisten von diesen Arschlöchern? Die kommen rein und meckern über Krankheiten oder chronische Müdigkeit oder daß sie nie darüber weggekommen sind, als Kind ins Bett gepißt zu haben. Auf die scheiße ich. Die haben offensichtlich zu viel Zeit und zu viel Geld. Und wenn ein bißchen von dem Geld der Kirche zugute kommt, um so besser.« Er starrte Angie voller Trotz an, der langsam auftaute oder schwächer wurde. »Aber Desiree Stone war anders. Sie suchte Hilfe bei uns. Die ganze Welt um sie herum brach innerhalb von knapp zwei Wochen zusammen, und sie hatte Angst, daß sie es nicht verkraften würde. Ihr braucht das nicht zu glauben, aber die Kirche hätte ihr helfen können. Davon bin ich überzeugt.«

Angie schüttelte langsam den Kopf und wandte sich von ihm ab. »Spar dir die Spucke, Manny. Was ist mit der Geschichte von Jeff Price über seine Familie, die an Kohlenmonoxydvergiftung starb?«

»Blödsinn!«

Ich sagte: »Vor kurzer Zeit hat sich jemand bei Trauer & Trost eingeschmuggelt. Jemand wie wir. Wißt ihr, von wem ich rede?«

Er war tatsächlich verwirrt. »Nein.«

»John?«

John schüttelte den Kopf.

»Irgendwelche Anhaltspunkte über den Aufenthaltsort von Price?« fragte Angie.

»Wie meinst du das?«

»Komm schon«, drängte ich. »Manny, du kannst meine Kreditkarte und mein Bankkonto über Nacht auslöschen, in weniger als zwölf Stunden. Ich schätze, es ist ganz schön schwer, sich vor euch zu verstecken.«

»Aber das war die Spezialität von Price. Er hat sich doch das ganze Konzept mit der Gegenoffensive ausgedacht.«

»Gegenoffensive?« wiederholte ich.

»Ja. Den Gegner angreifen, bevor er an dich herankommt. Verdeckte Operationen. Wie es auch die CIA macht. Das ganze Sammeln von Informationen, die Sitzungen, der PIN-Test, das war alles die Idee von Price. Er hatte schon damals in Chicago damit angefangen. Wenn sich irgend jemand vor uns verstekken kann, dann er.«

»Da war diese Sache in Tampa«, warf John ein.

Manny sah ihn böse an.

»Ich lass' mich nicht anzünden«, sagte John. »Ich nicht.«

»Was war in Tampa?« fragte ich.

»Er hat seine Kreditkarte benutzt. Seine eigene. War wahrscheinlich betrunken«, antwortete John. »Das ist sein schwacher Punkt. Er trinkt. Wir haben da einen Typen, der macht den ganzen Tag lang nichts anderes, als vor einem Computer zu sitzen, der mit allen Banken und Kreditinstituten verbunden ist, bei denen Price Konten hat. Und vor drei Wochen guckt dieser Typ nachts auf den Bildschirm, und plötzlich fängt der Computer an zu piepsen. Price hat seine Kreditkarte in einem Motel in Tampa benutzt, im Courtyard Marriott.«

»Und?«

»Und«, ergänzte Manny, »unsere Leute waren innerhalb von vier Stunden dort. Aber er war weg. Wir wissen nicht mal, ob er es wirklich war. Der Mann an der Rezeption erzählte uns, es war ein Mädel, das die Karte hatte.«

»Vielleicht Desiree«, versuchte ich.

»Nein. Das Mädel war blond und hatte eine lange Narbe am Hals. Der Typ an der Rezeption sagte, er sei sicher, daß sie eine Nutte war. Sie behauptete, die Karte würde ihrem Vater gehören. Ich denke, daß Price seine Kreditkarten wahrscheinlich verkauft hat oder sie einfach aus dem Fenster geworfen hat, damit irgendwelche Penner sie finden – nur um uns zu verarschen.«

»Sind seither welche benutzt worden?« fragte Angie.

»Nein«, antwortete John.

»Belegt aber nicht gerade deine Theorie, Manny.«

»Sie ist tot, Mr. Kenzie«, sagte Manny. »Mir gefällt's auch nicht, aber glaub' mir, sie ist tot.«

Wir nahmen sie noch dreißig Minuten lang in die Mangel, fanden aber nichts Neues dabei heraus. Desiree Stone hatte Jeff Price kennengelernt, war von ihm manipuliert worden und hatte sich in ihn verliebt. Price stahl 2,3 Millionen Dollar, was nicht angezeigt werden konnte, weil das Geld von einem Schmiergeldfonds stammte, den Trauer & Trost und die Kirche mit dem Geld angelegt hatten, um das sie ihre Mitglieder geprellt hatten. Am 12. Februar um zehn Uhr morgens verschaffte sich Price Zugang zum Code für das Konto auf den

Cayman Islands. Er überwies das Geld telegraphisch auf sein eigenes Konto bei der Commonwealth Bank und hob es am selben Vormittag um halb zwölf ab. Er spazierte aus der Bank und verschwand.

Einundzwanzig Minuten später parkte Desiree Stone ihr Auto in der Boylston Street 500, neun Straßenecken von Price' Bank entfernt. Und das war das letzte Mal, daß sie gesehen wurde.

»Wo wir schon dabei sind«, fiel mir ein, als ich an Richie Colgan dachte, »wem gehört die Kirche? Wer streicht die Gelder ein?«

»Das weiß keiner«, gab Manny zurück.

»Bitte!«

Er blickte kurz auf Bubba. »Wirklich. Ich meine es ernst. Wahrscheinlich wissen es die Mitglieder des Kirchenrats, aber Typen wie wir nicht.«

Ich sah John an.

Er nickte. »Das Oberhaupt der Kirche ist ein Reverend Kett, aber den hat seit mindestens fünfzehn Jahren niemand mehr lebend gesehen.«

»Vielleicht schon seit zwanzig«, ergänzte Manny. »Aber wir werden gut bezahlt, Kenzie. Wirklich gut. Also beschweren wir uns nicht und stellen keine Fragen.«

Ich sah Angie an. Sie zuckte die Achseln.

»Wir brauchen ein Foto von Price«, sagte sie.

»Ist auf den Disketten«, erwiderte Manny. »Die Datei heißt PDKTT – Personaldatei, Kirche und Trauer & Trost.«

»Kannst du uns sonst noch etwas über Desiree sagen?«

Er schüttelte den Kopf, und seine Stimme klang gequält, als er sprach. »Man trifft nicht viele gute Menschen. Ich meine, richtig gute. Keiner hier im Zimmer ist ein guter Mensch.« Er sah alle nacheinander an. »Aber Desiree war einer. Sie wäre ein Segen gewesen für diese Welt. Aber jetzt liegt sie wahrscheinlich irgendwo in einem Graben.«

Bubba schlug Manny und John noch einmal bewußtlos, dann fuhren er, Nelson und die Twoomey-Brüder sie aus der Stadt heraus zu einer Müllhalde unter der Mystic River Bridge in Charlestown und warteten, bis sie – mit verbundenen Händen und Knebeln im Mund – aufwachten. Dann warfen sie sie aus dem Lieferwagen, feuerten mehrmals neben sie in den Boden, bis John wimmerte und Manny heulte. Dann fuhren sie davon.

»Leute können einen manchmal überraschen«, bemerkte Bubba.

Wir saßen auf der Motorhaube des Crown Victoria, der am Straßenrand vor dem Plymouth Correctional geparkt war. Von unserem Platz aus konnten wir die Gärten und Gewächshäuser der Insassen sehen, den Lärm der Männer hören, die auf der anderen Seite der Mauer in der frischen Luft draußen Basketball spielten. Doch ein Blick auf den elektrischen Draht, der sich tückisch am oberen Rand der Mauer entlangwand, oder auf die Umrisse der Aufpasser mit ihren Gewehren in den Wachtürmen genügte, und es gab keinen Zweifel mehr, vor was für einem Gebäude man sich befand – an einem Ort, wo Menschen eingeschlossen wurden. Ganz egal, was man über Verbrechen und Strafe dachte, an dieser Tatsache war nicht zu rütteln. Und sie war häßlich.

»Vielleicht lebt sie noch«, bemerkte Bubba.

»Ja«, antwortete ich.

»Nein, ehrlich. Was ich gesagt habe, Leute können einen überraschen. Bevor diese Arschlöcher bei mir zu Hause aufwachten, habt ihr beiden mir erzählt, daß sie einmal einen Typen mit Reizgas angesprüht hat.«

»Ja und?« fragte Angie.

»Das zeigt, daß sie stark ist. Versteht ihr? Ich meine, neben dir sitzt ein Typ, und du packst eine Dose Reizgas aus und sprühst ihm damit in die Augen? Wißt ihr, wie stark man dafür sein muß? Das Mädel hat Rückgrat. Vielleicht hat sie eine Möglichkeit gefunden, von diesem Scheißkerl, diesem Price, wegzukommen.«

»Aber dann hätte sie doch ihren Vater angerufen. Sie hätte versucht, ihn irgendwie zu erreichen.«

Er zuckte die Achseln. »Vielleicht. Keine Ahnung. Ihr seid die Detektive, ich bin der Blödmann, der in den Knast muß, weil er eine Wumme bei sich hatte.«

Wir lehnten uns gegen das Auto, sahen wieder an den Granitwänden zum elektrischen Zaun und zum grauen, dunkler werdenden Himmel empor.

»Muß gehen«, sage Bubba.

Angie umarmte ihn und küßte ihn auf die Wange.

Ich schüttelte ihm die Hand. »Sollen wir dich bis zur Tür bringen?«

»Nee. Das ist ja, als wärt ihr meine Eltern am ersten Schultag.«

»Am ersten Schultag«, warf ich ein, »ich weiß noch, da hat Eddie Rourke eine höllische Abreibung von dir bezogen.«

»Weil er mich geärgert hat, weil mich meine Eltern bis zur Tür gebracht haben.« Er blinzelte. »Bis in einem Jahr dann!«

»Früher«, sagte Angie, »glaubst du, wir vergessen, dich zu besuchen?«

Er zuckte die Achseln. »Vergeßt nicht, was ich euch gesagt habe. Sie können einen manchmal überraschen, die Leute.«

Wir blickten ihm nach, wie er mit hochgezogenen Schultern, die Hände in den Taschen, den Weg aus Kies und Schotter hinaufging. Eine steife Brise stieg aus den gefrorenen Furchen in den Feldern auf und zerzauste sein Haar.

Er ging durch die Tür, ohne sich noch einmal umzusehen.

12

Meine Tochter ist also in Tampa«, stellte Trevor Stone fest.

»Mr. Stone«, erinnerte ihn Angie, »haben Sie nicht gehört, was wir gesagt haben?«

Er knöpfte seine Hausjacke zu und sah sie mit trüben Augen an. »Ja. Zwei Männer glauben, sie sei tot.«

»Ja«, sagte ich.

»Und Sie?«

»Nicht unbedingt«, erwiderte ich. »Aber nach dem, was wir über diesen Jeff Price gehört haben, scheint er nicht gerade der Typ zu sein, der eine so auffällige Frau wie Ihre Tochter bei sich behält, während er versucht unterzutauchen. Deshalb ist die Spur nach Tampa . . .«

Er öffnete den Mund, um etwas zu sagen, schloß ihn aber wieder. Er kniff seine Augen zu und schien gegen in seinen Mund aufsteigende Säure anzuschlucken. Sein Gesicht glänzte vor Schweiß und war kalkweiß. Gestern morgen war er auf uns vorbereitet gewesen, er hatte seinen Stock genommen und sich feingemacht und das Bild eines zerbrechlichen, aber stolzen und unverwüstlichen Kriegers abgegeben.

Heute abend jedoch hatte er sich nicht auf unsere Ankunft vorbereiten können, und so saß er im Rollstuhl, in dem er nach Julians Aussage inzwischen drei Viertel der Zeit verbrachte, sein Geist und sein Körper waren ausgelaugt vom Krebs und von der ihn bekämpfenden Chemotherapie. Sein Haar stand in kleinen Büscheln vom Kopf ab, und seine Stimme hatte sich in ein dünnes, rauhes Flüstern verwandelt.

»Es ist und bleibt eine Spur«, sagte er mit immer noch geschlossenen Augen, die zitternde Faust an den Mund gedrückt. »Vielleicht ist ja auch Mr. Becker dorthin verschwunden, hm?«

»Vielleicht«, lenkte ich ein.

»Wie schnell können Sie aufbrechen?«

»Hä?« fragte Angie.

Er öffnete die Augen. »Nach Tampa. Können Sie morgen früh fertig sein?«

»Wir müssen doch erst die Flüge buchen«, erklärte ich.

Er grollte. »Es braucht nichts gebucht zu werden. Julian kann Sie morgen früh abholen und Sie zu meinem Flugzeug bringen.«

»Ihr Flugzeug«, staunte Angie.

»Finden Sie meine Tochter oder Mr. Becker oder Mr. Price!«

»Mr. Stone«, mahnte Angie, »das ist eine riskante Angelegenheit.«

»Schön!« Er hustete in seine Faust und schloß einen Moment lang wieder die Augen. »Wenn sie lebt, soll sie gefunden werden. Wenn sie tot ist, muß ich es wissen. Und wenn dieser Mr. Price hinter ihrem Tod steckt, tun Sie mir dann einen Gefallen?«

»Und der wäre?« fragte ich.

»Wären Sie bitte so nett, ihn zu töten?«

Die Luft im Zimmer wurde plötzlich eisig.

»Nein«, erwiderte ich.

»Sie haben doch schon Menschen getötet«, beharrte er.

»Nie wieder«, sagte ich, während er den Kopf zum Fenster wandte. »Mr. Stone!«

Er drehte sich erneut um und sah mich an.

»Nie wieder!« wiederholte ich. »Ist das klar?«

Er schloß die Augen, lehnte seinen Kopf gegen die Lehne seines Rollstuhls und winkte uns aus dem Zimmer.

»Sie haben einen Mann vor sich, der mehr Staub als Fleisch ist«, sagte Julian, der in der marmornen Eingangshalle Angies Mantel bereithielt.

Angie griff nach ihrem Mantel, doch er bedeutete ihr, sich

umzudrehen. Sie verzog das Gesicht, gehorchte aber, und Julian half ihr hinein.

»Ich habe einen Mann vor mir«, korrigierte ich ihn, als er meine Jacke aus dem Garderobenschrank holte, »der andere Menschen beherrschte, der die Industrie- und Finanzwelt wie jedes andere Gebiet beherrschte, das er sich als Betätigungsfeld suchte. Ein Mann, vor dessen Schritten die Menschen zitterten. Und Angst hatten. Größte Angst.«

Er hielt mir die Jacke hin, ich schlüpfte hinein und roch dabei den klaren, kühlen Duft seines Aftershaves. Es war keine Marke, die ich kannte, aber irgendwie spürte ich, daß es sowieso nichts für meinen Geldbeutel war.

»Wie lange sind Sie schon bei ihm, Julian?«

»Seit fünfunddreißig Jahren, Mr. Kenzie.«

»Und der Flummi?« fragte Angie.

Julian lächelte leicht. »Sie sprechen von Mr. Clifton?«

»Ja.«

»Er ist seit zwanzig Jahren bei uns. Er war Mrs. Stones Kammerdiener und Privatsekretär. Jetzt hilft er mir bei der Instandhaltung und Wartung des Besitzes und nimmt Mr. Stones Geschäftstermine wahr, wenn Mr. Stone selbst zu müde ist.«

Ich sah ihm direkt in die Augen. »Was ist mit Desiree Ihrer Meinung nach passiert?«

»Ich weiß es nicht, Sir. Ich hoffe nur, daß es nichts Endgültiges ist. Sie ist ein göttliches Kind.«

»Und Mr. Becker?« fragte Angie.

»Wie meinen Sie das, Miß?«

»In der Nacht, als er verschwand, war er auf dem Weg zu diesem Haus. Das haben wir bei der Polizei überprüft, Mr. Archerson. Es gibt keine Unterlagen über seltsame Vorkommnisse oder Störungen auf der 1A in jener Nacht. Keine Autounfälle oder stehengelassene Wagen. Kein Taxi, das zur fraglichen Zeit eine Fahrt zu dieser Adresse oder in diese Richtung annahm. Kein Leihwagen wurde an dem Tag auf den Namen Jay Becker ausgegeben, und sein eigenes Auto steht immer noch in der Parklücke vor seiner Wohnung.«

»Und was schließen Sie daraus?« fragte Julian.

»Wir haben keine Schlußfolgerungen«, sagte ich, »nur Gefühle, Julian.«

»Ach.« Er öffnete uns die Tür, und ein eisiger Luftstrom zog in die Eingangshalle. »Und was sagen Ihnen Ihre Gefühle?«

»Sie sagen uns, daß irgend jemand lügt«, erklärte Angie. »Daß vielleicht sogar viele lügen.«

»Das gibt zu denken. Ja.« Julian hob kurz die Hand an die Stirn. »Gute Nacht, Mr. Kenzie, Miß Gennaro. Fahren Sie bitte vorsichtig!«

»Oben ist unten«, sagte Angie, als wir über die Tobin Bridge fuhren und die Lichter der Skyline von Boston vor uns lagen.

»Was?« fragte ich.

»Oben ist unten. Schwarz ist weiß. Norden ist Süden.«

»Schon gut«, beruhigte ich sie. »Willst du anhalten und mich fahren lassen?«

Sie warf mir einen bösen Blick zu. »Dieser Fall«, sagte sie. »Ich bekomme langsam das Gefühl, daß alle lügen und alle etwas zu verbergen haben.«

»Und was willst du dagegen tun?«

»Ich höre jetzt auf, alles für bare Münze zu nehmen. Ich werde alles hinterfragen und niemandem mehr vertrauen.«

»Gut.«

»Und ich will in Jay Beckers Wohnung einbrechen.«

»Jetzt?« fragte ich.

»Jetzt sofort«, antwortete sie.

Jay Becker wohnte in Whittier Place, einem Hochhaus, dessen Wohnungen je nach Lage auf den Charles River oder auf das Fleet Center hinaus gingen.

Whittier Place gehört zu den Charles River Apartments, einem häßlichen Komplex moderner Luxus-Wohnanlagen, die zusammen mit der City Hall, dem Hurley und Lindemann Center und dem JFK-Haus in den Siebzigern als Ersatz für die alten Gebäude des West Ends gebaut worden waren; einige geniale Stadtplaner hatten die Idee gehabt, diese abzureißen, damit Boston in den siebziger Jahren ungefähr so aussah wie London in Uhrwerk Orange.

Das West End war dem North End damals sehr ähnlich, an manchen Stellen war es wegen seiner Nähe zu den Rotlichtbezirken Scollay Square und North Station ein bißchen schmutziger und schäbiger gewesen. Die Rotlichtbezirke gibt es nicht mehr, ebensowenig wie das West End selbst und Fußgänger nach fünf Uhr nachmittags. Wo eigentlich ein lebendiges Viertel entstehen sollte, erbauten Stadtplaner einen sich flach hinziehenden Zementkomplex von Designer-Häusern, die unter Kommunalverwaltung stehen, kein bißchen Funktion, alles Form – und von der Form her auch noch abstoßend –, sowie hohe Apartmentblocks aus Schlackenroheisen, die am ehesten einer wüsten, nichtssagenden Mondlandschaft glichen.

»Wenn Sie hier wohnten«, verrieten uns die schlauen Schilder, als wir vom Storrow Drive in Richtung Whittier Place abbogen, »wären Sie jetzt zu Hause.«

»Wenn ich in diesem Auto wohnen würde«, gab Angie zu bedenken, »wäre ich dann nicht auch zu Hause?«

»Oder unter der Brücke.«

»Oder im Charles.«

»Oder im Container.«

Wir sponnen so weiter, bis wir eine Parklücke fanden, ein weiterer Ort, den wir unser Heim nennen könnten, wenn wir dort wohnen würden.

»Modernes findest du wirklich furchtbar, oder?« stellte sie fest, als wir auf Whittier Place zugingen und ich einen abschätzigen Blick auf den Komplex warf.

Ich zuckte mit den Achseln. »Ich mag moderne Musik. Und einige Fernsehsendungen sind heute besser als früher. Aber damit hat es sich auch schon.«

»Gibt es kein einziges Bauwerk moderner Architektur, das dir gefällt?«

»Na ja, beim John Hancock Tower oder beim Heritage spüre ich nicht sofort den Drang, sie in die Luft zu jagen, wenn ich sie sehe. Aber Frank Lloyd Wrong und Ieoh Ming Pei haben kein einziges Haus oder Gebäude entworfen, das auch nur mit den einfachsten viktorianischen Bauwerken mithalten könnte.«

»Du bist ein waschechter Bostoner, Patrick. Durch und durch.«

Ich nickte, als wir uns der Eingangstür des Wohnkomplexes näherten. »Ich will nur, daß sie mein altes Boston in Ruhe lassen, Angie. Sollen sie doch nach Hartford gehen, wenn sie solchen Scheiß bauen wollen. Oder nach L.A. Oder sonstwohin. Nur nicht hier.«

Sie drückte meine Hand, und ich blickte ihr ins Gesicht, sah dort ein Lächeln.

Durch eine Glastür traten wir in die Eingangshalle und standen dann vor weiteren Glastüren, die verschlossen waren. Rechts von uns fand sich eine Tafel mit Namensschildern. Neben den Namen waren dreistellige Zahlen angegeben, und links neben den Schildern hing ein Telefon. Das hatte ich befürchtet. Man konnte nicht den alten Trick anwenden und zehn Klingelknöpfe gleichzeitig drücken, in der Hoffnung, einer würde schon aufmachen. Wenn man das Telefon benutzte, konnte einen die Person am anderen Ende der Leitung auf einem Monitor sehen.

Die verfluchten Verbrecher haben es uns Privatdetektiven ganz schön schwer gemacht.

»Das war lustig, wie du dich eben draußen aufgeregt hast«, sagte Angie. Sie öffnete ihre Handtasche, hielt sie in die Luft und ließ den Inhalt zu Boden fallen.

»Ja?« Ich kniete mich neben sie, und wir stopften die Sachen wieder in die Tasche zurück.

»Ja. Das ist schon lange her, seit du dich das letzte Mal über etwas aufgeregt hast.«

»Du auch«, antwortete ich.

Wir sahen einander an, und die Frage in ihren Augen spiegelte sich wahrscheinlich in meinen:

Was ist aus uns geworden? Wie werden wir wieder glücklich?

»Wie viele Lippenstifte kann eine Frau besitzen?« fragte ich und bückte mich wieder.

»Zehn sind in Ordnung«, erwiderte sie. »Fünf, wenn man mit leichtem Gepäck reist.«

Von der anderen Seite der Glastür kam ein Paar auf uns zu. Der Mann sah wie ein Anwalt aus; sorgfältig frisiertes, graumeliertes Haar und eine rot-gelbe Gucci-Krawatte. Die Frau sah aus wie eine typische Anwaltsgattin, verhärmt und argwöhnisch.

»Dein Einsatz!« forderte ich Angie auf.

Der Mann drückte die Tür auf, und Angie zog ihr Knie zurück, dabei glitt ihr eine lange Haarsträhne hinterm Ohr hervor, ringelte sich ihren Wangenknochen hinunter und umschattete ihre Augen.

»Entschuldigen Sie!« sagte sie, lachte verhalten und fesselte den Mann mit ihrem Blick. »Ich bin immer so ungeschickt!«

Er blickte zu ihr hinunter, und seine unbarmherzigen Anwaltsaugen ließen sich von ihrer Fröhlichkeit anstecken. »Ich selber kann auch nicht durch einen leeren Raum gehen, ohne zu stolpern.«

»Ach«, lachte sie, »ein verwandter Geist.«

Der Mann lächelte wie ein schüchterner zehnjähriger Junge. »Wir sollten uns beim Ballett bewerben!«

Angie lachte unvermittelt laut auf, als hätte sie sein unerwarteter Witz überrascht. Sie hob ihre Schlüssel auf. »Da sind sie ja.«

Wir richteten uns auf, während sich seine Frau an mir vorbeischob und der Mann die Tür aufhielt.

»Seien Sie nächstes Mal vorsichtiger!« mahnte er mit gespieltem Ernst.

»Ich versuch's.« Angie zog die Worte ein wenig in die Länge.

»Wohnen Sie schon lange hier?«

»Komm, Walter!« drängte die Frau.

»Sechs Monate.«

»Komm, Walter!« wiederholte die Frau.

Walter sah Angie ein letztes Mal in die Augen und ging.

Als die Tür hinter ihnen zugefallen war, sagte ich: »Mach dich nicht so breit, Walter! Dreh dich zur Seite, Walter!«

»Armer Walter«, sagte Angie, als wir den Aufzug erreichten.

»Armer Walter! Ich bitte dich. Hättest du nicht noch ein bißchen mehr stöhnen können?«

»Stöhnen?«

»›Sex Monate‹«, sagte ich mit Marilyn-Monroe-Stimme.

»Ich habe nicht ›sex‹ gesagt. Ich habe ›sechs‹ gesagt. Und ich habe auch nicht gestöhnt.«

»Wie du meinst, Norma Jean.«

Sie boxte mich mit dem Ellenbogen. Die Türen des Fahrstuhls öffneten sich, und wir fuhren in den zwölften Stock hoch.

Vor Jays Tür fragte Angie: »Hast du Bubbas Geschenk?«

Bubbas Geschenk war ein Alarmdecoder. Er hatte ihn mir letztes Jahr zu Weihnachten geschenkt, aber ich hatte noch keine Gelegenheit gehabt, ihn auszuprobieren. Er registrierte die Schallschwingungen einer Alarmsirene und dechiffrierte sie innerhalb von Sekunden. Sobald auf dem winzigen LED-Schirm des Decoders ein rotes Licht aufleuchtete, mußte man ihn auf die Lärmquelle richten und einen Knopf in der Mitte drücken, dann verstummte die Sirene.

Zumindest war das so vorgesehen.

Ich hatte schon öfter Werkzeug von Bubba verwendet, und es klappte normalerweise gut, solange er nicht den Ausdruck »auf der Kippe« gebrauchte. »Auf der Kippe« bedeutete in Bubbas Sprache, daß noch ein wenig der Wurm drin war oder daß es noch nicht getestet worden war. Als er mir den Decoder gab, hatte er den Ausdruck nicht gebraucht, aber ich wußte trotzdem erst, wenn wir in Jays Wohnung waren, ob er funktionierte.

Durch meine Besuche bei Jay war mir bekannt, daß er außerdem ein lautloses Alarmsystem besaß, das mit der Beraterfirma Porter und Larousse verbunden war, einem Sicherheitsunternehmen aus der Innenstadt. Wenn der Alarm ausgelöst wurde, blieben einem dreißig Sekunden, um die Sicherheitsfirma anzurufen und das Paßwort zu nennen, sonst nahm die Gerechtigkeit ihren Lauf.

Als ich das auf dem Weg zur Wohnungstür gegenüber Angie erwähnte, erwiderte sie: »Laß das mal meine Sorge sein!«

Sie nestelte mit ihrem Werkzeug an beiden Türschlössern herum, während ich den Gang beobachtete, dann öffnete sie die Tür, und wir traten ein. Ich schloß die Tür hinter mir, und Jays erster Alarm ging los.

Er war kaum lauter als ein Fliegeralarm, und ich richtete Bubbas Decoder auf das blinkende Kästchen über dem Kücheneingang und drückte auf den schwarzen Knopf in der Mitte. Dann wartete ich. Einundzwanzig, zweiundzwanzig, dreiundzwanzig, komm schon, los, komm schon . . . Bubba war kurz davor, nicht mehr vom Gefängnis abgeholt zu werden, doch dann flammte das rote Licht auf dem LED-Schirm auf, ich drückte nochmals auf den schwarzen Knopf, und der Fliegeralarm verstummte.

Ich blickte auf den kleinen Kasten in meiner Hand. »Wow!« sagte ich.

Angie ging zum Telefon im Wohnzimmer, drückte eine der Schnellwahltasten, wartete einen Moment und sagte dann: »Shreveport.«

Ich betrat das Wohnzimmer.

»Das wünsche ich Ihnen auch«, sprach sie in den Hörer und legte auf.

»Shreveport?« fragte ich.

»Jays Geburtsort.«

»Ich weiß. Aber woher weißt du das?«

Sie zuckte die Achseln und sah sich im Wohnzimmer um. »Hat er wahrscheinlich mal bei einem Bier oder so gesagt.«

»Und woher wußtest du, daß es das Codewort ist?«

Sie zuckte nochmals die Achseln.

»Bei einem Bier?« fragte ich.

»Mmm.« Sie ging an mir vorbei ins Schlafzimmer.

Das Wohnzimmer war einwandfrei. Eine L-förmige schwarze Ledergarnitur mit einem Couchtisch aus Rauchglas davor nahm ungefähr ein Drittel des Raumes ein. Auf dem Tisch lagen drei ordentlich aufeinandergestapelte Ausgaben von Gentleman's Quarterly und vier Fernbedienungen. Eine für den Fünfzig-Zoll-Breitwandfernseher, eine für den Videorekorder, die dritte für den Bildplattenspieler und die vierte für die Stereoanlage.

»Jay«, sagte ich, »warum um Himmels willen kaufst du dir keine All-in-one-Fernbedienung?«

Im Bücherregal standen ein paar technische Handbücher, einige Romane von Le Carré und mehrere Bücher der von Jay so bewunderten magischen Realisten – Borges, García Márquez, Vargas Llosa und Cortázar.

Ich warf einen flüchtigen Blick auf die Bücher und die Couchkissen, fand nichts Auffälliges und ging ins Schlafzimmer.

Gute Privatdetektive sind notorische Minimalisten. Sie haben unmittelbar erlebt, wohin unbedachte Notizen auf einem Blatt Papier oder versteckte Telefonbücher führen können, deshalb bewahren sie nur selten etwas auf. Mehr als ein Gast hat mir erzählt, daß meine Wohnung eher wie eine Hotelsuite aussehe. Und Jays Wohnung war zwar weitaus nobler eingerichtet, aber immer noch ziemlich unpersönlich.

Ich stand in der Schlafzimmertür, während Angie die Matratzen auf dem antiken Schlittenbett und den Vorleger vor der Kommode aus Walnußholz hochhob. Das Wohnzimmer war schlicht und modern eingerichtet, alles in Schwarz und Grau; an der Wand hingen kobaltblaue postmoderne Bilder. Das Schlafzimmer schien eher einer naturalistischen Devise zu folgen, der helle Holzboden glänzte und leuchtete unter der Nachbildung eines kleinen antiken Kerzenhalters. Die helle Tagesdecke war handgenäht, der Schreibtisch aus Walnußholz in der Ecke paßte zur Kommode und zum Sekretär.

Als Angie zum Schreibtisch ging, fragte ich: »Wann hast du denn einen mit Jay getrunken?«

»Ich habe mit ihm geschlafen, Patrick. Okay? Find dich damit ab.«

»Wann?«

Sie zuckte die Achseln, während ich hinter ihr her zum Schreibtisch ging. »Im letzten Frühjahr oder Sommer, da ungefähr.«

Ich zog eine Schublade heraus, sie tat neben mir dasselbe. »Als du deinen ›Freischwimmer‹ gemacht hast?« fragte ich.

Sie lächelte. »Ja.«

»Den Freischwimmer machen« hatte Angie ihre Bekanntschaften nach der Trennung von Phil genannt – extrem kurze Beziehungen ohne emotionale Bindung, die von einer so zwanglosen Einstellung gegenüber Sex geprägt waren, wie es in den Jahren nach der Entdeckung von Aids überhaupt noch möglich war. Es war eine Phase gewesen, derer sie viel schneller überdrüssig geworden war als ich. Ihre Freischwimmer-Phase hatte vielleicht sechs Monate angedauert, meine ungefähr neun Jahre.

»Und wie war er?«

Sie sah etwas in der Schublade und runzelte die Stirn. »Er war gut. Aber er hat gestöhnt. Ich kann Typen nicht ausstehen, die zu laut stöhnen.«

»Ich auch nicht«, gab ich zurück.

Sie lachte. »Hast du was gefunden?«

Ich schob die letzte Schublade zu. »Briefpapier, Stifte, Autoversicherungspolice, nichts.«

»Ich auch nicht.«

Wir überprüften das Gästezimmer, fanden nichts und gingen ins Wohnzimmer zurück.

»Was suchen wir noch mal?« fragte ich.

»Einen Anhaltspunkt.«

»Was für einen Anhaltspunkt?«

»Einen großen.«

»Ach.«

Ich sah hinter die Bilder. Ich schraubte die Rückseite des Fernsehers ab. Ich sah ins Laufwerk des Laser-Disk-Spielers, des Mehrfach-CD-Wechslers, des Videorekorders. Von einem Anhaltspunkt keine Spur.

»Hey!« Angie kam aus der Küche zurück.

»Einen großen Anhaltspunkt gefunden?«

»Ich weiß nicht, ob ich ihn groß nennen würde.«

»Heute werden aber nur große angenommen.«

Sie reichte mir einen Zeitungsausschnitt. »Der hier hing am Kühlschrank.«

Es war eine kleine Meldung vom 29. August des vergangenen Jahres:

Gangster-Sohn ertrunken

Anthony Lisardo, 23, Sohn des berüchtigten Kredithais Michael »Crazy Davey« Lisardo aus Lynn, erlitt am späten Dienstagabend oder am frühen Mittwochmorgen offensichtlich einen tödlichen Unfall im Stoneham-Wasserreservoir. Lisardo, der nach Angaben der Polizei möglicherweise unter Drogen stand, verschaffte sich durch ein Loch im Zaun illegal Zugang zum Gelände. Das Wasserreservoir ist schon seit langem ein zwar verbotener, aber beliebter Badeplatz für die ansässigen Jugendlichen. Es wird von zwei Vollzugsbeamten des staatlichen Parkdienstes überwacht, doch die Beamten Edward Brickman und Francis Merriam bemerkten nicht, daß sich Anthony Lisardo Zugang verschafft hatte. Auch sahen sie ihn während ihrer halbstündigen Kontrollgänge nicht im See schwimmen. Aufgrund der erwiesenen Tatsache, daß Mr. Lisardo von einem Unbekannten begleitet wurde, kann die Polizei den Fall erst dann abschließen, wenn dieser Begleiter identifiziert wurde. Aber Captain Emmett Groning von der Stoneham Police stellte fest: »In diesem Fall kann ein Verbrechen ausgeschlossen werden. Eindeutig.«

Der Vater Michael Lisardo äußerte sich nicht zu dem Unglück.

»Das ist auf jeden Fall ein Anhaltspunkt«, sagte ich.

»Ein großer oder kleiner?«

»Je nachdem, ob du die Breite oder die Länge meinst.«

Dafür bekam ich auf dem Weg nach draußen eins übergezogen.

13

Für wen arbeiten Sie noch mal?« fragte Captain Groning.

»Ähm, wir haben gar nichts gesagt«, antwortete Angie.

Er wandte sich von seinem Computer ab. »Ach, und nur weil Sie mit Devin Amronklin und Oscar Lee von der Bostoner Mordkommission befreundet sind, soll ich Ihnen helfen?«

»Das haben wir irgendwie gehofft«, antwortete ich.

»Tja, bevor Devin angerufen hat, hatte ich irgendwie gehofft, zu meiner alten Dame nach Hause zu können, Bursche!«

Es war schon ein paar Jahrzehnte her, daß mich jemand »Bursche« genannt hatte. Ich wußte nicht genau, was ich davon halten sollte.

Captain Emmett Groning war ein Meter fünfundsechzig groß und wog ungefähr 130 Kilo. Seine Backen hingen länger und fleischiger herunter als bei der dicksten Bulldogge, und da, wo sich sonst das Kinn befand, wabbelten Fleischrollen. Ich hatte keine Ahnung, welche sportlichen Mindestanforderungen die Polizei von Stoneham stellte, aber ich hatte Grund zu der Annahme, daß Groning seit mindestens zehn Jahren ausschließlich hinter einem Schreibtisch gesessen hatte. Auf einem Stuhl mit verstärkter Sitzfläche.

Er kaute auf einer Slim Jim, einer dieser eingeschweißten Dauerwürste, biß aber nicht richtig darauf herum, sondern schob sie nur von einer Backentasche in die andere und nahm sie von Zeit zu Zeit heraus, um seine Zahnabdrücke und die glänzenden Spuckereste darauf zu bewundern. Ich nahm an, daß es eine Slim Jim war. Ich war mir nicht sicher, weil ich schon lange keine mehr gesehen hatte – ungefähr so lange, wie mich keiner mehr »Bursche« genannt hatte.

»Wir möchten Sie nicht . . . von Ihrer alten Dame abhalten«, sagte ich. »Aber wir stehen ein bißchen unter Druck.«

Er rollte die Dauerwurst über die Unterlippe und brachte irgendwie das Kunststück fertig, beim Sprechen gleichzeitig daran zu saugen. »Devin hat gesagt, ihr wärt die zwei, die Gerry Glynn langgemacht haben.«

»Ja«, bestätigte ich, »wir haben ihn langgemacht.«

Angie trat mir gegen den Fußknöchel.

»Gut.« Captain Groning starrte uns über seinen Schreibtisch hinweg an. »So was gibt's hier bei uns nicht.«

»Was denn?«

»Eure kranken Killer, diese abartigen Perversen, Transvestiten und Kinderficker. No, Sir. Das könnt ihr alles in eurer großen Stadt behalten.«

Die große Stadt war schätzungsweise zwölf Kilometer von Stoneham entfernt. Dieser Typ schien zu glauben, dazwischen läge ein ganzer Ozean.

»Eben«, sagte Angie, »darum wollte ich mich auch immer schon hier zur Ruhe setzen.«

Jetzt mußte ich sie treten.

Groning hob die Augenbrauen und beugte sich vor, als wolle er sehen, was wir da auf der anderen Seite seines Schreibtisches anstellten. »Tja, genau wie ich immer sage, Miß, man könnte es ganz schön viel schlechter treffen als in dieser Stadt hier, aber nicht sehr viel besser.«

Ruf das Fremdenverkehrsbüro von Stoneham an, dachte ich, wir haben einen neuen Slogan für die Stadt.

»Auf jeden Fall«, beteuerte Angie.

Er lehnte sich in seinem Stuhl zurück, und ich wartete darauf, daß er umkippen und durch die Wand ins nächste Büro fallen würde. Er zog die Wurst aus dem Mund, betrachtete sie und ließ sie wieder verschwinden. Dann sah er auf den Bildschirm seines Computers.

»Anthony Lisardo aus Lynn«, sagte er. »Lynn, Lynn, City of Sin. Kannten Sie das schon?«

»Noch nie gehört.« Angie lächelte freundlich.

»Doch, doch«, sagte Groning. »Ist 'n furchtbarer Ort, Lynn. Da würd' ich keinen Hund vor die Tür jagen.«

Du hättest ihn doch lieber zum Abendbrot.

Ich biß mir auf die Zunge und ermahnte mich, daß ich mir vorgenommen hatte, in diesem Jahr etwas erwachsener zu werden.

»Würd' ich keinen Hund vor die Tür jagen«, wiederholte er. »Also, Anthony Lisardo, ja, der hatte einen Herzanfall.«

»Ich dachte, er wäre ertrunken.«

»Ist er auch, Bursche. Ist er auf jeden Fall. Zuerst hatte er aber einen Herzanfall. Unsere Frau Doktor meinte, der war wohl nicht so schwer, daß er ihn allein umgebracht hätte, er war ja ein junger Kerl und so, aber er war anderthalb Meter tief im Wasser, als es passierte, also hat sie nicht viel mehr geschrieben. Nicht viel mehr geschrieben«, wiederholte er mit der gleichen Melodie, mit der er schon »keinen Hund vor die Tür jagen« gesagt hatte.

»Weiß man denn, wodurch er den Herzanfall bekommen hat?«

»Ja sicher, Bursche. Sicher weiß man das. Und zwar weiß das Captain Emmett T. Groning aus Stoneham.« Er lehnte sich wieder in seinem Stuhl zurück, die linke Augenbraue hochgezogen, und nickte uns zu, während er die Wurst über seine Unterlippe rollte.

Wenn ich hier wohnte, würde ich niemals ein Verbrechen begehen. Weil mich das nämlich in ein Zimmer mit diesem Typen bringen würde, und fünf Minuten mit Captain Emmett T. Groning von Stoneham reichten, um wirklich alles zu gestehen, von der Entführung des Lindbergh-Babys bis zum Verschwinden von Jimmy Hoffa, nur um in den Knast der Bundespolizei gesteckt zu werden, so weit weg wie möglich.

»Captain Groning«, sagte Angie mit demselben Stöhnen in der Stimme, das sie schon beim armen Walter angewandt hatte, »wenn Sie uns verraten könnten, was Anthony Lisardos Herzanfall verursacht hat, dann wären wir Ihnen wirklich sehr verbunden.«

Sehr verbunden. Angela »Mary Ingalls« Gennaro.

»Cocaína«, antwortete er, »oder Schnee, wie manche sagen.«

Ich saß hier in Stoneham mit einem fetten Kerl, der meinte, er sei Clint Eastwood als Dirty Harry. Das Leben verwöhnte mich nicht gerade.

»Er hat Kokain geschnupft, hatte einen Herzanfall und ertrank dann?« fragte ich.

»Er hat es nicht geschnupft. Hat es geraucht, Bursche.«

»Dann war es Crack?« fragte Angie.

Er schüttelte seinen kleinen Kopf, und seine Hängebacken schlackerten. »Normales Kokain«, erklärte er, »gemischt mit Tabak. Was man eine Ecuador-Zigarette nennt.«

»Zuerst Tabak, dann eine Prise Koks, dann Tabak, dann Koks, Tabak, Koks«, führte ich aus.

Er schien beeindruckt: »Sie kennen sich aus.«

Viele Leute, die Anfang oder Mitte der Achtziger zum College gegangen waren, kannten sich aus, aber das sagte ich ihm nicht. Er schien mir einer von der Sorte zu sein, die ihre Entscheidung bei der Präsidentenwahl davon abhängig machten, ob sie dem Anwärter glaubten, daß er nicht inhaliert hatte.

»Ich hab' schon mal davon gehört«, wich ich aus.

»Na ja, das hat Lisardo halt geraucht. Der war zuerst voll drauf, Mann, und dann wurde es zum totalen Horrortrip.«

»Volle Lotte!« sagte ich.

»Was?«

»Korrekt«, sagte ich.

»Was?«

»Schon gut!«

Angies Hacke bohrte sich in meinen Zeh, und sie lächelte Captain Groning freundlich an. »Was ist mit dem Zeugen? In der Zeitung stand, es war jemand dabei.«

Groning wandte seinen verwirrten Blick von mir ab und sah wieder auf den Bildschirm. »Ein Junge namens Donald Yeager, zweiundzwanzig Jahre. Hat die Panik bekommen und ist abgehauen, hat sich aber ungefähr 'ne Stunde später gemeldet. Wir hatten ihn schon identifiziert, weil er eine Jacke liegengelassen hatte, haben ihn dann ein bißchen ausgequetscht, aber er knickte nicht ein. Er ist mit seinem Kumpel nur zum Wasserreservoir gegangen, hat ein bißchen Bier getrunken, bißchen Mary Jo Hanna geraucht und ein Bad genommen.«

»Hat er nicht gekokst?«

»Nee. Hat auch behauptet, er wüßte nicht, daß Lisardo was genommen hätte. Meinte: ›Tony haßte Coke.‹« Groning schnalzte mit der Zunge. »Ich hab' gesagt: ›Und Coke haßte Tony, Bursche.‹«

»Super Spruch«, lobte ich.

Er nickte. »Manchmal, wenn ich und die Jungs beim Verhör in Fahrt kommen, dann sind wir kaum zu bremsen.«

Captain Groning und seine Jungs. Ich wette, sie machten Grillpartys, gingen zusammen zur Kirche, sangen gemeinsam Lieder von Hank Williams Jr. und trafen niemals irgendeinen Waschlappen, den sie nicht mochten.

»Was sagte denn Anthonys Vater über den Tod seines Sohnes?« fragte Angie.

»Crazy Davey?« rief Captain Groning. »Haben Sie in der Zeitung gelesen, wie sie ihn einen ›Gangster‹ genannt haben?«

»Ja.«

»Jetzt ist plötzlich jeder korrupte Itaker nördlich von Quincy ein Gangster!«

»Und dieser eine Itaker?« fragte Angie und ballte die Fäuste in der Tasche.

»Kleiner Fisch. Die Zeitung meinte ›Kredithai‹, was auch teilweise stimmt, aber in erster Linie hat er einen Schrotthandel auf der Straße nach Lynn.«

Boston ist eine der sichersten Großstädte in diesem Land. Unsere Mord-, Körperverletzungs- und Vergewaltigungsstatistik ist verglichen mit der von Los Angeles, Miami oder New York kaum der Rede wert, aber wir schlagen all diese Städte, wenn es um Autodiebstahl geht. Aus irgendeinem Grund knackten die Verbrecher von Boston gerne Autos. Ich weiß nicht, warum, denn unser öffentliches Verkehrssystem funktioniert eigentlich recht gut, aber so ist es nun mal.

Und die meisten Autos landeten auf der Straße nach Lynn, einem Abschnitt der 1A, die über den Mystic River führt und von Anfang bis Ende von Autohändlern und Werkstätten gesäumt wird. Die meisten Läden sind legal, aber viele auch nicht. Darum brauchen sich die meisten Bostoner, denen das Auto gestohlen wurde, überhaupt nicht die Mühe zu machen, ihr Satelliten-Navigationssystem zu prüfen – es würde sie aus den Tiefen des Mystic River heraus anpiepen, direkt neben der Straße nach Lynn. Natürlich nur das Navigationssystem, nicht das Auto. Das ist schon in alle Einzelteile zerlegt, und die sind innerhalb von dreißig Minuten, nachdem der Wagen abgestellt wurde, auf dem Weg zu fünfzehn verschiedenen Händlern.

»Crazy Davey regte sich nicht über den Tod seines Sohnes auf?« fragte ich.

»Doch, bestimmt«, antwortete Captain Groning. »Aber er kann ja jetzt nicht mehr viel machen. Natürlich hat er die ganze Zeit geschworen: ›Mein Sohn kokst nicht herum‹, aber was hätte er schon sagen sollen? Zum Glück ist das Pack hier momentan ganz gut durcheinander, und da Crazy Davey nicht einmal mehr hinter den Weibern herrennt, kann mir doch egal sein, was er denkt.«

»Crazy Davey ist also ein kleiner Fisch?« fragte ich.

»Kleiner Guppy«, sagte Captain Groning.

»Kleiner Guppy«, sagte ich zu Angie.

Und bekam noch einen Fußtritt.

14

Das Büro von Hamlyn & Kohl Worldwide Investigations erstreckte sich über die gesamte dreiunddreißigste Etage des John Hancock Tower, dem von I. M. Pei erbauten kühlen Wolkenkratzer aus metallblauem Glas. Das Gebäude ist verkleidet mit Spiegelglasscheiben, jede von ihnen sechs Meter hoch und achtzehn Meter breit. Pei entwarf sie so, daß die Gebäude der Umgebung in den Fenstern gestochen scharf wiedergegeben werden, und wenn man sich nähert, kann man in dem dunstigen Blau des gnadenlosen Glases den hellen Granit und den roten Sandstein der Trinity Church und den Kalksandstein des eindrucksvollen Copley Plaza Hotel erkennen. Es ist kein völlig uninteressantes Bild, und immerhin haben es sich die Glasscheiben inzwischen abgewöhnt, herauszufallen.

Everett Hamlyns Büro ging in Richtung Trinity Church, und in einer klaren, kalten Nacht wie dieser konnte man bis nach Cambridge sehen. Tatsächlich konnte man sogar bis nach Medford sehen, aber wer wollte das schon.

Wir nippten Everett Hamlyns erlesenen Brandy und beobachteten ihn, während er hinter der Glasscheibe auf die Stadt starrte, die ihm wie ein Lichterteppich zu Füßen lag.

Everett Hamlyn war eine eindrucksvolle Erscheinung. Mit der gleichen aufrechten Haltung wie Ramrod und einer so straffen Haut über den harten Gesichtsknochen, daß ich oft dachte, wenn in seiner Haut ein winziger Riß entstünde, würde sie aufplatzen. Sein drahtiges Haar war kurz gestutzt, und auf seinen Wangen hatte ich niemals auch nur die Spur von Bartstoppeln gesehen.

Seine Arbeitsmoral war sprichwörtlich – der erste, der morgens das Licht anmachte, und der letzte, der es abends ausmachte. Ein Mann, den man mehr als einmal hatte sagen hören, daß man keinem trauen könne, der pro Nacht mehr als vier Stunden Schlaf benötige, denn Verrat erwüchse aus Nachlässigkeit und dem Verlangen nach Luxus, und mehr als vier Stunden Schlaf seien Luxus. Während des Zweiten Weltkriegs war er beim Büro für Auslandsaufklärung gewesen, fast noch ein Kind damals, aber heute, mehr als fünfzig Jahre später, sah er noch immer besser aus als die meisten Männer, die nur halb so alt waren.

Man sagte ihm nach, daß er nicht eher in Rente gehen würde, bis er auf dem Totenbett lag.

»Du weißt, daß ich darüber nicht sprechen kann«, sagte er und beobachtete unser Spiegelbild im Fenster.

Ich blickte ihm über denselben Umweg in die Augen. »Dann eben inoffiziell. Bitte, Everett!«

Er lächelte mild, hob sein Glas und nahm einen sparsamen Schluck Brandy. »Du wußtest, daß ich allein sein würde, stimmt's, Patrick?«

»Ich nahm es an. Man kann dein Licht von der Straße aus sehen, wenn man weiß, wo du sitzt.«

»Ohne einen Partner, der mir helfen könnte, wenn ihr beide mich jetzt in die Mangel nehmen, einen alten Mann fertigmachen wolltet.«

Angie kicherte. »Also, Everett«, sagte sie, »bitte!«

Er wandte sich mit einem Augenzwinkern vom Fenster ab. »Du bist wirklich wieder bezaubernd, Angela.«

»Auch Komplimente helfen dir nicht weiter«, erwiderte sie, doch erleuchtete ein roter Schimmer einen Moment lang ihre Wangen.

»Komm schon, du alter Schmeichler«, forderte ich ihn auf. »Sag mir auch, wie gut ich aussehe.«

»Du siehst wirklich scheiße aus, mein Lieber. Schneidest dein Haar immer noch selbst, wie ich sehe.«

Ich lachte. Ich hatte Everett Hamlyn schon immer gemocht. Jeder mochte ihn, was man von seinem Partner Adam Kohl nicht behaupten konnte. Everett jedoch ging mit Menschen so unkompliziert um, daß es über seine Vergangenheit beim Militär, seine eisernen Grundsätze und sein unerschütterliches Rechtsempfinden hinwegtäuschte.

»Dafür sind meine wenigstens echt, Everett.«

Er befühlte die drahtigen Stoppeln auf seinem Kopf. »Meinst du wirklich, ich habe auch noch dafür bezahlt, so was auf dem Kopf zu haben?«

»Everett«, erinnerte ihn Angie, »könntest du uns bitte sagen, warum Hamlyn & Kohl Trevor Stone als Klienten fallenließen, dann sind wir wieder draußen, bevor dir die letzten Haare ausgefallen sind. Versprochen.«

Er bewegte den Kopf nur ein kleines bißchen, ich wußte aus Erfahrung, daß das ein schlechtes Zeichen war.

»Wir brauchen Hilfe in diesem Fall«, erklärte ich. »Wir versuchen jetzt, zwei Leute zu finden – Desiree Stone und Jay.«

Er ging zu seinem Schreibtischstuhl hinüber und schien ihn genau zu untersuchen, bevor er darauf Platz nahm. Er drehte sich so, daß er uns genau gegenüber saß, und legte die Arme auf den Tisch.

»Patrick«, sprach er mich mit weicher und fast väterlicher Stimme an, »weißt du, warum Hamlyn & Kohl dir sieben Jahre, nachdem du unser erstes Angebot abgelehnt hast, noch mal einen Job angeboten hat?«

»Weil ihr auf meinen Kundenstamm neidisch wart?«

»Wohl kaum.« Er lächelte. »Ehrlich gesagt, war Adam anfangs total dagegen.«

»Das wundert mich nicht. Verlorene Liebesmüh.«

»Ich weiß.« Er lehnte sich zurück und wärmte den Brandyschwenker zwischen den Handflächen. »Ich überzeugte Adam, daß ihr beide erfahrene Detektive mit einer bemerkenswerten, manche würden sagen, erstaunlichen Aufklärungsquote seid. Aber das war noch nicht alles, und, Angela:

Bitte nimm das nicht persönlich, was ich jetzt sage, denn ich will dir damit nicht weh tun.«

»Tue ich ganz bestimmt nicht, Everett.«

Er beugte sich vor und sah mir in die Augen. »Ich wollte in erster Linie dich, Patrick. Dich, mein Junge, weil du mich an Jay erinnertest, und Jay erinnerte mich an mich selbst in jungen Jahren. Ihr hattet beide Grips, ihr hattet beide Kraft, aber das war noch nicht alles. Was ihr beide hattet und was heutzutage so selten geworden ist, ist Leidenschaft. Ihr wart wie kleine Jungen. Ihr nahmt jeden Auftrag an, egal wie klein, und führtet ihn wie einen großen Auftrag aus. Verstehst du, ihr mochtet die *Arbeit*, nicht nur den Auftrag. Ihr mochtet alles, was damit zu tun hatte, und es war damals in den drei Monaten, in denen ihr zwei hier zusammengearbeitet habt, eine wahre Freude, zur Arbeit zu gehen. Eure Begeisterung erfüllte diese Räume – eure schlechten Witze und eure alberne Ausgelassenheit, euer Sinn für Humor und eure Entschlossenheit, jeden Fall zu lösen.« Er machte es sich in seinem Stuhl bequem und atmete tief ein. »Es war ein Stimulans.«

»Everett«, begann ich, hielt aber inne, nicht sicher, was ich noch sagen sollte.

Er hielt die Hand hoch. »Nein. Ich war nämlich auch einmal so. Wenn ich dir also sage, daß Jay für mich so etwas wie ein Sohn gewesen ist, glaubst du mir das?«

»Ja«, antwortete ich.

»Und wenn es auf der Welt mehr Menschen gäbe wie ihn und mich und dich, Patrick, dann wäre sie ein bißchen besser, glaube ich. Das übersteigerte Ego eines stolzen Mannes, ich weiß, aber ich bin alt, also darf ich das sagen.«

»Du siehst aber so aus, Everett«, sagte Angie.

»Du bist ein liebes Mädchen.« Er lächelte sie an. Er nickte sich selbst zu und sah auf seinen Brandyschwenker herab. Als er sich wieder aus seinem Stuhl erhob, nahm er das Glas mit ans Fenster und sah wieder auf die Stadt hinunter. »Ich glaube an Ehre«, sagte er. »Keine andere menschliche Eigenschaft verdient den gleichen Stellenwert wie Ehre. Und ich habe versucht, mein Leben wie ein ehrenwerter Mann zu leben. Aber das ist schwer. Weil die meisten Männer nämlich nicht ehrenwert sind. Die meisten Menschen sind es nicht. Für die meisten ist Ehrgefühl bestenfalls eine veraltete Vorstellung, schlimmstenfalls selbstzerstörerische Dummheit.« Er wandte uns den Kopf zu und lächelte uns an, aber er wirkte müde. »Ehrgefühl ist meiner Meinung nach im Untergang begriffen. Ich bin davon überzeugt, daß es dieses Jahrtausend nicht überleben wird.«

»Everett«, mahnte ich, »wenn du uns nur kurz . . .«

Er schüttelte den Kopf. »Ich kann mit dir nicht über Trevor Stones Fall oder über Jay Beckers Verschwinden sprechen, Patrick. Ich kann es einfach nicht. Ich kann dir nur sagen, daß du daran denken sollst, was ich euch über Ehre und die Leute erzählt habe, die keine besitzen. Und euch mit diesem Wissen zu wappnen.« Er ging zu seinem Stuhl zurück, setzte sich und drehte sich halb zum Fenster hin. »Gute Nacht«, sagte er.

Ich sah Angie an, und sie sah mich an, und dann sahen wir beide auf seinen Hinterkopf. Ich konnte seine Augen wieder im Fenster gespiegelt sehen, aber diesmal blickten sie nicht auf mein Spiegelbild, sondern auf sein eigenes. Er betrachtete das geisterhafte Bild seiner selbst, das in der Fensterscheibe gefangen war und zwischen den reflektierten Lichtern von anderen Häusern und anderen Menschen schwebte.

Wir verließen ihn in seinem Stuhl sitzend, wie er auf die Stadt und gleichzeitig auf sich selbst im Meer des tiefblauen Nachthimmels blickte.

An der Tür hielt uns seine Stimme auf, und sie hatte einen Klang, den ich noch nie zuvor gehört hatte. Sie war immer noch voller Erfahrung und Weisheit, immer noch voller Wissen und teurem Brandy, aber jetzt klang darin auch eine Spur von Angst mit.

»Seid vorsichtig in Florida!« warnte Everett Hamlyn.

»Wir haben doch gar nicht gesagt, daß wir nach Florida wollen«, erwiderte Angie.

»Seid vorsichtig«, wiederholte er und lehnte sich in seinem Stuhl zurück, um an seinem Brandyglas zu nippen. »Bitte.«

ZWEITER TEIL

SÜDLICH DER GRENZE

15

Ich bin noch nie in einem Privatflugzeug gewesen, daher konnte ich es mit nichts vergleichen. Ich konnte es noch nicht einmal mit einer Privatyacht oder einer Privatinsel vergleichen, weil ich diesbezüglich auch noch nicht das Vergnügen hatte. Eigentlich war das einzig »Private«, das ich besaß, mein Auto, ein wieder zum Fahren gebrachter Porsche Jahrgang '63. Also, in einem Privatflugzeug zu sitzen war so ähnlich, wie in meinem Auto zu sitzen. Nur, daß das Flugzeug größer war. Und schneller. Und eine Bar besaß. Und fliegen konnte.

Lurch und der Flummi holten uns in einer dunkelblauen Limousine von zu Hause ab, die schon mal viel größer war als mein Auto. Eigentlich war sie sogar größer als meine Wohnung.

Von mir aus fuhren wir die Columbia Road hinunter vorbei an vielen Zuschauern, die sich wahrscheinlich fragten, wer da gerade heiratete oder welche High-School mitten im März um neun Uhr morgens einen Ball veranstaltete. Dann glitten wir durch den morgendlichen Berufsverkehr und fuhren durch den Ted-Williams-Tunnel zum Flughafen.

Anstatt uns aber in den Verkehr einzufädeln, der sich auf die Hauptterminals zubewegte, machten wir eine Wende und fuhren in Richtung der Südspitze des Flughafengeländes, vorbei an mehreren Frachtterminals und Lebensmittellagern, einem Tagungshotel, von dem ich gar nicht gewußt hatte, daß es überhaupt existierte, und hielten vor dem Hauptgebäude der Flugaufsicht.

Lurch ging hinein, während Angie und ich die Fächer nach Orangensaft und Erdnüssen durchsuchten, unsere Taschen damit vollstopften und uns stritten, ob wir zwei Champagnergläser mitgehen lassen sollten.

Lurch kehrte zurück, gefolgt von einem kleinen Typen, der zu einem braun-gelben Kleinlaster lief, an dessen Seiten die Worte FLUGZEUGTECHNIK IN PRÄZISION standen.

»Ich möchte auch eine Limousine«, sagte ich zu Angie.

»Dann hättest du aber Probleme, vor deinem Haus einen Parkplatz zu finden.«

»Dann bräuchte ich gar keine Wohnung mehr.« Ich beugte mich vor und fragte den Flummi: »Hat der Wagen Einbauschränke?«

»Er hat einen Kofferraum«, sagte er achselzuckend.

Ich wandte mich wieder Angie zu. »Er hat einen Kofferraum.«

Wir folgten dem Kleinlaster bis zu einem Wachhäuschen. Lurch und der andere Fahrer stiegen aus, zeigten der Wache ihre Führerscheine. Er schrieb die Nummern in einen Notizblock und reichte Lurch eine Genehmigung, die dieser auf das Armaturenbrett legte, als er wieder ins Auto stieg. Die orangefarbene Schranke vor dem Kleinlaster hob sich, und wir glitten an dem Wachhäuschen vorbei auf die Rollbahn.

Der Kleinlaster fuhr, immer von uns gefolgt, um ein kleines Gebäude herum, nahm dann einen schmalen Weg zwischen zwei Startbahnen. Um uns herum erstreckten sich noch einige weitere, ihre schwachen Lichter glänzten im Morgentau. Ich sah Frachtmaschinen, elegante Jets und kleine weiße Klapperkisten, Treibstofflaster und zwei wartende Krankenwagen, einen geparkten Feuerwehrwagen und drei weitere Limousinen. Es kam mir vor, als hätten wir eine verborgene Welt betreten, in der es nach Macht und Einfluß roch und nach Menschen, die so wichtig waren, daß sie sich nicht mit normalen Gepflogenheiten des Reisens abgeben konnten oder mit etwas so Banalem wie einem von anderen diktierten Zeitplan. Wir befanden uns in einer Welt, in der man einen Sitz erster Klasse in einem Businessflugzeug für zweite Klasse hielt – vor uns lagen, geschmückt mit Landelichtern, die wahren Korridore der Macht.

Ich erkannte Trevor Stones Jet, noch bevor wir davor hielten. Sogar zwischen den Cessnas und Lears fiel er auf. Es war eine weiße Gulfstream mit dem dünnen, abgeschrägten Schnabel der Concorde, der Rumpf so stromlinienförmig wie ein Geschoß, die Tragflächen nah am Rumpf, das Heck geformt wie eine Rückenflosse. Eine gefährlich aussehende Maschine, ein weißer Falke in Wartestellung.

Wir holten unser Gepäck aus der Limousine, und ein anderer Mitarbeiter der Flugzeugtechnik nahm es uns aus den Händen und stellte es in das Gepäckfach im Heck.

Ich fragte Lurch: »Was kostet so ein Teil – um die sieben Millionen?«

Er lachte.

»Das findet er witzig«, sagte ich zu Angie.

»Er macht sich vor Lachen in die Hose«, erwiderte sie.

»Ich glaube, Mr. Stone hat sechsundzwanzig Millionen für diese Gulfstream bezahlt.«

Seine Betonung lag auf »diese«, als stünden in der Garage in Marblehead noch ein paar davon herum.

»Sechsundzwanzig!« Ich stieß Angie an. »Wahrscheinlich wollte der Verkäufer achtundzwanzig, und er hat ihn runtergehandelt.«

An Bord lernten wir Captain Jimmy McCann und seinen Kopiloten Herb kennen. Sie waren ein lustiges Paar mit breitem Grinsen und buschigen Augenbrauen hinter den Brillen. Sie versicherten uns, daß wir in guten Händen seien, macht euch keine Sorgen, uns ist schon seit Monaten keins mehr abgestürzt, hahaha. Pilotenhumor vom Feinsten. Davon kann man nie genug kriegen.

Wir überließen sie ihren Skalen und Drehzahlmessern, damit sie sich neue lustige Möglichkeiten ausdenken konnten, uns die Kontrolle über unsere Eingeweide verlieren zu lassen und uns zum Heulen zu bringen, und gingen zurück in den Passagierraum.

Auch der wirkte größer als meine Wohnung, aber vielleicht war ich heute einfach nur leicht zu beeindrucken.

Im Raum befanden sich eine Bar, ein Klavier und drei Einzelbetten im hinteren Teil. Im Badezimmer gab es eine Dusche. Der Boden war bedeckt mit plüschigem violettem Teppich. Entlang beider Seiten standen sechs Ledersessel, vor zweien waren Kirschholztische im Boden verankert. Jeder Sitz hatte verstellbare Rückenlehnen wie ein Klubsessel.

Fünf Sessel waren leer. Im sechsten saß Graham Clifton, alias der Flummi. Ich hatte gar nicht gesehen, daß er aus der Limousine gestiegen war. Er saß uns gegenüber, ein in Leder gebundenes Notizbuch auf dem Schoß, auf dem wiederum ein Füllfederhalter lag.

»Mr. Clifton!« begrüßte ich ihn. »Ich wußte gar nicht, daß Sie uns begleiten würden.«

»Mr. Stone dachte, Sie könnten da unten ein wenig Hilfe gebrauchen. Ich kenne Floridas Golfküste ziemlich gut.«

»Normalerweise brauchen wir keine Hilfe«, sagte Angie und setzte sich ihm gegenüber.

Er zuckte die Achseln. »Mr. Stone bestand darauf.«

Ich hob den Hörer des Telefons ab, das an meiner Sitzkonsole befestigt war. »Dann wollen wir mal sehen, ob wir Mr. Stone nicht umstimmen können.«

Er legte seine Hand auf meine und drückte das Telefon in die Konsole zurück. Für einen so kleinen Mann war er ziemlich stark.

»Mr. Stone läßt sich nicht umstimmen«, sagte er.

Ich blickte in seine kleinen schwarzen Augen, sah darin aber nur mein eigenes Spiegelbild, das mir zublinzelte.

Um eins landeten wir auf dem Tampa International Airport, und ich fühlte die klebrige Hitze in der Luft, noch bevor unsere

Räder mit einem kaum wahrnehmbaren Ruck auf der Landebahn aufsetzten. Captain Jimmy und Kopilot Herb sahen vielleicht wie zwei Trottel aus, vielleicht waren sie das auch in ihrer Freizeit, aber so, wie sie das Flugzeug beim Abflug, bei der Landung und zwischendurch bei ein paar Turbulenzen über Virginia beherrscht hatten, hielt ich sie für fähig, eine DC-10 mitten in einem Taifun auf einer Bleistiftspitze zu landen.

Mein erster Eindruck von Florida, abgesehen von der Hitze, war: überall Grün. Tampa International sah aus, als sei er inmitten eines Mangrovenwaldes aus dem Boden geschossen, wo ich auch hinblickte, sah ich Grün in allen Variationen. Das dunkle, schwärzliche Grün der Mangrovenblätter selbst, das nasse Graugrün ihrer Stämme, die grasgrünen kleinen Wälle, die die Abgrenzung zu den Zufahrtsstraßen bildeten, die leuchtend grünen Busse, die kreuz und quer über die Terminals fuhren, als wenn Walt Disney bei *Blade Runner* Regie geführt hätte.

Dann erhob ich meinen Blick zum Himmel und nahm einen Blauton wahr, den ich noch niemals zuvor gesehen hatte, so satt und hell vor den korallenweißen Bögen der Schnellstraße, daß ich hätte schwören können, er sei gemalt. Waidblau, dachte ich, während wir unsere Augen blinzelnd vor dem Licht schützten, das durch die Fensterscheiben des Busses strömte – seit meiner Nachtclub-Zeit in den achtziger Jahren hatte ich nie wieder so viele grelle Farben gesehen.

Und die Luftfeuchtigkeit. Mein Gott. Als ich das Flugzeug verließ, hatte ich sie kurz gespürt, es war, als hätte sich ein heißer Schwamm in meine Brust gedrückt und sich direkt auf meine Lungen gelegt. Als wir Boston verließen, war es um null Grad gewesen, und das hatte nach dem langen Winter warm gewirkt. Hier waren es mindestens fünfundzwanzig Grad, vielleicht sogar mehr, und die feuchte, pelzige Schwüle schien das Thermometer noch einmal um zehn Grad hochzujagen.

»Ich muß mit dem Rauchen aufhören«, sagte Angie, als wir die Abfertigung betraten.

»Oder mit dem Atmen«, antwortete ich. »Eins von beiden.«

Natürlich hatte Trevor ein Auto für uns bestellt. Es war ein beiger, viertüriger Lexus mit Nummernschild aus Georgia und einer Südstaaten-Version von Lurch hinter dem Steuer. Der Fahrer war groß und dünn und lag vom Alter her irgendwo zwischen fünfzig und neunzig. Er hieß Mr. Cushing, und ich hatte das Gefühl, daß er in seinem ganzen Leben noch nicht beim Vornamen genannt worden war. Wahrscheinlich hatten ihn sogar seine Eltern Mr. Cushing gerufen. Trotz der kochenden Hitze trug er einen schwarzen Anzug und eine Chauffeurkappe, doch als er Angie und mir die Tür aufhielt, war seine Haut trockener als Talkumpuder. »Guten Tag, Miß Gennaro, Mr. Kenzie. Willkommen in Tampa!«

»Tag«, grüßten wir zurück.

Er schloß die Tür, und wir saßen im klimatisierten Auto, während er auf die andere Seite ging und dem Flummi die Beifahrertür öffnete. Mr. Cushing nahm seinen Platz hinter dem Steuer ein und reichte dem Flummi drei Umschläge, von denen dieser zwei für uns nach hinten weiterreichte.

»Ihre Hotelschlüssel«, informierte uns Mr. Cushing, während er losfuhr. »Miß Gennaro, Sie wohnen in der Suite sechself. Mr. Kenzie, Sie sind in Sechs-zwölf untergebracht. Mr. Kenzie, in Ihrem Umschlag finden Sie ebenfalls die Schlüssel für ein Auto, das Mr. Stone für Sie gemietet hat. Es steht auf dem Hotelparkplatz. Die Nummer des Stellplatzes steht hinten auf dem Umschlag.«

Der Flummi öffnete ein Laptop von der Größe eines kleinen Taschenbuchs und drückte auf ein paar Tasten. »Wir wohnen im Harbor Island Hotel«, sagte er. »Warum fahren wir nicht zuerst alle dorthin, machen uns frisch und fahren dann zum Courtyard Marriott, wo dieser Jeff Price angeblich gewohnt hat?«

Ich warf einen Blick auf Angie. »Hört sich gut an.«

Der Flummi nickte, und sein Laptop piepste. Ich beugte mich vor und sah, daß er eine Straßenkarte von Tampa geladen hatte. Auf dem Bildschirm bauten sich mehrere Gitternetze auf, die immer feinmaschiger wurden, bis in der Mitte ein Punkt aufleuchtete, der wohl das Courtyard Marriott darstellen sollte. Die Linien in der Nähe trugen Straßennamen.

Ich erwartete, jeden Moment eine Computerstimme zu hören, die mir sagte, wie mein Auftrag lautete.

»Dieses Band zerstört sich in drei Sekunden«, sagte ich.

»Was?« fragte Angie.

»Schon gut.«

16

Harbor Island sah künstlich und ziemlich neu aus. Es erhob sich aus einem älteren Teil der Innenstadt, und wir gelangten dorthin, indem wir eine weiße Brücke von der Länge eines Minibusses überquerten. Wir sahen Restaurants, Boutiquen und einen Yachthafen, der golden in der Sonne schimmerte. Wahrscheinlich hatte man sich durch karibische Korallenriffs inspirieren lassen. Viel sandgestrahltes Weiß und elfenbeinfarbener Stuck und Fußwege aus Muschelstaub.

Als wir vor dem Hotel hielten, flog ein Pelikan auf die Windschutzscheibe zu, und Angie und ich zogen den Kopf ein, doch der unheimlich aussehende Vogel bekam ein bißchen mehr Wind und ließ sich mit flachem Anflug auf einen Holzstoß am Dock tragen.

»Mann, war das Ding riesig«, stieß Angie hervor.

»Und eklig braun.«

»Der sah wirklich dinosauriermäßig aus.«

»Ich fand ihn auch furchtbar.«

»Gut«, erwiderte sie, »ich kam mir schon etwas albern vor.«

Mr. Cushing ließ uns an der Tür aussteigen, Hotelpagen nahmen unser Gepäck, und einer von ihnen sagte: »Hier entlang, Mr. Kenzie, Miß Gennaro«, obwohl wir uns gar nicht vorgestellt hatten.

»Ich hole Sie um drei Uhr in Ihren Zimmern ab«, sagte der Flummi.

»Einverstanden«, antwortete ich.

Wir überließen ihn Mr. Cushing und folgten unseren unglaublich braungebrannten Hotelpagen zu einem Fahrstuhl, hoch zu unseren Zimmern.

Die Suiten waren riesig und hatten Aussicht auf die Bucht von Tampa und drei sie überquerende Brücken, das milchig grüne Wasser glitzerte in der Sonne, und alles war so hübsch, unverdorben und friedlich, daß ich nicht sicher war, wie lange es dauerte, bis es mich ankotzen würde.

Angie kam durch die Tür, die die beiden Suiten miteinander verband. Wir traten auf den Balkon und schlossen die Schiebeglastüren hinter uns.

Sie hatte ihre schlichte schwarze Stadtgarderobe abgelegt und war in hellblaue Jeans und ein weißes, grobmaschiges Sonnentop geschlüpft. Ich war damit beschäftigt, meine Gedanken und meine Augen von ihrem eng umspannten Oberkörper abzuwenden, damit ich mit ihr über das Thema sprechen konnte, das anstand.

»Wie schnell willst du den Flummi abhängen?« fragte ich.

»So schnell wie möglich.« Sie beugte sich über die Brüstung und zog leicht an ihrer Zigarette.

»Ich traue den Zimmern nicht«, bemerkte ich.

Sie schüttelte den Kopf. »Und dem Mietwagen.«

Sonnenlicht fiel auf ihr schwarzes Haar und ließ die kastanienroten Strähnen aufleuchten, die sich seit dem letzten Sommer unter dem Dunkel versteckt gehalten hatten. Ihre Wangen waren von der Hitze gerötet.

Vielleicht war es hier gar nicht so übel.

»Warum hat Trevor jetzt plötzlich Druck gemacht?«

»Meinst du den Flummi?«

»Und Cushing.« Ich wies auf das Zimmer hinter uns. »Der ganze Scheiß hier.«

Sie zuckte die Achseln. »Er ist kurz vorm Durchdrehen wegen Desiree.«

»Kann sein.«

Sie drehte sich um, lehnte sich gegen das Geländer und wandte ihr Gesicht der Sonne zu, im Hintergrund die Bucht. »Außerdem weißt du ja, wie das mit reichen Typen ist.«

»Nein«, antwortete ich. »Weiß ich nicht.«

»Na ja, das ist, wie wenn du dich mit einem triffst und . . .«

»Warte, ich hole schnell einen Stift.«

Sie aschte in meine Richtung. »Sie wollen einen immer damit beeindrucken, wie schnell die Welt auf ein Fingerschnippen von ihnen herbeispringt, wie jeder Wunsch, den du ihrer Meinung nach hast, dir von den Augen abgelesen und erfüllt wird. Du gehst aus, und irgendwelche Diener öffnen dir die Autotür, Pagen öffnen andere Türen, Maîtres d'irgendwas rücken deinen Stuhl zurecht, und der reiche Typ bestellt dir das Essen. Du sollst dich wohl fühlen dabei, aber statt dessen fühlst du dich wie ein Sklave, so als könntest du nicht selber denken. Oder als ob du keine Wahl hast. Trevor will wahrscheinlich, daß wir merken, daß uns all seine Güter zur Verfügung stehen.«

»Aber trotzdem traust du dem Zimmer und dem Mietwagen nicht.«

Sie schüttelte den Kopf. »Er ist an Macht gewöhnt. Es fällt ihm wohl nicht gerade leicht, anderen zu vertrauen, daß sie das tun, was er tun würde, wenn er gesund wäre. Und da Jay schon verschwunden ist . . .«

»Möchte er über jeden Schritt von uns Bescheid wissen.«

»Genau.«

Ich sagte: »Ich mag den Kerl.«

»Pech für ihn«, stimmte sie zu.

Mr. Cushing stand neben seinem Lexus vor dem Hotel, als wir vom Fenster des Zwischengeschosses aus nach unten blickten. Auf dem Weg zum Hotel hatte ich einen Blick auf die Tiefgarage des Hotels geworfen und gesehen, daß die Ausfahrt auf der anderen Seite des Hotels auf eine kleine Straße voller Boutiquen führte. Von der Stelle aus, an der Cushing jetzt stand, konnte er die Ausfahrt und die kleine Brücke nicht sehen, die von der Insel herunterführte.

Unser Mietwagen war ein hellblauer Dodge Stealth und war von einer Firma namens Prestige Imports auf dem Dale

Mabry Boulevard gemietet worden. Wir fanden das Auto, fuhren aus dem Parkhaus heraus und ließen Harbor Island hinter uns.

Mit einem Stadtplan auf den Knien wies mir Angie den Weg, und wir bogen auf den Kennedy Boulevard ab, fanden dann den Dale Mabry Boulevard und fuhren gen Norden.

»'ne Menge Pfandleiher«, sagte Angie, als sie aus dem Fenster sah.

»Und Striplokale«, sagte ich. »Die eine Hälfte geschlossen, die andere Hälfte neu.«

»Warum machen sie nicht die geschlossenen wieder auf, anstatt neue zu bauen?«

»Das bleibt ihr Geheimnis«, antwortete ich.

Das Florida, das wir bisher kennengelernt hatten, schien das Postkarten-Florida zu sein: Korallen, Mangroven und Palmen, glitzerndes Wasser und Pelikane. Aber als wir auf dem Dale Mabry zwanzig ausgesprochen öde Kilometer zurückgelegt hatten – acht breite Spuren, die endlos durch stickige Hitzewellen auf einen Horizont in Form einer umgekippten himmelblauen Schüssel zuliefen –, da fragte ich mich, ob nicht dies das echte Florida war.

Angie hatte recht mit den Pfandleihern, und ich hatte recht mit den Striplokalen. In jedem Häuserblock gab es beides. Außerdem Bars mit raffiniert unauffälligen Namen wie »Hupe«, »Melone« und »Pralle Backen«, aufgelockert durch Fast-Food-Drive-Ins und sogar Spirituosen-Drive-Ins für Alkoholiker am Steuer. Dazwischen verunstalteten Campingplätze und Wohnwagenhändler die Landschaft und mehr Gebrauchtwagenhändler, als ich jemals auf der Straße nach Lynn gesehen hatte.

Angie zerrte an ihrem Hosenbund. »Gott, sind die Jeans heiß!«

»Dann zieh sie doch aus!«

Sie griff herüber, stellte die Klimaanlage an und drückte den

Schalter auf der Konsole zwischen unseren Sitzen, so daß die Fenster hochfuhren.

»Wie ist das?« fragte sie.

»Mein Vorschlag war besser.«

»Sie mögen den Stealth nicht?« Eddie, der Typ von der Autovermietung, war verwirrt. »Alle mögen den Stealth.«

»Das glauben wir gerne«, sagte Angie, »aber wir hätten gerne etwas weniger Auffälliges.«

»Boah!« rief Eddie aus, als ein anderer Typ durch die Schiebetür hinter ihm hereinkam. »Hey, Don, denen gefällt der Stealth nicht!«

Don verzog sein sonnengebräuntes Gesicht und sah uns an, als hätten wir uns gerade vom Jupiter heruntergebeamt. »Sie mögen den Stealth nicht? Alle mögen den Stealth.«

»Das haben wir schon gehört«, warf ich ein, »aber für unsere Zwecke ist er nicht geeignet.«

»Tja, was suchen Sie denn dann – einen Esel?« fragte Don.

Eddie fand das komisch. Er schlug mit der Hand auf den Tresen, und er und Don machten Geräusche, die ich nur mit dem Ia-Geschrei eines Esels vergleichen kann.

»Was wir suchen«, erklärte Angie, »ist so was wie der grüne Celica, der bei Ihnen auf dem Parkplatz steht.«

»Das Kabrio?« fragte Eddie.

»Ja, klar!« gab Angie zurück.

Wir nahmen das Auto so, wie es war, obwohl es hätte gewaschen und vollgetankt werden müssen. Wir erzählten Don und Eddie, daß wir es eilig hätten, und das schien sie noch mehr zu verwirren als unser Anliegen, den Stealth einzutauschen.

»Eilig?« fragte Don, während er die Angaben auf unseren Führerscheinen mit dem von Mr. Cushing ausgefüllten Mietvertrag verglich.

»Ja«, gab ich zurück, »das ist, wenn man schnell irgendwo hin muß.«

Überraschenderweise fragte er mich nicht, was »schnell« bedeutete. Er zuckte nur die Achseln und warf mir die Schlüssel zu.

Wir hielten vor einem Restaurant namens Krabbenhütte, um die Landkarte zu studieren und einen Plan zu schmieden.

»Diese Shrimps sind unglaublich«, bemerkte Angie.

»Diese Krabben hier auch«, erwiderte ich. »Probier mal!«

»Laß uns tauschen!«

Das taten wir, ihre Shrimps waren in der Tat köstlich.

»Und billig«, fügte Angie hinzu.

Der Laden war tatsächlich eine Hütte aus Schindeln und altem Holz, die Tische waren voller Flecken und Risse, das Essen wurde auf Papptellern serviert, unser Bier tranken wir aus Plastikbechern. Aber das Essen war besser als alles an Meeresfrüchten, was ich jemals in Boston gegessen hatte, und kostete nur ein Viertel von dem, was wir normalerweise bezahlten.

Wir saßen auf der hinteren Terrasse im Schatten und blickten auf einen seegrasbewachsenen, beigefarbenen Sumpf, der in ungefähr fünfzig Metern Entfernung auf der Rückseite eines, jawohl, Striplokals lag. Ein weißer Vogel, der so lange Beine hatte wie Angie und fast den gleichen Hals, landete auf dem Terrassengeländer und beäugte unser Essen.

»Junge!« rief Angie. »Was ist denn das?«

»Das ist ein Reiher«, antwortete ich, »der tut nichts.«

»Woher weißt du das denn?«

»Aus dem National Geographic.«

»Aha. Und bist du sicher, daß er uns nichts tut?«

»Angie«, beruhigte ich sie.

Sie schüttelte sich. »Ich bin halt nicht gerade naturverbunden. Ist doch nicht verboten!«

Der Reiher hüpfte vom Geländer herunter und landete neben meinem Ellenbogen, sein dünner Kopf auf Höhe meiner Schulter.

»Gottogott!« rief Angie.

Ich nahm ein Krabbenbein und warf es über das Geländer. Der Reiher flog hinterher und tauchte ins Wasser. Beim Abheben streifte sein Flügel mein Ohr.

»Toll!« beschwerte sich Angie. »Jetzt kommt er erst recht zurück.«

Ich nahm meinen Teller und den Becher. »Komm!«

Wir gingen hinein und studierten die Landkarte, während der Reiher zurückkehrte und uns durch die Scheibe anstarrte. Schließlich waren wir uns ziemlich sicher, wo wir hinwollten, falteten die Karte zusammen und aßen auf.

»Glaubst du, daß sie noch lebt?« fragte Angie.

»Weiß ich nicht.«

»Und Jay? Meinst du, er ist ihr bis hierher gefolgt?«

»Weiß ich nicht.«

»Ich auch nicht. Wir wissen nicht gerade viel, oder?«

Ich sah dem Reiher zu, der seinen langen Hals reckte, um mich durch die Scheibe besser sehen zu können.

»Nein«, antwortete ich, »aber wir lernen schnell.«

17

Keiner der Bediensteten vom Courtyard Marriott, mit dem wir sprachen, erkannte Jeff Price oder Desiree auf den Fotos, die wir ihnen zeigten. Sie waren sich sogar alle ziemlich sicher, wenn auch nur, weil der Flummi und Mr. Cushing ihnen eine halbe Stunde vorher die gleichen Bilder gezeigt hatten. Der Flummi, dieser schleimige kleine Bastard, hatte sogar beim Concierge des Courtyard Marriott eine Nachricht für uns hinterlassen, in der er uns bat, um acht in der Hotelbar des Harbor zu sein.

Wir versuchten es noch bei einigen anderen Hotels in der Gegend, ernteten aber nichts als verständnislose Blicke, so daß wir nach Harbor Island zurückkehrten.

»Das ist nicht unsere Stadt«, sagte Angie, als wir von unseren Zimmern mit dem Aufzug zur Bar herunterfuhren.

»Nein.«

»Und sie macht mich wahnsinnig. Es ist vollkommen sinnlos, daß wir überhaupt hier sind. Wir wissen nicht, mit wem wir reden sollen, wir haben keinerlei Verbindungen, wir haben keine Freunde hier. Wir können nur wie die Idioten rumlaufen und allen diese dämlichen Fotos zeigen. Ich meine, däh!«

»Däh?« wiederholte ich.

»Däh«, bestätigte sie.

»Ach so!« sagte ich. »*Däh*! Jetzt verstehe ich. Einen Moment lang dachte ich, du hättest einfach ›däh‹ gesagt.«

»Halt's Maul, Patrick!« Sie verließ den Aufzug, und ich folgte ihr in die Bar.

Sie hatte recht. Unsere Anwesenheit hier war sinnlos. Die Spur war sinnlos. Zweitausendzweihundert Kilometer zu fliegen, nur weil die Kreditkarte von Jeff Price vor über zwei Wochen hier in einem Hotel benutzt worden war, war schwachsinnig.

Der Flummi jedoch war anderer Meinung. Er saß in der Bar neben einem Fenster, von dem aus man auf die Bucht sehen konnte, und vor ihm stand ein anormal blaues Gebräu in einem Daiquiri-Glas. Den rosa Plastiklöffel zum Umrühren zierte ein Flamingo. Der Tisch selbst stand eingekeilt zwischen zwei Plastikpalmen. Die Kellnerinnen trugen knapp über den Busen reichende weiße T-Shirts sowie schwarze Stretch-Radlerhosen, die so eng waren, daß man zweifelsfrei wußte, ob sie Unterwäsche trugen (oder nicht).

Welch ein Paradies! Jetzt fehlte nur noch Julio Iglesias. Und ich hatte das Gefühl, er war bereits auf dem Weg.

»Es ist nicht fruchtlos«, sagte der Flummi.

»Meinen Sie jetzt Ihr Getränk oder diese Reise?« fragte Angie.

»Beides.« Mühsam schlürfte er am Flamingo vorbei an seinem Drink und wischte sich mit einer Serviette den blauen Schnurrbart ab. »Morgen trennen wir uns und überprüfen alle Hotels und Motels in Tampa.«

»Und wenn wir damit fertig sind?«

Er griff in die Schüssel mit Nüssen vor sich. »Dann versuchen wir es bei denen in St. Petersburg.«

Und so geschah es.

Drei Tage lang durchforsteten wir Tampa, dann St. Petersburg. Wir entdeckten, daß es in beiden Städten Gegenden gab, die die in Harbor Island gefaßten Vorurteile nicht bestätigten und die auch nicht so häßlich waren wie die Umgebung auf unserer Fahrt den Dale Mabry herunter. Die Hyde-Park-Gegend in Tampa und das Old-Northeast-Viertel in St. Pete waren sogar ziemlich ansprechend: Straßen mit Kopfsteinpflaster und alte Südstaatenhäuser umgeben von Veranden und knorrigen, alten, schattenspendenden bengalischen Feigenbäumen. Auch die Strände von St. Pete waren hübsch, wenn man die alten verbiesterten Omis mit ihren blaugefärbten Haaren und die verschwitzten Spießer auf ihren Fahrrädern ignorierte.

Also hatten wir doch noch etwas Positives gefunden.

Aber wir fanden weder Jeff Price noch Desiree oder Jay Bekker.

Und der Aufwand für unsere Paranoia, wenn man es denn so nennen wollte, wurde immer grotesker. Jede Nacht parkten wir den Celica woanders, und jeden Morgen untersuchten wir ihn nach Sendern, fanden aber keine. Nach Wanzen suchten wir nie, schließlich war es ein Kabrio, und was wir auch immer im Auto besprachen, wurde vom Wind, vom Radio oder von beiden zusammen übertönt.

Trotzdem war es seltsam, sich der aufmerksamen Blicke und Ohren von anderen so bewußt zu sein, als seien wir in einem Film gefangen, den sich alle außer uns ansahen.

Am dritten Tag ging Angie zum Swimmingpool hinunter, um alle Akten über den Fall noch einmal durchzulesen, und ich nahm das Telefon mit auf den Balkon, suchte nach Wanzen und rief Richie Colgan in der Lokalredaktion der Boston Tribune an.

Er nahm ab, hörte meine Stimme und legte den Hörer offenbar zur Seite. Ein super Typ.

Sechs Stockwerke unter mir stand Angie neben ihrer Sonnenliege und zog sich die grauen Shorts und das weiße T-Shirt aus, worunter ein schwarzer Bikini zum Vorschein kam.

Ich versuchte, nicht hinzusehen. Wirklich. Aber ich bin schwach. Und ein Mann.

»Was machst du gerade?« fragte Richie.

»Das würdest du mir eh nicht glauben.«

»Sag's doch einfach!«

»Ich sehe zu, wie sich meine Kollegin Sonnencreme auf die Beine schmiert.«

»Blödsinn!«

»Wirklich!« erwiderte ich.

»Weiß sie, daß du zuguckst?«

»Soll das ein Witz sein?«

In dem Moment drehte sich Angie um und sah zum Balkon hinauf.

»Ich bin gerade aufgeflogen«, sagte ich.

»Das ist dein Ende!«

Doch selbst aus dieser Entfernung konnte ich sie lächeln sehen. Ihr Gesicht blieb mir einen Augenblick lang zugewandt, dann schüttelte sie leicht den Kopf und widmete sich wieder den naheliegenden Angelegenheiten und massierte sich Sonnenöl auf die Waden.

»Junge«, bemerkte ich, »es ist ein bißchen zu heiß in diesem Staat!«

»Wo bist du?«

Ich verriet es ihm.

»Also, es gibt Neuigkeiten«, sagte er.

»Erzähl!«

»Trauer & Trost AG hat gegen die Tribune geklagt.«

Ich lehnte mich in meinem Stuhl zurück. »Hast du schon eine Story rausgebracht?«

»Nein«, antwortete er. »Das ist es ja gerade. Meine Nachforschungen sind soweit auch völlig diskret verlaufen. Sie können gar nicht gewußt haben, daß ich ihnen auf den Fersen bin.«

»Und trotzdem wissen sie's.«

»Ja. Und sie machen auch nicht viel Federlesens. Sie bringen uns vor das Bundesgericht wegen Verletzung der Privatsphäre, grenzüberschreitendem Diebstahl . . .«

»Grenzüberschreitung?« fragte ich.

»Klar. Viele ihrer Patienten leben ja nicht unbedingt in Massachusetts. Auf den Disketten gibt es Dateien für Patienten aus dem Nordosten und dem Mittleren Westen. Technisch gesehen, hat Angie Informationen gestohlen, die Staatsgrenzen überschreiten.«

»Kein schlechter Ansatz!«

»Sicher nicht. Und sie müssen immer noch beweisen, daß ich die Bänder und eine Menge anderen Kram habe, aber sie haben offensichtlich einen Richter gekauft, weil mein Herausgeber heute morgen um zehn eine einstweilige Verfügung aufgebrummt bekam, die die Veröffentlichung aller Artikel über Trauer & Trost verbietet, die direkt mit Informationen in Verbindung gebracht werden können, die von diesen Disketten stammen.«

»Na, dann hast du sie doch«, sagte ich.

»Wie denn?«

»Sie können nicht beweisen, was auf den Disketten ist, solange sie sie nicht haben. Und selbst wenn sie alles auf der Festplatte haben, können sie nicht beweisen, daß die Inhalte von Festplatte und Disketten identisch sind. Stimmt's?«

»Ja. Aber eine einstweilige Verfügung hat ihren eigenen Charme. Wir können nicht beweisen, daß das, was wir veröffentlichen wollen, nicht von diesen Disketten stammt. Es sei denn, wir sind so doof und zeigen sie allen. In dem Fall wären sie natürlich sowieso nutzlos.«

»Böse Falle.«

»Erraten.«

»Trotzdem«, wandte ich ein, »das hört sich nach einer Finte an, Rich. Wenn sie nicht beweisen können, daß du die Disketten hast oder daß du überhaupt von ihnen weißt, dann wird irgendein Richter früher oder später sagen, daß ihre Klage keine rechtliche Grundlage hat.«

»Aber den Richter müssen wir erst mal finden«, sagte Richie. »Das heißt, Berufung einlegen, eventuell sogar vor einem höheren Bundesgericht. Das zieht sich hin. In der Zwischenzeit muß ich herumlaufen und alles, was auf den Disketten ist, durch andere Quellen belegen. Sie stehlen uns Zeit, Patrick. Das ist es. Und die Zeit läuft für sie.«

»Warum?«

»Keine Ahnung. Und ich weiß auch nicht, wie sie so schnell auf mich gekommen sind. Wem hast du was erzählt?«

»Keinem.«

»Blödsinn!«

»Richie«, beharrte ich, »ich habe noch nicht einmal meinem Auftraggeber etwas gesagt.«

»Wer ist denn noch mal dein Auftraggeber?«

»Rich, bitte!«

Einen Moment lang sagte niemand etwas.

Als er wieder sprach, flüsterte er nur. »Weißt du, wieviel es kostet, einen Bundesrichter zu kaufen?«

»'ne Menge Geld.«

»'ne Menge Geld«, sagte er, »und 'ne Menge Macht, Patrick. Ich habe den angeblichen Führer der Church of Truth unter die Lupe genommen, ein Typ namens P. F. Nicholson Kett . . .«

»Scheiße, nein! So heißt der?«

»Ja, warum?«

»Nur so«, sagte ich. »Ist ein komischer Name.«

»Also gut, P. F. Nicholson Kett ist so etwas wie ein Gott und Guru und Hohepriester in Personalunion. Seit über zwanzig Jahren hat ihn niemand mehr zu Gesicht bekommen. Er läßt seine Botschaften durch Untergebene überbringen, angeblich von seiner Yacht vor der Küste Floridas. Und er . . .«

»Florida«, wiederholte ich.

»Ja. Paß auf, ich glaube, den Typen gibt es gar nicht. Er ist wahrscheinlich vor langer Zeit gestorben und ist nie 'ne große Nummer gewesen. Er war nur das Gesicht, das jemand an die Spitze der Kirche gestellt hat.«

»Und wer ist das Gesicht hinter dem Gesicht?«

»Weiß ich nicht«, antwortete er. »Aber es ist nicht P. F. Nicholson Kett. Der Typ war ein Spinner. Ein ehemaliger Werberedakteur aus Madison, Wisconsin, der unter falschem Namen Pornobücher schrieb, um an Geld zu kommen. Der Kerl konnte gerade mal seinen eigenen Namen buchstabieren. Aber ich habe Filme über ihn gesehen – er hatte Charisma. Außerdem hatte er diesen fanatischen Ausdruck in den Augen, halb inbrünstig, halb komatös. Also hat irgend jemand diesen gutaussehenden, charismatischen Kerl genommen und ihn zu einer kleinen Gottheit gemacht. Und dieser Jemand, da bin ich mir sicher, ist derjenige, der mir momentan die Hölle heiß macht.«

Ich hörte, daß am anderen Ende plötzlich mehrere Telefone gleichzeitig losklingelten.

»Ruf mich später noch mal an. Ich muß los!«

»Tschüs«, sagte ich, doch er hatte schon aufgelegt.

Als ich aus dem Hotel auf den Weg trat, der sich durch einen Garten voller Palmen und unpassender australischer Pinien wand, sah ich Angie auf ihrem Liegestuhl sitzen, sie schirmte die Augen mit der Hand vor der Sonne ab, während sie zu einem jungen Kerl in einer orangefarbenen Badehose hochsah, die so knapp geschnitten war, daß im Vergleich dazu ein Lendenschurz als reine Vergeudung von Stoff erschien.

Ein anderer Typ in einer blauen Badehose saß auf der anderen Seite des Swimmingpools und sah den beiden zu. Das Grinsen auf seinem Gesicht verriet mir, daß die orange Badehose sein Kumpel war.

Der Kerl mit der orangefarbenen Badehose hielt eine halbvolle Flasche Corona auf Höhe seiner glänzenden Hüfte, im Schaum schwamm eine Limette, und als ich näherkam, hörte ich ihn sagen: »Du kannst doch auch nett sein, oder?«

»Kann ich schon«, erwiderte Angie. »Wenn ich in der richtigen Stimmung dazu bin.«

»Na, dann ändre doch deine Stimmung. Du bist hier im Land von Fun 'n' Sun, Schätzchen!«

Schätzchen! Großer Fehler.

Angie rutschte auf der Liege herum und legte die Aktenmappe neben dem Stuhl auf den Boden. »Im Land von Fun 'n' Sun?«

»Yeah!« Der Typ nahm einen Schluck Corona. »Hey, du solltest besser deine Sonnenbrille aufsetzen.«

»Und warum?«

»Um deine hübschen Augen zu schützen.«

»Dir gefallen meine Augen?« sagte sie in einem Tonfall, den ich schon kannte. Lauf weg, wollte ich dem Kerl zurufen. Lauf, lauf, lauf.

Er hielt das Bier wieder neben seine Hüfte. »Yeah. Sie sind felidenhaft.«

»Felidenhaft?«

»Katzenartig«, erklärte er und beugte sich über sie.

»Magst du Katzen?«

»Total.« Er lächelte.

»Dann gehst du wohl besser in eine Zoohandlung und kaufst dir eine«, sagte sie, »ich hab' nämlich das Gefühl, das ist die einzige Pussi, die du heute abend bekommst!« Sie hob die Mappe auf und öffnete sie auf ihrem Schoß. »Verstehst du?«

Ich trat vom Gartenweg auf die Liegewiese, während die orange Badehose einen Schritt nach hinten machte, den Kopf reckte und die Hände so fest um den Hals der Corona-Flasche krampfte, daß die Knöchel rot wurden.

»Ganz schön schwer, darauf noch was zu sagen, hm?« Ich lachte breit.

»Hey, Kollege!« rief Angie. »Du traust dich in die Sonne, um mir Gesellschaft zu leisten? Ich bin gerührt. Und du trägst sogar kurze Hosen!«

»Ist der Fall schon gelöst?« Ich hockte mich neben ihre Liege.

»Nein. Aber ich bin nah dran. Ich spüre es.«

»Blödsinn.«

»Okay. Du hast recht.« Sie streckte mir die Zunge heraus. »Weißt du . . .«

Ich sah auf. Die orange Badehose zitterte vor Wut.

»Bist du immer noch da?« fragte ich.

»Weißt du . . .«, wiederholte er.

»Ja?« fragte Angie.

Seine Brustmuskeln bewegten sich rasch, und er hielt die Bierflasche jetzt neben seine Schulter. »Wenn du keine Frau wärst, dann würde ich . . .«

»Jetzt im Krankenhaus liegen«, ergänzte ich. »Du hast es schon so weit genug getrieben.«

Angie setzte sich im Liegestuhl auf und sah ihn an.

Er atmete heftig durch die Nase, machte plötzlich auf dem Absatz kehrt und ging zu seinem Kumpel zurück. Sie flüsterten miteinander und warfen uns abwechselnd böse Blicke zu.

»Meinst du auch, daß ich irgendwie nicht die richtige Einstellung für Florida habe?« fragte Angie.

Zum Mittagessen fuhren wir zur Krabbenhütte hinüber. Wieder mal.

Sie war in den letzten drei Tagen unser Heim fern der Heimat geworden. Rita, eine Kellnerin um die fünfundvierzig, die einen verwitterten schwarzen Cowboyhut und Netzstrümpfe unter einer abgeschnittenen Jeans trug und Zigarettenstummel rauchte, war unser bester Kumpel geworden. Ihr Chef Gene, der in der Krabbenhütte kochte, wurde schnell unser zweitbester. Und der drittbeste Freund wurde der Reiher vom ersten Tag – sie hieß Sandra und hatte feine Manieren, solange man ihr kein Bier zu trinken gab.

Wir saßen draußen auf dem Dock und betrachteten wieder mal, wie sich der Himmel am späten Nachmittag orangerot färbte, rochen das Salz des Marschlandes und leider auch die Faulgase, und eine warme Brise spielte in unserem Haar, brachte die Glocken an den Pfählen zum Klingeln und wollte die Mappe mit unseren Unterlagen ins milchige Wasser herunterwehen.

Am anderen Ende des Docks verdrückten vier Kanadier mit

grapefruitfarbener Haut und häßlichen Hawaiihemden große Teller von Fritiertem und unterhielten sich lauthals darüber, in welch gefährlichem Staat sie ihre Campingwagen geparkt hatten.

»Zuerst diese Drogen am Strand, hä«, sagte einer von ihnen. »Und jetzt dieses arme Mädchen.«

Die »Drogen am Strand« und das »arme Mädchen« hatten in den letzten zwei Tagen die Lokalpresse dominiert.

»O ja, o ja«, gackerte eine der Frauen. »Wir könnten genausogut in Miami sein, das stimmt wirklich, ja.«

Am Morgen nach unserer Ankunft hatten einige Teilnehmer einer Ferienfreizeit der Methodistischen Witwenhilfe aus Michigan auf einem Spaziergang am Strand von Dunedin mehrere kleine Plastiktüten bemerkt, die die Küste verunstalteten. Es waren kleine dicke Tütchen und, wie sich herausstellte, mit Heroin gefüllt. Bis zum Mittag waren noch einige mehr in Clearwater und St. Petersburg an Land gespült worden, und unbestätigten Berichten zufolge sollten sie bis Homosassa im Norden und Marco Island im Süden aufgetaucht sein. Die Küstenwache vermutete, daß ein Schiff mit Heroinladung in einem Sturm gesunken war, der Mexiko, Kuba und die Bahamas heimgesucht hatte, doch bisher war das Wrack nicht gesichtet worden.

Die Geschichte vom »armen Mädchen« war gestern bekannt geworden. In einem Motelzimmer in Clearwater hatte man eine noch nicht identifizierte Frau erschossen. Die Mordwaffe war angeblich ein Jagdgewehr, man hatte der Frau damit offensichtlich aus kürzester Entfernung ins Gesicht geschossen, wodurch die Identifizierung erschwert wurde. Ein Sprecher der Polizei berichtete, daß der Körper der Frau ebenfalls »verstümmelt« gewesen sei, gab aber keine genaueren Erklärungen. Das Alter der Frau wurde auf achtzehn bis dreißig Jahre geschätzt, die Polizei von Clearwater versuchte, sie mittels ihrer Zahnabdrücke zu identifizieren.

Als ich das las, war mein erster Gedanke: *Scheiße. Desiree.* Doch als ich in der Gegend von Clearwater nachfragte, wo die Leiche gefunden worden war, und hörte, mit welchen Worten in den Sechs-Uhr-Nachrichten darüber berichtet wurde, lag es auf der Hand, daß es sich bei dem Opfer wohl um eine Prostituierte handelte.

»Klar«, sagte einer das Kanadier, »hier unten ist es wie im Wilden Westen. Keine Frage.«

»Da hast du recht, Bob«, bestätigte seine Frau und tauchte ein in Mehlteig gebackenes Fischstäbchen in einen Topf mit Remoulade.

Florida war ein seltsamer Staat, das hatte ich auch gemerkt, aber irgendwie wuchs er mir ans Herz. Nun ja, eigentlich wuchs mir die Krabbenhütte ans Herz. Ich mochte Sandra und Rita und Gene und die beiden Schilder hinter der Bar, auf denen stand: »Wenn du das so toll findest, was die Leute in New York machen, dann nimm die I-95 Richtung Norden«, und: »Wenn ich alt bin, ziehe ich nach Kanada und fahre richtig langsam.«

Ich trug ein Muskelshirt und Shorts, und meine normalerweise kalkweiße Haut hatte einen netten beigen Ton bekommen. Angie trug ihr schwarzes Bikinioberteil und einen bunten Sarong, das schwarze Haar lockte sich um ihren Kopf, und die kastanienfarbenen Strähnen waren schon fast blond geworden.

Mir hatte es in der Sonne gefallen, doch für sie waren die vergangenen drei Tage ein Geschenk des Himmels gewesen. Wenn sie einmal den frustrierenden Fall vergaß oder wenn wieder ein weiterer fruchtloser Tag zu Ende ging, schien sie in der Wärme, mit den Mangroven, dem tiefblauen Meer und der salzigen Luft aufzublühen. Sie trug ihre Schuhe nur noch, wenn wir gerade auf der Jagd nach Desiree oder Jeff Price waren, sie fuhr nachts an den Strand und saß auf dem Kofferraum des Autos und lauschte den Wellen. Nachts zog sie sogar die weiße Hängematte auf ihrem Balkon dem Bett in ihrer Suite vor.

Ich sah ihr in die Augen, und sie schenkte mir ein Lächeln, halb trauriges Wissen, halb brennende Neugier.

Eine Weile saßen wir so da. Unser Lächeln verschwand, die Augen versanken ineinander, und wir suchten im Gesicht des anderen nach Antworten auf Fragen, die nie ausgesprochen worden waren.

»Es war wegen Phil«, sagte sie und griff über den Tisch nach meiner Hand. »Es wäre für uns beide wie ein Sakrileg gewesen, wenn . . . Verstehst du?«

Ich nickte.

Sie strich mit ihrem sandigen Fuß über meinen. »Es tut mir leid, wenn ich dir weh getan habe.«

»Du hast mir nicht weh getan«, antwortete ich.

Sie hob eine Augenbraue.

»Nicht wirklich weh getan«, korrigierte ich. »Schmerzen hatte ich. Hier und da. Ich habe mir Gedanken gemacht.«

Sie führte meine Hand an ihre Wange und schloß die Augen.

»Ich dachte, ihr zwei seid Kollegen und kein Liebespaar!« rief jemand.

»Das«, sagte Angie mit immer noch geschlossenen Augen, »dürfte Rita sein.«

Sie war es. Rita mit ihrem Riesenhut und zur Abwechslung roten Netzstrümpfen brachte uns unsere Teller mit Flußkrebsen, Shrimps und Dungeness-Krabben. Rita fand es toll, daß wir Detektive waren, sie wollte immer wissen, wie viele Schießereien, wie viele Verfolgungsfahrten im Aut[illegible] gehabt und wie viele Bösewichte wir getötet hatten.

Sie setzte unsere Teller auf dem Tisch ab und nahm den Bierkrug von der Mappe, um unser Plastikbesteck irgendwohin zu legen, da ergriff der warme Wind Mappe und Plastikgabeln und warf sie zu Boden.

»O je!« rief sie.

Ich wollte ihr helfen, aber sie war schneller. Sie hob die Mappe auf, schloß sie und bekam das einzige Foto, das herausgefallen war, mit Daumen und Zeigefinger zu packen, als es gerade vom Boden abhob und mit einer Böe über das Geländer fliegen wollte. Sie drehte sich zu uns um und lachte, das Bein noch immer wie ein sterbender Schwan gestreckt.

»Du hast deinen Einsatz verpaßt!« rief Angie. »Short Stop für die Yankees!«

»Ich kannte mal einen Yankee«, sagte sie, während sie auf das Foto sah, das sie gerade gefunden hatte. »Der war keinen Pfifferling wert, redete immer nur von . . .«

»Erzähl weiter, Rita!« ermunterte ich sie. »Tu dir keinen Zwang an!«

»Hey!« Sie wandte den Blick nicht von der Aufnahme. »Hey«, sagte sie wieder.

»Was denn?«

Sie reichte mir die Mappe und das Foto und verschwand in der Hütte.

Ich sah mir das Bild an, das sie geschnappt hatte.

»Was war das denn?« fragte Angie.

Ich reichte ihr das Foto.

Rita kam auf den Pier zurückgelaufen und gab mir eine Zeitung.

Es war die St. Petersburg Times von heute, sie schlug Seite sieben auf.

»Guck mal!« sagte sie atemlos. Sie wies auf einen Artikel auf halber Höhe der Seite.

Die Überschrift lautete: MANN IN BRADENTON WEGEN TOTSCHLAG VERHAFTET.

Der Mann hieß David Fischer und wurde festgehalten, um im Zusammenhang mit dem Tod eines Unbekannten vernommen zu werden, der in einem Motelzimmer in Bradenton gefunden worden war. Der Artikel war vage, aber darum ging es nicht. Ein Blick auf das Foto von David Fischer, und ich wußte, warum Rita mir die Zeitung gegeben hatte.

»Gott!« sagte Angie. »Das ist Jay Becker!«

18

Um nach Bradenton zu gelangen, nahmen wir in St. Petersburg die 275 Richtung Süden und fuhren dann auf eine riesige Brücke namens Sunshine Skyway, die sich über den Golf von Mexiko spannte und die Gegend von Tampa/St. Petersburg mit der Landmasse von Sarasota/Bradenton verband.

Die Brücke bestand aus zwei Bögen, für die offenbar eine Rückenflosse Modell gestanden hatte. Wenn die Sonne im Meer unterging und der Himmel rosa wurde, schienen die Rückenflossen aus der Entfernung ungleichmäßig golden angemalt, aber als wir über die Brücke selbst fuhren, erkannten wir, daß die Flossen aus vielen gelblackierten Stangen bestanden, die zu immer kleineren Dreiecken zusammenliefen. Am unteren Ende der Stangen waren Lampen angebracht, die den Flossen zusammen mit der untergehenden Sonne diesen goldenen Schimmer verliehen.

Junge, hier unten fuhren sie wirklich auf Farben ab!

»›. . . der Unbekannte‹«, las Angie aus der Zeitung vor, »›der schätzungsweise Anfang fünfzig ist, wurde in seinem Zimmer im Isle of Palms Motel mit dem Gesicht nach unten auf dem Boden liegend gefunden. Er hatte eine tödliche Stichverletzung im Bauchbereich. Der Verdächtige David Fischer, einundvierzig Jahre, wurde in seinem Zimmer festgenommen, das neben dem des Opfers liegt. Die Polizei wollte sich nicht zum Tatmotiv äußern und lehnte es ab, Gründe für die Verhaftung von Mr. Fischer anzugeben.‹«

Nach Aussage der Zeitung saß Jay im Stadtgefängnis von Bradenton, eine Kautionsverhandlung war anhängig, sie sollte irgendwann heute abgehalten werden.

»Was ist hier eigentlich los?« fragte Angie, während wir

von der Brücke fuhren und der Himmel ein noch dunkleres Rosa annahm.

»Fragen wir einfach Jay«, antwortete ich.

Er sah furchtbar aus.

Sein dunkelbraunes Haar war von grauen Strähnen durchzogen, die vorher nicht dagewesen waren, und die Tränensäcke unter seinen Augen waren so geschwollen, daß ich niemandem glauben würde, der mir erzählte, er hätte diese Woche auch nur eine Stunde Schlaf bekommen.

»Hey, ist das Patrick Kenzie, der da vor mir sitzt, oder ist das Carl Wilson von den Beach Boys?« Er lächelte schwach, als er durch die Tür des Besucherraums kam und den Hörer auf der anderen Seite der Plexiglasscheibe hochnahm.

»Erkennst mich kaum noch, hä?«

»Du siehst ja fast braun aus. Ich wußte gar nicht, daß das bei euch käsigen Kelten überhaupt möglich ist.«

»Eigentlich ist es ja auch Make-up«, gab ich zurück.

»Kaution sind hundert Riesen in bar«, sagte er und nahm am Tisch mir gegenüber Platz. Er klemmte sich den Hörer gerade lange genug zwischen Kinn und Schulter, um eine Zigarette anzuzünden. »Anstatt einer Bürgschaft in Höhe von einer Million Dollar. Mein Bürge ist ein Typ namens Sidney Merriam.«

»Seit wann rauchst du?«

»Noch nicht lange.«

»Die meisten Menschen in deinem Alter hören auf damit!«

Er zwinkerte: »Ich gehe eben nicht mit der Mode.«

»Hundert Riesen«, wiederholte ich.

Er nickte und gähnte. »Fünf-fünfzehn-sieben.«

»Was?«

»Schließfach zwölf.«

»Wo?« fragte ich.

»Bob Dylan in St. Pete«, antwortete er.

»Was?«

»Das bekommst du schon raus, Patrick. Du findest es.«

»Bob Dylan in St. Pete«, sagte ich nochmals.

Er blickte mit den funkelnden Augen einer Klapperschlange über die Schulter zu dem drahtigen muskulösen Wachmann hinüber.

»Alben«, sagte er, »nicht Lieder.«

»Verstanden«, entgegnete ich, obwohl ich nichts verstanden hatte. Aber ich vertraute ihm.

»Sie haben dich also geschickt«, bemerkte er mit einem jämmerlichen Lächeln.

»Wen auch sonst?« gab ich zurück.

»Ja. Leuchtet ein.« Er verschränkte die Arme, und die grellen Neonröhren über unseren Köpfen machten nur noch deutlicher, wieviel Gewicht er verloren hatte, seit ich ihn vor zwei Monaten zum letzten Mal gesehen hatte. Sein Gesicht sah aus wie ein Totenschädel.

Er beugte sich vor. »Hol mich hier raus, Kumpel!«

»Na klar!«

»Heute abend. Morgen gehen wir zum Hunderennen.«

»Ja?«

»Ja. Ich habe fünfzig Mäuse auf einen wunderbaren Greyhound gesetzt, verstehst du?«

Ich sah mit Sicherheit wieder ziemlich verwirrt aus, sagte aber: »Klar.«

Er lächelte, seine Lippen waren von der Sonne aufgesprungen.

»Ich verlass' mich drauf. Weißt du noch, diese schönen Matisse-Drucke, die wir damals in Washington gesehen haben? Die halten auch nicht ewig!«

Ich mußte ihn eine halbe Minute lang ansehen, bevor ich verstand.

»Bis bald«, sagte ich.

»Heute abend, Patrick.«

Angie fuhr über die Brücke zurück, während ich den Stadtplan von St. Petersburg studierte, den wir an einer Tankstelle gekauft hatten.

»Also meint er, daß seine Fingerabdrücke ihn auffliegen lassen könnten?« fragte Angie.

»Ja. Er hat mir mal erzählt, daß er sich damals beim FBI eine falsche Identität aufgebaut hat. Ich nehme an, daß das dieser David Fischer war. Er hat einen Freund an der Datenbank für Fingerabdrücke in Quantico, deshalb sind seine Fingerabdrücke zweimal registriert.«

»Zweimal?«

»Ja, das ist zwar keine Lösung, aber es hilft fürs erste. Die Polizei vor Ort schickt seine Abdrücke nach Quantico, und sein Freund dort hat den Computer so programmiert, daß er die Abdrücke als die von David Fischer identifiziert. Aber nur ein paar Tage lang. Dann muß der Freund, um seinen Job zu retten, einen Rückzieher machen und sagen: ›Der Computer zeigt hier etwas Seltsames an. Diese Fingerabdrücke passen auch auf Jay Becker, der mal für uns gearbeitet hat.‹ Verstehst du, Jay wußte immer, daß ihm nichts anderes übrig bleiben würde, falls er mal Ärger bekommen sollte, als auf Kaution rauszukommen und abzuhauen.«

»Also leisten wir Beihilfe zur Flucht.«

»Nicht so, daß man es vor Gericht beweisen könnte«.

»Ist er es wert?«

Ich blickte sie an. »Ja.«

Wir fuhren nach St. Petersburg rein, und ich sagte: »Nenn mal ein paar Alben von Bob Dylan.«

»*Blonde on Blonde.*«

»Nein.«

»*Greatest Hits.*«

Ich schnitt eine Grimasse.

»Was denn?« Sie machte ein finsteres Gesicht. »Na gut. *Positively Fourth Street.*«

Ich sah auf den Stadtplan. »Du bist ein Schatz!«

Sie hielt ein unsichtbares Aufnahmegerät hoch. »Könnten Sie das bitte noch einmal ins Mikrofon sagen?«

Die Fourth Street in St. Petersburg war mindestens dreißig Kilometer lang und zog sich von einem Ende der Stadt zum anderen. Dazwischen lagen eine ganze Menge Schließfächer.

Aber nur ein Greyhound-Bahnhof.

Wir parkten, und Angie blieb im Auto sitzen, während ich in den Bahnhof ging, Schließfach Nummer zwölf suchte und die Zahlenkombination eingab. Es sprang schon beim ersten Versuch auf, und ich zog eine lederne Sporttasche hervor. Ich wog sie in der Hand, aber sie war nicht besonders schwer. Ich nahm an, daß sie voller Kleidung war, daher wollte ich mit dem Nachsehen warten, bis ich im Auto war. Dann machte ich das Schließfach zu, verließ den Bahnhof und setzte mich ins Auto.

Angie parkte aus, und wir fuhren durch eine Gegend, die offenbar ein Slum war – viele Leute lungerten in der Hitze auf den Veranden herum, verscheuchten Fliegen, Kinderbanden an jeder Straßenecke, die Hälfte der Straßenlaternen ausgetreten.

Ich stellte die Tasche auf meinen Schoß und machte den Reißverschluß auf. Ich starrte fast eine ganze Minute lang hinein.

»Fahr ein bißchen schneller«, sagte ich zu Angie.

»Warum?«

Ich zeigte ihr, was sich in der Tasche befand. »Weil hier mindestens zweihunderttausend Dollar drin sind.«

Sie trat aufs Gaspedal.

19

Mein Gott, Angie!« sagte Jay. »Als ich dich das letzte Mal gesehen habe, sahst du aus, als hätte Chrissie Hynde ein paar Modetips von Morticia Addams bekommen, und jetzt siehst du aus wie ein Hula-Hula-Mädchen.«

Der Gefängnisbeamte schob Jay ein Formular über den Tresen.

Angie antwortete: »Du wußtest schon immer, wie man sich bei Frauen einschmeichelt.«

Jay unterschrieb das Formular und gab es zurück. »Nein, ehrlich! Ich wußte nicht, daß weiße Frauen so braun werden können.«

»Ihre persönlichen Wertsachen!« Der Beamte leerte einen Umschlag auf dem Tresen aus.

»Vorsichtig!« rief Jay, als seine Armbanduhr auf den Tresen fiel. »Das ist eine Piaget!«

Der Beamte schnaubte. »Eine Armbanduhr. *Pi-a-jay.* Eine Geldklammer, Gold. Sechshundertfünfundsiebzig Dollar Bargeld. Ein Schlüsselbund. Achtunddreißig Cent in Münzen . . .«

Während der Beamte die restlichen Gegenstände abhakte und sie zu Jay hinüberschob, lehnte sich dieser an die Wand und gähnte. Seine Augen sprangen von Angies Gesicht zu ihren Beinen, dann wieder hoch über ihre abgeschnittenen Jeans und das gerippte Sweatshirt, dessen Ärmel bis zu den Ellenbogen gekürzt waren.

Sie sagte: »Soll ich mich umdrehen, damit du mich auch von hinten begutachten kannst?«

Er zuckte die Achseln. »Komme aus dem Knast, Ma'am, Sie müssen entschuldigen!«

Sie schüttelte den Kopf und sah zu Boden. Ihr Lächeln versteckte sie hinter dem Haar, das ihr ins Gesicht fiel.

Es war seltsam anzusehen, wie die beiden hier beieinander standen, wenn man wußte, was ich nun über ihre gemeinsame Vergangenheit gehört hatte. Jay bekam bei schönen Frauen immer diesen gewissen wölfischen Gesichtsausdruck, aber anstatt sich dadurch belästigt zu fühlen, fanden es viele Frauen harmlos und sogar ein wenig charmant, vielleicht auch nur, weil Jay dabei so ungeschickt und jungenhaft wirkte. Aber heute abend steckte mehr hinter seinem Gesichtsausdruck. Als Jay meine Kollegin betrachtete, lag in seinem Gesicht eine Melancholie, die ich noch nie zuvor gesehen hatte, eine Aura tiefer Müdigkeit und Resignation.

Auch sie schien es zu bemerken, denn ihre Lippen schürzten sich zu einem neugierigen Fragezeichen.

»Alles in Ordnung?« fragte sie ihn.

Jay stieß sich von der Wand ab. »Mit mir? Ja klar.«

»Mr. Merriam«, sagte der Beamte zu Jays Kautionsbürgen, »Sie müßten hier und dort mit unterschreiben.«

Mr. Merriam war ein Mann im mittleren Alter, der einen dreiteiligen Anzug in gebrochenem Weiß trug und versuchte, wie ein vornehmer Gentleman aus den Südstaaten zu wirken, obwohl ich bemerkte, daß sein Akzent Spuren von New Jersey aufwies.

»Herzlich gerne!« sagte er, und Jay verdrehte die Augen. Sie unterzeichneten die Papiere. Jay nahm seine Ringe und seine zerknautschte Seidenkrawatte an sich, ließ die Ringe in seine Tasche gleiten und band sich die Krawatte lose um den Kragen seines weißen Hemdes.

Dann gingen wir nach draußen und warteten in einer Parklücke darauf, daß ein Bulle Jays Auto bringen würde.

»Sie haben dich hierher fahren lassen?« fragte Angie.

Jay sog die feuchte Nachtluft ein. »Die sind echt zuvorkommend hier unten. Nachdem sie mich im Motel vernommen hatten, fragte mich dieser alte Cop, der so richtig höflich war, ob es mir etwas ausmachen würde, ihm für ein paar weitere

Fragen aufs Revier zu folgen. Er sagte sogar: ›Wenn Sie die Zeit dafür hätten, wären wir Ihnen sehr verbunden, Sir‹, aber er hat mich nicht wirklich gebeten, ihr wißt schon.«

Merriam drückte Jay eine Visitenkarte in die Hand. »Sir, wenn Sie jemals wieder meine Dienste in Anspruch nehmen wollen, es wäre . . .«

»Ja, danke!« Jay riß ihm die Karte aus der Hand und blickte auf die verschwommenen blauen Kreise, die um die gelben Laternen am Rande des Parkstreifens pulsierten.

Merriam schüttelte mir die Hand, dann Angie, und entfernte sich schließlich in Richtung seines offenen Karmann Ghia mit einer Beule in der Beifahrertür. Sein stelziger Gang ließ darauf schließen, daß er entweder an Verstopfung litt oder trank. Beim Ausparken würgte er das Auto einmal ab und hielt den Kopf voller Scham gesenkt, bis er den Wagen wieder zum Laufen brachte und auf die Hauptstraße fuhr.

Jay sagte: »Wenn ihr beiden nicht aufgetaucht wärt, hätte ich den zum Greyhound-Bahnhof schicken müssen. Könnt ihr euch das vorstellen?«

»Wenn du auf Kaution abhaust«, wandte Angie ein, »ist der arme Kerl dann nicht finanziell ruiniert?«

Er zündete sich eine Zigarette an und blickte Angie an. »Keine Sorge, Ange, ich habe alles vorbereitet.«

»Nur darum holen wir dich auch auf Kaution aus dem Knast, Jay.«

Er sah sie an, dann mich, und lachte. Es war ein kurzes, hartes Lachen, eher ein Bellen. »Mein Gott, Patrick, kommt sie dir ständig mit diesem Scheiß?«

»Du siehst schlecht aus, Jay. So schlecht hast du noch nie ausgesehen.«

Er reckte die Arme und ließ die Muskeln zwischen seinen Schulterblättern knacken. »Ach was, ich dusche gleich und schlafe mal richtig aus, dann fühl' ich mich wie neugeboren.«

»Erst mal gehen wir irgendwohin, wo wir reden können«, erklärte ich.

Er nickte. »Ihr seid ja nicht über zweitausend Kilometer geflogen, nur um euch in die Sonne zu legen, auch wenn ihr schön braun geworden seid. Wunderschön braun.« Er drehte sich um und blickte mit hochgezogenen Augenbrauen direkt auf Angies Körper. »Wirklich, ich meine, Angie, ich muß wirklich sagen, deine Haut, die sieht aus wie ein richtig guter Kaffee bei Dunkin' Donuts. Da möchte ich am liebsten . . .«

»Jay!« unterbrach sie ihn. »Hörst du jetzt endlich damit auf? Halt deinen Rand, verdammt noch mal!«

Er blinzelte und trat einen Schritt zurück. »Okay«, sagte er, plötzlich ganz cool. »Nein, wenn du recht hast, hast du recht. Du hast recht, Angela, absolut.«

Sie sah mich an, und ich zuckte mit den Schultern.

»Du hast vollkommen recht«, wiederholte er. »Wenn du recht hast, hast du recht.«

Ein schwarzer Mitsubishi 3000 GT kam um die Ecke, darin saßen zwei junge Polizisten. Sie lachten beim Näherkommen, und die Reifen rochen nach verbranntem Gummi.

»Netter Wagen«, sagte der Fahrer, als er neben Jay ausstieg.

»Gefällt er Ihnen?« antwortete Jay. »Läßt sich gut fahren?«

Der Mann kicherte, während er seinen Kollegen ansah. »Ließ sich klasse fahren, Mann!«

»Schön! Wurde das Lenken nicht etwas schwierig, als Sie sich einen runterholten?«

»Los!« sagte Angie zu Jay. »Steig ein!«

»War gut zu lenken«, gab der Bulle zurück.

Sein Kollege stand neben mir an der geöffneten Beifahrertür. »Die Radachsen haben allerdings etwas gewackelt, Bo.«

»Das stimmt«, sagte Bo und versperrte Jay weiterhin den Weg ins Auto. »Ich würde die Achsschenkelbolzen mal nachsehen lassen.«

»Guter Tip!« bedankte sich Jay.

Der Bulle lachte und trat zur Seite. »Fahren Sie vorsichtig, Mr. Fischer!«

»Denken Sie dran«, sagte sein Kollege. »Ein Auto ist kein Spielzeug.«

Sie lachten beide über den Witz und stiegen die Treppe zur Wache hoch.

Mir gefiel der Ausdruck in Jays Augen ebensowenig wie sein gesamtes Benehmen, seit er entlassen worden war. Er wirkte paradoxerweise verloren und entschlossen, ziellos und zielgerichtet zugleich, doch schien er etwas Boshaftes, Gehässiges im Sinn zu haben.

Ich nahm auf dem Beifahrersitz Platz. »Ich fahre mit dir.«

Er steckte den Kopf ins Auto. »Wär' mir lieber, wenn du mit Angie fährst.«

»Warum?« fragte ich. »Wir haben doch den gleichen Weg, oder, Jay? Wir wollen doch reden!«

Er schürzte die Lippen, atmete laut durch die Nase aus und sah mich mit seinem ausgebrannten Blick an. »Ja«, sagte er schließlich. »Klar. Warum nicht?«

Er stieg ein und ließ den Wagen an, während Angie zum Celica ging.

»Schnall dich an!« befahl er mir.

Ich gehorchte, und er legte den ersten Gang ein und stieg aufs Gas, schaltete einen Sekundenbruchteil später mit verkrampftem Handgelenk in den zweiten und schnell weiter in den dritten Gang. Wir nahmen die kleine Rampe, die vom Parkplatz herunterführte, und Jay schaltete in den vierten Gang, während die Räder noch in der Luft waren.

Er ging mit uns zu einem Lokal in Bradenton, in dem man die ganze Nacht essen konnte. Die Straßen in der Umgebung waren verlassen, nicht die Spur von menschlichem Leben, es schien, als sei kurz vor unserer Ankunft eine Neutronenbombe eingeschlagen. Die leeren dunklen Fensterscheiben in den vereinzelten Wolkenkratzern und klotzigen Sozialbauten rund um das Lokal starrten auf uns herab.

Drinnen saßen ein paar Menschen, anscheinend Nachteulen: ein Trio von Lkw-Fahrern am Tresen, die mit der Kellnerin flirteten, ein einsamer, zeitungslesender Wachmann, einen Aufnäher mit dem Schriftzug »Palmetto Optics« auf der Schulter, dessen einzige Begleitung eine Tasse Kaffee war, zwei Krankenschwestern in zerknitterter Tracht mit gesenkten, müden Stimmen zwei Sitzgruppen neben uns.

Wir bestellten zwei Kaffee, und Jay bestellte ein Bier. Einen Moment lang studierten wir die Speisekarte. Als uns die Kellnerin die Getränke servierte, bestellte jeder ein Sandwich, obwohl niemand von uns besonders hungrig war.

Jay steckte sich eine Zigarette zwischen die Lippen und starrte aus dem Fenster, als ein Donnerschlag ein Loch in den Himmel riß und es zu regnen begann. Es war kein leichter Regen, auch wurde er nicht langsam stärker. Zuerst war die Straße trocken und schimmerte schwach orange im Licht der Straßenlampen, und im nächsten Augenblick verschwand sie hinter einer Wand aus Wasser. Innerhalb von Sekunden bildeten sich auf dem Gehsteig brodelnde Pfützen, und der Regen hämmerte so laut auf das Blechdach des Lokals, als wenn mehrere Wagenladungen Zehncentstücke vom Himmel fielen.

»Wen hat Trevor mit euch hier runtergeschickt?« wollte Jay wissen.

»Graham Clifton«, antwortete ich. »Und da ist noch ein zweiter: Cushing.«

»Wissen sie, daß ihr mich aus dem Knast holen wolltet?«

Ich schüttelte den Kopf. »Wir haben sie ständig abgeschüttelt, seitdem wir hier sind.«

»Warum?«

»Gefallen mir nicht.«

Er nickte. »Haben die Zeitungen veröffentlicht, wie der Typ hieß, den ich angeblich gekillt habe?«

»Nicht, daß wir wüßten.«

Angie beugte sich über den Tisch und zündete ihm die Zigarette an. »Wer war es?«

Jay zog an der Zigarette, nahm sie aber nicht aus dem Mund. »Jeff Price.« Er schaute auf sein Spiegelbild im Fenster, während der Regen in Rinnsalen die Scheibe herunterlief und seine Gesichtszüge verwischte, seine Wangenknochen einschmolz.

»Jeff Price?« fragte ich. »Der ehemalige Supervisor von Trauer & Trost? Der Jeff Price?«

Nun nahm er die Zigarette aus dem Mund und aschte in den schwarzen Plastik-Aschenbecher. »Du hast deine Hausaufgaben gemacht, D'Artagnan.«

»Hast du ihn umgebracht?« fragte Angie.

Er nahm einen kleinen Schluck von seinem Bier und sah uns über den Tisch hinweg an, den Kopf leicht zur Seite geneigt, seine Augen glitten von rechts nach links. Noch einmal zog er an der Zigarette, wandte den Blick von uns ab und sah dem Qualm nach, der aus der Glut emporstieg und über Angies Schulter zog.

»Ja, ich habe ihn umgebracht.«

»Warum?« fragte ich.

»Weil er schlecht war«, erwiderte er. »Ein wirklich schlechter Mann.«

»Da draußen laufen 'ne Menge schlechter Männer herum«, gab Angie zurück, »auch schlechte Frauen.«

»Stimmt«, sagte er. »Stimmt vollkommen. Aber Jeff Price? Dieses Arschloch hätte einen viel quälenderen Tod verdient gehabt. Das garantiere ich euch.« Jetzt nahm er einen großen Schluck von seinem Bier. »Er mußte dafür bezahlen. Er mußte.«

»Wofür zahlen?« fragte Angie.

Er führte die Bierflasche an die zitternden Lippen. Als er die Flasche wieder abstellte, zitterte seine Hand ebenfalls.

»Wofür zahlen, Jay?« wiederholte Angie.

Jay sah wieder aus dem Fenster, während der Regen immer noch auf das Dach klapperte und auf die Pfützen platschte. Die dunklen Ränder unter seinen Augen röteten sich.

»Jeff Price hat Desiree Stone umgebracht«, sagte er, und eine Träne lief ihm die Wange herunter.

Einen Moment lang fühlte ich einen tiefen Schmerz mitten in der Brust, der in den Magen ausstrahlte.

»Wann?« fragte ich.

»Vor zwei Tagen.« Er wischte sich mit dem Handrücken über die Wange.

»Warte mal!« meinte Angie. »Sie war die ganze Zeit bei Price, und dann glaubte er vor zwei Tagen, sie plötzlich töten zu müssen?«

Er schüttelte den Kopf. »Sie war nicht die ganze Zeit bei Price. Sie hat ihn vor drei Wochen verlassen. Die letzten beiden Wochen«, sagte er sanft, »war sie bei mir.«

»Bei dir?«

Jay nickte, atmete tief ein und zwinkerte gegen die Tränen in seinen Augen an.

Die Kellnerin brachte unser Essen, doch wir warfen nicht einmal einen Blick darauf.

»Bei dir?« wiederholte Angie. »So richtig . . .?«

Jay lächelte sie bitter an. »Ja. Bei mir. So richtig. Desiree und ich hatten uns wohl ineinander verliebt.« Er gluckste in sich hinein, doch der Ton entrann seinem Mund nur zur Hälfte; die andere Hälfte schien ihm die Kehle abzuschnüren. »Komisch, oder? Ich komme hier runter, weil ich sie umbringen soll, und verliebe mich schließlich in sie.«

»Was?« rief ich. »Umbringen?«

Er nickte.

»In wessen Auftrag?«

Er sah mich an, als sei ich zurückgeblieben. »Was glaubst du denn?«

»Keine Ahnung, Jay. Darum frage ich doch.«

»Wer hat euch denn beauftragt?«

»Trevor Stone.«

Er sah uns so lange an, bis wir verstanden hatten.

»Allmächtiger Gott!« stieß Angie aus und schlug mit der Faust so heftig auf den Tisch, daß sich die drei Lkw-Fahrer nach uns umdrehten.

»Schön, daß ich euch beide auf dem laufenden halten kann«, sagte Jay.

20

In den nächsten Minuten sprach keiner von uns. Wir saßen in unserer Sitzecke und aßen unsere Sandwiches, während der Regen gegen die Scheiben prasselte und der Wind die Palmen auf dem Boulevard bog.

Nichts, dachte ich, während ich mein Sandwich kaute, ohne irgend etwas zu schmecken, war noch so, wie es vor einer Viertelstunde gewesen war. Angie hatte recht gehabt: Schwarz war weiß, oben war unten.

Desiree war tot. Jeff Price war tot. Trevor Stone hatte Jay nicht beauftragt, seine Tochter zu finden, sondern sie zu töten.

Trevor Stone. Allmächtiger Gott.

Wir hatten diesen Fall aus zwei Gründen angenommen: Gier und Mitleid. Das erste Motiv war nicht gerade ehrenwert. Aber fünfzigtausend Dollar sind eine Menge Geld, besonders wenn man seit einigen Monaten nicht gearbeitet hat und der Beruf, den man sich ausgesucht hat, nicht gerade für seine großartigen Löhne bekannt ist.

Aber trotzdem war es Gier. Und wenn man einen Job nur annimmt, weil man gierig ist, darf man sich nicht zu sehr aufregen, wenn sich der Auftraggeber als Lügner herausstellt. Ein Esel schilt den anderen ein Langohr und so weiter.

Doch Gier war nicht unser alleiniges Motiv gewesen. Wir hatten diesen Fall auch angenommen, weil Angie Trevor Stone instinktiv zu verstehen schien, so wie ein Trauernder einen anderen erkennt. Sein Schmerz hatte sie berührt. Mich auch. Und all meine unterschwelligen Zweifel waren verschwunden, als Trevor Stone uns den Altar zeigte, den er zu Ehren seiner verlorenen Tochter errichtet hatte.

Aber es war gar kein Altar gewesen.

Er hatte sich nicht mit Fotos von Desiree umgeben, weil er

sich versichern mußte, daß sie noch lebte. Er hatte das Zimmer mit den Abbildern seiner Tochter gefüllt, damit sich sein Blut an seinem Haß nähren konnte.

Wieder einmal veränderte sich meine Sicht der ganzen Ereignisse, wandelte sich um, erfand sich neu, bis ich mir ausgesprochen dumm vorkam, jemals meinen Instinkten getraut zu haben.

Was für ein Fall.

»Anthony Lisardo«, sagte ich schließlich zu Jay.

Er kaute an seinem Sandwich. »Was ist mit ihm?«

»Was ist mit ihm passiert?«

»Trevor hat ihn erledigt.«

»Wie?«

»Er hat eine Schachtel Zigaretten mit Kokain versetzt, sie einem Freund von Lisardo gegeben, wie hieß er noch mal? Donald Yeager – und Yeager ließ die Schachtel in der Nacht im Auto, als sie schwimmen gingen.«

»Was?« fragte Angie. »War das Kokain mit Strychnin versetzt oder so?«

Jay schüttelte den Kopf. »Lisardo reagierte allergisch auf Kokain. Er war einmal auf einer College-Party zusammengebrochen, als er noch mit Desiree ging. Das war sein erster Herzanfall. Und das war auch das erste und letzte Mal, daß er dumm genug war, Koks zu probieren. Trevor wußte davon, präparierte seine Zigaretten, der Rest ist Geschichte.«

»Warum?«

»Warum Trevor Lisardo umgebracht hat?

»Ja!«

Er zuckte die Schultern. »Der Mann hatte Probleme damit, seine Tochter mit anderen zu teilen, versteht ihr?«

»Aber dann hat er dich beauftragt, sie zu töten?« fragte Angie.

»Ja.«

»Noch mal«, sagte Angie. »Warum?«

»Ich weiß es nicht.« Er blickte auf den Tisch.

»Du weißt es nicht?« fragte Angie.

Seine Augen wurden groß. »Ich weiß es nicht. Was ist so . . .«

»Sie hat es dir nicht gesagt, Jay? Ich meine, du warst in den letzten Wochen mit ihr zusammen. Hatte sie nicht irgendeine Vermutung, warum ihr eigener Vater sie lieber – keine Ahnung – tot sehen wollte?«

Seine Stimme war laut und bestimmt. »Und wenn, Ange, dann wollte sie nicht darüber reden, und jetzt ist sie nicht mehr in der Lage dazu.«

»Das tut mir wirklich leid«, gab Angie zurück. »Aber um zu glauben, daß er seine eigene Tochter umbringen wollte, müßte ich etwas mehr Sinn in Trevors Motiven erkennen.«

»Was zum Teufel weiß ich?« zischte Jay. »Weil er verrückt ist. Er ist vollkommen abgedreht, der Krebs frißt schon an seinem Gehirn. Keine Ahnung. Aber er wollte, daß sie tot ist.« Er zerkrümelte eine Zigarette in seiner Handfläche. »Und das ist sie jetzt. Ob durch seine Hand oder nicht, sie ist weg. Und er wird dafür bezahlen.«

»Jay«, mahnte ich sanft. »Zurück zum Anfang. Du bist zu diesem Wochenendseminar von Trauer & Trost auf Nantukket gefahren, und dann bist du verschwunden. Was passierte in der Zwischenzeit?«

Er sah Angie noch ein paar Sekunden lang böse an und blickte dann weg. Er wandte sich mir zu.

Ich zog ein paarmal meine Augenbrauen hoch.

Er grinste, es war sein altes Lächeln, sein altes Ich für einen Moment. Er blickte sich im Lokal um, grinste eine von den Krankenschwestern dämlich an und blickte dann wieder auf uns.

»Kommt zu mir, Kinder!« Er befreite seine Hände von den Krümeln und lehnte sich im Stuhl zurück. »Vor langer Zeit, in einer weit, weit entfernten Galaxie . . .«

21

Das Wochenendsemiar von Trauer & Trost für Stufe fünf wurde in einem Haus im Tudorstil abgehalten, das neun Schlafzimmer besaß und auf einer Klippe über dem Golf von Nantucket stand. Am ersten Tag wurden alle Teilnehmer auf Stufe fünf ermuntert, an einer Gruppenreinigungssitzung teilzunehmen, in der man versuchen wollte, durch tiefgehende Gespräche über die eigene Person und die Gründe für die Teilnahme an diesem Wochenende nach und nach die negative Aura abzulegen (oder die geistige Blutvergiftung, wie Trauer & Trost es nannte).

Bei dieser Sitzung entlarvte Jay alias David Fischer sofort die erste Trauernde im »Purgatorium« als Schwindlerin. Lila Cahn war Anfang dreißig und hübsch, sie hatte den sehnigen Körper eines Aerobic-Junkies. Sie behauptete, die Freundin eines unbedeutenden Drogenkuriers in einer mexikanischen Stadt namens Catize, südlich von Guadalajara, gewesen zu sein. Ihr Freund hatte das örtliche Konsortium der Drogenbarone betrogen, die sich daraufhin gerächt hatten, indem sie Lila und ihren Freund am hellichten Tag auf der Straße entführten. Die beiden wurden von einer Gruppe von fünf Männern in den Keller einer Bodega geschleppt, wo Lilas Freund durch einen Schuß in den Hinterkopf getötet wurde. Die fünf Männer vergewaltigten Lila sechs Stunden lang, eine Erfahrung, die sie der Gruppe bis ins kleinste Detail beschrieb. Man ließ sie als Warnung für alle anderen Gringas am Leben, die vielleicht nach Catize kommen wollten und sich mit den falschen Männern einließen.

Als Lila ihren Bericht beendet hatte, nahmen die Berater sie in den Arm und lobten sie für ihren Mut, diese furchtbare Geschichte offen erzählt zu haben.

»Das Problem war nur«, eröffnete uns Jay im Lokal, »die Geschichte war vollkommener Schwachsinn.«

Ende der achtziger Jahre gehörte Jay zu einem mobilen Einsatzkommando der Drogenabteilung des FBI, das infolge des Mordes an dem FBI-Agenten Kiki Camarena nach Mexiko ging. Offiziell ging es lediglich darum, Informationen zu beschaffen, doch der eigentliche Job von Jay und seinen Kollegen war es, die mexikanischen Drogenbarone einzuschüchtern, Namen zu sammeln und sicherzustellen, daß sie eher ihre eigenen Kinder erschossen, bevor sie noch einmal auf die Idee kämen, einen amerikanischen Agenten kaltzumachen.

»Ich war drei Wochen lang in Catize«, sagte er. »in der ganzen Stadt gibt es keinen einzigen Keller. Der Boden ist zu weich, weil die Stadt auf Sumpfland gebaut ist. Der Freund, der in den Hinterkopf geschossen wird? Blödsinn. So was macht die amerikanische Mafia, aber nicht die mexikanische. Wenn du da unten einen Drogenboß abzockst, stirbst du nur auf eine einzige Art: durch die kolumbianische Krawatte. Sie schneiden dir den Hals auf, ziehen deine Zunge durch das Loch nach draußen und werfen deine Leiche vom fahrenden Auto auf den Dorfplatz. Und keine mexikanische Gang vergewaltigt eine Frau sechs Stunden lang und läßt sie dann laufen als Warnung für andere Gringas. Warnung wofür? Hätten sie jemanden warnen wollen, hätten sie sie in Stücke geschnitten und per Luftpost zurück in die Staaten geschickt.«

Da er nun nach Lügen und Ungereimtheiten suchte, entdeckte Jay vier weitere Teilnehmer, die angeblich auf Stufe fünf waren, deren Geschichten aber ganz und gar nicht wasserdicht waren. Es handelte sich dabei, so fand er während der folgenden Seminartage heraus, um eine typische Vorgehensweise von Trauer & Trost: Die Schwindler wurden in Gruppen von wirklich leidgeprüften Menschen gesetzt, da interne Studien gezeigt hatten, daß sich ein Patient eher einem »Leidensgenossen« anvertraute als einem Berater.

Und was Jay am meisten aufregte, war, die erlogenen Geschichten zusammen mit den wahren zu hören: die einer Mutter, die ihre kleinen Zwillinge bei einem Brand verloren hatte; die eines fünfundzwanzigjährigen Mannes mit inoperablem Gehirntumor; die einer Frau, die von ihrem Ehemann nach zwanzig Jahren Ehe und sechs Tage nach einer Brustamputation wegen seiner neunzehnjährigen Sekretärin verlassen worden war.

»Das waren wirklich am Boden zerstörte Leute«, erzählte uns Jay, »die nach einem Grund zum Leben suchten, nach Hoffnung. Und diese Schweine von Trauer & Trost nickten und säuselten und bohrten nach jedem schmutzigen Geheimnis und jeder noch so kleinen finanziellen Information, nur damit sie die Patienten später erpressen und ihrer Kirche ausliefern konnten.«

Wenn Jay wütend wurde, war er normalerweise ganz ruhig.

Zum Ende des ersten Abends hin merkte er, daß Lila ihn ständig ansah und ihn schüchtern anlächelte. Am nächsten Abend ging er in ihr Zimmer, und ganz anders als eine Frau, die vor weniger als einem Jahr von mehreren Männern vergewaltigt worden war, war Lila im Bett fröhlich, ungehemmt und ziemlich einfallsreich.

»Sie wäre für jedes Blasorchester eine Zierde gewesen!« sagte Jay zu mir.

»Jay!« mahnte Angie.

»Oh!« sagte er. »Sorry!«

Fünf heiße Stunden lang hatten die beiden Sex in Lilas Zimmer. In den Pausen zwischen den Nummern versuchte sie ihm Informationen über seine Vergangenheit, seine finanzielle Situation und seine Zukunft zu entlocken.

»Lila«, flüsterte Jay ihr während der letzten Nummer in jener Nacht ins Ohr, »in Catize gibt es keine Keller.«

Er verhörte sie mehr als zwei Stunden, wobei er sie davon überzeugte, daß er ein ehemaliger Killer der Gambino-Familie aus New York sei, der nun mal eine Weile kürzertreten und die Methoden von Trauer & Trost erforschen wollte, bevor er selbst bei dem Schwindel mitmischte.

Lila, die sich, wie Jay richtig vermutet hatte, von gefährlichen Männern angezogen fühlte, war gar nicht mehr so versessen auf ihre Position bei Trauer & Trost oder der Kirche. Sie erzählte Jay die Geschichte von ihrem ehemaligen Liebhaber Jeff Price, der über zwei Millionen Dollar aus den Beständen von Trauer & Trost gestohlen hatte. Nachdem er ihr versprochen hatte, sie mitzunehmen, ließ Price sie sitzen und verschwand mit dieser »Hexe Desiree«, wie Lila sich ausdrückte.

»Aber Lila«, wandte Jay ein, »du weißt doch, wo Price hin ist, oder?«

Sie wußte es, wollte es aber nicht sagen.

Doch dann machte Jay ihr klar, daß er, wenn sie ihm nicht den Aufenthaltsort von Price verriet, dafür sorgen würde, daß die anderen Botschafter von ihrer Verwicklung in die Sache mit Price erfuhren.

»Das tust du nicht«, versuchte sie zu trumpfen.

»Wollen wir wetten?«

»Was bekomme ich, wenn ich's dir sage?« pokerte sie.

»Exakt fünfzehn Prozent von dem, was ich Price abnehme.«

»Und woher weiß ich, daß du das auch bezahlst?«

»Weil du mich verpfeifen wirst, wenn ich's nicht tue.«

Sie dachte darüber nach und sagte schließlich: »Einverstanden.«

Es war die Heimatstadt von Jeff Price, wo er plante, aus den zwei Millionen durch ein Drogengeschäft mit alten Freunden, die Heroin-Verbindungen nach Thailand hatten, zehn Millionen zu machen.

Am Morgen verließ Jay die Insel und gab Lila noch einen letzten Ratschlag: »Halt dicht, bis ich zurück bin, dann bekommst du einen schönen Batzen Kleingeld. Wenn du aber versuchst, Price vor mir zu warnen, dann mache ich weitaus schlimmere Sachen mit dir, als irgendwelche fünf Mexikaner tun könnten.«

»Also bin ich von Nantucket zurückgefahren und habe Trevor angerufen.«

Anders als Trevor uns oder Hamlyn & Kohl erzählt hatte, schickte er Jay einen Wagen, und der Flummi fuhr ihn zum Haus nach Marblehead zurück.

Trevor lobte Jay für seine fleißige Arbeit, stieß mit ihm mit seinem Single Malt an und fragte Jay, was er über Hamlyn & Kohls Versuch dachte, ihm den Fall zu entziehen.

»Das muß doch ein fürchterlicher Schlag für Ihr Selbstbewußtsein sein, für einen Mann mit Ihren Fähigkeiten.«

Das war es auch, gab Jay zu. Sobald er Desiree gefunden hätte und sie sicher zurückbrachte, wollte er sich selbständig machen.

»Wie wollen Sie das denn anstellen?« fragte Trevor. »Sie sind pleite.«

Jay schüttelte den Kopf. »Da irren Sie sich.«

»Wirklich?« bezweifelte Trevor. Und er erklärte Jay genau, was Adam Kohl mit seiner betrieblichen Altersvorsorge, seinen Kommunalobligationen und seinen Aktienfonds gemacht hatte, die Jay ihm blind anvertraut hatte. »Ihr Mr. Kohl hat in großem Umfang investiert, und ich darf am Rande hinzufügen, in Aktien, die ich ihm vor kurzem empfohlen habe. Leider entwickelten sich diese Aktien nicht so gut wie erwartet. Und dann gibt es ja noch Mr. Kohls schreckliche und gut dokumentierte Spielsucht.«

Jay saß wie betäubt da, während ihm Trevor Stone lang und breit ausführte, wie Adam Kohl mit den Aktien und Dividenden der Hamlyn & Kohl-Angestellten Alles oder Nichts spielte.

»Tatsächlich«, sagte Trevor, »brauchen Sie sich gar nicht mehr um eine Kündigung zu sorgen, da Hamlyn & Kohl innerhalb von sechs Wochen ein Konkursverfahren am Hals haben wird.«

»Sie haben sie ruiniert«, bemerkte Jay.

»Wirklich?« Trevor schob seinen Rollstuhl zu Jay hinüber. »Ganz sicher nicht. Ihr guter Mr. Kohl hat sich übernommen, wie er es schon seit Jahren tut. Diesmal jedoch hat er zuviel auf eine Karte gesetzt, auf eine Karte, das muß ich gestehen, die ich ihm empfahl, aber ganz ohne böse Absicht.« Er legte Jay die Hand auf die Schulter. »Mehrere dieser Investitionen laufen auf Ihren Namen, Mr. Becker. Fünfundsiebzigtausendsechshundertvierundvierzig Dollar und zwölf Cent, um genau zu sein.«

Trevor strich mit der Hand über Jays Nacken. »Also reden wir jetzt einmal Klartext, oder?«

»Er hatte mich«, erzählte Jay uns. »Und es waren nicht nur die Schulden. Ich war wie gelähmt, als mir klar wurde, daß Adam und vielleicht auch Everett mich betrogen hatten.«

»Hast du mit ihnen geredet?« fragte Angie.

Er nickte. »Ich habe Everett angerufen, und er bestätigte es. Er sagte, er hätte es selbst nicht gewußt. Ich meine, er wußte, daß Kohl ein Spieler war, aber er hätte nie gedacht, daß er sich so weit erniedrigen würde, eine dreiundfünfzig Jahre alte Firma innerhalb von vielleicht sieben Wochen praktisch auszulöschen. Kohl war auf Trevor Stones Rat hin sogar an die Pensionsgelder gegangen. Everett war erschüttert. Du weißt doch, wieviel er von Ehre hält, Patrick.«

Ich nickte und erinnerte mich daran, wie Everett Angie und mir vom Niedergang der Ehre erzählt hatte und wie schwer es geworden war, zwischen lauter unehrenhaften ein ehrenwerter Mensch zu bleiben. Wie er aus dem Fenster geschaut hatte, als sei es das letzte Mal, daß er diesen Ausblick genoß.

»Also«, schloß Jay, »habe ich zu Trevor Stone gesagt, ich täte alles, was er wolle. Und er gab mir zweihundertdreißigtausend Dollar, damit ich Jeff Price und Desiree umbringe.«

»Ich stecke hinter mehr Dingen, als Sie sich vorstellen können«, hatte Trevor Stone in jener Nacht zu Jay gesagt. »Ich besitze Handelsgesellschaften, Reedereien und mehr Grundeigentum, als man an einem Tag auflisten kann. Ich besitze Richter, Polizisten, Politiker, in einigen Ländern ganze Regierungen, und jetzt besitze ich Sie.« Seine Hand spannte sich über Jays Nacken. »Und wenn Sie mich betrügen, überwinde ich jeden Ozean, den Sie versuchen, zwischen uns zu setzen, reiße Ihnen das Zäpfchen aus dem Hals und stopfe es durch das Loch in Ihrem Penis.«

Also fuhr Jay nach Florida.

Er hatte keine Ahnung, was er tun würde, wenn er Desiree oder Jeff Price fände, er wußte nur, daß er niemanden kaltblütig umbringen würde. Das hatte er damals in Mexiko einmal getan, und die Erinnerung an den Ausdruck in den Augen jenes Drogenbosses, bevor Jay ihm das Herz über das Seidenhemd pustete, hatte ihn so unbarmherzig verfolgt, daß er den Dienst einen Monat später quittierte.

Lila hatte ihm von einem Hotel in Clearwater erzählt, dem Ambassador, von dem Price wegen seiner Wasserbetten und großen Auswahl an Pornofilmen, die über das Satellitenfernsehen zu empfangen waren, oft geschwärmt hatte.

Jay fand das ziemlich weit hergeholt, doch Price stellte sich als dümmer heraus, als Jay angenommen hatte, und kam zwei Stunden, nachdem Jay den Ort ausgespäht hatte, aus der Eingangstür. Jay folgte Price den ganzen Tag, während dieser sich mit seinen Kumpeln von der Thailand-Connection traf, sich in einer Bar in Largo betrank und später eine Nutte mit aufs Zimmer nahm.

Am nächsten Tag brach Jay, während Price unterwegs war, in dessen Zimmer ein, fand aber keine Spur von dem Geld oder von Desiree.

Eines Morgens sah Jay Price das Hotel verlassen und wollte

sein Zimmer gerade zum zweiten Mal filzen, als er das Gefühl hatte, beobachtet zu werden.

Er wandte sich in seinem Autositz um und stellte das Fernglas scharf, schwenkte die gesamte Straße hinunter, bis er durch das Fernglas in ein anderes blickte, das ihn aus einem Auto zwei Straßenblocks hinter ihm beobachtete.

»So habe ich Desiree kennengelernt«, erzählte er uns. »Jeder von uns beobachtete den anderen durchs Fernglas.«

Zu der Zeit hatte er sich sogar schon gefragt, ob sie jemals wirklich existiert hatte. Er träumte ständig von ihr, starrte stundenlang auf ihre Fotos, glaubte zu wissen, wie sie roch, wie sie lachte, wie sich ihre nackten Beine an seine gepreßt anfühlten. Und je deutlicher er sie in Gedanken vor sich sah, desto mehr wurde sie zu einem Mythos – die gequälte, poetische, tragische Schönheit, die im nebligen, regnerischen Herbst in den Parks von Boston saß und auf ihre Errettung wartete.

Und dann stand sie eines Tages vor ihm.

Sie fuhr nicht davon, als er aus dem Wagen stieg und auf sie zuging. Sie tat nicht so, als handele es sich um ein Mißverständnis. Sie blickte ihm ruhig und fest entgegen, und als er zu ihrem Auto ging, öffnete sie die Tür und stieg aus.

»Sind Sie von der Polizei?« fragte sie.

Er schüttelte den Kopf, unfähig zu sprechen.

Sie trug ein ausgewaschenes T-Shirt und Jeans, die aussahen, als hätte sie darin geschlafen. Sie war barfuß, ihre Sandalen lagen auf der Fußmatte des Autos, und er merkte, daß er sich Sorgen machte, sie könnte sich die Füße an irgendwelchem Glas oder Steinen aufschneiden, die auf der Straße herumlagen.

»Sind Sie vielleicht ein Privatdetektiv?«

Er nickte.

»Ein stummer Privatdetektiv?« fragte sie mit einem scheuen Lächeln.

Und er lachte.

22

Mein Vater«, erzählte Desiree Jay zwei Tage später, als sie einander langsam vertrauten, »besitzt Menschen. Das ist sein Lebenssinn. Er besitzt Geschäfte und Häuser und Autos und was man sich sonst noch vorstellen kann, aber sein Lebenssinn besteht eigentlich darin, Menschen zu besitzen.«

»Das wird mir langsam auch klar«, antwortete Jay.

»Er besaß meine Mutter. Buchstäblich. Sie war gebürtig aus Guatemala. Er ging in den fünfziger Jahren runter, weil seine Firma den Bau eines Dammes finanzierte, und kaufte sie ihren Eltern für weniger als hundert amerikanische Dollar ab. Sie war damals vierzehn Jahre alt.«

»Schön«, bemerkte Jay. »Richtig schön scheiße.«

Desiree hatte sich in einer alten Fischerhütte auf Longboat Key versteckt, die sie zu einem exorbitanten Preis gemietet hatte, bis sie ihre Chancen etwas klarer sah. Jay hatte auf der Couch geschlafen, und eines Nachts wachte er auf, weil Desiree schreiend aus einem Alptraum erwacht war. Es war drei Uhr morgens, und sie gingen nach draußen an den kühlen Strand. Sie waren zu durcheinander, um zu schlafen.

Sie trug nur ein Sweatshirt, das er ihr gegeben hatte, einen schäbigen blauen Fetzen aus seinen Studententagen, vorne waren in Weiß die Buchstaben LSU aufgeprägt, doch der Schriftzug war im Laufe der Jahre abgebröckelt. Sie hatte kein Geld mehr, hatte Angst, ihre Kreditkarten zu benutzen, weil ihr Vater es bemerken und jemand Neuen schicken könnte, um sie zu töten. Jay saß neben ihr im kühlen hellen Sand, während die Brandung weiß aus einer dunklen Wand heranrauschte, und er merkte, daß er ihre Hände anstarrte, die sie unter ihren Oberschenkeln gefaltet hatte, daß er die Stelle anstarrte, wo ihre Zehen im weißen Sand versanken, den Schein des Mondes, der auf ihrem Haar glänzte.

Und zum ersten Mal in seinem Leben verliebte sich Jay.

Desiree wandte den Kopf und sah ihm in die Augen. »Du bringst mich doch nicht um?«

»Nein. Nie und nimmer.«

»Und du willst auch nicht mein Geld?«

»Du hast ja gar keins«, gab Jay zurück, und beide lachten.

»Alle, die ich mag, sterben«, bemerkte sie.

»Ich weiß«, antwortete Jay. »Du hast sehr viel Pech gehabt.«

Sie lachte, aber es klang zugleich verbittert und ängstlich. »Oder betrügen mich wie Jeff Price.«

Er berühte ihren Oberschenkel kurz unter dem Saum des Sweatshirts. Er erwartete, daß sie seine Hand zurückwies. Und als sie das nicht tat, wartete er darauf, daß sie ihre Hand auf seine legen würde. Er wartete, daß die Brandung ihm etwas zuflüsterte, damit er wußte, was er sagen sollte.

»Ich werde nicht sterben«, sagte er und räusperte sich. »Und ich werde dich nicht betrügen. Denn wenn ich dich betrüge«, und dessen war er sich so sicher wie noch nie einer Sache zuvor, »dann werde ich ganz bestimmt sterben.«

Und sie lächelte ihn an, ihre Zähne weiß wie Elfenbein in der Nacht.

Dann streifte sie das Sweatshirt ab und kam zu ihm, braun und wunderschön und zitternd vor Angst.

»Als ich vierzehn war«, erzählte sie Jay in der Nacht, als sie nebeneinander lagen, »sah ich genauso aus wie meine Mutter damals. Und mein Vater bemerkte es.«

»Und benahm sich dementsprechend?« fragte Jay.

»Was glaubst du denn?«

»Hat Trevor euch auch seine Rede über Trauer gehalten?« fragte uns Jay, während die Kellnerin noch zwei Kaffee und ein Bier brachte. »Daß Trauer sich ins Fleisch frißt?«

»Ja«, sagte Angie.

Jay nickte. »Hat er mir auch erzählt, als er mich anheuerte.« Er streckte seine Hände über dem Tisch aus und drehte die Handflächen nach oben und unten. »Trauer frißt sich nicht ins Fleisch«, korrigierte er. »Trauer, das sind meine Hände.«

»Deine Hände«, wiederholte Angie.

»Ich kann ihren Körper darin spüren«, sagte er. »Immer noch. Und ihr Geruch!« Er tippte sich auf die Nase. »Mein Gott! Der Geruch von Sand auf ihrer Haut und das Salz in der Luft, das durch die Bretter in die Fischerhütte drang. Trauer, das schwöre ich bei Gott, hat ihren Sitz nicht im Herzen. Sie steckt in den Sinnen. Und manchmal möchte ich mir die Nase abschneiden, damit ich sie nicht mehr riechen kann, möchte mir meine Finger abhacken.«

Er blickte uns an, als würde ihm plötzlich klar, daß wir auch noch da waren.

»Du blöder Kerl«, sagte Angie mit Tränen auf den Wangen, und ihre Stimme zitterte.

»Scheiße«, sagte Jay. »Hab' ich vergessen. Phil. Tut mir leid, Angie.«

Sie schob seine Hand weg und wischte sich das Gesicht mit einer Serviette ab.

»Wirklich, Angie, ich . . .«

Sie schüttelte den Kopf. »Es ist nur manchmal, dann höre ich seine Stimme, und sie klingt so deutlich, daß ich schwören könnte, er sitzt neben mir. Und den Rest des Tages höre ich nichts anderes mehr. Nichts anderes.«

Ich hütete mich, jetzt nach ihrer Hand zu greifen, aber überraschenderweise faßte sie nach meiner.

Ich drückte sie fest, und sie lehnte sich an mich.

Das also fühltest du mit Desiree, wollte ich zu Jay sagen.

Es war Jay, der die Idee hatte, Jeff Price das von Trauer & Trost gestohlene Geld abzunehmen.

Trevor Stone hatte Drohungen ausgestoßen, und Jay glaubte ihm, aber er wußte auch, daß Trevor nicht mehr lange zu leben hatte. Mit zweihunderttausend Dollar konnten sich Jay und Desiree wahrscheinlich nicht gut genug verstecken, um Trevor in den nächsten sechs Monaten zu entkommen.

Aber mit über zwei Millionen konnten sie sechs Jahre lang vor ihm flüchten.

Desiree wollte nichts damit zu tun haben. Sie erzählte Jay, daß Price versucht habe, sie umzubringen, als sie die Sache mit dem gestohlenen Geld herausfand. Sie hatte nur überlebt, weil sie ihm einen Feuerlöscher über den Kopf gezogen hatte, und war dann derart Hals über Kopf aus dem Hotelzimmer im Ambassador gestürmt, daß sie all ihre Kleidungsstücke zurücklassen mußte.

Jay wandte ein: »Aber, Schatz, du warst doch schon wieder auf seiner Fährte, als wir uns trafen.«

»Weil ich verzweifelt war. Und allein. Jetzt bin ich nicht mehr verzweifelt, Jay. Und nicht mehr allein. Und du hast zweihunderttausend Dollar. Damit können wir fliehen.«

»Aber wohin?« fragte Jay. »Er wird uns finden. Es kommt nicht nur darauf an zu fliehen. Wir könnten nach Guayana fliehen. Wir könnten sogar in den Osten fliehen, aber dann haben wir nicht mehr genug Geld übrig, um Leute zu kaufen, damit sie unsere Spur verwischen, wenn Trevor uns weitere Schnüffler hinterherschickt.«

»Jay!« beschwor sie ihn. »Er liegt im Sterben. Wie viele Leute soll er noch schicken? Du hast mehr als drei Wochen gebraucht, um mich zu finden, und ich habe Spuren hinterlassen, weil ich nicht wußte, ob mir jemand folgen würde.«

»*Ich* habe Spuren hinterlassen«, sagte er. »Und es wird ein großes Stück leichter sein, uns beide zu finden, als dich alleine. Ich habe Berichte zurückgelassen, und dein Vater weiß, daß ich in Florida bin.«

»Es geht nur ums Geld«, sagte sie mit leiser Stimme und

wich seinem Blick aus. »Das verdammte Geld, als ob es nichts anderes gibt auf der Welt. Als ob es mehr wäre als Papier.«

»Es ist mehr als Papier«, erwiderte Jay. »Es ist Macht. Und Macht bewegt etwas und kann Dinge verstecken und schafft Möglichkeiten. Und wenn wir diesen Kotzbrocken Price nicht erledigen, dann tut es jemand anders, denn er ist dumm.«

»Und gefährlich«, ergänzte Desiree. »Er ist gefährlich. Hast du das nicht kapiert? Er hat Menschen umgebracht! Das weiß ich.«

»Das habe ich auch«, entgegnete Jay, »das habe ich auch.«

Aber er konnte sie nicht überzeugen.

»Sie war dreiundzwanzig«, erzählte er uns. »Versteht ihr? Ein Kind. Ich vergaß das oft, aber sie sah die Welt mit den Augen eines Kindes, selbst nach dem ganzen Mist, den sie mitgemacht hatte. Sie dachte immer, daß sich alles irgendwie zum Guten wenden würde, ganz von selbst. Sie war überzeugt, daß die Welt für sie irgendwo ein Happy-End bereithielt. Und sie wollte nichts mit dem Geld zu tun haben, das diesen ganzen Ärger überhaupt verursacht hatte.«

Also verfolgte Jay Price erneut. Doch soweit Jay es beurteilen konnte, kam Price nie in die Nähe des Geldes. Er traf sich mit seinen Dealer-Kumpeln, und Jay verwanzte das Zimmer von Price und bekam heraus, daß sich alle um ein Boot sorgten, das vor der Küste der Bahamas verschwunden war.

»Das Boot, das letztens versunken ist?« fragte Angie. »Von dem das ganze Heroin an den Stränden stammt?«

Jay nickte.

Also machte sich Price nun Sorgen, doch soweit Jay es beurteilen konnte, kam er nie in die Nähe des Geldes.

Während Jay unterwegs war und Price verfolgte, las Desiree. Die tropische Umgebung, hatte Jay festgestellt, hatte sie auf den Geschmack für die magischen Realisten und die Sensualisten gebracht, die ihm selbst auch immer am besten gefallen hatten, und wenn er nach Hause kam, war sie vertieft in Toni Morrison oder Borges, García Márquez oder Isabelle Allende oder in die Gedichte von Neruda. Dann bereiteten sie in der Hütte Fisch auf Cajun-Art zu und kochten Schalentiere ab, erfüllten den kleinen Raum mit dem Geruch von Salz und Cayennepfeffer, und dann schliefen sie miteinander. Danach gingen sie nach draußen und setzten sich ans Meer, und sie erzählte ihm Geschichten aus den Büchern, die sie tagsüber gelesen hatte, und Jay kam es vor, als lese er die Bücher selbst, als wäre sie die Autorin, die neben ihm saß und in der dämmerigen Luft phantastische Geschichten erfand. Und dann schliefen sie wieder miteinander.

Bis Jay eines Morgens aufwachte und merkte, daß sein Wecker gar nicht geklingelt hatte und Desiree nicht neben ihm im Bett lag.

Er fand einen Zettel:

Jay,
ich glaube, ich weiß, wo das Geld ist. Es ist dir wichtig, deshalb ist es mir wahrscheinlich auch wichtig. Ich hole es jetzt. Ich habe Angst, aber ich liebe dich, und ich glaube, du hast recht. Ohne das Geld könnten wir uns nicht lange verstekken. Wenn ich bis zehn Uhr nicht zurück bin, hol mich bitte ab.
Ich liebe dich. Ganz und gar.

Desiree.

Als Jay zum Ambassador kam, war Price schon ausgezogen.

Er stand in der Parklücke und blickte zu dem halbrunden Balkon hinauf, der sich in der zweiten Etage die Wand entlangzog, und dann fing das jamaikanische Hausmädchen an zu schreien.

Jay hastete die Treppe hoch und fand die Frau vornübergebeugt schreiend im Zimmer von Price. Er ging an ihr vorbei und sah durch die offene Tür.

Desiree saß zwischen dem Fernseher und der Minibar auf dem Boden. Als erstes bemerkte Jay, daß ihre Finger an beiden Händen abgeschnitten worden waren.

Von dem, was von ihrem Kinn übriggeblieben war, tropfte Blut auf Jays Sweatshirt.

Desirees Gesicht war ein zertrümmertes Loch, zur Unkenntlichkeit zerstört durch den Schuß aus einer Schrotflinte, der aus weniger als drei Metern Entfernung abgefeuert worden war. Ihr Haar, das Jay in der vergangenen Nacht selbst noch liebevoll gewaschen hatte, war blutgetränkt und gesprenkelt von Gehirnfetzen.

Von weit, weit weg schien es Jay, als höre er jemanden schreien. Und das Summen einiger Klimaanlagen – in diesem billigen Hotel schienen hundert gleichzeitig angeschaltet zu sein –, die versuchten, kühle Luft in die Höllenhitze dieser Zellen zu blasen, bis das Geräusch in seinen Ohren zu einem Bienenschwarm anschwoll.

23

Schließlich habe ich Price in einem Motel hier die Straße hoch gefunden.« Jay rieb sich mit den Fäusten die Augen. »Ich bekam das Zimmer neben ihm. Dünne Wände. Einen ganzen Tag lang habe ich das Ohr an die Wand gehalten, habe ihm dort in seinem Zimmer zugehört. Vielleicht, ich weiß nicht, vielleicht erwartete ich Laute der Reue, Weinen, Angst oder so. Aber er hat den ganzen Tag nur ferngesehen und getrunken. Dann hat er sich eine Nutte bestellt. Weniger als achtundvierzig Stunden, nachdem er Desiree ins Gesicht geschossen und ihre Finger abgeschnitten hat, bestellt sich das Schwein eine Frau wie beim Pizzaservice.«

Jay zündete sich wieder eine Zigarette an und starrte einen Moment in die Flamme.

»Als die Nutte gegangen war, ging ich in sein Zimmer rüber. Es wurde etwas lauter, und ich habe ihn ein bißchen herumgeschubst. Ich hoffte, daß er eine Waffe zücken würde, und was meint ihr? Er zog ein fünfzehn Zentimeter langes Schnappmesser hervor. Abartiges Ludenmesser. Aber gut, daß er es zog. Dadurch sah das, was ich als nächstes tat, wie Selbstverteidigung aus. Ein bißchen.«

Jay wandte das müde Gesicht dem Fenster zu und sah nach draußen; der Regen hatte ein bißchen nachgelassen. Als er wieder sprach, klang seine Stimme ausdruckslos und leer.

»Ich habe ihm von einer Hüfte zur anderen ein Lachen in den Bauch geschnitten, sein Kinn festgehalten und ihn gezwungen, mir in die Augen zu schauen, während seine Innereien hervorquollen und sich auf dem Boden ausbreiteten.« Er zuckte die Achseln. »Ich finde, das war ich Desiree schuldig.«

Draußen waren es wahrscheinlich zwanzig Grad, aber die Luft im Lokal wirkte kälter als im Leichenschauhaus.

»Und was hast du jetzt vor, Jay?« fragte Angie.

Er lächelte wie ein Gespenst. »Ich fahr' zurück nach Boston und schlitz' Trevor Stone auf.«

»Und dann? Willst du den Rest deines Lebens hinter Gittern verbringen?«

Er blickte mich an. »Das ist mir egal. Wenn das Schicksal es so will, okay. Patrick, in der Liebe hat man einen Versuch, wenn man Glück hat. Ich habe großes Glück gehabt. Mit einundvierzig Jahren verliebe ich mich zwei Wochen lang in eine Frau, die fast halb so alt ist wie ich. Und sie stirbt. Gut, in Ordnung, das Leben ist kein Zuckerschlecken. Geht es dir mal gut, kommt früher oder später etwas richtig Schlechtes, um die Sache wieder auszugleichen.« Er schlug einen Trommelwirbel auf dem Tisch. »Okay. Damit kann ich leben. Ich find's nicht toll, aber ich kann damit leben. Bei mir war wieder alles ausgeglichen. Jetzt gleiche ich alles bei Trevor aus.«

»Jay«, warnte Angie, »das wäre ein Selbstmordkommando.«

Er zuckte mit den Achseln. »Na wenn schon! Er stirbt. Außerdem, glaubt ihr wirklich, daß er nicht schon längst einen Killer auf mich angesetzt hat? Ich weiß zuviel. Als ich den täglichen Kontakt mit ihm abgebrochen habe, habe ich mein Todesurteil unterzeichnet. Warum, glaubt ihr, hat er euch Clifton und Cushing mitgeschickt?« Er schloß die Augen und seufzte laut. »Nein. Schluß jetzt. Ich gebe dem Schwein die Kugel.«

»Er ist doch eh in fünf Monaten tot.«

Nochmals Achselzucken. »Das ist mir nicht schnell genug.«

»Was ist mit einem Verfahren?« fragte Angie. »Du kannst beweisen, daß er dich bezahlt hat, um seine Tochter umzubringen.«

»Super Idee, Angie. Der Fall kommt vor Gericht, nachdem er schon sechs oder sieben Monate lang tot ist.« Er legte mehrere Geldscheine auf die Rechnung. »Ich erledige dieses alte

Stück Scheiße. Diese Woche. Langsam und schmerzhaft.« Er lächelte. »Noch Fragen?«

Der größte Teil von Jays Sachen war noch immer in einem Hotelzimmer, das er bei seiner Ankunft in den Ukumbak-Apartments in der Innenstadt von St. Petersburg gemietet hatte. Er wollte dort vorbeifahren, seine Sachen zusammensuchen und dann mit dem Auto losfahren, da Flugzeuge unzuverlässig waren und Flughäfen zu gut beobachtet werden konnten. Ohne geschlafen oder sich irgendwie vorbereitet zu haben, wollte er vierundzwanzig Stunden lang die Ostküste hinauffahren. Gegen halb drei morgens würde er in Marblehead eintreffen. Dort wollte er in Trevor Stones Haus einbrechen und den alten Mann zu Tode foltern.

»Wahnsinnsplan!« bemerkte ich, während wir von dem Lokal durch den Platzregen zu unseren Autos rannten.

»Findest du ihn gut? Hab' ich mir einfach so ausgedacht!«

Da Angie und mir nach einiger Überlegung keine andere Wahl blieb, wollten wir Jay nach Massachusetts folgen. Vielleicht konnten wir unterwegs an einer Raststätte oder Tankstelle weiter darüber sprechen und Jay entweder davon abbringen oder ihm für sein Problem eine bessere Lösung vorschlagen. Den Celica, den wir bei Prestige Imports gemietet hatten – dort hatte auch Jay seinen 3000 GT gemietet –, wollten wir mit dem Autoreisezug zurücksenden und die Rechnung an Trevor schicken lassen. Tot oder lebendig, er konnte es sich leisten.

Früher oder später würde der Flummi unser Verschwinden entdecken und mit seinem Laptop und seinen kleinen Augen zurückfliegen und sich dabei überlegen, wie er Trevor das erklären würde. Cushing würde wohl in seinen Sarg zurücksteigen, bis er wieder gebraucht würde.

»Er ist durchgedreht«, sagte Angie, während wir Jays Rücklichtern in Richtung Autobahn folgten.

»Jay?«

Sie nickte. »Er meint, er habe sich innerhalb von zwei Wochen in Desiree verliebt, aber das ist Blödsinn.«

»Warum?«

»Wie viele Menschen, Erwachsene, kennst du, die sich innerhalb von zwei Wochen verlieben?«

»Das heißt doch nicht, daß das nicht passieren kann«, entgegnete ich.

»Vielleicht. Aber ich glaube, er hat sich schon in Desiree verliebt, bevor er sie überhaupt kennenlernte. Das schöne Mädchen, das allein im Park sitzt und auf seinen Retter wartet. Das wollen doch alle Typen.«

»Ein schönes Mädchen, das allein im Park sitzt?«

Sie nickte. »Und auf seinen Retter wartet.«

Vor uns bog Jay auf die Zufahrtsstraße zur 275 Richtung Norden, im Regen sah man die kleinen roten Rücklichter nur undeutlich.

»Kann sein«, gab ich zurück. »Kann sein. Aber wie dem auch sei, wenn du jemandem für kurze Zeit unter außergewöhnlichen Umständen sehr nahe kommst, und dann wird dir dieser Mensch entrissen, wird ihm ins Gesicht geschossen, dann würdest du auch besessen sein.«

»Einverstanden.« Sie kuppelte aus, als der Celica durch eine riesige Pfütze fuhr und die Hinterreifen kurz nach links ausscherten. Angie steuerte dagegen, und hinter der Pfütze fuhr das Auto wieder geradeaus.

Sie schaltete in den vierten und dann schnell in den fünften Gang, trat aufs Gas und holte Jay ein.

»Einverstanden«, wiederholte sie. »Aber er will einen buchstäblichen Krüppel ermorden, Patrick.«

»Einen bösen Krüppel«, korrigierte ich.

»Woher wissen wir das?« fragte sie.

»Weil Jay es erzählt hat und Desiree es bestätigt hat.«

»Nein«, widersprach sie, und die gelben Rückenflossen der

Skyway Bridge erhoben sich in etwa fünfzehn Kilometern Entfernung in den Nachthimmel. »Desiree hat es nicht bestätigt. Jay hat *gesagt,* daß sie es bestätigt hat. Wir können nur mit dem weitermachen, was Jay uns erzählt hat. Wir können das nicht durch Desiree bestätigen lassen. Sie ist tot. Wir können das auch nicht durch Trevor bestätigen lassen, weil er es in jedem Fall leugnen würde.«

»Everett Hamlyn«, schlug ich vor.

Sie nickte. »Wir rufen ihn an, wenn wir bei Jay sind. Von einem öffentlichen Telefon aus, wo Jay uns nicht hören kann. Ich möchte es aus Everetts Mund hören, daß es so ist, wie Jay sagt.«

Der Regen, der auf die Stoffabdeckung des Celica trommelte, klang so, als wären es Eiswürfel.

»Ich vertraue Jay«, stellte ich fest.

»Ich nicht.« Sie sah mich kurz an. »Das ist nichts Persönliches. Aber er ist am Ende. Und ich vertraue momentan keinem mehr.«

»Keinem«, wiederholte ich.

»Außer dir«, warf sie ein. »Das ist doch klar. Aber ansonsten ist jeder verdächtig.«

Ich schloß die Augen.

Jeder ist verdächtig.

Sogar Jay.

Was für eine verrückte Welt, in der Väter Aufträge erteilen, ihre Töchter umzubringen, und therapeutische Einrichtungen gar keine richtige Therapie anbieten und einem Mann plötzlich nicht mehr vertraut werden konnte, dem ich früher mein Leben anvertraute.

Vielleicht hatte Everett Hamlyn ja recht gehabt. Vielleicht war die Ehre im Untergang begriffen. Vielleicht lief es schon die ganze Zeit darauf hinaus. Oder noch schlimmer: Vielleicht war Ehrgefühl schon immer eine Illusion gewesen.

Jeder ist verdächtig. *Jeder ist verdächtig.*

Das wurde langsam zu meinem Mantra.

24

Die Straße wand sich durch ein Niemandsland von schwarzem Asphalt und Gras und näherte sich der Bucht von Tampa; die an die Straße grenzende Küste hinter einer Wand von Regen war so dunkel, daß man kaum sagen konnte, wo das Land endete und das Meer begann. Kleine weiße Hütten, manche mit Schildern auf dem Dach, die ich in der verschwommenen Dunkelheit nicht entziffern konnte, tauchten plötzlich zu beiden Seiten der Straße auf und schwebten mühelos im Regen. Eine Weile schienen sich die gelben Rückenflossen der Skyway Bridge weder zu nähern noch zu entfernen; sie hingen über einer windgepeitschten dunklen Ebene, die sich klar vom violetten Himmel abhob.

Als wir die fünf Kilometer lange Auffahrt zur Brückenmitte hinauffuhren, kam uns ein Auto durch die Wasserwand entgegen, die wäßrigen Scheinwerfer flackerten in der Dunkelheit, und es rauschte an uns vorbei in Richtung Süden. Ich blickte in den Rückspiegel und sah ungefähr eineinhalb Kilometer hinter uns nur ein einziges Paar Scheinwerfer wie zwei kleine Punkte im Dunkeln. Es war zwei Uhr nachts, der Regen wie eine Wand, die Dunkelheit dehnte sich auf beiden Seiten aus, während wir auf die riesigen gelben Flossen zufuhren – in so einer Nacht jagte man nicht einmal einen räudigen Hund nach draußen.

Ich gähnte, und mein Körper stöhnte innerlich auf bei dem Gedanken, noch vierundzwanzig Stunden in dem kleinen Celica eingepfercht zu sein. Ich drehte am Radio herum, bekam aber nur einige von diesen »Hey, Kumpel«-Rocksendern rein, einige mit Dance Music und mehrere mit diesem absurden »Soft Rock«-Zeugs. Soft Rock – nicht zu hart, nicht zu weich, das Richtige für Menschen ohne Gespür für den feinen Unterschied.

Ich schaltete das Radio aus, die Straße stieg stärker an, und abgesehen von der neben uns schienen sich die Rückenflossen für einen Augenblick wieder zu entfernen. Jays Rücklichter blickten durch den Regen wie rote Augen auf mich zurück. Zu unserer Rechten wurde die Bucht immer breiter, eine Leitplanke aus Stahl und Beton zog gleichmäßig an uns vorbei.

»Ist diese Brücke riesig«, stieß ich hervor.

»Und verhext«, ergänzte Angie. »Die Brücke ist nur ein Ersatz. Die eigentliche Skyway, oder was noch davon übrig ist, liegt zu unserer Linken.«

Sie steckte sich mit dem Anzünder eine Zigarette an, während ich nach links sah, hinter dem Schleier herunterstürzenden Wassers aber nichts erkennen konnte.

»In den Achtzigern«, erklärte sie, »wurde die eigentliche Brücke von einem Lastkahn beschädigt. Der Hauptbogen fiel in die Tiefe und riß mehrere Autos mit sich.«

»Woher weißt du das?«

»Wenn du in Rom bist, benimm dich wie ein Römer!« Sie öffnete das Fenster gerade so weit, daß der Zigarettenrauch abziehen konnte. »Ich habe gestern ein Buch über die Gegend hier gelesen. In deinem Hotelzimmer war auch eins. An dem Tag, als die neue Brücke freigegeben wurde, bekam ein Mann, der zur Einweihung wollte, einen Herzinfarkt, als er von St. Pete auf die Brücke fuhr. Sein Wagen fiel ins Wasser, und er starb.«

Ich sah wieder aus dem Fenster, die Bucht entfernte sich von uns, als würde sie von einem Fahrstuhl hinuntergezogen.

»Du lügst«, sagte ich nervös.

Sie hielt die rechte Hand hoch. »Pfadfinder-Ehrenwort.«

»Beide Hände ans Lenkrad!« mahnte ich.

Wir näherten uns dem mittleren Brückenbogen. Die Reihe gelber Flossen beschien die rechte Seite des Wagens, tauchte die Plastikfenster in künstliches Licht.

Plötzlich summte durch den kleinen Spalt in Angies Fenster zu unserer Linken das Geräusch von Reifen, die durch den Regen rauschten. Ich sah nach links, und Angie sagte: »Was zum Teufel . . .«

Sie riß das Steuer herum, als ein goldener Lexus mit mindestens 120 Stundenkilometern an uns vorbeiraste und sich dann auf unsere Spur drängte. Die Reifen auf der Beifahrerseite des Celica schrammten am Bordstein zwischen Straße und Leitplanke entlang, und das Gestell unseres Autos wurde durch und durch erschüttert, während Angie mit steifen Armen das Lenkrad festhielt.

Der Lexus schoß an uns vorbei, und sie riß das Auto auf die Fahrbahn zurück. Die Rückleuchten des Lexus waren ausgeschaltet. Er schnitt uns, beide Spuren blockierend, und einen Augenblick lang sah ich den steifen, dünnen Kopf des Fahrers im Lichtschein der Brückenflossen.

»Das ist Cushing«, sagte ich.

»Scheiße!« Angie drückte auf die blechern klingende Hupe des Celica, während ich das Handschuhfach aufriß und unsere Pistolen herausholte. Ich legte ihre auf die Konsole vor die Handbremse und lud eine Patrone in die Kammer meiner eigenen.

Vor uns blickte Jay mit gerecktem Kopf in den Rückspiegel. Angie hörte nicht auf zu hupen, doch das schwache Meckern konnte nicht verhindern, daß Mr. Cushings Lexus mit der Schnauze in die Heckverkleidung von Jays 3000 GT stieß.

Der kleine Sportwagen sprang rechts auf den Bordstein, Funken stoben von der Beifahrerseite, als das Auto gegen die Absperrung prallte. Jay riß den Lenker nach links und gelangte wieder vom Bordstein herunter. Sein Seitenspiegel wurde abgerissen, ich mußte mit dem Kopf seitlich ausweichen, als der Spiegel durch den Regen auf unsere Windschutzscheibe zuschoß und ein Spinnennetz in das Glas vor mir riß.

Angie rammte das Heck des Lexus, während Jays Wagen

mit der Front nach links geriet und das rechte Hinterrad wieder auf den Bordstein sprang. Mr. Cushing hielt seinen Lexus in der Spur und bohrte ihn in Jays Auto. Eine silberne Radkappe löste sich, sprang gegen unseren Kühlergrill und verschwand dann unter dem Reifen. Der kleine, leichte 3000 GT konnte es nicht mit dem Lexus aufnehmen, jeden Moment würde er auf die Breitseite gedreht werden, und dann könnte der Lexus ihn ohne Probleme von der Brücke stoßen.

Ich konnte erkennen, wie Jays Kopf vor und zurück geworfen wurde und er versuchte gegenzulenken, weil der Lexus unnachgiebig gegen die Fahrerseite drückte.

»Bleib in der Spur«, rief ich Angie zu und ließ mein Fenster herunter. Ich beugte mich in den herabstürzenden Regen und heulenden Wind hinaus und richtete meine Pistole auf die Heckscheibe des Lexus. Während mir der Regen in die Augen prasselte, drückte ich schnell dreimal ab. Die Mündungsfeuer explodierten in der Luft wie Blitzschläge, und die Heckscheibe des Lexus fiel über dem Kofferraum zusammen. Mr. Cushing drückte auf die Bremse, und ich ließ mich schnell wieder in den Sitz fallen, als Angie den Lexus rammte und so Jays Wagen befreien konnte.

Doch Jay kam zu schnell vom Bordstein herunter, und die Reifen auf der rechten Seite des 3000 GT erhoben sich in die Luft. Angie schrie, und aus dem Inneren des Lexus brachen Mündungsfeuer.

Die Windschutzscheibe des Celica stürzte in sich zusammen.

Regen und Wind bliesen einen Sturm von Glas durch unser Haar, gegen unsere Wangen und unseren Hals. Angie wich nach rechts aus, und wieder fraßen sich unsere Reifen in den Bordstein, die Radkappen kreischten am Zement entlang. Der Celica schien sich einen Moment lang in sich zu verbeulen, dann schwenkte er wieder auf die Fahrbahn zurück.

Vor uns überschlug sich Jays Auto.

Es fiel auf die Fahrerseite und rollte aufs Dach. Der Lexus

beschleunigte und prallte so hart gegen den Sportwagen, daß dieser durch den Regen auf die Brückenabsperrung zu schleuderte.

»Die mach' ich fertig!« rief ich, erhob mich von meinem Sitz und lehnte mich über das Armaturenbrett.

Ich beugte mich so weit vor, daß meine Handgelenke durch die zerschmetterte Windschutzscheibe reichten und ich sie auf der Motorhaube abstützen konnte. Ich hielt die Hände ruhig, während winzige Glassplitter in meine Handgelenke und mein Gesicht bissen, dann feuerte ich erneut drei Schüsse in den Innenraum des Lexus.

Ich mußte jemanden getroffen haben, denn das Auto brach weg von Jay auf die linke Fahrbahnseite aus. Es prallte unter der letzten gelben Brückenflosse so heftig gegen die Absperrung, daß es erst zur Seite und dann nach hinten geschleudert wurde. Das massive goldene Fahrzeug schlitterte mit dem Kofferraum voran vor uns quer über die Fahrbahn.

»Komm wieder rein!« schrie Angie mir zu und lenkte den Celica nach rechts, um dem Kofferraum des Lexus auszuweichen.

Der goldene Wagen glitt durch die Nacht auf uns zu. Angie riß mit beiden Händen am Lenkrad, und ich versuchte, mich wieder hinzusetzen.

Wir schafften es beide nicht.

Als wir auf den Lexus prallten, schoß mein Körper durch die Luft. Ich fiel über die Motorhaube des Celica und landete auf dem Kofferraum des Lexus, mein Brustkorb peitschte durch Wassertropfen und Glassplitter, ohne dadurch spürbar gebremst zu werden. Rechts von mir hörte ich etwas krachen, ein Krachen von Metall und Zement, das so laut war, als würde der gesamte Nachthimmel entzweigerissen.

Ich stürzte mit der Schulter auf den Fahrbahnbelag, und irgend etwas barst in meinem Schlüsselbein. Ich rollte. Und überschlug mich. Und rollte weiter. Meine rechte Hand hielt die Waffe fest, zweimal löste sich ein Schuß, während sich der Himmel drehte und die Brücke kippte.

Meine blutende, schmerzende Hüfte bremste mich ab. Meine linke Schulter fühlte sich taub und schlaff zugleich an, mein Körper glänzte vor Blut.

Aber ich konnte mit der rechten Hand die Waffe greifen, und obwohl sich die Hüfte, auf der ich gelandet war, anfühlte, als sei sie mit spitzen Steinen gespickt, schienen beide Beine okay zu sein. Ich sah auf den Lexus zurück, dessen Beifahrertür sich öffnete. Er war ungefähr zehn Meter hinter mir, sein Kofferraum klebte nun an der zerdrückten schwarzen Motorhaube des Celica. Aus dem Celica schoß ein Strom zischenden Wassers; ich stand unsicher da, über mein Gesicht lief eine tomatenmarkartige Mischung aus Regen und Blut.

Zu meiner Rechten, auf der Gegenfahrbahn, war ein schwarzer Jeep schleudernd zum Stehen gekommen, der Fahrer rief mir etwas zu, das sich im Wind und Regen verlor.

Ich achtete nicht weiter auf ihn und konzentrierte mich auf den Lexus.

Als der Flummi aus dem Wagen kletterte, fiel er auf die Knie. Sein weißes Hemd hatte sich tiefrot gefärbt, und wo sich vorher seine rechte Augenbraue befunden hatte, gähnte nun ein fleischiges Loch. Ich humpelte auf ihn zu, während er sich mit Hilfe seiner Pistolenmündung vom Boden abstieß. Er griff nach der geöffneten Autotür und sah mir entgegen, an seinem hüpfenden Adamsapfel konnte ich sehen, daß er gegen die aufsteigende Übelkeit anschluckte. Unsicher blickte er auf die Waffe in seiner Hand, dann auf mich.

»Nein!« rief ich.

Er sah auf seine Brust herunter, auf das Blut, das von irgendwo dort drinnen hervorquoll, und seine Finger schlossen sich fester um die Pistole.

»Nein!« rief ich noch einmal.

Bitte nicht, dachte ich.

Aber trotzdem hob er die Pistole, blinzelte mich durch den Regensturm an, sein kleiner Körper zitterte wie der eines Trinkers.

Ich schoß ihm zweimal mitten in die Brust, noch bevor er die Waffe erhoben hatte. Er taumelte rückwärts gegen das Auto, seine Lippen formten ein verwirrtes »Oh«, als wollte er mich gerade etwas fragen. Er griff nach der offenen Tür, doch sein Arm rutschte zwischen Türrahmen und Windschutzscheibe ab. Sein Körper kippte langsam nach rechts, aber sein Ellenbogen wurde zwischen Tür und Karosserie eingekeilt, und so starb er: auf halbem Weg zum Boden, festgekrallt am Auto, den Ansatz einer Frage in den gefrorenen Augen.

Ich hörte ein ratschendes Geräusch und sah über das Dach des Autos hinweg, daß Mr. Cushing ein glänzendes Jagdgewehr auf mich richtete. Er hielt es gegen die Schulter gedrückt, ein Auge zugekniffen, den knochigen weißen Finger um den Abzug geklemmt. Er grinste.

Dann schlug eine dicke rote Wolke mitten durch seinen Hals und ergoß sich über seinen Hemdkragen.

Er runzelte die Stirn. Er wollte sich mit der Hand an den Hals fassen, doch ehe das geschah, fiel er nach vorne und landete mit dem Gesicht auf dem Autodach. Das Gewehr rutschte die Windschutzscheibe hinunter und blieb auf der Motorhaube liegen. Mr. Cushings schmaler dünner Körper knickte nach links, dann verschwand er auf der anderen Seite des Autos, sein Körper traf mit einem dumpfen Schlag auf dem Boden auf.

Hinter ihm in der Dunkelheit erschien Angie, die Waffe immer noch auf ihn gerichtet, der Regen zischte auf der heißen Revolverkammer. In ihrem dunklen Haar blitzten Glassplitter. Kreuz und quer über ihre Stirn und den Nasenansatz zogen sich rasiermesserdünne Schnittwunden, doch ansonsten schien sie den Unfall mit weitaus weniger Blessuren überlebt zu haben als der Flummi oder ich.

Ich lächelte sie an, und sie lächelte matt zurück.

Dann erblickte sie etwas hinter mir. »O Gott, Patrick. O Gott.«

Ich drehte mich um und sah, was das krachende Geräusch verursacht hatte, als ich aus dem Celica geschleudert wurde.

In fünfzehn Metern Entfernung lag Jays 3000 GT auf dem Kopf. Der größte Teil des Fahrzeugs war durch die Absperrung gebrochen, und im ersten Moment staunte ich, daß es nicht ganz von der Brücke gefallen war. Das hintere Drittel des Wagens befand sich noch auf der Brücke. Die vorderen zwei Drittel schwebten über dem Nichts, wurden nur durch bröckelnden Zement und zwei zerborstene Stahlseile gehalten. Während wir noch wie erstarrt waren, sahen wir, wie sich der vordere Teil des Autos nach unten neigte und das Heck sich vom Boden erhob. Die Stahlseile ächzten.

Ich rannte zur Absperrung, kniete mich hin und sah Jay. Er hing kopfüber im Fahrersitz, festgehalten vom Sicherheitsgurt, die Knie vor dem Gesicht, der Kopf nur einen Zentimeter vom Dach des Autos entfernt.

»Beweg dich nicht!« befahl ich.

Seine Augen drehten sich zu mir hin. »Keine Sorge, mach' ich nicht.«

Ich warf einen prüfenden Blick auf die Absperrung. Sie glänzte vor Regentropfen und quietschte erneut. Auf der Außenseite befand sich ein schmaler Zementstreifen, nicht solide genug, als daß er einen festen Halt für jemanden darstellte, der älter als vier Jahre war, aber ich hatte keine Wahl. Darunter gähnten nichts als schwarze Leere und Wasser, in hundert Metern Tiefe hart wie Stein.

Angie kam zu mir, und vom Ozean wehte ein Windstoß herüber. Das Auto bewegte sich ein wenig nach rechts, dann ruckte es noch einen Zentimeter nach unten.

»O nein«, sagte Jay. Er lachte schwach. »Nein, nein, nein.«

»Jay«, sprach Angie ihn an. »Ich komme zu dir.«

»*Du* gehst zu ihm?« fragte ich. »Nein. Ich habe den längeren Arm.«

Sie kletterte über die Absperrung. »Und größere Füße, und dein Arm sieht verdammt schlecht aus. Kannst du ihn überhaupt bewegen?«

Sie wartete meine Antwort gar nicht erst ab. Sie griff nach einem intakten Abschnitt der Absperrung und hangelte sich vorsichtig daran entlang auf das Auto zu. Ich ging neben ihr, meine Hand immer einen Zentimeter über ihrem Arm.

Eine neue Windböe schnitt durch den Regen, und die gesamte Brücke schien zu schwingen.

Angie erreichte das Auto, und ich hielt ihren rechten Arm mit beiden Händen fest, während sie vorsichtig in die Hocke ging.

Sie beugte sich vor und streckte den linken Arm aus, während in der Ferne Sirenen erklangen.

»Jay«, sagte sie.

»Ja?«

»Ich komme nicht dran.« Sie war schwer zu halten, die Sehnen ihres Arms bildeten sich unter der Haut ab, doch reichte ihr Finger nicht ganz an den Türgriff heran. »Du mußt mir helfen, Jay.«

»Wie denn?«

»Kannst du die Tür öffnen?«

Er reckte den Kopf, während er versuchte, den Türgriff zu finden. »Bin noch nie kopfüber in einem Auto gewesen. Verstehst du?«

»Ich habe noch nie hinter einer Brückenabsperrung hundert Meter über dem Meer gehangen!« erwiderte Angie. »Wir sind also quitt.«

»Ich hab' den Türgriff«, sagte er.

»Du mußt die Tür aufdrücken und nach meiner Hand fassen«, erklärte Angie, ihr Körper bewegte sich leicht im Wind.

Er blinzelte den Regen aus den Augen, der durch das Fenster hereinwehte, blies die Wangen auf und atmete aus. »Ich hab' das Gefühl, wenn ich mich einen Zentimeter bewege, kippt das ganze Teil runter.«

»Unsere einzige Chance, Jay.« Ihre Hand glitt an meinem Arm herunter. Ich drückte sie, sie grub mir ihre Finger ins Fleisch.

»Ja«, entgegnete Jay. »Ist doch klar, obwohl ich . . .«

Das Auto schwankte, und die ganze Brücke kreischte laut auf, diesmal hoch und verzweifelt, der lose Zement, der das Fahrzeug hielt, gab nach.

»Nein, nein, nein, nein, nein, nein«, schrie Jay.

Der Wagen fiel von der Brücke.

Angie kreischte und wich vom Auto zurück, das zerborstene Stahlseil schlug gegen ihren Arm. Ich hielt ihre Hand ganz fest und zog sie über die Absperrung, ihre Beine strampelten in der Luft.

Wir starrten auf die Stelle, wo Jays Wagen durch den strömenden Regen herabgestürzt und in der Schwärze verschwunden war. Sie drückte ihr Gesicht an meins, ihren Arm fest um meinen Hals geschlungen, ihr Herz hämmerte an meinem Bizeps, und mein eigenes in meinen Ohren.

25

»Wird der wieder?« fragte Inspector Jefferson den Sanitäter, der meine Schulter verarztete.

»Er hat eine verletzte Scapula. Vielleicht gebrochen. Weiß ich aber nicht ohne Röntgen.«

»Eine was?«

»Schulterblatt«, erklärte der Sanitäter. »Ist auf jeden Fall verletzt.«

Jefferson blickte ihn mit schläfrigen Augen an und schüttelte langsam den Kopf. »Der ist erst mal in Ordnung. Wir holen später einen Arzt, der sich das ansieht.«

»Scheiße«, sagte der Sanitäter und schüttelte seinerseits den Kopf. Er legte mir einen engen Verband an, wickelte ihn von meiner Achselhöhle hoch über meine Schulter, das Schlüsselbein hinunter um meinen Rücken und dann wieder hoch zur Achselhöhle.

Inspector Carnell Jefferson sah mich unentwegt mit schläfrigen Augen an, während der Sanitäter seine Arbeit verrichtete. Jefferson schien Ende dreißig zu sein, ein drahtiger Schwarzer von unauffälliger Statur und Größe, mit einem weichen, lockeren Kiefer und einem Dauergrinsen, das faul in seinen Mundwinkeln hing. Er trug einen hellblauen Regenmantel über einem gelbbraunen Anzug und einem weißen Hemd, dazu eine Seidenkrawatte mit rosa-blauem Blumenmuster, die schief unter dem nicht zugeknöpften Hemdkragen hing. Sein Haar war so kurz geschoren, daß ich mich fragte, warum er überhaupt noch etwas stehenließ, und er blinzelte nicht ein bißchen, als der Regen die straffe Haut seines Gesichts herunterlief.

Er sah nett aus, die Art von Mann, mit dem man beim Sport herumlästern konnte, mit dem man nach der Arbeit vielleicht ein paar Bierchen trank. So ein Typ, der seine Kinder liebte und dessen sexuelle Phantasien sich ausschließlich auf seine Ehefrau richteten.

Ich hatte schon Bullen wie ihn kennengelernt; er war der letzte, dem man zu nahe kommen sollte. Beim Verhör, bei der Aussage, während der Verhandlung oder bei der Bearbeitung eines Zeugen verwandelte sich dieser nette Herr im Bruchteil einer Sekunde in einen Hai. Er war bei der Mordkommission, er war jung und ein Schwarzer in einem südlichen Bundesstaat; das hatte er nicht erreicht, weil er mit jedem Verdächtigen gut Freund war.

»Mr. Kenzie also, ja?«

»Stimmt.«

»Sie sind Privatdetektiv von oben aus Boston. Richtig?«

»Das sagte ich Ihnen schon.«

»Ähm. Nette Stadt?«

»Boston?«

»Ja. Nette Stadt?«

»Mir gefällt sie.«

»Hab' gehört, im Herbst ist sie wirklich schön.« Er schürzte die Lippen und nickte. »Hab' aber gehört, da oben mag man keine Nigger.«

»Arschlöcher gibt's überall«, erwiderte ich.

»Ja klar. Sicher.« Er rieb sich mit der Handfläche über den Kopf, blickte einen Augenblick nach oben in den Regen und blinzelte dann, um den Regen aus den Augen zu drücken. »Arschlöcher gibt's überall«, wiederholte er. »Also, wo wir jetzt hier im Regen stehen und uns nett über Rassenproblematik und Arschlöcher und so weiter unterhalten, warum erzählen Sie mir nicht von den beiden toten Arschlöchern, die hier den ganzen Verkehr auf meiner Brücke blockieren?«

Er blickte mit seinen schläfrigen Augen in meine, und ich sah darin für den Bruchteil einer Sekunde den Haifisch aufblitzen.

»Ich habe dem Kleinen zweimal in die Brust geschossen.«

Er hob die Augenbrauen. »Ja. Hab' ich gesehen.«

»Meine Kollegin hat den anderen Typen erschossen, als der ein Gewehr auf mich richtete.«

Er sah sich nach Angie um. Sie saß mir gegenüber in einem Krankenwagen, der Sanitäter versorgte die Wunden auf ihrem Gesicht, ihren Beinen und ihrem Hals mit einem Tupfer. Jeffersons Kollege, Detective Lyle Vandemaker, verhörte sie.

»Junge, Junge!« sagte Jefferson anerkennend und pfiff durch die Zähne. »Das ist eine erstklassige Superbraut, *und* sie kann einem Arschloch aus zehn Metern Entfernung bei strömendem Regen ein Loch durch den Hals pusten. Die Frau ist was Besonderes.«

»Ja«, antwortete ich, »das ist sie.«

Er strich sich über das Kinn und nickte sich selbst zu. »Ich erzähle Ihnen mal, was hier mein Problem ist, Mr. Kenzie. Die Schwierigkeit hier ist, zu erkennen, wer wirklich die Arschlöcher sind. Verstehen Sie mich? Sie behaupten, die zwei Leichen da drüben – das sind die Arschlöcher. Und ich würde Ihnen gerne glauben. Wirklich. Verdammt, ich würde wirklich gerne einfach sagen: ›In Ordnung‹, Ihnen die Hand schütteln und Sie zurück nach Beantown fahren lassen. Das können Sie mir glauben. Aber für den Fall, daß, nehmen wir einfach mal an, Sie mich anlügen und Sie und Ihre Kollegin hier die eigentlichen Arschlöcher sind, sähe ich ganz schön beschissen aus, wenn ich euch gehen lassen würde. Und da wir bisher noch keine Zeugen haben, tja, wir haben nur Ihr Wort gegen das von den zwei Typen, die uns ihr Wort ja eigentlich nicht mehr geben können, weil Sie, nun ja, mehrere Male auf die beiden geschossen haben und die beiden starben. Können Sie mir folgen?«

»Gerade so«, antwortete ich.

Auf der anderen Seite des Mittelstreifens schien der Verkehr stärker zu sein, als er normalerweise um drei Uhr morgens war. Die Polizei hatte von den beiden Fahrbahnen, die nach Süden führten, nun eine Richtung Norden und eine Richtung Süden freigegeben. Jedes Auto, das auf der anderen Brückenseite vorbeifuhr, reduzierte seine Geschwindigkeit zu einem Schneckentempo, um einen Blick auf den Tumult auf unserer Seite zu erhaschen.

Auf der gesperrten Seite stand ein schwarzer Jeep, auf dessen Dach zwei leuchtend grüne Surfbretter festgezurrt waren, die Warnblinkanlage war eingeschaltet. Den Fahrer erkannte ich wieder; es war der Typ, der mir etwas zugerufen hatte, kurz bevor ich auf den Flummi schoß.

Er war ein baumlanger, sonnengebräunter Kerl mit langem, gebleichtem Haar und freiem Oberkörper. Er stand hinter dem Jeep und schien in eine hitzige Diskussion mit zwei Bullen verwickelt zu sein. Er zeigte mehrmals in meine Richtung.

Seine Begleiterin, eine junge Frau, die ebenso dünn und blond war wie er, lehnte sich gegen die Motorhaube des Jeeps. Als sie zu mir herübersah, winkte sie, als seien wir alte Freunde.

Ich winkte vage zurück, das schien höflich zu sein, und wandte mich dann wieder meiner unmittelbaren Umgebung zu.

Unsere Seite der Brücke war durch den Lexus und den Celica, sechs oder sieben grün-weiße Streifenwagen, einige unauffällige Fahrzeuge, zwei Feuerwehrwagen, drei Krankenwagen und einen schwarzen Lieferwagen blockiert, auf dem in gelben Lettern PINELLAS COUNTY MARITIME INVESTIGATIONS stand. Vor ein paar Minuten waren auf der St. Petersburger Seite der Brücke vier Taucher aus dem Lieferwagen gesprungen, jetzt waren sie irgendwo im Wasser und suchten nach Jay.

Jefferson betrachtete das Loch, das Jays Sportwagen in der Absperrung hinterlassen hatte. In das rote Licht des Feuerwehrwagens getaucht, wirkte es wie eine offene Wunde.

»Sie haben meine Brücke ganz schön kaputtgemacht, nicht, Mr. Kenzie?«

»Das war ich nicht«, antwortete ich. »Das waren die beiden toten Arschlöcher da drüben.«

»Das sagen Sie«, entgegnete er, »das sagen Sie.«

Mit einer Pinzette entfernte der Sanitäter kleine Steinchen und Glassplitter aus meinem Gesicht. Ich zuckte zusammen und starrte an den blinkenden Lichtern und dem dunklen Regen vorbei auf die Menge, die sich jenseits der Absperrung versammelt hatte. Die Leute waren um drei Uhr morgens im Regen auf die Brücke gewandert, damit sie einen unverstellten Blick auf das Bild der Gewalt erhaschen konnten. Das Fernsehen reichte ihnen wahrscheinlich nicht. Ihr eigenes Leben reichte ihnen nicht. Nichts reichte ihnen.

Der Sanitäter zog einen beachtlichen Brocken aus meiner Stirn, und sofort schoß Blut aus der Wunde und floß mir über den Nasenansatz in die Augen. Ich blinzelte mehrmals, der Sanitäter griff nach dem Verbandszeug, und während meine Augenlider flatterten und die verschiedenen Warnlichter wie Stroboskope flackerten, erblickte ich in der Menge flüchtig ein makelloses Gesicht.

Ich beugte mich nach draußen in den Nieselregen und blickte angestrengt ins Licht, da sah ich es wieder, nur einen kurzen Moment lang, und redete mir ein, ich hätte durch den Sturz aus dem Auto wohl eine Gehirnerschütterung, denn es war schlichtweg nicht möglich.

Aber vielleicht doch.

Eine Sekunde lang hatte ich durch den Regen und die Lichter und das Blut in meinem Gesicht Desiree Stone in die Augen gesehen.

Und dann war sie weg.

26

Die Skyway Bridge verband zwei Bezirke. Manatee County auf der südlichen Seite bestand aus Bradenton, Palmetto, Longboat Key und Anna Maria Island. Pinellas County auf der nördlichen Seite setzte sich zusammen aus St. Petersburg Beach, Gulfport und Pinellas Park. Die Polizei von St. Petersburg war als erste am Tatort eingetroffen, ebenso die Taucher und Feuerwehrwagen von dort, daher wurden wir nach kurzer Verhandlung mit der Polizei von Bradenton von Bullen aus St. Pete von der Brücke geholt und Richtung Norden gefahren.

Als wir die Brücke verließen – Angie auf dem Rücksitz des einen, ich auf dem Rücksitz eines anderen Streifenwagens –, trugen die vier Taucher, von Kopf bis Fuß in schwarzes Gummi gekleidet, gerade Jays Leiche aus dem Golf von Mexiko auf das grasbewachsene Ufer.

Im Vorbeifahren sah ich aus dem Fenster. Sie legten den nassen Körper ins Gras, seine Haut war so weiß wie der Bauch eines Fisches. Das dunkle Haar lag ihm im Gesicht, seine Augen waren geschlossen, die Stirn eingedrückt.

Wenn man die Delle in der Stirn nicht beachtete, sah es aus, als schliefe er. Er sah friedlich aus. Als sei er ungefähr vierzehn Jahre alt.

»So!« sagte Jefferson, als er in das Verhörzimmer zurückkam. »Wir haben schlechte Nachrichten für Sie, Mr. Kenzie.«

In meinem Kopf dröhnte es so laut, daß ich überzeugt war, eine Militärkapelle sei in meinen Schädel eingezogen, und mein Mund fühlte sich innen wie gegerbtes Leder an. Den linken Arm konnte ich nicht bewegen, nicht einmal, wenn der Verband es ermöglicht hätte, und die Schnittwunden im Gesicht waren verkrustet und angeschwollen.

»Und was?« brachte ich hervor.

Jefferson ließ einen Aktenordner auf den Tisch zwischen uns fallen, zog seine Anzugjacke aus und hängte sie über die Stuhllehne, bevor er sich hinsetzte.

»Dieser Mr. Graham Clifton – wie nannten Sie den noch mal auf der Brücke: den Flummi?«

Ich nickte.

Er grinste. »Gefällt mir. Also, der Flummi hat drei Schüsse abbekommen. Alle aus Ihrer Pistole. Der erste trat im Rücken ein und aus der rechten Brust heraus.«

Ich sagte: »Ich habe Ihnen doch erzählt, daß ich während der Fahrt schon auf das Auto geschossen habe. Ich hatte auch das Gefühl, daß ich etwas getroffen habe.«

»Haben Sie tatsächlich«, antwortete er. »Dann haben Sie zweimal auf ihn geschossen, als er aus dem Auto stieg, ja ja. Aber das ist gar nicht die schlechte Nachricht. Die ist nämlich, daß Sie mir erzählt haben, dieser Flummi arbeite für einen Trevor Stone in Marblehead, Massachusetts?«

Ich nickte.

Er blickte mich an und schüttelte langsam den Kopf.

»Wieso? Moment mal!« rief ich.

»Mr. Clifton war angestellt bei Bullock Industries, einer Beratungsfirma für Forschung und Entwicklung in Buckhead.«

»Buckhead?« wiederholte ich.

Er nickte. »Atlanta. Georgia. Soweit uns bekannt ist, hat Mr. Clifton Boston niemals betreten.«

»Blödsinn!«

»Leider nicht. Ich habe mit seinem Vermieter gesprochen, mit seinem Chef in Atlanta, seinen Nachbarn.«

»Seinen Nachbarn?« fragte ich.

»Ja. Sie wissen doch, was Nachbarn sind, oder? Das sind die Leute, die neben einem wohnen. Die man jeden Tag sieht, die einen grüßen. Also, von dieser Sorte Nachbarn gibt es eine ganze Reihe in Buckhead, und die schwören allesamt, Mr.

Clifton so gut wie jeden Tag in den letzten zehn Jahren in Atlanta gesehen zu haben.«

»Und Mr. Cushing?« fragte ich, während die Militärkapelle in meinem Kopf wieder auf ihre Zimbeln schlug.

»Arbeitete auch für Bullock Industries. Wohnte auch in Atlanta. Daher das Nummernschild aus Georgia auf dem Lexus. Und Ihr Mr. Stone, der war ganz schön durcheinander, als ich ihn anrief. Scheint ein Geschäftsmann im Ruhestand zu sein, leidet an Krebs und hat Sie beauftragt, seine Tochter zu finden. Er hat keine Ahnung, was Sie hier unten in Florida zu suchen haben. Sagte, daß er vor fünf Tagen das letzte Mal mit Ihnen gesprochen habe. Er glaubt, ehrlich gesagt, daß Sie sich mit dem Geld aus dem Staub gemacht hätten, das er Ihnen gezahlt hat. Und was Mr. Clifton und Mr. Cushing angeht: Mr. Stone sagt, er hätte ihre Namen noch nie gehört.«

»Inspector Jefferson«, sagte ich, »haben Sie geprüft, wem Bullock Industries gehört?«

»Was glauben Sie, Mr. Kenzie?«

»Ja, natürlich haben Sie das.«

Er nickte und warf einen Blick in seinen Ordner. »Ja, natürlich habe ich das. Der Inhaber von Bullock Industries ist eine britische Holding-Gesellschaft namens Moore and Wessner Limited.«

»Und wem gehört diese Holding-Gesellschaft?«

»Sir Alfred Llewyn, ein englischer Earl, hängt wahrscheinlich ständig mit den Windsors rum, spielt Polo mit Prince Charles und Poker mit der Queen und so weiter.«

»Nicht Trevor Stone«, sagte ich.

Er schüttelte den Kopf. »Falls er nicht ein englischer Earl ist. Ist er aber nicht, oder? Soweit Ihnen bekannt ist?«

»Und Jay Becker?« fragte ich. »Was hat Mr. Stone über ihn gesagt?«

»Das gleiche wie über Sie. Mr. Becker hat sich mit Mr. Stones Geld aus dem Staub gemacht.«

Ich schloß meine Augen vor dem grellen weißen Neonlicht über mir und versuchte, das Brummen in meinem Kopf durch reine Willenskraft zu unterdrücken. Es klappte nicht.

»Inspector«, sprach ich ihn an.

»Hmm?«

»Was glauben Sie, was letzte Nacht auf der Brücke passiert ist?«

Er lehnte sich mit seinem Stuhl zurück. »Gut, daß Sie mich fragen, Mr. Kenzie. Gut, daß Sie mich danach fragen.« Er holte eine Packung Kaugummi aus der Hemdtasche und bot mir einen an. Als ich den Kopf schüttelte, zuckte er mit den Schultern und wickelte eins aus, steckte es in den Mund und kaute eine halbe Minute lang drauf herum.

»Sie und Ihre Kollegin haben irgendwie Jay Becker gefunden und keinem was davon erzählt. Sie wollten Trevor Stones Geld stehlen und dann abhauen, aber die zweihunderttausend von ihm waren Ihnen nicht genug.«

»Zweihunderttausend«, fuhr es mir heraus, »hat er gesagt, daß er uns soviel gegeben hätte?«

Er nickte. »Also, Sie finden Jay Becker, aber der schöpft Verdacht und versucht zu verschwinden. Sie verfolgen ihn auf der Skyway Bridge, und Sie beide schubsen sich gerade hin und her, als Ihnen ein Auto mit zwei unschuldigen Geschäftsleuten in die Quere kommt. Es regnet, es ist dunkel, der Plan geht schief. Alle drei Autos stoßen zusammen. Beckers Wagen schießt von der Brücke. Kein Problem für Sie, aber jetzt gibt es zwei Zeugen, um die Sie sich kümmern müssen. Also erschießen Sie sie, legen Ihnen Pistolen in die Hände, schießen deren Heckfenster ein, damit es aussieht, als hätten sie aus dem fahrenden Wagen geschossen. Das ist es. Wir haben Sie.«

»Die Geschichte glauben Sie doch selbst nicht«, sagte ich.

»Warum nicht?«

»Weil es die dümmste Geschichte ist, die ich je gehört habe. Und Sie sind nicht dumm.«

»Oh, noch ein paar Komplimente, Mr. Kenzie. Bitte!«

»Wir wollten Jay Beckers Geld, ja?«

»Die hundert Riesen, die wir im Kofferraum des Celica gefunden haben, wo seine Fingerabdrücke drauf sind, ja, von denen rede ich.«

»Und die hundert Riesen, mit denen wir ihn aus dem Knast geholt haben?« fragte ich. »Warum haben wir das getan? Um den einen Stapel mit hundert Tausend-Dollar-Scheinen gegen den anderen zu tauschen?«

Er sah mich mit seinen Haifischaugen an, sagte aber nichts.

»Wenn wir Cushing und Clifton die Waffen gegeben haben, warum hatte Clifton dann Schmauchspuren an der Hand? Hatte er doch, oder?«

Keine Antwort. Er sah mich wartend an.

»Wenn wir Jay Becker von der Brücke gedrängt haben, wieso stammt der ganze Blechschaden an seinem Auto von dem Lexus?«

»Weiter!« sagte er.

»Wissen Sie, wieviel ich dafür nehme, eine verschwundene Person zu suchen?«

Er schüttelte den Kopf.

Ich nannte ihm die Summe. »Das ist ja wohl auffällig weniger als die zweihundert Riesen, meinen Sie nicht?«

»Ja.«

»Warum sollte Trevor Stone insgesamt mindestens vierhunderttausend Dollar an zwei Detektive blechen, um seine Tochter zu finden?«

»Der Mann ist verzweifelt. Er liegt im Sterben. Er möchte seine Tochter bei sich haben.«

»Aber fast eine halbe Million Dollar? Ist das nicht ein bißchen viel?«

Er wies mit der rechten Hand in meine Richtung. »Bitte, fahren Sie fort.«

»Scheiß drauf!« sagte ich.

Die vorderen Stuhlbeine setzten wieder auf dem Boden auf. »Wie bitte?«

»Sie haben mich verstanden. Scheiß drauf, Scheiß auf Sie. Ihre Theorie ist ein Haufen Bockmist. Das wissen wir beide. Und wir wissen beide, daß Sie amit vor Gericht niemals durchkommen würden. Die Geschworenen würden Sie auslachen.«

»Ach ja?«

»Ach ja!« Ich blickte erst ihn an, dann hinauf zu dem spiegelverglasten Fenster hinter ihm, damit seine Vorgesetzten oder wer auch immer da stand auch in meine Augen sehen konnten. »Sie haben drei Leichen und eine kaputte Brücke und Schlagzeilen auf der ersten Seite, nehme ich an. Und die einzige Erklärung, die Sinn macht, ist die, die meine Kollegin und ich Ihnen seit zwölf Stunden geben. Aber Sie können sie nicht beweisen.« Ich sah ihm in die Augen. »Sagen Sie jedenfalls.«

»Sag' ich jedenfalls? Was soll das denn heißen, Mr. Kenzie? Na hopp, schießen Sie los!«

»Auf der anderen Seite der Brücke war ein Typ. Sah aus wie ein Surfer. Ich habe gesehen, wie er von Bullen verhört wurde, nachdem Sie kamen. Er hat gesehen, was passiert ist. Zumindest einen Teil davon.«

Er grinste. Breit. Zeigte seine Zähne.

»Der fragliche Herr«, erwiderte er und blickte auf seine Notizen, »ist siebenmal vorbestraft, unter anderem wegen Fahren unter Alkoholeinfluß, Besitz von Marihuana, Besitz von Kokain, Besitz von Ecstasy, Besitz . . .«

»Sie erzählen mir, daß er gewisse Dinge besitzt, Inspector. Das habe ich verstanden. Was hat das damit zu tun, was er auf der Brücke gesehen hat?«

»Hat Ihre Mutter Ihnen nicht beigebracht, daß es unhöflich ist, andere zu unterbrechen?« Er drohte mir mit dem Finger. »Der fragliche Herr fuhr mit ungültigem Führerschein, fiel durch den Alkoholtest und hatte Cannabis dabei. Ihr ›Zeuge‹, wenn Sie ihn so nennen wollen, Mr. Kenzie, stand unter dem Einfluß von mindestens zwei bewußtseinsverändernden Substanzen. Einige Minuten, nachdem wir die Brücke verließen, wurde er verhaftet.« Er beugte sich vor. »Erzählen Sie mir nun, was auf der Brücke passiert ist?«

Ich beugte mich ebenfalls nach vorn. Seinem leuchtenden, prüfenden Blick entgegen. »Sie haben nichts als meine Kollegin und mich mit rauchenden Colts in der Hand und einen Zeugen, dem Sie nicht glauben wollen. Also lassen Sie uns nicht gehen. Stimmt's, Inspector?«

»Das haben Sie richtig erkannt«, erwiderte er. »Also erzählen Sie mir die Geschichte noch einmal.«

»Nein.«

Er verschränkte die Arme vor der Brust und grinste. »Nein? Haben Sie gerade ›nein‹ gesagt?«

»Sie haben richtig verstanden.«

Er stand auf und hob seinen Stuhl hoch, trug ihn um den Tisch herum und stellte ihn neben meinen. Er setzte sich hin, und als er flüsterte, berührten seine Lippen fast mein Ohr. »Ich habe nur Sie, Kenzie. Verstanden? Und Sie sind ein aufgeblasener, weißer, irischer Bastard, das heißt, ich habe Sie auf den ersten Blick gehaßt. Also, sagen Sie mir, was Sie jetzt tun wollen.«

»Ich will meinen Anwalt sprechen«, sagte ich.

»Ich habe Sie nicht verstanden«, flüsterte er.

Ich beachtete ihn nicht und schlug auf die Tischplatte. »Ich will meinen Anwalt sprechen!« rief ich den Leuten hinter dem Spiegel zu.

27

Mein Rechtsanwalt, Cheswick Hartman, flog eine Stunde nach meinem Anruf um sechs Uhr morgens in Boston los.

Als er mittags auf dem Polizeirevier von St. Petersburg in der First Avenue North eintraf, stellten die sich dumm. Da sich der Unfall in einer Art Niemandsland zwischen Pinellas County und Manatee County ereignet hatte, schickten sie ihn zur Polizei von Bradenton in Manatee County und taten so, als wüßten sie nicht, wo wir wären.

In Bradenton warfen sie einen Blick auf Cheswicks Zweitausend-Dollar-Anzug und auf seine Louis-of-Boston-Kleidertasche und verarschten ihn noch ein bißchen länger. Bis er zurück nach St. Pete kam, war es drei Uhr. Es herrschte kochende Hitze. Und Cheswick kochte ebenfalls.

Ich kenne drei Menschen, mit denen man es sich nie, aber wirklich niemals verderben sollte. Der erste ist natürlich Bubba. Der zweite ist Devin Amronklin, ein Bulle von der Bostoner Mordkommission. Der dritte aber ist Cheswick Hartman, und er kann sogar gefährlicher werden als Bubba und Devin, da er über ein größeres Arsenal von Waffen verfügt.

Als einer der Staranwälte nicht nur von Boston, sondern im ganzen Land, berechnet er so um die achthundert Dollar pro Arbeitsstunde, und er ist immer ausgebucht. Er hat Häuser in Beacon Hill und auf den Outer Banks von North Carolina und eine Sommerresidenz auf Mallorca. Außerdem hat er eine Schwester, Elise, die ich vor ein paar Jahren aus einer gefährlichen Situation befreite. Seither weigert sich Cheswick, Geld von mir anzunehmen, und fliegt nach einem Anruf von mir auch mal zwölftausend Kilometer für mich.

Aber so eine Geschichte vermasselt ihm auch die Laune, und wenn seine Zeit dann noch weiter verschwendet wird durch Provinzbullen mit schlechten Manieren, dann werden sein Aktenkoffer und sein Montblanc zu einer Atombombe mit Zünder.

Durch das schmutzige Fenster im Verhörraum konnte ich durch eine noch schmierigere Jalousie in den Kommandoraum blicken, und dort entstand nun, zwanzig Minuten, nachdem Jefferson mich allein gelassen hatte, ein ziemlicher Tumult, weil Cheswick mit einer Legion von Bullen im Schlepptau an den Schreibtischen vorbeiraste.

Die Bullen schnauzten Cheswick und sich untereinander an, sie riefen nach Jefferson und einem Lieutenant Grimes, und als Cheswick die Tür zum Verhörraum aufriß, stand Jefferson hinter ihm.

Cheswick warf einen Blick auf mich und befahl: »Holen Sie meinem Klienten Wasser! Sofort!«

Einer der Bullen ging in den Kommandoraum, während Cheswick mit dem Rest in den Raum trat. Cheswick beugte sich über mich und inspizierte mein Gesicht.

»Sieht gut aus!« Er blickte über die Schulter auf einen verschwitzten weißhaarigen Mann mit den Abzeichen eines Captains auf der Uniform. »Mindestens drei dieser Verletzungen haben sich entzündet. Ich habe gehört, daß sein Schulterblatt gebrochen sein könnte, aber ich sehe hier nur einen Verband.«

Der Captain begann: »Also . . .«

»Seit wann seid ihr hier?« fragte er mich.

»Seit drei Uhr sechsundvierzig heute morgen«, antwortete ich.

Er warf einen Blick auf die Armbanduhr. »Jetzt haben wir vier Uhr nachmittag.« Er sah den verschwitzten Captain an. »Ihr Revier hat sich der Verletzung der Bürgerrechte meines Klienten schuldig gemacht, und das ist ein Bundesverbrechen.«

»Blödsinn!« sagte Jefferson.

Cheswick zog ein Taschentuch aus der Brusttasche, als jemand einen Krug mit Wasser und ein Glas auf den Tisch im

Verhörzimmer stellte. Er nahm den Krug und wandte sich der Gruppe zu. Er goß ein wenig Wasser auf das Taschentuch und ließ dabei etwas auf Jeffersons Schuhe tropfen.

»Schon mal von Rodney King gehört, Wachtmeister Jefferson?«

»Inspector Jefferson.« Er sah seine feuchten Schuhe an.

»Nicht mehr, wenn ich hier fertig bin.« Cheswick wandte sich wieder mir zu und betupfte meine Wunden mit dem Taschentuch. »Eines möchte ich klarstellen«, sagte er zu der Gruppe, »meine Herren, Sie sind am Ende. Ich hab keine Ahnung, wie es hier unten bei Ihnen so zugeht, ist mir auch egal, aber Sie haben meinen Klienten über zwölf Stunden lang in einem unbelüfteten Raum festgehalten, wodurch alles, was er gesagt hat, vor Gericht unbrauchbar ist. Alles.«

»Der Raum ist belüftet«, sagte ein Polizist mit funkelnden Augen.

»Dann machen Sie doch die Klimaanlage an!« sagte Cheswick.

Der Bulle wandte sich zum Gehen, hielt aber mitten in der Bewegung inne und schüttelte den Kopf über seine eigene Dummheit. Als er sich wieder umdrehte, lachte Cheswick ihn an.

»Also war die Klimaanlage in diesem Raum absichtlich abgestellt. In einer Betonzelle bei 30 Grad Celsius Außentemperatur. Nur weiter so, meine Herren, meine Klage geht schon in die Hunderttausende. Nach oben offen.« Er nahm sein Taschentuch und reichte mir ein Glas Wasser. »Noch andere Beschwerden, Patrick?«

Ich stürzte das Glas Wasser in weniger als drei Sekunden runter. »Sie haben mir gegenüber unflätige Ausdrücke benutzt.«

Er lächelte mich mit zusammengekniffenen Lippen an und klopfte mir auf die Schulter, gerade so fest, daß ich aufschrie. »Laß mich reden!« sagte er.

Jefferson trat neben Cheswick. »Ihr Klient hat dreimal auf

einen Mann geschossen. Seine Kollegin hat einem anderen durch den Hals geschossen. Ein Dritter wurde mit seinem Auto von der Brücke gerammt und starb in der Tampa Bay.«

»Ich weiß«, entgegnete Cheswick, »hab' ich auf dem Band gesehen.«

»Auf dem Band?« fragte Jefferson.

»Auf dem Band?« fragte der verschwitzte Captain.

»Auf dem Band?« fragte ich.

Cheswick griff in seinen Aktenkoffer und warf eine Videokassette auf den Tisch. »Das ist eine Kopie«, erklärte er. »Das Original liegt im Büro von Meegan, Feibel and Ellenburg in Clearwater. Das Band wurde dort heute morgen um neun von einem Kurier angeliefert.«

Jefferson nahm die Kassette in die Hand, und von seinem Haaransatz löste sich ein kleiner Tropfen Schweiß.

»Bitte sehr!« sagte Cheswick. »Der Film wurde von jemandem aufgenommen, der zur Zeit des Unfalls auf der Skyway Bridge Richtung Süden unterwegs war.«

»Wer?« fragte Jefferson.

»Eine Frau namens Elizabeth Waterman. Ich glaube, Sie haben Ihren Freund, Peter Moore, letzte Nacht auf der Brücke wegen Drogenbesitzes und einiger anderen Sachen verhaftet. Ich glaube, er gab gegenüber Ihren Beamten eine Erklärung ab, die sich mit dem Film deckt, die Sie aber nicht entgegennehmen wollten, weil er den Alkoholtest nicht bestanden hatte.«

»So ein Blödsinn!« rief Jefferson und sah sich bei seinen Kollegen nach Unterstützung um. Als er keine bekam, griff er so resolut nach der Kassette, daß ich glaubte, er würde sie zerdrücken.

»Der Film ist ein bißchen verschwommen, weil es regnete und der Filmer aufgeregt war«, erklärte Cheswick, »aber der größte Teil des Unfalls ist drauf.«

»Du willst mich doch verarschen!« sagte ich und lachte.

»Bin ich nicht der Allercoolste?« antwortete Cheswick.

28

Um neun Uhr abends wurden wir entlassen.

In der Zwischenzeit hatte mich ein Arzt im Bayshore Hospital untersucht, während die ganze Zeit zwei Streifenpolizisten in drei Metern Entfernung aufpaßten. Er säuberte meine Wunden und trug eine antiseptische Tinktur auf, um weiteren Infektionen vorzubeugen. Das Röntgenbild zeigte eine deutliche Fissur in meinem Schulterblatt, jedoch keinen Bruch. Er verband mich neu, gab mir eine Schlinge für den Arm und riet mir, mindestens drei Monate lang keinen Football zu spielen.

Als ich ihn fragte, ob die angebrochene Scapula Auswirkungen auf die Verletzung an meiner linken Hand haben könnte, die ich durch meinen Kampf mit Gerry Glynn im letzten Jahr davongetragen hatte, begutachtete er meine Hand.

»Taubes Gefühl?«

»Vollkommen.«

»Die Nerven Ihrer Hand sind beschädigt.«

»Schön zu hören.«

Er sah mich durch seine kleinen Brillengläser grimmig an. »Sie arbeiten fleißig daran, daß Ihr Ende zusehends näher rückt, Mr. Kenzie.«

»Das wird mir auch langsam klar.«

»Möchten Sie irgendwann Kinder haben?«

»Ja«, antwortete ich.

»Fangen Sie jetzt damit an«, riet er mir, »dann erleben Sie vielleicht noch ihren College-Abschluß.«

Als wir die Treppe der Polizeiwache hinabstiegen, sagte Cheswick: »Diesmal habt ihr euch mit dem Falschen angelegt.«

»Was soll das heißen?« fragte Angie.

»Es fehlen nicht nur die Anhaltspunkte dafür, daß Cushing

und Clifton für ihn arbeiteten, sondern auch für das Flugzeug, von dem ihr mir erzählt habt. Der einzige Privatjet, der am fraglichen Tag zwischen neun und zwölf Uhr morgens vom Logan Airport startete, war eine Cessna, keine Gulfstream, und sie flog nach Dayton, Ohio.«

»Wie kann man denn einen ganzen Flughafen zum Schweigen bringen?« wunderte sich Angie.

»Und nicht nur irgendeinen Flughafen«, ergänzte Cheswick. »Logan hat das engmaschigste Sicherheitssystem im ganzen Land. Und Trevor Stone hat genügend Einfluß, es zu umgehen.«

»Scheiße«, sagte ich.

Wir hielten vor der Limousine inne, die Cheswick gemietet hatte. Der Chauffeur öffnete die Tür, aber Cheswick schüttelte den Kopf und drehte sich zu uns um.

»Kommt ihr mit?«

Ich schüttelte den Kopf und bereute es im selben Augenblick. Dort oben übte noch immer die Kapelle.

»Wir haben hier noch ein paar Sachen zu erledigen«, antwortete Angie. »Außerdem müssen wir uns vor unserer Rückkehr überlegen, was wir mit Trevor machen.«

»Wollt ihr meinen Rat?« Cheswick warf seinen Aktenkoffer auf den Rücksitz der Limousine.

»Ja klar.«

»Bleibt weg. Bleibt hier unten, bis er tot ist. Vielleicht läßt er euch in Ruhe.«

»Das kann ich nicht«, sagte Angie.

»Hab' ich auch nicht erwartet«, seufzte Cheswick. »Ich habe einmal eine Geschichte über Trevor Stone gehört. Nur ein Gerücht. Gerede. Egal – angeblich machte in den frühen Siebzigern ein Gewerkschafter unten in El Salvador Ärger, bedrohte Trevor Stones Bananen-, Ananas- und Kaffee-Erträge. Also führte Trevor der Legende zufolge einige Telefongespräche. Und eines Tages, die Arbeiter einer seiner Anlagen zur Kaffeeverarbeitung überprüften gerade einen Bottich mit Kaffeebohnen – da finden sie einen Fuß. Dann einen Arm. Und dann einen Kopf.«

»Der Gewerkschafter«, sagte Angie.

»Nein«, widersprach Cheswick, »die sechsjährige Tochter des Gewerkschafters.«

»Mein Gott!« rief ich aus.

Cheswick klopfte gedankenverloren auf das Dach des Wagens und blickte auf die lehmige Straße. »Den Gewerkschafter und seine Frau hat man nie gefunden. Sie gehörten zu den ›Vermißten‹ dort unten. Und niemals wieder hat irgend jemand davon gesprochen, eine von Trevor Stones Plantagen zu bestreiken.«

Wir schüttelten uns die Hände, und er stieg in den Wagen.

»Eins noch!« sagte er, bevor der Fahrer die Tür schließen konnte.

Wir beugten uns ins Auto.

»Vorletzte Nacht ist jemand in die Geschäftsräume von Hamlyn & Kohl eingebrochen. Die gesamte Einrichtung wurde gestohlen. Ich habe gehört, für heiße Faxgeräte und Kopierer gibt's momentan viel Geld.«

»Offensichtlich«, stimmte Angie zu.

»Ich will es hoffen. Denn die Diebe mußten Everett Hamlyn erschießen, um zu bekommen, was sie wollten.«

Wir standen schweigend da, während die Tür geschlossen wurde und die Limousine langsam die Straße entlangschlich und nach rechts in Richtung Schnellstraße abbog.

Angie griff nach meiner Hand. »Das tut mir leid«, flüsterte sie, »das mit Everett und mit Jay.«

Ich blinzelte etwas aus den Augen.

Angie drückte meine Hand noch fester.

Ich blickte zum Himmel empor, dessen satte, dunkelblaue Farbe künstlich wirkte. Soviel war mir hier unten schon aufgefallen: Dieser Staat, so blühend und üppig und bunt er auch war, wirkte wie eine Fälschung im Vergleich mit seinen unauffälligeren Geschwistern im Norden.

Das Perfekte hat etwas Häßliches an sich.

»Es waren gute Männer«, sagte Angie sanft.

Ich nickte. »Sie waren wunderbar.«

29

Wir gingen zu Fuß zur Central Avenue und dann Richtung Norden zu einem Taxistand, von dem uns der wachhabende Polizist grummelnd erzählt hatte.

»Cheswick meinte, die wollen uns noch drankriegen wegen Waffenbesitz, Gebrauch von Handfeuerwaffen innerhalb der Stadtgrenzen und so weiter.«

»Das ist aber nicht hieb- und stichfest«, antwortete sie.

»Wahrscheinlich nicht.«

Wir erreichten den Taxistand, doch er war leer. Die Central Avenue, oder wenigstens der Teil, auf dem wir uns gerade befanden, wirkte nicht gerade freundlich. Auf dem mit Müll überfüllten Parkplatz vor einem mit Fackeln beleuchteten Spirituosengeschäft stritten sich drei Penner um eine Flasche oder eine Pfeife, und auf der anderen Straßenseite beäugten mehrere heruntergekommen aussehende Jugendliche auf einer Bank vor Burger King potentielle Opfer, ließen einen Joint kreisen und musterten Angie von oben bis unten. Meine verbundene Schulter und die Schlinge um meinen Arm ließen mich wohl ein bißchen verletzlich wirken, doch dann sah ich genauer hin und blickte einem von ihnen unwillig in die Augen, bis er sich abwandte und sich auf etwas anderes konzentrierte.

Der Taxistand war ein Plexiglasbau, in der feuchten Hitze lehnten wir uns für einen Augenblick gegen die Wand.

»Du siehst scheiße aus«, sagte Angie zu mir.

Ich blickte mit hochgezogenen Brauen auf die Verletzungen in ihrem Gesicht, auf das Veilchen um ihr rechtes Auge, die Delle in ihrer rechten Wade. »Du bist auch nicht gerade . . .«

Sie lächelte mich müde an, und eine schweigsame Minute lang standen wir an die Wand gelehnt.

»Patrick.«

»Ja?« fragte ich mit geschlossenen Augen.

»Als ich auf der Brücke aus dem Krankenwagen kam und zum Streifenwagen gebracht wurde, da, ähm, habe ich . . .«

Ich öffnete die Augen und sah sie an. »Was?«

»Ich glaube, ich habe etwas Komisches gesehen. Und ich will nicht, daß du lachst.«

»Du hast Desiree Stone gesehen.«

Sie stieß sich von der Wand ab und schlug mir mit dem Handrücken gegen den Bauch. »Das gibt's ja nicht! Du hast sie auch gesehen?«

Ich rieb mir den Bauch. »Ich hab' sie auch gesehen.«

»Glaubst du, sie ist ein Gespenst?«

»Sie ist kein Gespenst«, gab ich zurück.

Unsere Hotelzimmer waren in unserer Abwesenheit durchsucht worden. Zuerst dachte ich, es waren Trevors Leute, vielleicht der Flummi und Cushing, bevor sie uns verfolgten, aber dann fand ich eine Visitenkarte auf meinem Kopfkissen.

INSPECTOR CARNELL JEFFERSON stand darauf.

Ich legte meine Kleidung wieder zusammen und packte sie in meinen Koffer, schob das Bett zurück an die Wand und machte alle Schubladen zu.

»Langsam hasse ich diese Stadt.« Angie kam mit zwei Flaschen Bier in mein Zimmer, wir nahmen sie mit auf den Balkon und ließen die Glastüren hinter uns geöffnet. Wenn Trevor den Raum abhören ließ, waren wir sowieso schon ganz oben auf der Abschußliste, und nichts, was wir sagten, könnte seinen Plan ändern, mit uns dasselbe zu machen, was er mit Jay und Everett Hamlyn gemacht hatte und was er mit seiner Tochter noch vorhatte, die ihm einfach nicht den Gefallen tun wollte zu sterben. Und wenn die Bullen das Zimmer abhörten, spielte es keine Rolle: Es hatte keinen Einfluß auf das, was wir ihnen auf der Wache gesagt hatten, weil wir nichts zu verbergen hatten.

»Warum will Trevor seine Tochter unbedingt tot sehen?« fragte Angie.

»Und warum taucht sie immer wieder quicklebendig auf?«

»Eins nach dem anderen!«

»In Ordnung.« Ich legte meine Füße auf die Balkonbrüstung und nahm einen Schluck Bier. »Trevor möchte seine Tochter tot sehen, weil sie irgendwie herausgefunden hat, daß er Lisardo umgebracht hat.«

»Und warum hat er Lisardo umgebracht?«

Ich sah sie an. »Weil ...«

»Ja?« Sie zündete sich eine Zigarette an.

»Ich hab' keine Ahnung.« Ich nahm einen Zug von ihrer Zigarette, um den Adrenalinspiegel zu senken, der mein Blut noch immer in Wallung brachte, seit ich vor zwanzig Stunden vom Auto gerutscht war.

Sie nahm sich die Zigarette zurück und betrachtete sie. »Und selbst wenn er Lisardo getötet hat und sie das rausgefunden hat, also selbst wenn, warum will er sie dann töten? Bevor es zum Prozeß käme, wäre er eh tot, und seine Anwälte würden ihn bis dahin aus allem raushalten. Also wieso das alles?«

»Genau.«

»Auch diese ganze Sache mit dem Sterben ...«

»Was?«

»Die meisten Leute versuchen, wenn sie sterben, ihren Frieden zu machen – mit Gott, der Familie, mit der Welt im allgemeinen.«

»Nicht so Trevor.«

»Genau. Wenn er wirklich im Sterben liegt, dann muß sein Haß auf Desiree so tief gehen, daß Normalsterbliche das nicht nachvollziehen können.«

»*Wenn* er denn im Sterben liegt«, wandte ich ein.

Sie nickte und drückte ihre Zigarette aus. »Laß uns mal kurz darüber nachdenken. Woher wissen wir denn genau, daß er stirbt?«

»Man muß ihn nur ansehen.«

Sie öffnete den Mund, als wollte sie widersprechen, schloß ihn dann wieder und ließ den Kopf einen Moment lang auf die Knie sinken. Als sie ihn wieder hob, strich sie sich das Haar aus dem Gesicht und machte es sich auf dem Stuhl bequem. »Du hast recht«, sagte sie. »Blöde Idee. Der Typ steht auf jeden Fall mit einem Bein im Grab.«

»Also«, machte ich weiter, »zurück zum Ausgangspunkt. Warum haßt ein Mensch jemand anderen, besonders sein eigen Fleisch und Blut, so sehr, daß er die letzten Tage seines Lebens unbedingt damit verbringen will, diesen Menschen aufzuspüren?«

»Jay sprach doch von einer Inzest-Geschichte«, versuchte es Angie.

»Okay. Daddy hat sein kleines Mädchen ein bißchen zu lieb. Sie haben eine eheähnliche Beziehung, und irgend etwas kommt dazwischen.«

»Anthony Lisardo. Jetzt sind wir wieder bei ihm.«

Ich nickte. »Also läßt Daddy ihn erledigen.«

»Obendrein kurz nachdem ihre Mutter gestorben ist. Also verfällt Desiree in eine Depression, trifft Price, der ihre Trauer ausnutzt und sie bei dem Diebstahl der zwei Millionen mitmachen läßt.«

Ich blickte sie an. »Warum?«

»Warum was?«

»Warum sollte Price sie mitmachen lassen? Ich meine jetzt nicht, daß er sie nicht gerne eine Zeitlang mitgenommen hätte, aber warum soll er ihr den ganzen Plan verraten haben?«

Sie klopfte sich mit der Bierflasche auf den Oberschenkel. »Du hast recht. Hat er nicht.« Sie setzte das Bier an und trank. »Mannomann, bin ich durcheinander.«

Wir saßen schweigend da und ließen uns das Ganze durch den Kopf gehen, während der Mond die Tampa Bay in Perlmutt tauchte und die roten Ausläufer des rosa Himmels langsam verblaßten und schließlich verschwanden. Ich ging kurz hinein und holte uns noch zwei Bier auf den Balkon.

»Schwarz ist weiß«, sagte ich.

»Was?«

»Hast du selbst gesagt. Schwarz ist weiß. Oben ist unten in diesem Fall.«

»Stimmt. Das stimmt auf jeden Fall.«

»Hast du mal *Rashomon* gesehen?«

»Hört sich an wie ein Film über seltene Blumen.«

Ich sah sie mit zusammengekniffenen Augen an.

»'tschuldigung«, gab sie locker zurück. »Nein, Patrick. Ich habe *Raschelmohn* oder wie auch immer nicht gesehen.«

»Ein japanischer Film«, erklärte ich. »Er zeigt ein und dasselbe Geschehen viermal aus anderer Perspektive.«

»Warum?«

»Also, es geht dabei um einen Prozeß wegen Vergewaltigung und Mord. Und die vier Leute, die dabei waren, erzählen vier vollkommen unterschiedliche Geschichten über das, was passiert ist. Der Zuschauer sieht jede Version und muß entscheiden, wer die Wahrheit sagt.«

»Bei *Star Trek* gab's mal so was Ähnliches.«

»Du darfst nicht so viel *Star Trek* sehen«, sagte ich.

»He, wenigstens ist es einfacher auszusprechen, nicht so wie *Raschelmohn.*«

»*Rashomon.*« Mit geschlossenen Augen rieb ich mir die Nasenspitze zwischen Zeigefinger und Daumen. »Was ich damit sagen wollte . . .«

»Ja?«

». . . ist, daß wir vielleicht alles aus der falschen Perspektive sehen. Vielleicht«, fuhr ich fort, »haben wir am Anfang zu viele Dinge als wahr angenommen, die gar nicht stimmten.«

»Wie zum Beispiel, daß Trevor in Ordnung ist und kein mordlustiger Kinderficker?«

»Zum Beispiel«, antwortete ich.

»Was haben wir denn noch als wahr angenommen, das wir vielleicht aus der falschen Perspektive sehen?«

»Desiree«, schlug ich vor.

»Was denn bei ihr?«

»Alles.« Ich beugte mich vor, die Ellenbogen auf den Knien, und blickte durch die Stäbe der Brüstung auf die Bucht unter mir, auf die drei Brücken, die das ruhige Wasser durchschnitten und das Mondlicht brachen und verzerrten.

»Was wissen wir über Desiree?«

»Sie ist schön.«

»Okay. Woher wissen wir das?«

»O Mann!« stöhnte sie. »Drehst du mir jetzt jedes Wort im Mund um oder was?«

»Laß mich doch mal! Woher wissen wir, daß Desiree schön ist?«

»Von Fotos. Von dem kurzen Blick letzte Nacht auf der Brücke.«

»In Ordnung. Unser Wissen basiert auf unserer persönlichen Wahrnehmung, wir haben sie mit eigenen Augen gesehen, wir hatten also persönlichen Kontakt mit dem Objekt und konnten einen seiner Aspekte überprüfen.«

»Wie bitte?«

»Sie ist eine schöne Frau. Das ist alles, was wir über sie wissen, weil es das einzige ist, was wir in bezug auf sie persönlich bezeugen können. Alles andere über sie wissen wir vom Hörensagen. Ihr Vater erzählt uns etwas, fühlt aber genau das Gegenteil. Stimmt das?«

»Ja.«

»Also stimmt das, was er uns am Anfang erzählt hat?«

»Das mit den Depressionen meinst du?«

»Alles. Lurch sagt, sie ist ein schöner, wunderbarer Mensch. Aber Lurch arbeitet für Trevor, also können wir wohl annehmen, daß er nur Scheiße erzählt hat.«

Ihre Augen leuchteten nun auf. Sie setzte sich aufrecht hin.

»Und Jay, Jay hat sich allem Anschein nach geirrt, als er uns erzählte, sie sei tot.«

»Genau.«

»Also kann alles falsch gewesen sein, was er uns über sie erzählt hat.«

»Liebe macht blind . . .«

»He!« rief sie.

»Was?«

»Wenn Desiree nicht tot ist, welche Leiche war das dann in Jays Sweatshirt, der das Gesicht weggepustet wurde?«

Ich holte das Telefon aus dem Zimmer auf den Balkon und rief Devin Amronklin an.

»Kennst du irgendwelche Bullen in Clearwater?« fragte ich ihn.

»Ich kenne vielleicht einen, der einen kennt.«

»Kannst du nachsehen, ob sie ein weibliches Mordopfer identifiziert haben, das vor vier Tagen im Ambassador Hotel gefunden wurde?«

»Gib mir deine Nummer!«

Ich tat es, und Angie drehte unsere Stühle so, daß sie sich gegenüberstanden.

»Angenommen, Desiree ist nicht nur eitel Sonnenschein«, schlug ich vor.

»Noch schlimmer«, stimmte sie ein. »Laß uns mal annehmen, sie ist die Tochter ihres Vaters, und der Apfel fällt nicht weit vom Stamm. Was ist, wenn sie Price zu dem Raub angestiftet hat?«

»Woher soll sie denn gewußt haben, daß überhaupt Geld zu holen ist?«

»Keine Ahnung. Das überlegen wir später. Sie stiftet also Price zu dem Diebstahl an . . .«

»Aber Price merkt irgendwann: ›Hey, das ist ein falsches Früchtchen. Die macht mich fertig, sobald sie die Möglichkeit hat.‹ Also hängt er sie ab.«

»Und nimmt das Geld. Aber sie will es zurück.«

»Weiß aber nicht, wo er es versteckt hat.«

»Und dann kommt Jay dazu.«

»Perfekte Möglichkeit, Price ein bißchen unter Druck zu setzen«, merkte ich an.

»Dann findet Desiree heraus, wo das Geld ist. Aber sie hat ein Problem. Wenn sie es einfach stiehlt, sucht nicht nur ihr Vater nach ihr, sondern auch Price und Jay.«

»Also muß sie sterben«, folgerte ich.

»Und sie weiß, daß Jay Price erledigt.«

»Und dafür wahrscheinlich ins Gefängnis wandert.«

»Kann sie so falsch sein?« fragte Angie.

Ich zuckte die Achseln. »Warum nicht?«

»Sie ist also tot«, resümierte Angie. »Price auch. Und dann Jay. Warum zeigt sie sich uns dann?«

Darauf hatte ich keine Antwort.

Angie auch nicht.

Aber Desiree.

Sie trat mit einer Pistole in der Hand auf den Balkon und sagte: »Weil ich eure Hilfe brauche.«

30

Nette Knarre«, bemerkte ich. »Haben Sie die genommen, weil die zu Ihren Klamotten paßt, oder umgekehrt?«

Sie kam auf den Balkon heraus und richtete die Waffe leicht zitternd auf einen Punkt irgendwo zwischen Angies Nase und meinem Mund.

»Sehen Sie«, sagte Desiree, »falls es Ihnen entgangen ist: Ich bin nervös, ich weiß nicht, wem ich vertrauen soll, und ich brauche Ihre Hilfe, aber ich bin mir bei Ihnen nicht ganz sicher.«

»Wie der Vater, so die Tochter«, bemerkte Angie.

Ich gab ihr einen Klaps aufs Knie. »Du nimmst mir die Worte aus dem Mund.«

»Was ist?« fragte Desiree.

Angie nahm einen Schluck Bier und beobachtete Desiree. »Ihr Vater, Miß Stone, ließ uns kidnappen, um sich mit uns zu unterhalten. Jetzt richten Sie hier eine Pistole auf uns, offenbar aus demselben Grund.«

»Es tut mir leid, aber . . .«

»Wir mögen keine Pistolen«, erklärte ich. »Der Flummi würde Ihnen das bestätigen, wenn er noch lebte.«

»Wer?« Sie trat vorsichtig hinter meinen Stuhl.

»Graham Clifton«, antwortete Angie. »Bei uns hieß er der Flummi.«

»Warum?«

»Warum nicht?« Ich drehte den Kopf, während sie sich am Geländer des Balkons vorbeizwängte und schließlich ungefähr zwei Meter von unseren Stühlen entfernt stehenblieb, wobei die Waffe noch immer zwischen uns zeigte.

Und, bei Gott, sie war wunderschön. Ich bin seinerzeit mit einigen schönen Frauen ausgegangen. Frauen, die ihren Wert nach ihren äußeren Vorzügen bemaßen, da die ganze Welt sie danach beurteilte. Sie waren gertenschlank oder üppig, hochgewachsen oder klein, schmerzlich schöne Frauen, in deren Nähe Männer nicht mehr denken konnten.

Aber keine von ihnen konnte Desiree auch nur im entferntesten das Wasser reichen. Ihr Körper war absolut makellos. Ihre Haut schien über Knochen gespannt zu sein, die zart und deutlich ausgeprägt zugleich waren. Ihre Brüste, die nicht durch einen BH gebändigt wurden, bildeten sich bei jedem ihrer flachen Atemzüge unter dem dünnen Material ihres Kleides ab, und das Kleid selbst, ein schlichtes, gerade geschnittenes, pfirsichfarbenes Baumwollfähnchen, praktisch und locker sitzend, konnte ihren straffen, muskulösen Bauch und ihre schlanken, sehnigen Oberschenkel kaum verbergen.

Ihre jadefarbenen Augen funkelten und wirkten doppelt so hell, weil sie nervös glänzten wie Tautropfen und von ihrer von der untergehenden Sonne beschienenen Haut abstachen.

Aber sie war sich ihrer Ausstrahlung durchaus bewußt. Wenn sie während unserer Unterhaltung mit Angie sprach, sprangen ihre Augen unruhig über deren Gesicht. Doch wenn sie mit mir sprach, sah sie mir tief in die Augen und beugte sich fast unmerklich vor.

»Miß Stone«, befahl ich, »nehmen Sie die Waffe runter!«

»Ich kann nicht. Ich meine, ich . . . Ich weiß nicht . . .«

»Nehmen Sie sie runter oder erschießen Sie uns«, schnitt Angie ihr das Wort ab. »Sie haben fünf Sekunden.«

»Ich . . .«

»Eins!« begann Angie.

Tränen stiegen in ihren Augen hoch. »Ich will doch nur sicher sein . . .«

»Zwei!«

Desiree blickte zu mir herüber, doch ich reagierte nicht.

»Drei!«

»Sehen Sie . . .«

»Vier!« Angie drehte ihren Stuhl nach rechts, und die Metallbeine kreischten über den Beton.

»Bleiben Sie sitzen!« sagte Desiree und richtete zitternd die Waffe auf Angie.

»Fünf!« Angie stand auf.

Desiree reagierte nicht, und ich stand auf und schlug ihr gegen die Hand.

Die Pistole fiel auf das Geländer, prallte davon ab, und ich schnappte sie aus der Luft, bevor sie sechs Stockwerke tief in den Garten fallen konnte. Zum Glück, denn als ich nach unten sah, erblickte ich ein paar Kinder im Grundschulalter, die neben dem Garten auf ihrer Terrasse spielten.

Guck mal, Mama, was ich gefunden habe. Bumm.

Desiree hielt die Hände vors Gesicht, und Angie sah mich fragend an.

Ich zuckte die Schultern. Die Pistole war eine automatische Ruger 22. Rostfreier Stahl. Sie wirkte leicht in meiner Hand, aber es täuscht, wenn man eine Pistole hält. Waffen sind nie leicht.

Sie hatte die Waffe nicht entsichert, ich betätigte den Auswurf des Magazins, nahm es und stopfte die Pistole in meine linke Hosentasche, das Magazin in meine rechte.

Desiree hob den Kopf, ihre Augen waren rot. »Ich kann nicht mehr so weitermachen.«

»Womit?« Angie zog einen Stuhl heran. »Setzen Sie sich.«

Desiree setzte sich. »Hiermit. Pistolen und Tod und . . . o Gott, ich kann nicht mehr.«

»Haben Sie die Church of Truth bestohlen?«

Sie nickte.

»Das war Ihre Idee«, ergänzte Angie, »nicht die von Price.«

Ein halbes Nicken. »Schon. Aber ich habe ihn dazu gedrängt, nachdem er mir davon erzählt hatte.«

»Warum?«

»Warum?« fragte sie, während ihr zwei Tränen übers Gesicht liefen, von den Wangen tropften und kurz unter dem Saum des Kleides auf ihren Knien landeten. »Warum? Sie müssen . . .« Sie seufzte und sah hoch zum Himmel, wischte sich die Augen. »Mein Vater hat meine Mutter umgebracht.«

Das hatte ich nicht erwartet. Ich blickte Angie an. Sie auch nicht.

»Bei dem Autounfall, bei dem er selbst fast getötet wurde?« fragte Angie. »Meinen Sie das ernst?«

Desiree nickte mehrmals.

»Verstehe ich das richtig?« mischte ich mich ein. »Ihr Vater hat einen Pseudo-Unfall arrangiert, wollen Sie das damit sagen?«

»Ja.«

»Und er hat diese Männer bezahlt, damit sie dreimal auf ihn schießen?«

»Das war nicht geplant«, erwiderte sie.

»Na, ich hoffe nicht«, bemerkte Angie.

Desiree sah sie an und blinzelte. Dann blickte sie mich mit großen Augen an. »Er hatte die Männer schon bezahlt. Als alles schiefging und sich das Auto überschlug – das war auch nicht geplant –, gerieten sie in Panik und schossen auf ihn, nachdem sie schon meine Mutter getötet hatten.«

»Blödsinn«, sagte Angie.

Desirees Augen wurden noch größer, sie starrte jetzt auf einen neutralen Punkt zwischen uns beiden und blickte dann einen Augenblick auf den Betonboden herunter.

»Desiree«, mahnte ich, »diese Geschichte ist so löchrig, daß ein paar Lastwagen durchfallen würden.«

»Zum Beispiel«, begann Angie, »warum haben diese Typen nicht alles der Polizei erzählt, als sie erst mal eingebuchtet und dann vor Gericht gestellt wurden?«

»Weil sie nicht wußten, daß mein Vater sie angeheuert hatte«, erwiderte sie. »Eines Tages nimmt jemand Kontakt mit jemand anderem auf und erteilt den Auftrag, eine Frau umzubringen. Ihr Mann wird dabeisein, sagt dieser Jemand, aber auf ihn wird nicht geschossen. Nur auf die Frau.«

Wir dachten eine Weile darüber nach.

Desiree beobachtete uns und fügte dann hinzu: »Das ist eine richtige Befehlskette. Wenn der Befehl bei den tatsächlichen Killern ankommt, wissen sie nicht mehr, wer ihn erteilt hat.«

»Noch mal: Warum haben sie auf Ihren Vater geschossen?«

»Ich kann Ihnen nur wieder antworten: weil sie in Panik gerieten. Haben Sie etwas über den Fall gelesen?«

»Nein«, gab ich zu.

»Sonst wüßten sie nämlich, daß diese Killer nicht gerade Sprengstoffexperten waren. Es waren hohle Kids, sie wurden nicht engagiert, weil sie schlaue Köpfchen waren. Sie wurden engagiert, weil sie jemanden umbringen können, ohne deshalb an Schlaflosigkeit zu leiden.«

Ich blickte wieder zu Angie hinüber. Es schien so weit hergeholt zu sein und es klang wirklich abgedreht, aber auf seine verquere Weise war es in sich logisch.

»Warum wollte Ihr Vater Ihre Mutter umbringen?«

»Weil sie sich scheiden lassen wollte. Und sie wollte die Hälfte seines Vermögens. Wenn er sie vor Gericht bekämpft hätte, hätte sie all die schmutzigen Einzelheiten ihres gemeinsamen Lebens hervorgekramt. Daß sie von ihm gekauft worden war, daß er mich mit vierzehn Jahren vergewaltigte, daß er all die Jahre lang über mich herfiel und noch tausend andere Geheimnisse von ihm, die sie kannte.« Sie begutachtete ihre Hände, drehte die Handflächen nach oben, dann wieder nach unten. »Die andere Möglichkeit für ihn war, sie umzubringen. Und mit dieser Möglichkeit war er bereits bestens vertraut.«

»Und er will Sie umbringen, weil Sie das wissen?« fragte Angie.

»Ja«, antwortete sie mit einem Flüstern.

»Wieso sind Sie sich da so sicher?« fragte ich.

»Als ich nach ihrem Tod aus dem Krankenhaus nach Hause kam, hörte ich ihn mit Julian und Graham sprechen. Er war außer sich, daß die drei Mörder von der Polizei festgenommen worden waren, anstatt daß man mit ihnen kurzen Prozeß gemacht hatte. Das war das Beste, was den dreien je passieren konnte: mit den Knarren in der Hand erwischt zu werden und zu gestehen. Denn sonst hätte mein Vater einen Staranwalt engagiert, um sie freizubekommen, ein oder zwei Richter gekauft, und sie dann foltern und töten lassen, sobald sie die Straße betreten hätten.« Sie kaute einen Moment auf der Unterlippe. »Mein Vater ist der gefährlichste Mensch der Welt.«

»Das glauben wir langsam auch«, pflichtete ich ihr bei.

»Wer wurde im Ambassador Hotel erschossen?« fragte Angie.

»Darüber möchte ich nicht sprechen.« Sie schüttelte den Kopf, zog ihre Knie unters Kinn, setzte die Füße auf den Rand des Stuhls und schlang ihre Arme um die Beine.

»Sie haben keine Wahl«, sagte Angie.

»O Gott.« Sie legte ihre Wange mit geschlossenen Augen kurz auf die Knie.

Nach ungefähr einer Minute sagte ich: »Versuchen wir es mal anders: Warum sind Sie zu dem Hotel gegangen? Warum glaubten Sie plötzlich zu wissen, wo das Geld war?«

»Jay hatte etwas gesagt.« Sie hatte die Augen immer noch geschlossen, ihre Stimme war ein Flüstern.

»Was hatte Jay gesagt?«

»Er hatte gesagt, das Zimmer von Price sei voller Wassereimer.«

»Wassereimer?«

Sie hob den Kopf. »Eimer mit Eiswürfeln, die schon zur Hälfte geschmolzen sind. Mir fiel ein, daß Price so was schon mal gemacht hatte, und zwar in einem der Motels, in denen wir auf unserem Weg hier runter geschlafen hatten. Price und ich. Er ging ständig zur Eismaschine. Er holte jedesmal nur ein bißchen Eis, der Eimer war nie voll. Er sagte, er möge es am liebsten, wenn das Eis in seinem Getränk so kalt wie möglich sei. Frisch aus der Maschine. Und daß das Eis obendrauf am besten sei, weil die Hotels nie das schmutzige Eis und Wasser am Boden der Maschine auswechseln. Sie kippen immer nur frisches Eis obendrauf. Ich weiß noch, daß ich dachte, er redet nur Scheiße, wußte aber nicht, warum, und damals war ich zu erschöpft, um mir darüber Gedanken zu machen. Außerdem bekam ich langsam Angst vor ihm. In unserer zweiten Nacht auf der Reise hatte er mir das Geld abgenommen und wollte mir nicht sagen, wo es war. Na ja, als Jay dann das mit den Eimern sagte, dachte ich noch mal darüber nach, was Price in South Carolina erzählt hatte.« Sie sah mich mit ihren funkelnden jadefarbenen Augen an. »Es war unter dem Eis.«

»Das Geld?« fragte Angie.

Sie nickte. »In einer Mülltüte, flach unter dem Eis in der Maschine auf der vierten Etage, genau vor seinem Zimmer.«

»Absolut dreist!« bemerkte ich.

»Aber nicht einfach dranzukommen«, fügte Desiree hinzu. »Man muß das ganze Eis zur Seite räumen, dabei die Arme durch die kleine Öffnung der Maschine zwängen. So fand mich Price, als er von einem Freund zurückkam.«

»War er allein?«

Sie schüttelte den Kopf. »Es war ein Mädchen bei ihm. Sah wie eine Nutte aus. Ich hatte sie schon mal mit ihm gesehen.«

»Ihre Größe, Ihre Figur, gleiche Haarfarbe?« fragte ich.

Sie nickte. »Sie war ein oder zwei Zentimeter kleiner als ich, aber das merkte man so nicht, nur wenn sie neben mir stehen würde. Es war eine Kubanerin, glaube ich, und sie sah ganz anders aus als ich. Aber . . .« sie zuckte die Achseln.

»Weiter!« befahl Angie.

»Sie haben mich mit ins Zimmer genommen. Price hatte irgend etwas genommen. Er war total drauf, abgedreht, raste.

Sie ...« Sie drehte sich in ihrem Stuhl, sah aufs Wasser, und ihre Stimme wurde wieder zu einem Flüstern. »... haben Sachen mit mir gemacht.«

»Beide?«

Sie hielt den Blick aufs Wasser gerichtet. »Was glauben Sie?« Ihre Stimme war nun rauh und belegt. »Danach hat die Frau meine Sachen angezogen. Um sich über mich lustig zu machen wahrscheinlich. Dann haben sie mir einen Bademantel umgehängt und mich nach College Hill in Tampa gefahren. Kennen Sie den Bezirk?«

Wir schüttelten den Kopf.

»Das ist die South Bronx von Tampa. Dort haben sie mir den Bademantel wieder ausgezogen und mich aus dem Auto geworfen und sind lachend weggefahren.« Sie führte sich ihre zitternde Hand an die Lippen. »Ich ... schaffte es irgendwie zurück. Hab' ein paar Klamotten von einer Wäscheleine gestohlen und bin zurück zum Ambassador getrampt, aber überall war Polizei. Und eine Leiche mit dem Sweatshirt, das Jay mir gegeben hatte, lag im Zimmer von Price.«

»Warum hat Price sie umgebracht?«

Sie zuckte die Schultern, ihre roten Augen wurden wieder naß. »Ich denke, weil sie sich wahrscheinlich darüber gewundert hat, was ich an der Eismaschine wollte. Sie hat zwei und zwei zusammengezählt, und Price traute ihr nicht. Ich weiß es nicht genau. Er war krank.«

»Warum haben Sie sich nicht bei Jay gemeldet?« fragte ich.

»Er war weg. Hinter Price her. Ich saß in unserer Hütte am Strand und wartete auf ihn, und als nächstes hörte ich, daß er im Knast sei, und dann habe ich ihn verraten.« Sie biß die Zähne zusammen, ihre Tränen flossen in Strömen.

»Ihn verraten?« fragte ich. »Wie denn?«

»Ich bin nicht zum Gefängnis gegangen. Ich dachte, mein Gott, wahrscheinlich bist du mit Price gesehen worden, vielleicht sogar mit dem toten Mädchen. Wozu sollte das gut sein, wenn ich Jay im Gefängnis besuchen würde? Ich würde nur mit hineingezogen werden. Ich drehte durch. Ein oder zwei Tage lang habe ich total den Kopf verloren. Und dann dachte ich, scheißegal, ich hole ihn da raus, er soll mir sagen, wo sein Geld ist, damit ich die Kaution hinterlegen kann.«

»Aber?«

»Aber da war er schon mit Ihnen beiden rausgekommen. Als ich Sie alle eingeholt hatte . . .« Sie holte eine Packung Dunhills aus ihrem Täschchen, zündete sich eine mit einem schlanken, goldenen Feuerzeug an, inhalierte tief und atmete mit zum Himmel gewandtem Kopf aus. »Als ich Sie eingeholt hatte, waren Jay und Mr. Cushing und Graham Clifton tot. Und ich konnte nichts tun außer herumstehen und zusehen.« Sie schüttelte verbittert den Kopf. »Wie ein hirnloses Arschloch.«

»Selbst wenn Sie uns rechtzeitig eingeholt hätten«, gab Angie zu bedenken, »hätten Sie nichts tun können, um das, was geschehen ist, zu verhindern.«

»Na ja, jetzt werden wir es nicht mehr erfahren, oder?« sagte Desiree mit einem traurigen Lächeln.

Angie lächelte traurig zurück. »Nein, wohl kaum.«

Sie wußte nicht, wohin sie gehen sollte, und hatte kein Geld. Was auch immer Price mit den zwei Millionen gemacht hatte, nachdem er die andere Frau umgebracht und das Ambassador verlassen hatte, sein Geheimnis war mit ihm gestorben.

Unsere Befragung schien Desiree ermüdet zu haben, daher bot ihr Angie für eine Nacht ihre Suite an.

Desiree sagte: »Nur ein kleines Nickerchen, das reicht schon«, aber als wir fünf Minuten später in Angies Zimmer gingen, lag Desiree angezogen bäuchlings auf dem Bettbezug und schlief so fest, wie ich noch keinen zuvor hatte schlafen sehen.

Wir gingen in mein Zimmer zurück, schlossen die Verbindungstür, da klingelte das Telefon. Es war Devin.

»Willst du immer noch den Namen der Toten wissen?«

»Ja.«

»Illiana Carmen Rios. Fabrikarbeiterin. Letzte Anschrift: Eins-Zwölf Seventeenth Street Northeast, St. Petersburg.«

»Vorstrafen?« fragte ich.

»Sie saß an die zehnmal wegen Prostitution. Ihr Vorteil: Sie braucht sich wahrscheinlich keine Sorgen darüber zu machen, in der nahen Zukunft irgendwelche Strafen abzusitzen.«

»Ich weiß nicht«, meinte Angie, als wir bei laufender Dusche im Bad standen. Wenn der Raum verwanzt war, mußten wir uns jetzt wieder überlegen, was wir sagten.

»Was weißt du nicht?« fragte ich, und der Dampf stieg in Wolken aus der Duschwanne.

Sie lehnte sich gegen das Waschbecken. »Desiree. Ich meine, jede Geschichte, die sie erzählt, hört sich abgedrehter an, findest du nicht?«

Ich nickte. »Aber auch nicht viel weniger als die meisten anderen Geschichten, die wir in diesem Fall gehört haben.«

»Das beunruhigt mich am meisten. Seitdem wir dabei sind: eine Geschichte nach der anderen, eine Kehrtwendung nach der anderen, und alles ist völliger oder zumindest größtenteils Blödsinn. Und warum braucht sie uns?«

»Zum Schutz?«

Sie seufzte. »Ich weiß nicht. Traust du ihr?«

»Nein.«

»Warum nicht?«

»Weil ich keinem außer dir traue.«

»He, das ist mein Text.«

»Ja.« Ich lächelte. »Sorry.«

Sie winkte mir zu. »Mach nur! Nimm ihn! Was mein ist, ist auch dein.«

»Wirklich?«

»Ja«, antwortete sie und wandte mir ihr Gesicht zu. »Wirklich«, sagte sie sanft.

»Das gilt auch für dich«, antwortete ich.

Ihre Hand verschwand kurz in dem Dampf, dann fühlte ich sie in meinem Nacken.

»Wie geht's deiner Schulter?« fragte sie.

»Empfindlich. Meine Hüfte auch.«

»Ich denk' dran«, erwiderte sie. Dann kniete sie sich hin und zog mein Hemd hoch. Als sie die Haut neben meiner verbundenen Hüfte küßte, fühlte sich ihre Zunge wie elektrisiert an.

Ich beugte mich vor und schlang meinen gesunden Arm um ihre Taille. Ich zog sie hoch, setzte sie auf das Waschbecken und küßte sie, während sie ihre Beine hinter meinem Rücken verschränkte und ihre Sandalen zu Boden fallen ließ. Fast fünf Minuten lang holten wir kaum Luft. In diesen letzten Monaten hatte ich mich nicht nur nach ihrer Zunge, ihren Lippen, ihrem Geschmack gesehnt – ich war vor Verlangen schwach geworden.

»Ganz egal, wie müde wir sind«, sagte sie, als meine Zunge über ihren Hals fuhr, »diesmal hören wir nicht eher auf, bis wir beide umkippen.«

»Einverstanden«, murmelte ich.

So gegen vier Uhr morgens kippten wir schließlich um.

Sie schlief zusammengerollt auf meiner Brust ein, während meine Augenlider flatterten. Und ich ertappte mich dabei, daß ich mich kurz vor dem Einschlafen fragte, wie ich jemals auch nur eine Sekunde lang gedacht haben konnte, daß Desiree die schönste Frau sei, die ich je gesehen hatte.

Ich sah auf Angie, die nackt auf meiner Brust schlief, auf die Kratzer und Schwellungen in ihrem Gesicht und wußte, daß ich jetzt, in eben diesem Moment und zum ersten Mal im Leben, etwas von wahrer Schönheit verstand.

31

»Hi!«

Ich machte ein Auge auf und sah in das Gesicht von Desiree Stone.

»Hi!« sagte sie erneut, sie flüsterte nur.

»Hi!« antwortete ich.

»Möchten Sie einen Kaffee?« fragte sie.

»Gerne.«

»Schsch!« Sie legte den Finger auf die Lippen.

Ich drehte mich um und sah Angie neben mir im Tiefschlaf.

»Nebenan«, sagte Desiree und ging hinaus.

Ich setzte mich im Bett auf und nahm meine Armbanduhr von der Kommode. Zehn Uhr morgens. Ich hatte sechs Stunden geschlafen, aber ich fühlte mich, als seien es nur sechs Minuten gewesen. Vor der letzten Nacht hatte ich mindestens vierzig Stunden lang nicht geschlafen. Aber ich konnte wohl nicht den ganzen Tag lang im Bett liegen bleiben.

Angie aber schien eine extra Portion Schlaf nötig zu haben.

Sie lag wieder wie ein Embryo zusammengerollt, so wie in den letzten Monaten, wenn sie auf dem Boden meines Wohnzimmers übernachtete. Die Decke war ihr bis zur Hüfte hochgerutscht, ich griff herüber, deckte ihre Beine wieder zu und stopfte die Decke zwischen die Ecken der Matratze.

Sie bewegte sich nicht und gab keinen Laut von sich, als ich aus dem Bett stieg. Ich zog mir so leise wie möglich Jeans und ein langärmliges T-Shirt an und näherte mich der Verbindungstür zwischen den beiden Zimmern, hielt dann aber inne. Ich ging auf ihre Seite des Bettes zurück, kniete mich neben sie, berührte ihr warmes Gesicht mit der Hand, küßte sie zart auf die Lippen und atmete ihren Geruch ein.

In den letzten zweiunddreißig Stunden war ich angeschossen worden, von einem fahrenden Auto runtergeworfen worden, hatte mir das Schulterblatt angebrochen, unzählige Glassplitter ins Fleisch gestoßen, einen Mann erschossen, ungefähr einen halben Liter Blut verloren und war zwölf Stunden lang in einer Betonzelle aggressiv verhört worden. Aber als sich Angie nun an mich schmiegte, hatte ich mich noch nie besser gefühlt.

Ich fand meine Schlinge auf dem Boden des Badezimmers, schob meinen tauben Arm hindurch und betrat das Nebenzimmer.

Die schweren dunklen Vorhänge waren wegen der Sonne zugezogen, das einzige Licht kam von einer kleinen Nachttischlampe. Desiree saß in einem Sessel neben dem Nachttisch und trank Kaffee. Offenbar war sie nackt.

»Miß Stone?«

»Kommen Sie herein. Sagen Sie Desiree zu mir!«

Ich blinzelte in die fast vollkommene Dunkelheit, als sie aufstand. Da sah ich, daß sie einen knapp geschnittenen Bikini in einem braunen Honigton trug, der nur ein wenig heller war als ihre Haut, ihr nasses, dunkles Haar hatte sie zurückgekämmt. Sie kam zu mir herüber und reichte mir eine Tasse Kaffee.

»Ich weiß nicht, wie Sie ihn trinken«, bemerkte sie. »Auf der Theke stehen Sahne und Zucker.«

Ich knipste eine zweite Lampe an, ging zum Tresen der Küchenzeile und entdeckte Sahne und Zucker neben der Kaffeemaschine.

»Sind Sie schwimmen gewesen?« Ich ging zu ihr zurück.

»Um einen klaren Kopf zu bekommen. Ist besser als Kaffee.«

Sie hatte vielleicht einen klaren Kopf bekommen, ich wurde vom Kaffee schrecklich benommen.

Sie machte es sich im Stuhl bequem, auf dem, wie ich jetzt

bemerkte, zum Schutz vor ihrer nassen Haut und dem nassen Bikini ein Bademantel lag, den sie irgendwann ausgezogen haben mußte.

Sie fragte: »Soll ich ihn wieder überziehen?«

»Wie es Ihnen lieber ist.« Ich setzte mich auf den Bettrand. »Also: Was ist los?«

»Hmm?« Sie blickte auf den Bademantel, zog ihn aber nicht wieder an. Sie zog die Knie an und setzte ihre Füße auf die Bettkante.

»Was ist los? Sie haben mich doch aus irgendeinem Grund geweckt, nehme ich an.«

»Ich fahre in zwei Stunden.«

»Wohin?« fragte ich.

»Nach Boston.«

»Das scheint mir nicht gerade sinnvoll zu sein.«

»Ich weiß.« Sie wischte sich ein paar Schweißtropfen von der Oberlippe. »Aber morgen nacht ist mein Vater nicht im Haus, und ich muß da rein.«

»Warum?«

Sie beugte sich vor, ihre Brüste gegen die Knie gepreßt. »Ich habe noch Sachen im Haus.«

»Für die es sich zu sterben lohnt?« Ich nippte an meinem Kaffee, wenn auch nur in der Hoffnung, in der Tasse etwas zu finden, das ich anstarren konnte.

»Dinge, die mir meine Mutter gegeben hat. Persönliches.«

»Und wenn er stirbt«, wandte ich ein, »sind sie doch bestimmt immer noch da. Holen Sie sie dann!«

Sie schüttelte den Kopf. »Bis er tot ist, ist das vielleicht nicht mehr da, was ich holen will. Nur noch ein kurzer Abstecher ins Haus, wenn ich weiß, daß er nicht da ist – dann bin ich frei.«

»Woher wissen Sie, daß er nicht da ist?«

»Morgen ist die jährliche Aktionärsversammlung seiner größten Firma, Consolidated Petroleum. Sie wird jedes Jahr im Harvard-Clubraum auf der One Federal abgehalten. Gleiche Zeit, gleicher Ort, bei jedem Wetter.«

»Warum sollte er dorthin gehen? Das nächste Jahr wird er eh nicht mehr erleben.«

Sie stellte die Kaffeetasse auf dem Nachttisch ab. »Sie verstehen meinen Vater immer noch nicht, stimmt's?«

»Nein, Miß Stone, ich denke nicht.«

Sie nickte und wischte sich mit dem Zeigefinger geistesabwesend einen Wassertropfen ab, der ihre linke Wade herunterlief. »Mein Vater glaubt nicht wirklich, daß er sterben muß. Und wenn doch, dann wird er jede ihm verbliebene Möglichkeit nutzen, sich unsterblich zu machen. Er ist Hauptaktionär von über zwanzig Aktiengesellschaften. Der Ausdruck seines breit gestreuten Portefeuilles nur auf dem amerikanischen Markt ist dicker als das Telefonbuch von Mexico City.«

»Das ist sicher ganz schön dick«, erwiderte ich.

Kurz flackerte etwas in ihren jadefarbenen Augen auf, etwas, das sie erboste. Dann war es weg.

»Ja«, sagte sie mit weichem Lächeln. »Stimmt. Er wird seine letzten Monate damit verbringen, sicherzustellen, daß jede mögliche Vereinigung Gelder für irgend etwas in seinem Namen sammelt – für eine Bücherei, ein Forschungslabor, einen Park, was auch immer.«

»Und wenn er stirbt, wie will er dann sichergehen, daß diese ganzen Aktivitäten, um ihn unsterblich zu machen, am Laufen gehalten werden?«

»Danny«, antwortete sie.

»Danny?« fragte ich.

Sie öffnete die Lippen leicht und griff nach der Kaffeetasse. »Daniel Griffin, der persönliche Anwalt meines Vaters.«

»Ach«, entgegnete ich, »von dem habe sogar ich schon gehört.«

»Der einzige Anwalt, der mächtiger ist als Ihrer, Patrick.«

Es war das erste Mal, daß ich meinen Namen aus ihrem

Mund hörte. Es klang beunruhigend süß, als legte sich mir eine warme Hand aufs Herz.

»Woher wissen Sie, wer mein Anwalt ist?«

»Jay hat einmal von Ihnen erzählt.«

»Wirklich?«

»In irgendeiner Nacht, fast eine ganze Stunde lang. Er betrachtete Sie als den kleinen Bruder, den er immer gerne gehabt hätte. Er sagte, Sie wären der einzige Mensch auf der Welt, dem er voll und ganz vertraute. Er sagte, wenn ihm jemals etwas zustoßen würde, sollte ich zu Ihnen gehen.«

Für einen Moment sah ich Jay wieder vor mir, wie er im Ambrosia in Huntington mit mir am Tisch gesessen hatte, das letzte Mal, als wir zusammen ausgegangen waren. Er lachte, hielt ein schweres, halb mit Gin gefülltes Scotchglas in der manikürten Hand, sein perfekt frisiertes Haar warf einen Schatten auf das Glas, er verströmte das Selbstbewußtsein eines Mannes, der nicht mehr wußte, wann er das letzte Mal unrecht gehabt hatte. Dann erschien er mir ein zweites Mal, wie er aus der Bucht von Tampa getragen wurde, mit aufgedunsenem Gesicht und kalkweiß, die Augen geschlossen, nicht älter als vierzehn aussehend.

»Ich habe Jay geliebt«, sagte ich, und als ich die Worte aussprach, wußte ich nicht, warum ich sie sagte. Vielleicht stimmte es. Vielleicht aber wollte ich sehen, wie Desiree darauf reagieren würde.

»Ich auch«, gab sie zurück und schloß die Augen. Als sie sie wieder aufschlug, waren sie feucht. »Und er hat Sie geliebt. Er sagte, Sie hätten sein Vertrauen verdient. Daß alle möglichen Menschen aus allen Schichten und Berufen Ihnen voll und ganz vertrauten. Damals erzählte er mir auch, daß Cheswick Hartman umsonst für Sie arbeitet.«

»Also, was wollen Sie von mir, Miß Stone?«

»Desiree«, wiederholte sie, »bitte!«

»Desiree«, willigte ich ein.

»Ich möchte gerne, daß du mich morgen nacht begleitest. Julian ist wahrscheinlich bei meinem Vater auf der One Federal, aber nur für den Fall, daß etwas schiefgeht.«

»Weißt du, wie man an der Alarmanlage vorbeikommt?«

»Wenn er sie nicht ausgetauscht hat, aber das glaube ich nicht. Er rechnet nicht damit, daß ich so etwas Selbstmörderisches versuche.«

»Und diese . . . Erbstücke«, sagte ich, mir fiel kein besseres Wort ein, »lohnen sie das Risiko?«

Sie beugte sich wieder vor, umfaßte ihre Knöchel mit den Händen. »Meine Mutter hat kurz vor ihrem Tod ihre Lebenserinnerungen aufgeschrieben. Die Memoiren ihrer Kindheit in Guatemala, Geschichten über ihre Mutter und ihren Vater, ihre Geschwister, über einen Teil meiner Familie, den ich niemals kennengelernt und von dem ich noch nie gehört hatte. Die Erinnerungen reichen bis zu dem Tag, als mein Vater in die Stadt kam. Es steht nichts besonders Wichtiges drin, aber sie hat sie mir kurz vor ihrem Tod gegeben. Ich habe sie versteckt, und ich kann den Gedanken nicht ertragen, daß sie immer noch in dem Haus herumliegen und irgendwann gefunden werden. Und wenn mein Vater sie findet, zerstört er sie. Und dann würde auch das letzte bißchen sterben, das mir von meiner Mutter geblieben ist.« Sie sah mir in die Augen. »Willst du mir helfen, Patrick?«

Ich dachte an ihre Mutter, Inez. Mit vierzehn Jahren von einem Mann gekauft, der alles für käuflich hielt. Und leider stellte sich diese Ansicht in der Regel als richtig heraus. Was für ein Leben hatte sie mit diesem Größenwahnsinnigen in dem riesigen Haus geführt?

Wahrscheinlich ein Leben, in dem ihre einzige Zuflucht darin bestand, einen Stift und Papier zu nehmen und über das Leben zu schreiben, das sie geführt hatte, bevor der Mann kam und sie mitnahm. Und mit wem sollte sie ihre so kostbare Innenwelt teilen? Mit ihrer Tochter natürlich, die ebenso von

Trevor gefangengehalten und besudelt worden war wie sie selbst.

»Bitte«, flehte Desiree, »willst du mir helfen?«

»Ja, sicher«, antwortete ich.

Sie griff nach meiner Hand. »Danke sehr.«

»Ist schon in Ordnung.«

Sie fuhr mit ihrem Daumen über meine Handfläche. »Nein«, insistierte sie, »ich meine es ehrlich.«

»Ich auch«, gab ich zurück. »Ist wirklich in Ordnung.«

»Seid ihr beiden, Miß Gennaro und du . . .?« fragte sie. »Ich meine, seid ihr schon lange . . .?«

Ich ließ die Frage in dem engen Raum zwischen uns schweben.

Sie ließ ihre Hand fallen und lächelte dann. »Die Guten sind immer schon vergeben«, bemerkte sie. »Klar!«

Ich hielt ihrem Blick stand, sie sah nicht weg. Eine ganze Minute lang sahen wir einander schweigend an, dann hob sich ihre linke Augenbraue unmerklich.

»Oder etwa nicht?«

»Doch«, antwortete ich. »Sogar einer der allerletzten Guten, Desiree.«

»Ja?«

»Fiel gestern nacht von einer Brücke.«

Ich stand auf.

Sie legte die Beine übereinander.

»Danke für den Kaffee. Wie kommst du zum Flughafen?«

»Ich habe noch den Wagen, den Jay für mich gemietet hat. Er muß heute abend bei Sixt Budget in der Innenstadt abgegeben werden.«

»Soll ich dich fahren und rausspringen lassen?«

»Wenn es dir nichts ausmacht?« erwiderte sie, die Augen auf die Kaffeetasse gerichtet.

»Zieh dich an. Ich komme gleich zurück.«

Angie schlief noch immer so fest, daß ich wußte, nur eine Handgranate könnte sie jetzt wecken. Ich schrieb ihr einen Zettel, und Desiree und ich gingen zu ihrem gemieteten Grand Am, und sie fuhr zum Flughafen.

Es war wieder ein heißer Sonnentag. Wie jeder Tag seit unserer Ankunft hier. Gegen drei, hatte ich gelernt, regnete es ungefähr eine halbe Stunde, und es kühlte ein wenig ab, dann aber dampfte die Feuchtigkeit wieder aus der Erde, und bis Sonnenuntergang war es wieder unerträglich.

»Wegen eben im Hotel«, begann Desiree.

»Vergiß es«, gab ich zurück.

»Nein. Ich habe Jay geliebt. Und dich kenne ich kaum.«

»Stimmt«, bemerkte ich.

»Aber, vielleicht, keine Ahnung . . . hast du schon mal etwas über das krankhafte Verhalten von Inzest- oder Vergewaltigungsopfern gehört, Patrick?«

»Ja, Desiree, habe ich. Darum habe ich auch gesagt, vergiß es.«

Wir fuhren auf die Straße zum Flughafen und folgten den roten Schildern zum Terminal von Delta Airlines.

»Woher hast du dein Ticket?« fragte ich.

»Von Jay. Er hat zwei gekauft.«

»Jay wollte dabei mitmachen?«

Sie nickte. »Er hat zwei gekauft«, wiederholte sie.

»Das sagtest du schon, Desiree.«

Sie drehte sich zu mir um. »Du könntest in zwei Tagen wieder hier sein. In der Zwischenzeit könnte sich Miß Gennaro ein bißchen sonnen, Sehenswürdigkeiten besuchen, sich ausruhen.«

Sie parkte vor dem Terminal von Delta Airlines.

»Wo sollen wir dich in Boston treffen?« fragte ich.

Sie starrte kurz aus dem Fenster, die Finger trommelten leicht auf das Lenkrad, sie atmete flach. Dann wühlte sie zerstreut in ihrer Handtasche und griff auf den Rücksitz nach einer mittelgroßen schwarzen Sporttasche aus Leder. Sie trug eine Baseballkappe verkehrt herum auf dem Kopf, khakifarbene Shorts und ein Jeanshemd für Männer, dessen Ärmel sie bis zum Ellenbogen hochgekrempelt hatte. Nichts Besonderes, doch trotzdem würden sich die meisten Männer, an denen sie auf dem Weg zum Flugzeug vorbeiginge, den Hals nach ihr verrenken. Während ich so dasaß, schien das Auto um uns herum zu schrumpfen.

»Ähm, was hast du gesagt?«

»Wo und wann morgen?«

»Wann kommst du an?«

»Wahrscheinlich morgen nachmittag«, antwortete ich.

»Warum treffen wir uns nicht vor Jays Wohnung?« Sie stieg aus dem Auto.

Ich stieg ebenfalls aus, während sie eine weitere kleine Tasche aus dem Kofferraum nahm, ihn wieder schloß und mir die Schlüssel aushändigte.

»Jays Wohnung?«

»Da werde ich schlafen. Er hat mir einen Schlüssel gegeben, das Paßwort und den Alarmcode.«

»Okay«, erwiderte ich. »Um wieviel Uhr?«

»Um sechs.«

»Okay. Um sechs.«

»Super. Abgemacht.« Sie wandte sich der Tür zu. »Ach, fast hätte ich's vergessen, wir haben noch eine Verabredung.«

»Tatsächlich?«

Sie lächelte und hievte sich die Tasche auf die Schultern. »Ja. Ich mußte es Jay versprechen. Am 1. April *Angriffsziel Moskau.*«

»*Angriffsziel Moskau*«, sagte ich, und meine Körpertemperatur sank in der Affenhitze um mindestens zehn Grad.

Sie nickte und kniff wegen der Sonne die Augen zu. »Er sagte, wenn ihm irgend etwas zustoßen würde, sollte ich den Tag dieses Jahr mit dir verbringen. Hot dogs und Budweiser und Henry Fonda. Das hat doch Tradition, oder?«

»Ja, das ist Tradition«, gab ich zurück.

»Das ist also klar. Abgemacht.«

»Wenn Jay das gesagt hat«, meinte ich.

»Ich mußte es ihm versprechen.« Sie lächelte und winkte mir zaghaft zu, während sich die automatischen Türen hinter ihr öffneten. »Sind wir also verabredet?«

»Ja«, antwortete ich und winkte zurück, lachte so gut ich konnte.

»Bis morgen dann!« Sie ging in die Abfertigungshalle, und ich sah ihr durch die Glastür nach. Mit leicht schwingenden Hüften ging sie an einer Gruppe von Männern vorbei, dann einen Gang hinunter und war verschwunden.

Die Männer glotzten immer noch auf die Stelle, wo sie drei Sekunden lang gestanden hatte, als wäre sie ein Engel, und ich tat dasselbe.

Seht gut hin, Jungs, dachte ich. Etwas Perfekteres werden die meisten von euch wohl nie mehr erblicken. Vielleicht hatte es nie ein Geschöpf gegeben, das es mit ihrer Art von schonungsloser Perfektion aufnehmen konnte.

Desiree. Schon ihr Name ließ das Herz höher schlagen.

Ich stand neben dem Auto, grinste übers ganze Gesicht und sah wahrscheinlich wie ein Vollidiot aus, da blieb ein Gepäckträger vor mir stehen und fragte: »Alles in Ordnung, Mann?«

»Klar«, erwiderte ich.

»Ham Sie was verloren?«

Ich schüttelte den Kopf. »Habe was gefunden.«

»Schön für Sie«, sagte er und ging weiter.

Schön für mich. Ja. Schlecht für Desiree.

Du warst so nah dran, Madam. Und dann hast du's vermasselt. So richtig vermasselt.

DRITTER TEIL

BOTSCHAFT AUS DEM GRAB

32

Ungefähr ein Jahr, nachdem ich meine Ausbildung bei Jay Becker abgeschlossen hatte, war er von einer kubanischen Flamencotänzerin namens Esmeralda Vasquez aus seiner eigenen Wohnung geworfen worden. Esmeralda war mit der Dreigroschenoper auf Tournee, als sie Jay in ihrer zweiten Nacht in Boston kennenlernte. Als das Stück drei Wochen lief, wohnte sie schon fast bei ihm, obwohl Jay das nicht so klar war. Zu seinem Pech war es Esmeralda aber um so klarer, weshalb sie wohl auch so außer sich war, als sie Jay mit einer anderen Tänzerin aus derselben Kompanie im Bett erwischte. Esmeralda bekam ein Messer zu fassen und Jay die Türklinke, und zusammen mit der anderen Tänzerin sah er zu, daß er die Fliege machte.

Die Tänzerin kehrte in die Wohnung zurück, die sie mit ihrem Freund teilte, und Jay stand vor meiner Tür.

»Du hast eine kubanische Flamencotänzerin verärgert?« fragte ich.

»Scheint wohl so«, sagte er und stellte einen Kasten Beck's in den Kühlschrank und eine Flasche Chivas auf die Küchentheke.

»War das schlau?«

»Scheint wohl nicht so.«

»War das vielleicht sogar dumm?«

»Willst du mich die ganze Nacht nerven, oder bist du jetzt ein lieber Junge und zeigst mir, wo deine Chips sind?«

Schließlich saßen wir auf der Couch im Wohnzimmer, tranken Beck's und Chivas und sprachen über erfolglose Kastrationsversuche durch die Hand verschmähter Frauen, schlecht gelaufene Trennungen, eifersüchtige Freunde und Ehemänner und ähnliche Themen, die nicht halb so lustig gewesen wären, wenn wir nicht zu zweit und am Trinken gewesen wären.

Und als uns dann die Gesprächsthemen ausgingen, schalteten wir den Fernseher an, wo gerade der Vorspann zu *Angriffsziel Moskau* lief.

»Klasse!« rief Jay. »Mach mal lauter.«

Ich gehorchte.

»Wer ist der Regisseur?« fragte er.

»Lumet.«

»Wirklich?«

»Klar.«

»Ich dachte, Frankenheimer.«

»Frankenheimer hat *Sieben Tage im Mai* gedreht«, antwortete ich.

»Du hast recht. O Mann, dieser Film ist super.«

Also schauten wir die nächsten zwei Stunden gebannt auf den Fernseher: Die Welt war völlig durchgeknallt, und es gab nur noch Schwarz und Weiß, und der Präsident der Vereinigten Staaten, Henry Fonda, mußte die Zähne zusammenbeißen, ein Computerfehler zwang die amerikanischen Angriffsgeschwader, den kritischen Punkt zu überschreiten und Moskau zu bombardieren, und dann mußte der arme Henry Fonda die Zähne noch ein bißchen fester zusammenbeißen und den Befehl zur Bombardierung von New York geben, um die Russen zu beruhigen und einen weltweiten Atomkrieg zu vermeiden.

Als der Film vorbei war, stritten wir uns, welcher Film besser war: *Angriffsziel Moskau* oder *Dr. Seltsam*. Ich war der Ansicht, man könne sie nicht vergleichen; *Dr. Seltsam* sei ein Meisterwerk, und Stanley Kubrick ein Genie. Jay meinte, ich sei zu intellektuell. Ich sagte, er sei zu nüchtern. Er war überzeugt, Henry Fonda sei der größte Schauspieler der Kinogeschichte. Ich versicherte ihm, er sei betrunken.

»Wenn die bloß so ein supergeheimes Codewort gehabt hätten, um die Bomber zurückzurufen.« Er lehnte sich auf der Couch zurück, Augenlider auf Halbmast, ein Bier in der einen, ein Glas Chivas in der anderen Hand.

»Supergeheimes Codewort?« Ich lachte.

Er sah mich an. »Nein, wirklich! Sagen wir, der alte Präsident Fonda hätte mit jedem Piloten vom Angriffsgeschwader persönlich gesprochen, hätte jedem von ihnen eine geheime Parole genannt, die nur er und die Piloten kennen. Dann hätte er sie zurückrufen können, nachdem sie den kritischen Punkt überschritten hatten.«

»Aber Jay«, wandte ich ein, »darum geht's doch gerade – er konnte keinen mehr zurückrufen. Ihnen wurde doch eingetrichtert, daß jede Nachricht ein Trick der Russen ist, wenn sie einmal soweit sind.«

»Trotzdem ...«

Wir saßen da und guckten nun *Goldenes Gift*, das nach *Angriffsziel Moskau* angefangen hatte. Noch so ein toller Schwarzweißfilm auf Kanal 38, als 38 noch angesagt war. Irgendwann ging Jay aufs Klo und kam dann mit zwei neuen Flaschen Bier aus der Küche zurück.

»Wenn ich dir mal eine Nachricht schicken will«, sagte er mit schwerer Zunge, »dann ist das unser Code.«

»Was?« fragte ich.

»Angriffsziel Moskau«, antwortete er.

»Ich gucke jetzt gerade *Goldenes Gift*, Jay. *Angriffsziel Moskau* war vor einer halben Stunde. New York ist ein Trümmerhaufen. Mußt du mit leben.«

»Nein, ich mein's ernst!« Er kämpfte sich aus der Couch hoch und setzte sich aufrecht hin. »Wenn ich dir, sagen wir mal, eine Nachricht aus dem Grab schicken wollte, dann ist das ›Angriffsziel Moskau‹.«

»Eine Scheißnachricht aus dem Grab?« Ich lachte. »Du spinnst ja.«

»Als Kronzeuge. Nein, guck doch mal!« Er beugte sich vor und riß die Augen auf, um klarer zu sehen. »Wir haben einen harten Job, Mann. Ich meine, zwar nicht so hart wie beim FBI, aber auch kein Zuckerschlecken. Wenn mir jemals was zustoßen sollte ...« Er rieb sich die Augen und schüttelte wieder den Kopf. »Hier, Patrick, ich habe zwei Gehirne.«

»Du meinst, zwei Köpfe. Und Esmeralda würde sagen, heute nacht hast du den falschen gebraucht, deshalb will sie ihn dir abschneiden.«

Er schnaubte. »Nein. Ja, okay, ich habe zwei Köpfe, klar. Aber ich spreche von Gehirnen. Ich habe zwei Gehirne. Wirklich.« Er klopfte sich mit dem Zeigefinger an den Kopf und blinzelte mich an. »Das eine, das normale, ist kein Problem. Aber das andere, das ist mein Bullen-Gehirn, und das ist nie still. Das weckt mein normales Gehirn mitten in der Nacht, zwingt mich aus dem Bett, damit ich über etwas nachdenke, das mich schon lange stört, ohne zu wissen, was es überhaupt ist. Ich meine, ich habe die Hälfte meiner Fälle um drei Uhr morgens gelöst, nur wegen diesem zweiten Gehirn.«

»Ganz schön schwer, sich jeden Tag anzuziehen, oder?«

»Hä?«

»Mit den beiden Gehirnen«, erklärte ich. »Ich meine, haben die denn den gleichen Geschmack, was Kleidung und, ähm, Essen anbetrifft? Und welches weiß was?«

Er zeigte mir einen Vogel. »Ich mein's ernst.«

Ich hielt die Hand hoch. »Ehrlich«, sagte ich, »ich weiß so ungefähr, worüber du redest.«

»Nee.« Er machte eine verneinende Handbewegung. »Du bist noch zu grün hinter den Ohren. Aber das kommt noch. Irgendwann. Dieses zweite Gehirn, Junge, ist ein Scheißteil. Sagen wir, du lernst irgend jemanden kennen – einen möglichen Freund, eine Frau, was du willst –, und du möchtest dich mit ihm oder ihr verstehen, aber dein zweites Gehirn fängt an zu rattern. Selbst wenn du es gar nicht willst. Es läßt die Alarmglocken läuten, instinkthafte Alarmglocken, und tief im Innern weißt du, daß du diesem Menschen nicht trauen kannst. Deinem zweiten Gehirn ist irgend etwas aufgefallen, das dein normales Gehirn nicht bemerkt hat oder bemerken kann. Das kann Jahre dauern, bis du herausfindest, was das war – vielleicht nur, daß der Freund bei einem bestimmten Wort stotterte oder daß deine Freundin leuchtende Augen bekam, als sie Diamanten sah, obwohl sie gesagt hatte, daß ihr Geld überhaupt nichts bedeutet. Vielleicht war es ... Wer weiß? Aber irgendwas wird es sein. Und es ist die Wahrheit.«

»Du bist besoffen.«

»Stimmt, aber das heißt ja nicht, daß ich nicht die Wahrheit sage. Guck mal, ich sage doch nur, wenn mir mal was passiert ...«

»Ja?«

»Dann war das kein Auftragskiller oder irgendein schmieriger Drogendealer oder jemand, den ich eine Meile gegen den Wind rieche. Das würde jemand sein, dem ich vertraute, den ich liebte. Ich schaufel' mir mein Grab, weil ich ihm vertraute. Der größte Teil von mir.« Er blinzelte. »Aber mein zweites Gehirn, das schwöre ich dir, das ist ein Lügendetektor, und es wird mir raten, eine Art Schutz vor diesem Menschen aufzubauen, ob der Rest von mir das will oder nicht. So, das wär's.« Er nickte sich selbst zu und lehnte sich zurück.

»Das wär was?«

»Das ist der Plan.«

»Was für ein Plan? Du hast seit mindestens zwanzig Minuten nichts Vernünftiges mehr von dir gegeben.«

»Wenn ich sterben sollte und jemand, der mir nahegestanden hat, zu dir kommt und irgendeinen Scheiß über eine Botschaft mit Angriffsziel Moskau zu dir sagt, dann weißt du, an denjenigen mußt du dich dranhängen, den mußt du auffliegen lassen oder ganz einfach fertigmachen.« Er hielt sein Bier hoch. »Darauf trinken wir.«

»Wir müssen uns jetzt doch nicht mit Rasierklingen in die Daumen schneiden und Blutsbrüderschaft schließen, oder?«

Er runzelte die Stirn. »Nicht nötig. Prost!«

Wir tranken.

»Und wenn ich es bin, der dich langmacht, Jay?«

Er sah mich mit einem zugekniffenen Auge an. »Dann hab' ich wohl Pech gehabt.« Und er lachte.

Im Laufe der Jahre und der gemeinsam getrunkenen Biere kultivierte er die »Botschaft aus dem Grab«, wie ich sie nannte. Der 1. April kam als neuer Gag über den Menschen oder die Menschen hinzu, die ihm etwas antun könnten und hinterher versuchen würden, mit mir Freundschaft zu schließen.

Das ist dermaßen weit hergeholt, sagte ich ihm immer. Das ist so, als verstecke man eine einzige Landmine in der Sahara und erwarte, daß ein bestimmter Typ irgendwann darauf trete. Ein Kerl, eine Landmine und eine dreieinhalb Millionen Quadratmeter große Wüste.

»Ich nehm die Wette an«, sagte er. »Vielleicht ist es weit hergeholt, aber wenn die Landmine hochgeht, können das die Leute noch in großer Entfernung sehen. Denk also immer an mein zweites Gehirn, Junge. Wenn ich einmal unter der Erde bin, schickt dir dieses zweite Gehirn vielleicht eine kleine Botschaft. Und dann mußt du die Ohren aufsperren.«

Das tat ich.

»An denjenigen mußt du dich dranhängen, den mußt du auffliegen lassen oder ganz einfach fertigmachen«, hatte er mich vor vielen Jahren gebeten.

Klar, Jay. Kein Problem. Ist mir ein Vergnügen.

33

»Steh auf. Los! Steh auf!« Ich zog die Vorhänge zur Seite, und das grelle Sonnenlicht ergoß sich ins Zimmer, fiel auf das Bett.

Während meiner Abwesenheit war es Angie irgendwie gelungen, sich auf die Seite zu legen. Sie hatte die Decke weggestrampelt, nur ein kleines weißes Dreieck bedeckte ihren Po, als sie durch verhangene Augen zu mir aufsah. Ihr verheddertes Haar hing ihr wie dunkles Moos im Gesicht.

»Bist du morgens nicht so ganz der Romeo?« fragte sie.

»Los, komm!« trieb ich sie an. »Wir müssen!« Ich griff nach meiner Sporttasche und fing an, meine Sachen hineinzustopfen.

»Laß mich raten«, fing sie an. »Das Geld liegt auf der Kommode, es war nett mit mir, aber ich muß aufpassen, daß du mir nicht die Tür ins Kreuz knallst, wenn ich gehe.«

Ich kniete mich neben sie und küßte sie. »So ähnlich. Jetzt komm! Wir haben es eilig.«

Sie erhob sich auf die Knie, und die Decke glitt herunter. Sie schlang die Arme um meine Schultern. Ihr weicher und schlafwarmer Körper fiel gegen meinen.

»Wir schlafen nach siebzehn Jahren das erste Mal wieder miteinander, und du weckst mich so auf?«

»Leider ja«, entgegnete ich.

»Hoffentlich hast du einen guten Grund.«

»Besser als gut. Komm! Ich erzähl's dir auf dem Weg zum Flughafen.«

»Zum Flughafen?«

»Ja, zum Flughafen.«

»Flughafen«, wiederholte sie mit einem Gähnen, stolperte aus dem Bett und ging ins Badezimmer.

Das Grün der Wälder und das Weiß der Korallen, das sanfte Blau und das verbrannte Gelb fielen immer tiefer und wurden zu kleinen wattierten Vierecken, während wir in Richtung Norden in die Wolken aufstiegen.

»Erzähl mir das noch mal«, forderte Angie, »sie war halbnackt.«

»Sie trug einen Bikini«, beruhigte ich sie.

»In einem dunklen Zimmer. Mit dir da drin«, ergänzte sie.

»Ja.«

»Und wie fühltest du dich?«

»Nervös«, erwiderte ich.

»Uuh! Falsche Antwort, ganz falsch!«

»Warte mal!« versuchte ich es, wußte aber, daß ich mein Todesurteil unterzeichnet hatte.

»Wir haben sechs Stunden lang gevögelt, und du fühltest dich immer noch von diesem kleinen Flittchen im Bikini angemacht?« Sie beugte sich vor, drehte sich zu mir und sah mich an.

»Ich habe nicht ›angemacht‹ gesagt«, verbesserte ich sie. »Ich habe ›nervös‹ gesagt.«

»Ist doch dasselbe.« Sie lachte und schüttelte den Kopf. »Männer!«

»Genau«, fiel mir ein. »Männer. Verstehst du das nicht?«

»Nein«, gab sie zurück. Sie stützte das Kinn auf die Faust und blinzelte, so daß ich wußte, sie dachte angestrengt nach. »Klär mich auf!«

»Okay. Desiree ist eine Sirene. Sie zieht Männer an. Sie hat eine Aura, die besteht zur Hälfte aus Unschuld, zur anderen Hälfte aus reinem Sex.«

»Eine Aura.«

»Genau. Männer fahren auf diese Aura ab.«

»Okay.«

»Kommt ein Typ in ihre Nähe, knipst sie die Aura an. Vielleicht ist sie auch die ganze Zeit eingeschaltet, keine Ahnung.

Wie dem auch sei, sie ist ganz schön stark. Und wenn ein Mann sie ansieht und ihren Körper, ihre Stimme hört und ihren Geruch riecht, ist er erledigt.«

»Alle Männer?«

»Die meisten schon.«

»Und du?«

»Ich nicht«, sagte ich. »Nein.«

»Warum nicht?«

»Weil ich dich liebe.«

Da war sie still. Das Lächeln wich aus ihrem Gesicht, und sie wurde leichenblaß, ihr Mund stand offen, als hätte sie vergessen, wie man es anstellte zu sprechen.

»Was hast du gerade gesagt?« brachte sie schließlich heraus.

»Das hast du doch gehört.«

»Ja, aber ...« Sie drehte sich auf dem Sitz um, sah einen Moment lang geradeaus. Dann wandte sie sich der farbigen Frau im mittleren Alter zu, die neben ihr saß und die unserer Unterhaltung unverblümt gefolgt war, seit wir ins Flugzeug gestiegen waren.

»Ich hab's gehört, Schätzchen«, sagte die Frau und strickte mit tödlich aussehenden Nadeln an etwas, das wie ein kleiner Biber aussah. »Laut und deutlich. Von diesem ganzen Aura-Kram verstehe ich ja nichts, aber das letzte jetzt habe ich gut verstanden, danke sehr.«

»Wow!« sagte Angie zu ihr. »Oder?«

»Ach, so gut sieht er auch nicht aus«, meinte die Frau. »Der ist gut für ein ›oh‹, aber nicht für ein ›wow‹.«

Angie drehte sich wieder zu mir um. »Oh!« sagte sie.

»Los!« wandte sich die Frau an mich. »Erzählen Sie noch was von dieser Schlampe, die Ihnen Kaffee gemacht hat.«

»Jedenfalls ...«, sagte ich zu Angie.

Sie zwinkerte mir zu und hielt sich die Hand vor den Mund. »Ja, ja, ja. Erzähl von ihr!«

»Wenn ich nicht, du weißt schon ...«

»*Verliebt* wäre«, ergänzte die Frau.

Ich sah sie böse an: ». . . in dich, Angie, ja, dann wäre ich ein toter Mann gewesen. Sie ist eine Giftschlange . . . Sie sucht sich die Kerle aus – fast jeden – und bringt sie dazu, alles für sie zu tun, was auch immer.«

»Das Mädel würd' ich gerne mal kennenlernen«, kommentierte die Frau. »Mal sehen, ob die meinen Leroy dazu bringen könnte, den Rasen zu mähen.«

»Aber gerade das verstehe ich nicht«, hakte Angie ein, »sind Männer so dumm?«

»Ja.«

»Sagt er doch«, bemerkte die Frau und konzentrierte sich aufs Stricken.

»Frauen und Männer sind verschieden«, sagte ich. »Die meisten jedenfalls. Besonders was ihre Reaktion auf das andere Geschlecht betrifft.« Ich nahm ihre Hand. »Wenn Desiree auf der Straße an hundert Kerlen vorbeiläuft, denkt mindestens die Hälfte von ihnen tagelang an sie. Und wenn sie vorbeigeht, denken sie nicht einfach: ›Sieht klasse aus, netter Arsch, nettes Lächeln‹ oder so. Sie stehen unter Strom. Sie wollen sie auf der Stelle besitzen, mit ihr verschmelzen, sie verschlingen.«

»Sie verschlingen?« wiederholte Angie.

»Ja. Männer reagieren vollkommen anders auf schöne Frauen als Frauen auf schöne Männer.«

»Also ist Desiree . . .« Sie fuhr mir mit den Fingerspitzen den Arm hinauf.

»Das Licht, und wir sind die Motten.«

»Sie sind gar nicht schlecht«, urteilte die Frau, beugte sich vor und sah mich an Angie vorbei an. »Wenn mein Leroy die Frauen so bequatschen könnte wie Sie, dann hätte er in den letzten zwanzig Jahren bestimmt ein paar mehr abbekommen.«

Armer Leroy, dachte ich.

Irgendwo über Pennsylvania sagte Angie: »O Gott!«

Ich hob den Kopf von ihrer Schulter. »Was?«

»Die Möglichkeiten!«

»Was für Möglichkeiten?«

»Verstehst du nicht? Wenn wir alles umdrehen, was wir bis jetzt gedacht haben, wenn wir alles plötzlich aus der Perspektive sehen, daß Desiree nicht einfach ein bißchen durchgedreht oder leicht korrupt ist, sondern eine schwarze Witwe, eine erbarmungslose egoistische Maschine – dann, mein Gott.«

Ich setzte mich gerade hin. »Erzähl mal!« forderte ich sie auf.

Sie nickte. »In Ordnung. Wir wissen, daß sie Price zu diesem Raub angestiftet hat. Stimmt's? Ja. Und dann bringt sie Jay dazu, daß er sich Gedanken macht, wie er das Geld von Price zurückbekommt. Sie spielt ihm aber genau das Gegenteil vor. Sie sagt: ›Oh, Jay, können wir nicht ohne das Geld glücklich werden?‹, aber bei sich denkt sie natürlich: ›Beiß an, du Idiot, beiß an!‹ Und Jay beißt an. Aber er kann das Geld nicht finden. Und dann fällt ihr plötzlich ein, wo es ist. Sie geht hin, wird aber nicht entdeckt, wie sie uns erzählt hat. Sie holt das Geld. Aber jetzt hat sie ein Problem.«

»Jay.«

»Genau. Sie weiß, er wird nie aufhören, sie zu suchen, wenn sie verschwindet. Und darin ist er gut. Und Price muß sie auch aus dem Weg schaffen. Sie kann nicht einfach abhauen. Sie muß sterben. Also . . .«

»Hat sie Illiana Rios umgebracht«, ergänzte ich.

Wir schauten uns an, beide mit weit aufgerissenen Augen.

»Hat ihr mit einer Schrotflinte direkt ins Gesicht geschossen«, sagte Angie.

»Glaubst du das?« fragte ich.

»Warum nicht?«

Ich dachte einen Augenblick darüber nach, ließ es wirken. Tatsächlich: Warum nicht?

»Wenn wir das annehmen«, spann ich weiter, »dann nehmen wir an, daß sie . . .«

». . . überhaupt kein Gewissen hat, keine Moral oder Mitleid oder irgend etwas anderes Menschliches.« Sie nickte.

»Und wenn das stimmt«, nahm ich den Faden auf, »dann wurde sie nicht einfach über Nacht dazu. Dann ist sie schon lange so.«

»Wie der Vater, so die Tochter«, sagte Angie.

Und dann kam mir die Erleuchtung. Wie ein Blitz aus heiterem Himmel. Ein Augenblick von erschreckender Klarsicht verschlug mir den Atem.

»Was ist die beste Lüge?« fragte ich Angie.

»Die sich am wahrscheinlichsten anhört.«

Ich nickte. »Warum will Trevor Desiree unbedingt umbringen?«

»Sag's mir!«

»Weil nicht er den Mordversuch auf der Tobin Bridge angezettelt hat.«

»Sondern sie«, flüsterte Angie.

»Desiree hat ihre Mutter umgebracht«, sagte ich.

»Und hat versucht, ihren Vater zu töten.«

»Kein Wunder, daß er die Schnauze voll hat von ihr«, sagte die Frau neben Angie.

»Kein Wunder«, stimmte ich zu.

34

Alle konnten es schwarz auf weiß lesen, die die entsprechenden Informationen hatten und die Sache aus der richtigen Perspektive betrachteten. Zuerst gab es Schlagzeilen wie DREI MÄNNER BESCHULDIGT, INDUSTRIELLEN AUS MARBLEHEAD GETÖTET ZU HABEN oder MÖRDERTRIO WEGEN TÖDLICHEM CARJACKING ANGEKLAGT, dann veschwanden die Geschichten von der Titelseite, da die drei Männer – Harold Madsen aus Lynn, Colum Devereaux aus South Boston und Joseph Brodine aus Revere – einen Tag nach der Entscheidung der Hauptkammer, öffentlich Anklage zu erheben, geständig waren.

Angie und ich gingen vom Flughafen direkt zur Boston Public Library am Copley Square. Wir saßen im Zeitschriftenlesesaal und scrollten uns durch die Trib und die News auf Mikrofilm, bis wir die Berichte fanden und so lange lasen, bis das Gesuchte vor uns lag.

Wir brauchten nicht lange. Es dauerte nicht einmal eine halbe Stunde.

Am Tag vor der Zusammenkunft der Hauptkammer hatte sich Harold Madsens Anwalt an das Büro des Staatsanwalts gewendet, um einen Deal vorzuschlagen: Sein Klient wollte ein Schuldeingeständnis für Totschlag abgeben, wenn er dafür eine Strafe von vierzehn bis zwanzig Jahren bekäme. Im Gegenzug würde Madsen den Namen desjenigen nennen, der ihn und seine Freunde beauftragt hatte, Trevor und Inez Stone zu töten.

Diese Ankündigung schlug wie eine Bombe ein, denn bis zu jenem Zeitpunkt war nie davon die Rede gewesen, daß es für den Mord einen anderen Grund gab als einen außer Kontrolle geratenen Autodiebstahl.

CARJACKER BEHAUPTET: ES WAR EIN AUFTRAGSMORD, posaunte die News heraus.

Aber als sich herausstellte, daß der Mann, der Madsen angeblich beauftragt hatte, zwei Tage nach Madsens Verhaftung gestorben war, warf der Staatsanwalt ihn und seinen Anwalt lachend aus dem Büro.

»Anthony Lisardo?« sagte der stellvertretende Staatsanwalt Keith Simon zu einem Reporter der Trib. »Wollen Sie mich verschaukeln? Das war ein High-School-Kumpel von zwei der Angeklagten, und er starb an einer Überdosis. Das ist ein lächerlicher Trick der Verteidigung, diesem schmutzigen Verbrechen eine Dimension zu verleihen, die es nie besessen hat. Anthony Lisardo hat überhaupt nichts mit diesem Fall zu tun!«

Niemand aus dem Team der Verteidiger konnte das Gegenteil beweisen. Wenn Madsen, Devereaux und Brodine von Lisardo angeheuert worden waren, so war diese Tatsache mit ihm gestorben. Und da ihre Version völlig von Lisardo abhing, mußten sie die Verantwortung für den Tod von Inez Stone ganz allein übernehmen.

Ein Angeklagter, der sich vor einem für den Staat möglicherweise kostspieligen Verfahren für schuldig erklärt, bekommt eine etwas kürzere Strafe. Madsen, Devereaux und Brodine wurden jedoch wegen Mordes verurteilt, sowohl der Richter wie auch der Staatsanwalt lehnten das Plädoyer auf Totschlag wegen bösartiger Gleichgültigkeit der Angeklagten ab. Nach den neuesten Strafbemessungsrichtlinien von Massachusetts gibt es nur eine mögliche Haftstrafe für Mord – lebenslänglich ohne Möglichkeit auf vorzeitige Begnadigung.

Ich persönlich würde mir auch keine Gedanken machen über drei Scheißkerle, die eine Frau umgebracht hatten und da, wo sich bei anderen das Herz befindet, schwarze Löcher besaßen. Schön, euch kennengelernt zu haben, Jungs. Paßt auf euch auf unter der Dusche!

Aber der wirkliche Verbrecher, der sie dazu angestiftet hatte, alles geplant und sie bezahlt hatte und sie nun allein dafür büßen ließ, dieser Mensch verdiente genausoviel, wenn nicht eine größere Strafe als die, welche die Jungs für den Rest ihres Lebens absitzen mußten.

»Unsere Unterlagen!« sagte ich zu Angie, als wir den Mikrofilm-Raum verließen.

Sie reichte sie mir, und ich blätterte, bis ich unsere Notizen über das Gespräch mit Captain Emmett T. Groning vom Polizeirevier Stoneham fand. Der Begleiter von Lisardo in der Nacht, als er ertrank, war ein Junge namens Donald Yeager aus Stoneham.

»Wo finden wir die Telefonbücher?« fragte Angie den Angestellten an der Information.

In Stoneham gab es nur zwei Yeagers.

Zwei Vierteldollar später konnten wir einen davon ausschließen. Helene Yeager war dreiundzwanzig Jahre alt und hatte noch nie etwas von einem Donald Yeager gehört. Sie hatte ein paar Michaels gekannt, einige Eds, sogar einen Chuck, aber nicht den Chuck, der 1947 als erster Pilot die Schallmauer durchbrach.

Donald Yeager von der Montvale Avenue 123 meldete sich mit einem zögerlichen »Ja?«

»Donald Yeager?« fragte Angie.

»Ja?«

»Hier ist Candy Swan, Programmchefin von WAAF in Worcester!«

»AAF!« antwortete Donald. »Cool. Ihr seid echt geil, Leute!«

»Wir sind der Sender mit dem coolen Groove«, sagte Angie und zeigte mir einen Vogel, als ich ihr den ausgestreckten Daumen entgegenhielt. »Donald, ich rufe dich an, weil wir in unserer Sendung heute abend, ähm, Headbangers from Hell, mit einem neuen Programmteil anfangen möchten.«

»Cool!«

»Ja, und dafür interviewen wir Fans wie dich, Leute hier vor Ort, dann kannst du unseren Zuhörern erzählen, warum du gerne AAF hörst, was deine Lieblingsbands sind und so weiter.«

»Bin ich dann im Radio?«

»Wenn du heute abend nichts anderes vorhast?«

»Nein. Überhaupt nicht. Stark! Kann ich meine Freunde anrufen?«

»Na klar. Ich brauche nur dein mündliches Einverständnis und ...«

»Mein was?«

»Du mußt mir sagen, daß wir dich später anrufen können. So gegen sieben.«

»Ja? Mann, ist das geil!«

»In Ordnung. Du bist also zu Hause, wenn wir zurückrufen?«

»Ich bin da. Hey, bekomme ich dafür einen Preis oder so?«

Sie schloß die Augen. »Wie wär's mit zwei schwarzen Metallica-T-Shirts, einem Beavis-and-Butthead-Video und vier Karten für Wrestlemania Siebzehn im Worcester Center?«

»Supergeil, Mann! Geil. Aber, ey!«

»Ja?«

»Ich dachte, Wrestlemania geht nur bis sechzehn?«

»Mein Fehler, Donald. Wir rufen dich um sieben an. Du bist dann da, nicht?«

»Aber klar, Baby.«

»Wo hast du das bloß her?« fragte ich im Taxi nach Dorchester, wo wir unser Gepäck abladen, uns frischmachen, die in Florida auf der Strecke gebliebenen Waffen ersetzen und unser Auto holen wollten.

»Keine Ahnung. Stoneham. AAF. Paßt doch zusammen.«

»Der Sender mit dem coolen Groove!« wiederholte ich. »Wahnsinn!«

Ich duschte schnell nach Angie und ging ins Wohnzimmer zurück, wo sie ihre Berge von Kleidung durchwühlte. Sie trug schwarze Stiefel, schwarze Jeans und kein Hemd über dem schwarzen BH, während sie einen Stapel T-Shirts durchsah.

»Domina Gennaro«, sagte ich. »Junge, Junge! Schlag mich, peitsch mich aus! Ich geb dir all meine Schecks!«

Sie lachte mich an. »Ach, gefällt dir das?«

Ich ließ die Zunge heraushängen und hechelte.

Sie kam zu mir herüber, an ihrem Zeigefinger baumelte ein schwarzes T-Shirt. »Wenn wir gleich zurückkommen, darfst du alles ausziehen.«

Ich hechelte noch mehr, und sie schenkte mir ein wunderbares, breites Lächeln und massierte meinen Kopf.

»Manchmal bist du richtig süß, Kenzie.«

Sie wollte zur Couch zurückgehen, doch ich griff nach ihr, faßte sie um die Hüfte und zog sie an sich. Wir küßten uns so lange und so innig wie beim ersten Mal im Badezimmer letzte Nacht. Vielleicht noch länger. Vielleicht noch inniger.

Als wir uns voneinander lösten, mein Gesicht in ihren Händen, meine Hände auf ihrem Po, sagte ich: »Das wollte ich schon den ganzen Tag machen.«

»Dann laß deinen Gefühlen beim nächsten Mal freien Lauf.«

»Hat dir die letzte Nacht gefallen?«

»Gefallen? Es war großartig.«

»Ja«, gab ich zurück, »du bist großartig.«

Sie ließ ihre Hände auf meiner Brust hinuntergleiten. »Wenn das hier vorbei ist, gehen wir weg.«

»Ach ja?« fragte ich.

»Ja. Ist mir egal, ob nach Maui oder einfach nur die Straße runter ins Schweizer Chalet, aber wir hängen das ›Bitte nicht stören‹-Schild an die Tür und bestellen uns den Zimmerservice und bleiben eine Woche lang im Bett.«

»Wie Sie wünschen, Domina Gennaro. Sie sind der Boß!«

Donald Yeager warf einen Blick auf Angie in ihrer schwarzen Lederjacke, den schwarzen Jeans, den schwarzen Stiefeln und dem T-Shirt vom Fury-in-the-Slaughterhouse-Konzert, das rechts auf der Höhe des Brustkorbes aufgerissen war, und entwarf wahrscheinlich auf der Stelle eine Geschichte für *Penthouse.*

»Heilige Scheiße!« murmelte er.

»Mr. Yeager?« fragte sie. »Ich bin Candy Swan von WAAF.«

»Ohne Scheiß?«

»Ohne Scheiß«, antwortete sie.

Er riß seine Wohnungstür weit auf: »Komm rein, komm rein!«

»Das ist mein Assistent Wild Willy.«

Wild Willy?

»Ja ja«, sagte Donald und drängte sie herein, ohne mich groß eines Blickes zu würdigen. »Freut mich und so.«

Er drehte mir den Rücken zu, und ich trat hinter ihn und schloß die Tür. Der Apartmentkomplex, in dem er wohnte, war ein blaßrosa gestrichenes Backsteingebäude auf der Montvale Avenue, der Hauptstraße von Stoneham. Es war ein häßlicher zweistöckiger Kasten, in dem sich ungefähr sechzehn Wohnungen befanden. Ich schätzte, Donalds Apartment war ziemlich repräsentativ. Ein Wohnzimmer mit einer ausklappbaren Couch, unter deren Kissen dreckige Laken hervorquollen. Eine Küche, in der man nicht einmal ein Ei kochen konnte. Aus dem Badezimmer zu unserer Linken vernahm ich das stetige Tropfen eines Wasserhahns. Eine dürre Küchenschabe rannte an der Fußleiste neben der Couch entlang, suchte wahrscheinlich gar nicht nach etwas Eßbarem, sondern hatte in der pilzförmigen Wolke Marihuanaqualm, die im Wohnzimmer hing, die Orientierung verloren.

Donald warf einige Zeitungen von der Couch, so daß Angie unter einem zwei Meter hohen und eineinhalb Meter breiten Poster von Keith Richards Platz nehmen konnte. Es war ein Bild, das ich schon kannte, es war in den frühen Siebzigern gemacht worden. Keith sah darauf – Überraschung! – ziemlich breit aus und stand, eine Flasche Jack Daniel's in der einen und die omnipräsente Zigarette in der anderen Hand, gegen eine Wand gelehnt; er trug ein T-Shirt mit der Aufschrift JAGGER SUCKS.

Angie setzte sich hin, und Donald sah zu mir hoch, als ich den Riegel vor seine Tür schob und die Pistole aus dem Halfter nahm.

»Hey!« rief er.

»Donald«, sagte Angie eindringlich, »wir haben nicht viel Zeit, machen wir's also kurz.«

»Was hat das mit AAF zu tun, Mann?« Er blickte auf meine Waffe, und obwohl ich sie nicht bewegt hatte, zuckte er zusammen, als hätte man ihn geschlagen.

»Die AAF-Sache war Verarschung«, erklärte Angie. »Setz dich hin, Donald. Jetzt.«

Er setzte sich. Er war ein blasser, verhärmter Kerl mit buschigem gelbem, kurzgeschnittenem Haar, das von seinem apfelförmigen Kopf abstand. Er blickte auf die Haschpfeife auf dem Couchtisch vor ihm und fragte: »Seid ihr vom Rauschgiftdezernat?«

»Dumme Leute nerven mich«, sagte ich zu Angie.

»Donald, wir sind nicht vom Rauschgift. Wir sind Leute mit Pistolen und wenig Zeit. Also: Was passierte in der Nacht, als Anthony Lisardo starb?«

Er schlug die Hände so heftig vor das Gesicht, daß ich mir sicher war, sie würden Striemen hinterlassen. »O Mann! Es geht um Tony? O Mann, o Mann!«

»Es geht um Tony«, wiederholte ich.

»O Junge!«

»Erzähl uns von Tony!« forderte ich ihn auf. »Jetzt!«

»Aber dann bringt ihr mich um.«

»Tun wir nicht.« Angie klopfte ihm aufs Bein. »Versprochen.«

»Wer hat das Koks in seine Zigaretten getan?« fragte ich.

»Weiß ich nicht. *Ich-weiß-es-nicht.*«

»Du lügst!«

»Tu' ich nicht!«

Ich spannte den Hahn.

»Gut, ich lüge«, lenkte er ein, »stimmt. Aber tu das Ding weg, okay?«

»Sag ihren Namen!«

Mit dem »ihren« hatte ich ihn. Er sah mich an, als sei ich der Tod persönlich, und duckte sich in die Couch. Seine Beine hingen in der Luft. Die Ellenbogen waren gegen seine Hühnerbrust gepreßt.

»Sag es!«

»Desiree Stone, Mann. Sie war es.«

»Warum?« fragte Angie.

»Weiß ich nicht.« Er streckte die Hände aus. »Wirklich. Ich weiß es nicht. Tony hatte irgend etwas für sie gemacht, etwas Illegales, aber er wollte mir nicht sagen, was es war. Er sagte nur: ›Halt dich von der Lady fern, sie bringt nur Unglück, Kumpel.‹«

»Aber du hast dich nicht von ihr ferngehalten.«

»Hab' ich«, widersprach er. »*Ich* schon. Aber sie, Mann, sie kam hierher, ja, wollte angeblich 'n bißchen Gras kaufen, verstehst du? Und, Mann, sie ist, muß ich echt sagen, sie, also, wow, mehr kann ich nicht sagen.«

»Sie hat dich gebumst, daß dir die Augen rausflogen«, sprang Angie ein.

»Ey, mir sind die Zehen hochgeklappt, Mann. Und ich sag nur eins, echt, die sollten eine Achterbahn nach ihr benennen, versteht ihr?«

»Die Zigaretten!« erinnerte ich ihn.

»Ja, richtig.« Er blickte auf seinen Schoß. »Ich wußte es nicht«, sagte er leise. »Was drin war. Das schwöre ich bei Gott. Ich meine, Tony war mein bester Freund.« Er sah mich an. »Mein bester Freund, Mann!«

»Sie hat dir gesagt, du solltest ihm die Zigaretten geben?« fragte Angie.

Er nickte. »Es war seine Marke. Ich sollte sie einfach nur in seinem Auto liegenlassen. Versteht ihr? Aber dann sind wir losgefahren und beim Reservoir gelandet, und er zündet sich eine an und geht ins Wasser, und dann bekommt er diesen komischen Gesichtsausdruck. So als wär' er auf irgendwas getreten, was sich komisch anfühlt. Na ja, das war's. Er hatte nur diesen komischen Gesichtsausdruck und faßte sich dann mit der Hand an die Brust, und dann ging er unter.«

»Hast du ihn rausgeholt?«

»Hab' ich versucht. Aber es war stockduster. Ich konnte ihn da draußen nicht finden. So nach fünf Minuten hab' ich Schiß gekriegt. Bin abgehauen.«

»Desiree wußte, daß er auf Koks allergisch reagierte, stimmt's?« fragte ich.

»Ja.« Er nickte. »Tony rauchte nur Pot und trank, obwohl er als Botschafter und so ja eigentlich nicht . . .«

»Lisardo war in der Church of Truth?«

Er sah zu mir auf. »Ja, schon seit er klein war.«

Ich setzte mich kurz auf die Lehne der Couch, atmete tief ein und bekam eine Dröhnung von Donald Yeagers Marihuanadämpfen ab.

»*Al-les!*« sagte Angie.

Ich sah sie fragend an. »Was?«

»Alles, was diese Frau vom ersten Tag an getan hat, war berechnet. Ihre ›Depressionen‹, Trauer & Trost, alles.«

»Wie wurde Lisardo denn Botschafter?« fragte ich Donald.

»Ey, seine Mutter war leicht abgedreht, weil ihr Mann ein Kredithai war und so; sie wurde Mitglied, und Tony mußte auch rein, vor ungefähr zehn Jahren. Da war er noch klein.«

»Und was hielt Tony davon?« fragte Angie.

Er winkte ab. »Er fand, es war ein Haufen Scheiße. Aber er respektierte es auch irgendwie, weil er meinte, die wären wie sein Vater – nur am Betrügen. Er hat erzählt, die hätten jede Menge Geld – ganze Schiffsladungen voll –, alles am Finanzamt vorbei.«

»Desiree wußte das alles, nicht?«

Er zuckte die Achseln. »Nicht daß sie mir was davon gesagt hätte.«

»Na los, Donald!«

Er sah zu mir hoch. »Keine Ahnung. Tony hat immer viel gequatscht, klar? Also nehme ich an, daß er Desiree alles über sich erzählt hat, von Geburt an. Ich meine, kurz bevor er starb, hat Tony mir erzählt, er hätte so'n Typen getroffen, der der Kirche ganz schön Knete abziehen wollte, und ich meinte so was wie: ›Tony, erzähl mir nicht so'n Scheiß.‹ Versteht ihr? Aber Tony hat immer viel gequatscht. Hat viel erzählt.«

Angie und ich blickten uns an. Sie hatte recht. Desiree hatte jeden einzelnen Schritt berechnet. Sie hatte Trauer & Trost und die Church of Truth ins Visier genommen. Nicht andersrum. Sie hatte Price ausfindig gemacht. Und Jay. Und wahrscheinlich auch alle anderen, die je geglaubt hatten, sie würden sie suchen.

Ich pfiff leise beim Ausatmen. Eins mußte man dieser Frau lassen: Sie war ein harter Brocken, und was für einer.

»Also, Donald, du wußtest nicht, daß die Zigaretten gestreckt waren?« fragte ich.

»Nein«, antwortete er. »Kein Stück!«

Ich nickte. »Du dachtest nur, sie sei so nett und gäbe ihrem Ex-Freund eine Packung Zigaretten?«

»Nein, guck mal, es war . . . ich wußte es nicht. Ich hab' nur, hier, Desiree, sie bekommt, was sie will. Immer.«

»Und sie wollte, daß dein bester Freund stirbt«, versuchte es Angie.

»Und du hast dafür gesorgt, daß sie es bekam«, fiel ich ein.

»Nein, Mann, nein! Ich mochte Tony. Wirklich. Aber Desiree . . .«

». . . vögelt so geil«, ergänzte Angie.

Er schloß den Mund und blickte auf seine bloßen Füße.

»Hoffentlich war sie der beste Fick aller Zeiten«, sagte ich. »Weil du ihr geholfen hast, deinen besten Freund umzubringen. Und damit mußt du für den Rest deines Lebens klarkommen. Nimm's nicht so schwer!«

Wir gingen zur Wohnungstür und öffneten sie.

»Sie bringt euch auch um«, sagte er.

Wir blickten zu ihm zurück. Er beugte sich vor und stopfte mit zitternden Fingern Gras in seine Pfeife. »Wenn man ihr in die Quere kommt – was ihr auch immer in die Quere kommt –, das radiert sie aus. Sie weiß genau, daß ich keinem richtigen Bullen was erzähle, weil ich . . . nichts bin. Versteht ihr?« Er sah zu uns auf. »Hier: Desiree, ich glaub' nicht, daß ihr Bumsen was ausmacht. So gut wie sie darin auch ist, man hat das Gefühl, sie könnte es auch genausogut lassen. Aber Menschen zerstören? Mann, ich wette, dabei geht sie ab wie eine Rakete am 4. Juli.«

35

Was hat sie davon, hierher zurückzukommen?« fragte Angie und stellte das Fernglas scharf, durch das sie die beleuchteten Fenster von Jays Wohnung in Whittier Place beobachtete.

»Wohl kaum wegen der Memoiren ihrer Mutter«, antwortete ich.

»Ich denke, daß wir das auf jeden Fall ausschließen können.«

Wir standen auf einem Parkplatz unter einer Schnellstraßenauffahrt zwischen dem neuen Gefängnis in der Nashua Street und Whittier Place. Wir waren auf unseren Sitzen so tief wie möglich gerutscht, um das Schlaf- und das Wohnzimmerfenster von Jay deutlich erkennen zu können, und seitdem wir da waren, hatten wir zwei Personen gesehen – einen Mann und eine Frau –, die an den Fenstern vorbeigegangen waren. Wir wußten nicht einmal sicher, ob die Frau Desiree war, weil die dünnen Gardinen zugezogen waren und wir nur Umrisse erkennen konnten. Wer der Mann war, war uns völlig unklar. Aufgrund von Jays Alarmanlage konnten wir jedoch ziemlich sicher sein, daß Desiree da oben war.

»Also warum?« fragte Angie. »Ich meine, sie hat wahrscheinlich die zwei Millionen, ist gut versteckt in Florida mit genug Geld, um so weit zu reisen wie sie will. Warum kommt sie zurück?«

»Weiß nicht. Vielleicht um das zu Ende zu bringen, womit sie vor fast einem Jahr angefangen hat.«

»Trevor umbringen?«

Ich zuckte die Achseln: »Warum nicht?«

»Aber aus welchem Grund?«

»Hä?«

»Aus welchem Grund? Patrick, diese Frau hat Methode. Sie

macht nicht irgend etwas einfach aus dem Bauch heraus. Als sie ihre Mutter umbringen ließ und es bei ihrem Vater versuchte, was war wohl ihr Hauptgrund dafür?«

»Emanzipierung?« fragte ich.

Sie schüttelte den Kopf. »Der Grund ist nicht gut genug.«

»Gut genug?« Ich ließ das Fernglas sinken und blickte sie an. »Ich glaube nicht, daß sie einen großartigen Grund braucht. Denk doch daran, was sie mit Illiana Rios gemacht hat. Scheiße, denk daran, was sie mit Lisardo gemacht hat!«

»Gut, aber das war in sich logisch. In ihrer verqueren Logik hatte sie einen Grund. Sie brachte Lisardo um, weil er das einzige Verbindungsglied zwischen ihr und den drei Killern war, die ihre Mutter erledigten. Sie tötete Illiana Rios, weil sie ihre Spuren dadurch besser verwischen konnte, nachdem sie die zwei Millionen von Price zurückgestohlen hatte. In beiden Fällen brachte ihr das einen beachtlichen Vorteil. Was hat sie davon, wenn sie jetzt Trevor umbringt? Und was wollte sie, als sie ihn vor acht Monaten zum ersten Mal versuchte umzubringen?«

»Na ja, damals war es wahrscheinlich Geld.«

»Warum?«

»Weil sie bestimmt die Nutznießerin seines Testaments war. Wenn ihre Eltern sterben, erbt sie ein paar hundert Millionen.«

»Ja, genau.«

»Okay«, lenkte ich ein. »Aber das stimmt ja jetzt nicht mehr. Jetzt steht sie mit Sicherheit nicht mehr in Trevors Testament.«

»Stimmt. Also, warum kommt sie zurück?«

»Das habe ich mich schon die ganze Zeit gefragt.«

Sie ließ ihr Fernglas ebenfalls sinken und rieb sich die Augen. »Ein absolutes Geheimnis, nicht?«

Ich lehnte mich einen Moment lang im Autositz zurück und drückte meinen Nacken gegen das Polster und bereute es im selben Augenblick. Ich hatte wieder einmal meine verletzte Schulter vergessen; der Schmerz explodierte über meinem Schlüsselbein, fuhr die linke Seite meines Halses hoch und stieg in meinen Kopf. Ich atmete mehrmals vorsichtig und schluckte die aufsteigende Galle hinunter.

»Illiana Rios sah Desiree vom Körperbau her so ähnlich«, bemerkte ich schließlich, »daß Jay glaubte, es sei Desirees Leiche.«

»Ja – und?«

»Meinst du, das war Zufall?« Ich wandte mich ihr zu. »Ganz egal, was sie miteinander zu tun hatten, Desiree hat Illiana Rios dazu bestimmt, in dem Motelzimmer zu sterben, eben weil sie ihr so ähnlich sah. Sie dachte so weit voraus.«

Angie fröstelte. »Die Frau ist wirklich hart.«

»Eben. Und deshalb ist der Tod ihrer Mutter auch nicht logisch.«

»Wieso nicht?« Sie sah mich an.

»Das Auto der Mutter war an dem Abend doch liegengeblieben, stimmt's?«

»Ja.« Sie nickte. »Und dann rief die Mutter Trevor an, wodurch sichergestellt wurde, daß sie mit im Auto sitzen würde, wenn Lisardos Freunde ...«

»Aber wie stehen da die Chancen? Ich meine, wenn man Trevors Termine und seine Arbeitsweise bedenkt und dazu noch die Beziehung zu seiner Frau – wie standen die Chancen, daß sie ihn anrufen würde? Und daß er den Anruf entgegennehmen würde? Und warum sollte er einwilligen, sie abzuholen, anstatt ihr einfach zu sagen, sie solle sich ein Taxi nehmen?«

»Da wird ganz schön viel dem Zufall überlassen«, stellte sie fest.

»Genau. Aber Desiree überläßt nichts dem Zufall, wie du eben gesagt hast.«

»Du meinst also, der Tod ihrer Mutter war gar nicht geplant?«

»Ich weiß es nicht.« Ich sah zum Fenster hinauf und schüttelte den Kopf. »Bei Desiree weiß ich nicht viel. Sie will, daß wir sie morgen zum Haus begleiten. Angeblich, um sie zu beschützen.«

»Als ob sie irgendwann in ihrem Leben Schutz gebraucht hätte.«

»Eben. Warum sollen wir also dabeisein? Warum lockt sie uns dahin?«

Wir saßen eine Weile einfach da, die Ferngläser auf Jays Fenster gerichtet, und warteten auf eine Antwort auf meine Frage.

Am nächsten Morgen um halb acht zeigte sich Desiree. Und ich wäre ihr fast ins Blickfeld gelaufen.

Ich kam gerade von einem Café in der Causeway Street zurück, weil Angie und ich entschieden hatten, daß unser Bedürfnis nach Koffein nach einer Nacht im Auto das Risiko wert war.

Ich war noch drei Meter von unserem Auto entfernt, das gegenüber von Jays Haus stand, als sich die Eingangstür öffnete. Ich blieb stehen und versteckte mich hinter einem Pfeiler unter der Auffahrt zur Schnellstraße.

Ein gutgekleideter Mann Ende vierzig, Anfang fünfzig kam mit einer Aktentasche in der Hand als erster aus Whittier Place. Er stellte die Tasche auf den Boden, streifte sich seinen Mantel über, schniefte und trat dann wieder ins grelle Sonnenlicht, um die ungewöhnlich warme Märzluft zu genießen. Dann zog er den Mantel wieder aus, hob die Aktentasche auf und blickte über die Schulter nach hinten, als eine kleine Gruppe morgendlicher Pendler nach draußen trat. Er lächelte einer Frau in der Gruppe zu.

Sie lächelte nicht zurück, und zuerst verwirrten mich der Pferdeschwanz und die Brille. Sie trug Bürokleidung, ein graues Kostüm, der Saum des Rockes reichte bis kurz über die

Knie, unter dem Jackett trug sie eine schlichte weiße Bluse und ein taubengraues Halstuch. Sie hielt an und nestelte am Kragen ihres offenen schwarzen Mantels, während die übrigen Leute in ihre Autos stiegen oder zur North Station und zum Government Center gingen, einige liefen auf die Überführung zu, die zum Naturwissenschaftlichen Museum oder zur Lechmere-Station führte.

Desiree sah ihnen abschätzig nach, ihr blanker Haß war an der Haltung ihrer schlanken Beine abzulesen. Aber vielleicht las ich auch zuviel hinein.

Dann beugte sich der gutgekleidete Mann vor und küßte sie auf die Wange, und sie strich mit den Fingern leicht über den Reißverschluß seiner Hose und spazierte davon.

Sie sagte etwas zu ihm und lächelte dabei, er schüttelte mit einem amüsierten Grinsen auf seinem kräftigen Gesicht den Kopf. Sie ging zum Parkplatz, und ich erkannte, daß sie auf Jays dreißig Jahre alten nachtblauen Ford Falcon Coupé zusteuerte, der seit Jays Abreise nach Florida auf dem Parkplatz wartete.

Ich verspürte einen tiefen, unerbittlichen Haß auf sie, als ich sie dabei beobachtete, wie sie den Schlüssel im Türschloß umdrehte, denn ich wußte, wieviel Zeit und Geld Jay in die Instandsetzung des Autos investiert hatte, daß er den Motor erneuert und im ganzen Land nach Ersatzteilen gesucht hatte. Es war nur ein Auto, und es zu nehmen war sicherlich ihr kleinstes Verbrechen, aber für mich war es ein immer noch lebendiger Teil von Jay dort in der Parklücke, und sie wollte ihm den letzten Tritt versetzen.

Der Mann trat fast direkt mir gegenüber auf den Bürgersteig, und ich wich noch weiter hinter den Pfeiler zurück. Dann änderte er seine Meinung bezüglich seines Mantels, weil ihm der heftige Wind von der Causeway Street entgegenschlug. Er zog ihn über, während Desiree den Falcon anließ, dann ging er die Straße hinauf.

Ich trat hinter dem Pfeiler hervor und versteckte mich hinter unserem Auto. Über den Seitenspiegel hinweg sah ich Angie in die Augen.

Sie zeigte auf Desiree, dann auf sich.

Ich nickte und wies auf den Mann.

Sie lächelte und hauchte mir einen Kuß zu.

Dann ließ sie den Wagen an, und ich überquerte die Straße und folgte dem Mann auf dem Bürgersteig den Lomasney Way hinauf.

Eine Minute später fuhr Desiree in Jays Auto an mir vorbei, gefolgt von einem weißen Mercedes, der wiederum von Angie verfolgt wurde. Ich sah zu, wie alle drei Autos zur Stanford Street hochfuhren und dann rechts abbogen in Richtung Cambridge Street, von wo aus es in alle möglichen Richtungen ging.

An der Art und Weise, wie der Mann vor mir seine Aktentasche unter den Arm klemmte und die Hände an der nächsten Ecke tief in die Taschen steckte, konnte ich ablesen, daß uns ein längerer Fußmarsch bevorstand. Ich ließ ihm ungefähr fünfzig Meter Vorsprung und folgte ihm die Merrimac Street hinunter. Die Merrimac führte am Haymarket Square auf die Congress Street, und als wir New Sudbury durchquert hatten und in Richtung des Bankenviertels weitergingen, schlug uns ein weiterer Windstoß entgegen. Im Bankenviertel von Boston waren mehr Architekturstile versammelt als in jeder anderen Stadt, die ich kannte. Schimmerndes Glas und Granittürme überragten vierstöckige Prachtexemplare Ruskinscher Gotik und florentinische Pseudo-Paläste; Modernismus traf auf deutsche Renaissance, auf Postmodernismus, auf Pop, auf ionische Säulen und französische Karniese und korinthische Pilaster und auf Granit und Kalkstein von Good Old New England. Ich habe ganze Tage im Bankenviertel nur damit verbracht, die Gebäude anzusehen, und mich an besseren Tagen dem Gefühl hingegeben, es stehe sinnbildlich für das

Leben auf der Erde – so viele unterschiedliche Perspektiven, die sich gegenseitig bedrängen, und doch funktioniert es irgendwie.

Wenn ich allerdings schlechte Laune habe, würde ich noch immer am liebsten die City Hall in die Luft sprengen.

Kurz vor dem Zentrum des Bankenviertels bog der Mann nach links ab und überquerte die Kreuzung State, Congress und Court Street, trat über die Steine, die an den Schauplatz des Boston Massacre erinnerten, und ging zwanzig Meter weiter bis zum Eingang des Exchange Place Building.

Ich fing an zu laufen, weil Exchange Place riesig ist und mindestens sechzehn Fahrstühle besitzt. Als ich den Marmorboden der vier Stockwerke hohen Eingangshalle überquerte, konnte ich den Mann nirgends entdecken. Ich bog rechts ab in den Gang zu den Expreß-Fahrstühlen und sah gerade noch, wie sich zwei Türen schlossen.

»Moment bitte!« Ich spurtete auf die Türen zu, und es gelang mir, meine gesunde Schulter dazwischenzuquetschen. Sie öffneten sich wieder, jedoch nicht ohne meine Schulter noch einmal gequetscht zu haben. Harte Woche für meine Schultern.

Der Mann lehnte sich gegen die Wand und beobachtete mich mit einem verärgerten Gesichtsausdruck, als hätte ich seine Privatsphäre gestört.

»Danke, daß Sie die Tür aufgehalten haben«, sagte ich.

Er starrte geradeaus. »Um diese Zeit morgens gibt es noch eine Menge anderer Aufzüge.«

»Ach!« bemerkte ich. »Ein Christ!«

Als sich die Türen schlossen, sah ich, daß er die 38 gedrückt hatte, ich nickte und lehnte mich an die Fahrstuhlwand.

Er betrachtete die blauen Flecken in meinem geschundenen Gesicht, die Schlinge um meinen Arm, meine Kleidung, die durch elf Stunden im Auto so zerknittert war, daß man sie fast nicht mehr wiedererkennen konnte.

»Haben Sie auf Achtunddreißig zu tun?« fragte er.

»Ja.«

Ich schloß die Augen.

»Was denn?« fragte er weiter.

»Was glauben Sie denn?« antwortete ich.

»Weiß ich nicht.«

»Dann wollen Sie vielleicht ins falsche Stockwerk«, gab ich zurück.

»*Ich* arbeite da.«

»Und dann wissen Sie nicht, was die da machen? Junge, Junge! Erster Tag hier?«

Er seufzte, während der Aufzug an den Etagen eins bis zwanzig so schnell vorbeiraste, daß ich glaubte, meine Wangen würden nach unten gezogen.

»Junger Mann«, sprach er mich wieder an, »ich glaube, Sie haben einen Fehler gemacht.«

»Junger Mann?« fragte ich, aber als ich ihn mir genauer ansah, merkte ich, daß ich mich bei seinem Alter mindestens um zehn Jahre verschätzt hatte. Seine straffe, gebräunte Haut und das volle Haar hatten mich ebenso irregeführt wie sein schwungvoller Gang, aber er war mindestens sechzig Jahre alt.

»Ja, ich glaube wirklich, daß Sie sich vertan haben.«

»Warum?«

»Weil ich alle Klienten der Firma kenne, Sie aber nicht.«

»Ich bin neu«, gab ich zurück.

»Das bezweifle ich«, sagte er.

»Nein, ehrlich.«

»Kein bißchen!« entgegnete er und grinste mich mit seinen perfekt überkronten weißen Zähnen väterlich an.

Er hatte »Firma« gesagt, und ich wettete darauf, daß er kein Steuerberater war.

»Ich hatte einen Unfall«, erklärte ich, auf meinen Arm weisend. »Ich bin der Drummer von Guns 'n' Roses, der Rockband. Kennen Sie die?«

Er nickte.

»Wir hatten letzte Nacht ein Konzert im Fleet, und so'n Idiot hat die Pyrotechnik an der falschen Stelle angezündet, darum brauche ich jetzt 'nen Anwalt.«

»Stimmt das?«

»Ja.«

»Der Drummer von Guns 'n' Roses heißt Matt Sorum, und Sie haben kein bißchen Ähnlichkeit mit ihm.«

Ein sechzigjähriger Guns-'n'-Roses-Fan? Wie konnte das sein? Und warum passierte mir so was?

»Matt Sorum war es«, korrigierte ich, »er war es. Er hat sich mit Axl verkracht, deshalb mach' ich jetzt mit.«

»Und ihr habt im Fleet Center gespielt?« fragte er, während der Lift die 32. Etage passierte.

»Ja, Mann.«

Die Türen öffneten sich, und er blockiete sie, indem er die Hand dagegenhielt. »Gestern nacht im Fleet Center spielten die Celtics gegen die Bulls. Das weiß ich. Ich habe eine Dauerkarte.« Wieder lachte er mich breit an. »Wer Sie auch sind, sehen Sie zu, daß Sie mit dem Lift wieder unten sind, bevor die Wachmannschaft hier ist.«

Er trat aus dem Aufzug und starrte mich an, während sich die Türen schlossen. Hinter ihm sah ich in goldenen Lettern die Wörter GRIFFIN, MYLES, KENNEALLY AND BERGMAN.

Ich grinste. »Desiree!« flüsterte ich.

Seine Hand schnellte zwischen die Türen, so daß sie zurücksprangen.

»Was haben Sie gerade gesagt?«

»Sie haben mich verstanden, Mr. Griffin. Oder soll ich Sie Danny nennen?«

36

In seinem Büro fand sich alles, was ein wohlhabender Mann brauchte, außer vielleicht einem Flugzeughangar. Und wenn er gewollt hätte, hätte er noch reingepaßt.

Die anderen Büros waren leer, ich sah nur eine einzelne männliche Bürohilfe, die in einem Büro Kaffeepulver in einen Kaffeefilter häufte. Irgendwo am anderen Ende lief ein Staubsauger.

Daniel Griffin hängte seinen Mantel und die Anzugjacke in den Garderobenschrank und ging um einen Schreibtisch herum, der ungefähr die Größe eines Fußballfeldes hatte. Er setzte sich und bedeutete mir, ihm gegenüber Platz zu nehmen.

Ich blieb stehen.

»Wer sind Sie?« fragte er.

»Patrick Kenzie. Ich bin Privatdetektiv. Rufen Sie Cheswick Hartman an, wenn Sie meine Lebensgeschichte wissen wollen.«

»Sie kennen Cheswick?«

Ich nickte.

»Sie sind doch nicht der, der seiner Schwester vor einigen Jahren in Connecticut aus dieser . . . Situation half?«

Ich hob eine schwere Bronzestatue von einer Ecke seines Schreibtischs hoch und betrachtete sie. Es war eine asiatische Gottheit oder mythologische Figur, eine Frau mit einer Krone auf dem Kopf, deren Gesicht jedoch an der Stelle, wo sich eigentlich die Nase befand, durch den Rüssel eines Elefanten verunstaltet wurde. Sie saß im Schneidersitz, und zu ihren Füßen sprangen Fische aus dem Wasser, in ihren vier Händen hielt sie eine Streitaxt, einen Diamanten, eine Salbendose und eine gekrümmte Schlange.

»Aus Sri Lanka?« fragte ich.

Er zog die Augenbrauen hoch und nickte. »Damals natürlich noch Ceylon.«

»Klar«, gab ich zurück.

»Was wollen Sie von mir?« fragte er.

Ich warf einen Blick auf das Foto einer lächelnden hübschen Frau, dann auf ein anderes mit vielen erwachsenen Kindern und einer Menge perfekter Enkelkinder.

»Wählen Sie republikanisch?«

»Was?«

»Ein Hoch auf die Familie«, erklärte ich.

»Verstehe ich nicht.«

»Was wollte Desiree?« fragte ich.

»Ich weiß nicht, ob Sie das etwas angeht.«

Langsam erholte er sich von dem Schock im Aufzug, seine Stimme wurde tiefer, die Augen blickten wieder rechtschaffen. Es würde nicht mehr lange dauern, bis er wieder mit der Wachmannschaft drohte, also mußte ich ihm den Boden unter den Füßen wegziehen.

Ich ging um den Schreibtisch herum, stellte eine kleine Leselampe zur Seite und setzte mich auf den Tisch, die Beine nur einen Zentimeter von seinen entfernt. »Danny«, begann ich, »wenn Sie einfach nur eine Verabredung mit ihr hätten, hätten Sie mich niemals aus dem Aufzug gelassen. Sie haben ein gewaltiges Ding zu verstecken. Etwas Unmoralisches und Illegales, für das Sie den Rest Ihres Lebens hinter Gitter wandern können. Ich weiß zwar noch nicht, was es ist, aber ich weiß, wie Desiree denkt, und sie würde sich nicht fünf Minuten lang mit Ihren verschrumpelten Genitalien abgeben, wenn sie dafür nicht etwas ganz Besonderes bekommen würde.« Ich beugte mich vor, lockerte seinen Krawattenknoten und knöpfte ihm den Kragen auf. »Sagen Sie mir also, was es ist.«

Auf seiner Oberlippe standen Schweißtropfen, und seine

festen Kieferknochen fielen langsam herunter. Er sagte: »Sie gehen zu weit.«

Ich zog die Augenbrauen hoch. »Was Besseres haben Sie nicht zu sagen? Gut, Danny.«

Ich stand auf. Er preßte sich gegen die Stuhllehne und stieß sich mit den Rollen von mir ab, aber ich drehte mich schnell um und stürzte auf die Tür zu. Ich sah ihn an. »Wenn ich in fünf Minuten Trevor Stone anrufe und ihm mitteile, daß sein Anwalt seine Tochter vögelt, soll ich ihm dann etwas von Ihnen ausrichten?«

»Das tun Sie nicht.«

»Nein? Ich habe Fotos, Danny.«

Herrlich, wenn so ein Bluff funktioniert.

Daniel Griffin hob die Hand und schluckte mehrmals. Er erhob sich so schnell, daß der Stuhl nach hinten wegrollte, dann legte er kurz die Hände auf den Tisch und atmete tief.

»Sie arbeiten für Trevor?« fragte er.

»Habe ich«, antwortete ich. »Jetzt nicht mehr. Aber ich habe noch seine Nummer.«

»Sind Sie«, fragte er mit erhobener Stimme, »ihm gegenüber loyal?«

»Sie jedenfalls nicht«. Ich grinste.

»Ja oder nein?«

Ich schüttelte den Kopf. »Ich mag ihn nicht, und seine Tochter mag ich auch nicht, und soweit ich weiß, wollen beide, daß ich spätestens heute abend um sechs Uhr tot bin.«

Er nickte. »Sie sind gefährlich.«

»Wirklich, Danny? Erzählen Sie mir doch etwas Neues. Was sollen Sie für Desiree erledigen?«

»Ich . . .« Er schüttelte den Kopf und ging zu dem kleinen Kühlschrank in der Ecke. Er beugte sich hinunter, ich zog meine Pistole und entsicherte sie.

Aber er holte nur eine Flasche Evian heraus. Er stürzte die halbe Flasche herunter und wischte seinen Mund dann mit dem Handrücken ab. Seine Augen wurden groß, als er meine Waffe sah. Ich zuckte mit den Achseln.

»Er ist ein böser, schlechter Mann, der bald stirbt«, sagte er. »Ich muß an die Zukunft denken. Ich muß mir Gedanken darüber machen, wer sein Geld verwaltet, wenn er nicht mehr da ist. Wer das Vermögen kontrolliert, wenn Sie so wollen.«

»Großes Vermögen«, bemerkte ich.

»Ja. Eine Milliarde hundertfünfundsiebzig Millionen Dollar nach dem letzten Stand.«

Die Zahl haute mich um. Es gibt Summen, die man sich in einem Lkw oder einem Tresorraum vorstellen kann. Und es gibt Summen, die für beides zu groß sind.

»Das ist kein Vermögen«, entgegnete ich. »Das ist das Bruttosozialprodukt.«

Er nickte. »Und das muß nach seinem Tod ja irgendwo hin.«

»O Gott«, sagte ich. »Sie wollen sein Testament ändern.«

Er senkte den Blick und starrte aus dem Fenster.

»Oder Sie haben es schon getan«, vermutete ich. »Er hat sein Testament nach dem Anschlag geändert, stimmt's?«

Er starrte auf die State Street und die Rückwand vom City Hall Plaza und nickte.

»Hat er Desiree rausgenommen?«

Er nickte wieder.

»An wen geht das Geld jetzt?«

Keine Reaktion.

»Danny«, mahnte ich. »An wen geht das Geld jetzt?«

Er machte eine unwillige Handbewegung. »An alle möglichen Stellen – Universitätsfonds, Büchereien, medizinische Forschung und so weiter.«

»Blödsinn. So nett ist er nicht.«

»Zweiundneunzig Prozent gehen in eine private Stiftung auf seinen Namen. Ich habe die Handlungsvollmacht, einen gewissen Prozentsatz der jährlichen Zinsen für medizinische Forschungseinrichtungen abzuschöpfen. Der Rest wird angelegt.«

»Was für medizinische Forschungseinrichtungen?«

Er wandte sich vom Fenster ab. »Die sich auf kryogenische Forschung spezialisieren.«

Ich mußte fast lachen. »Der verrückte Kerl will sich einfrieren lassen?«

Er nickte. »Bis es eine Medizin für Krebs gibt. Und wenn er dann aufwacht, ist er immer noch einer der reichsten Männer der Welt, weil allein schon die Zinsen für sein Geld die Inflation bis ins Jahr 3000 ausgleichen.«

»Moment mal«, wandte ich ein. »Wenn er tot oder tiefgekühlt ist oder wie auch immer, wie paßt er dann auf sein Geld auf?«

»Wie er dafür sorgt, daß ich oder meine Nachfolger es nicht stehlen?«

»Ja.«

»Über einen Steuerberater.«

Ich lehnte mich einen Augenblick gegen die Wand, um das alles zu verdauen. »Aber dieser Steuerberater tritt erst in Aktion, wenn er tot oder tiefgekühlt ist. Stimmt's?«

Er schloß die Augen und nickte.

»Und wann hat er vor, sich einfrieren zu lassen?«

»Morgen.«

Ich lachte. Es war so vollkommen absurd.

»Lachen Sie nicht! Er ist verrückt. Aber man kann ihn nicht auf die leichte Schulter nehmen. Ich glaube nicht an Kryogenik. Aber was ist, wenn ich unrecht habe, und er nicht, Mr. Kenzie? Dann tanzt er auf unseren Gräbern.«

»Nicht wenn Sie das Testament ändern«, erwiderte ich. »Das ist das einzige Schlupfloch in seinem Plan, oder? Wenn er das Testament noch einmal kontrolliert, bevor er in seine Kühltruhe steigt oder wie man das auch nennt, können Sie es immer noch ändern oder durch ein anderes ersetzen, nicht wahr?«

Er trank aus der Flasche Evian. »Das ist heikel, aber möglich.«

»Brillant. Wo ist Desiree jetzt?«

»Ich weiß es nicht.«

»In Ordnung. Nehmen Sie Ihren Mantel.«

»Was?«

»Sie kommen mit mir, Daniel.«

»Das mache ich nicht. Ich habe Meetings. Ich habe . . .«

»Ich habe ein paar Kugeln in meiner Knarre, und die haben gleich auch ein Meeting. Haben Sie mich verstanden?«

37

Wir winkten ein Taxi auf der State Street heran und fuhren gegen den morgendlichen Berufsverkehr Richtung Dorchester.

»Seit wann arbeiten Sie für Trevor?« fragte ich.

»Seit 1970.«

»Mehr als ein Vierteljahrhundert«, bemerkte ich.

Er nickte.

»Doch für den Körper seiner Tochter haben Sie Ihre Loyalität letzte Nacht innerhalb weniger Stunden verkauft.«

Er griff nach unten und glättete eine Falte in seiner Hose, bis der Aufschlag der Hosenbeine auf seinen glänzenden Schuhen lag.

»Trevor Stone«, begann er und räusperte sich, »ist ein Monster. Er behandelt Menschen wie Gebrauchsgegenstände. Noch schlimmer als Gegenstände. Er kauft, verkauft sie und handelt mit ihnen, und wenn er keine Verwendung mehr für sie hat, schmeißt er sie auf den Müll. Ich gebe zu, daß ich lange dachte, seine Tochter sei das Gegenteil von ihm. Als wir das erste Mal miteinander schliefen . . .«

»Wann war das?«

»Da war sie sechzehn.«

Er blickte auf den stillstehenden Vekehr auf der anderen Fahrbahn der Schnellstraße. »Ich hielt sie für ein Geschenk des Himmels. Eine perfekte, freundliche, mitfühlende Schönheit, die einmal all das sein würde, was ihr Vater nicht war. Aber mit der Zeit merkte ich, daß sie schauspielerte. Genau das ist sie nämlich, eine bessere Schauspielerin als ihr Vater. Aber abgesehen davon nicht anders. Angesichts der Tatsache, daß ich ein alter Mann bin und meine Unschuld vor vielen, vielen Jahren verloren habe, sah ich die Situation aus einer anderen Perspektive und nahm, was ich bekommen konnte. Sie benutzt mich, und ich benutze sie, und wir beide beten für den Tod von Trevor Stone.« Er lächelte mich an. »Sie ist wahrscheinlich kein Stückchen besser als ihr Vater, aber sie sieht besser aus und ist besser zu vögeln.«

Nelson Ferrare blickte mich aus trüben Augen an und kratzte sich durch sein Fruit-of-the-Loom-Shirt. Hinter ihm roch ich den muffigen Schweißgeruch und das Aroma verdorbener Lebensmittel, das wie eine Wolke durch seine Wohnung waberte.

»Soll ich auf den Typen aufpassen?«

Daniel Griffin sah erschrocken aus, aber wahrscheinlich war es nicht Nelson, vor dem er Angst hatte (obwohl er Grund dazu gehabt hätte). Er fürchtete sich vor Nelsons Wohnung.

»Ja. Bis Mitternacht. Dreihundert Mäuse.«

Er streckte die Hand aus, und ich legte die Geldscheine hinein.

Er trat aus dem Türrahmen und sagte: »Komm rein, Alter.«

Ich stieß Daniel Griffin über die Schwelle, und er stolperte ins Wohnzimmer.

»Bind ihn an irgend etwas fest, Nelson. Aber tu ihm nicht weh. Nicht mal ein bißchen.«

Er gähnte. »Für drei Hunnis mache ich ihm sogar Frühstück. Zu schade, daß ich nicht kochen kann.«

»Das ist eine Ungeheuerlichkeit!« bemerkte Griffin.

»Um Mitternacht kannst du ihn losmachen«, befahl ich Nelson. »Bis dann!«

Nelson schloß die Tür.

Als ich den Flur hinunterging, hörte ich seine Stimme durch die dünnen Wände: »Eine ganz einfache Regel in diesem Haushalt, alter Junge: Faßt du die Fernbedienung an, säge ich dir die Hand mit einer alten Säge ab.«

Ich fuhr mit der U-Bahn in die Innenstadt zurück und holte mein eigenes Auto aus der Garage in der Cambridge Street, wo ich meinen Stellplatz hatte. Es ist ein '63er Porsche, den ich ebenso restauriert habe wie Jay seinen Falcon: Stück für Stück über viele Jahre hinweg, bis er überhaupt wieder straßentauglich war. Und nach einer bestimmten Zeit war es die Arbeit selbst, und nicht das Ergebnis, für die ich eine Vorliebe empfand. Wie mein Vater einmal gesagt hatte, als er uns ein Gebäude zeigte, bei dessen Bau er mitgewirkt hatte, bevor er zur Feuerwehr ging: »Das Haus selbst ist mir scheißegal, aber die einzelnen Steine da, Patrick? Und die Reihe da oben im dritten Stockwerk? Die habe ich dort hingemauert. Ich war der erste, der sie jemals berührt hat. Und sie werden mich überdauern.«

Das taten sie. Die Arbeit und ihre Ergebnisse überdauerten immer die, die sie verrichtet hatten, wie der Geist eines jeden ägyptischen Sklaven bestätigen würde.

Und vielleicht ist es das, dachte ich, während ich den Schonbezug von meinem Auto zog, was Trevor nicht akzeptieren kann. Denn soviel ich von seinen Geschäften wußte (und ich konnte mich da auch irren, weil sie so breitgefächert waren), hatte er nicht groß in seine Unsterblichkeit investiert. Er schien nicht viel geschaffen zu haben. Er war spitze als Einkäufer, als Verkäufer und Ausbeuter, aber den Ertrag von Kaffeebohnen aus El Salvador konnte man nicht mehr anfassen, nachdem der Kaffee ausgetrunken und das Geld ausgegeben war.

Welchen Gebäuden hast du deinen Stempel aufgedrückt, Trevor?

Welche Geliebte behält dein Gesicht liebevoll in zärtlicher Erinnerung?

Was bleibt übrig von deiner Erdenzeit?

Und wer trauert um deinen Tod?

Niemand.

Ich hatte ein Handy in meinem Handschuhfach und rief damit Angie am Autotelefon im Crown Victoria an. Aber sie hob nicht ab.

Ich parkte vor meinem Haus und schaltete die Alarmanlage ein, ging nach oben, saß herum und wartete.

In den nächsten zwei Stunden rief ich zehnmal das Autotelefon an, kontrollierte sogar mein Telefon, um sicher zu sein, daß es auf »laut« gestellt war. War es.

Die Batterie könnte leer sein, sagte ich mir.

Dann hätte sie den Adapter genommen und ihn in den Anschluß vom Zigarettenanzünder gesteckt.

Nicht, wenn sie nicht im Auto war.

Dann hätte sie mich angerufen.

Nicht, wenn sie keine Zeit hatte oder kein Telefon in der Nähe war.

Zur Ablenkung sah ich ein paar Minuten lang *Die Marx Brothers auf See,* aber weder Harpo, der die Frauen über den Liniendampfer jagte, oder die Vorfreude auf die Maurice-Chevalier-Nummer der vier Marx-Brothers, durch die sie sich mit dem gestohlenen Reisepaß des Sängers vom Schiff stehlen wollten, konnten meine Aufmerksamkeit fesseln.

Ich stellte Fernseher und Videorekorder aus und wählte wiederum die Nummer des Autotelefons.

Niemand hob ab.

Und so ging es den ganzen Nachmittag. Keine Antwort. Nichts als das Klingeln am anderen Ende der Leitung und das Klingeln in meinem Kopf.

Und das darauffolgende Schweigen. Ein lautes, höhnisches Schweigen.

38

Das Schweigen verfolgte mich, als ich für meine Verabredung mit Desiree um sechs Uhr zum Whittier Place zurückfuhr.

Angie war nicht nur meine Kollegin. Sie war nicht nur meine beste Freundin. Und sie war nicht nur meine Geliebte. Natürlich war sie all das, aber sie war weit mehr für mich. Seitdem wir gestern abend miteinander geschlafen hatten, war mir langsam klargeworden, daß das, was uns verband – was uns wahrscheinlich schon seit unserer Kindheit verband –, nicht nur etwas Besonderes war; es war etwas Heiliges.

Angie war der Punkt, wo das meiste von mir begann und alles endete.

Ohne sie – ohne zu wissen, wo sie war und wie es ihr ging – war ich nicht mehr ich selbst; ich war ein Nichts.

Desiree. Desiree steckte hinter dem Schweigen. Und sobald ich sie zu sehen bekäme, würde ich ihr eine Kugel durchs Knie jagen und sie ausquetschen.

Aber Desiree, flüsterte mir eine Stimme zu, ist raffiniert. Nicht vergessen, was Angie gesgt hatte: Desiree hatte Methode. Wenn sie hinter Angies Verschwinden steckte, wenn sie sie irgendwo gefesselt hatte, würde sie sie als Druckmittel einsetzen. Sie würde sie nicht einfach umbringen. Davon hätte sie nichts. Keinen Gewinn.

Ich fuhr am Storrow Drive von der Schnellstraße ab und bog dann rechts ein, so daß ich um den Leverett Circle fahren und von dort aus zum Whittier Place einbiegen konnte. Bevor ich dort ankam, fuhr ich links ran, ließ den Motor laufen und machte kurz meine Warnblinkanlage an. Ich zwang mich, Atem zu holen und das in meinen Adern kochende Blut abkühlen zu lassen, zwang mich dazu, nachzudenken.

Die Kelten, flüsterte eine Stimme, denk an die Kelten, Patrick. Sie waren verrückt. Sie waren heißblütig. Es war dein Volk, und sie terrorisierten ein Jahrhundert vor Christus ganz Europa. Keiner wollte sich mit ihnen anlegen. Weil sie nicht ganz klar im Kopf waren und blutrünstig und sich mit blauer Kriegsbemalung und erigierten Gliedern in den Kampf stürzten. Jeder hatte Angst vor den Kelten.

Bis Caesar kam. Julius Caesar fragte seine Leute, was denn dieser ganze Blödsinn mit diesen angsteinflößenden Wilden in Gallien und Germanien, in Spanien und Irland bedeuten sollte. Rom hatte vor niemandem Angst.

Die Kelten auch nicht, antworteten seine Leute.

Blinde Wut, lehrte Caesar, kann es nicht mit Intelligenz aufnehmen.

Und er schickte fünfundfünfzigtausend Mann nach Alesia, die dort auf über eine Viertelmillion Kelten trafen.

Und die hatten Blut in den Augen. Sie waren nackt, hatten erigierte Glieder, schrien vor Wut und achteten nicht im geringsten auf ihre Gesundheit.

Und Caesars Bataillone radierten sie aus.

Unter Anwendung exakter taktischer Manöver, ohne jede Gefühlsregung besiegten Caesars Garnisonen die leidenschaftlichen, entschlossenen, furchtlosen Kelten.

Als Caesar seinen Triumphzug durch die Straßen von Rom abhielt, gab er bekannt, daß er niemals einen mutigeren Anführer als Vercingetorix gesehen habe, den Befehlshaber der gallischen Kelten. Und vielleicht um zu zeigen, was er tatsächlich von nacktem Mut hielt, unterstrich Caesar seine Aussage, indem er den abgetrennten Kopf von Vercingetorix während des gesamten Triumphzugs hin und her schwenkte.

Wieder einmal hatte Plan über Muskelkraft gesiegt. Verstand hatte Herz bezwungen.

Es war dumm, wie ein Kelte dort hineinzustürmen, Desiree

ins Knie zu schießen und sich davon etwas zu erwarten. Desiree war eine Taktikerin. Desiree war eine Römerin.

Mein Kopf kühlte sich ab, während ich im laufenden Wagen saß und das dunkle Wasser des Charles rechts neben mir vorbeifloß. Mein Herzschlag verlangsamte sich. Meine Hände hörten auf zu zittern.

Dies war kein Faustkampf, sagte ich mir. Wenn du einen Faustkampf gewinnst, bist du voller Blut, dein Gegner vielleicht ein bißchen mehr. Aber normalerweise ist er bald zum nächsten Kampf bereit, wann immer ihm der Kopf danach steht.

Das hier war Krieg. Wenn man den Krieg gewinnt, schlägt man dem Gegner den Kopf ab. Schluß, Ende, aus.

»Wie geht's dir?« fragte Desiree, als sie mit zehn Minuten Verspätung aus dem Whittier Place kam.

»Gut.« Ich lächelte.

Sie stellte sich vor das Auto und pfiff anerkennend. »Das ist wunderschön. Schade, daß es nicht warm genug ist, um das Verdeck abzunehmen.«

»Ja, schade.«

Sie strich mit der Hand über die Tür, bevor sie sie öffnete und einstieg, und gab mir einen flüchtigen Kuß auf die Wange. »Wo ist Miß Gennaro?« Sie griff zum Lenkrad herüber und strich mit den Fingern über die Holzoberfläche.

»Sie wollte lieber noch ein paar Tage in der Sonne bleiben.«

»Siehst du? Habe ich doch gesagt. Du hättest doch mein Flugticket nehmen können.«

Wir rasten über die Auffahrt zur Schnellstraße und fädelten uns in die Spur zur Route 1 ein, was die Autos hinter uns zum Hupen veranlaßte.

»Gefällt mir, wie du fährst, Patrick. Wie ein richtiger Bostoner.«

»Das stimmt«, gab ich zu, »Beantown bis ins Mark.«

»Oh!« schwärmte sie. »Hör dir bloß den Motor an! Klingt wie ein schnurrender Leopard.«

»Darum habe ich ihn auch gekauft. Ich bin verrückt nach schnurrenden Leoparden.«

Sie lachte tief aus der Kehle heraus. »Das wette ich.« Ein Bein übers andere geschlagen, lehnte sie sich zurück. Sie trug einen marineblauen Kaschmirpullover mit Kapuze über bemalten Jeans und weiche braune Lederslipper. Ihr Parfum roch nach Jasmin. Ihr Haar roch nach frischen Äpfeln.

»Und«, fragte ich, »hast du dich gut amüsiert, seitdem du zurück bist?«

»Amüsiert?« Sie schüttelte den Kopf. »Seit ich gelandet bin, habe ich mich die ganze Zeit in der Wohnung verkrochen. Ich hatte zuviel Angst, meinen Kopf aus dem Fenster zu stecken, bis du gekommen bist.« Sie holte eine Packung Dunhills aus ihrer Tasche. »Stört es dich, wenn ich rauche?«

»Nein. Ich mag den Geruch.«

»Ehemaliger Raucher?« Sie drückte den Zigarettenanzünder rein.

»Ich nenne es lieber Nikotinsüchtiger in der Genesungsphase.«

Wir fuhren durch den Charlestown-Tunnel und dann den Lichtern der Tobin Bridge entgegen.

»Ich glaube, seiner Sucht nachzugeben ist ein bißchen in Verruf gekommen«, sagte sie.

»Wirklich?«

Sie zündete eine Zigarette an und atmete den Rauch hörbar ein. »Ja, sicher. Jeder stirbt. Stimmt's?«

»Soweit ich weiß.«

»Warum also sich nicht den Dingen hingeben, die uns sowieso umbringen? Warum verdammen wir heuchlerisch bestimmte Sachen wie Heroin, Alkohol, Sex, Nikotin, Bungee-Jumping, was immer dir Spaß macht, wenn wir auf der anderen Seite ganze Städte mit Giftstoffen und Smog vollpumpen, zu fett essen, Mensch! Wir leben im späten zwanzigsten Jahrhundert in dem am höchsten industrialisierten Land auf diesem Planeten!«

»Irgendwie hast du recht.«

»Wenn ich hieran sterbe«, sie hielt die Zigarette hoch, »dann war es wenigstens mein freier Wille. Keine Ausreden. Und ich hatte meinen Tod in der Hand, konnte ihn kontrollieren. Ist doch um einiges besser, als auf dem Weg zum Vegetarierseminar joggend von einem Laster überfahren zu werden.«

Ich grinste, obwohl ich es nicht wollte. »So habe ich es noch nie betrachtet.«

Wir fuhren nun auf die Rampe der Tobin Bridge, deren Brückenbogen mich an Florida erinnerte, wie das Wasser unter uns in einem Schwall herunterzustürzen schien. Aber nicht nur an Florida, nein. Hier war Inez Stone gestorben, hatte geschrien, als die Kugeln ihr Fleisch und ihre Organe durchbohrten, als sie, bewußt oder unbewußt, Opfer eines wahnsinnigen Muttermordes geworden war.

Inez. War ihr Tod geplant gewesen oder nicht?

»Habe ich deshalb eine nihilistische Einstellung?« fragte Desiree.

Ich schüttelte den Kopf. »Fatalistisch. Angereichert mit einer Portion Skepsis.«

Sie lachte. »Gefällt mir.«

»Keine Ursache.«

»Ich meine, wir müssen doch alle sterben«, sagte Desiree und beugte sich nach vorn. »Ob wir wollen oder nicht. Das ist eine schlichte Tatsache.«

Und sie ließ etwas Weiches in meinen Schoß fallen.

Ich mußte warten, bis wir unter einer Straßenlaterne vorbeifuhren, um zu erkennen, was es war, denn der Stoff war zu dunkel.

Es war ein T-Shirt mit den weißen Buchstaben FURY IN THE SLAUGHTERHOUSE. An der rechten Seite war es zerrissen.

Desiree drückte mir eine Pistole zwischen die Beine und beugte sich so weit vor, daß ihre Lippen meine Ohrmuschel berührten.

»Sie ist nicht in Florida«, sagte sie. »Sie steckt irgendwo in einem Loch. Sie ist noch nicht tot, aber das wird sie bald sein, wenn du nicht genau das tust, was ich dir sage.«

»Ich bring' dich um«, flüsterte ich, während wir den höchsten Punkt der Brücke überquerten und zum anderen Ufer herunterfuhren.

»Das sagen die Typen immer.«

Als wir Marblehead Neck hochkurvten und der Ozean unter uns gegen die Klippen zischte und brauste, verbannte ich für einen Augenblick die Bilder von Angie aus meinem Kopf und unterdrückte die schwarzen Wolken der Angst, die mich zu ersticken drohten.

»Desiree.«

»So heiße ich.« Sie lächelte.

»Du willst, daß dein Vater stirbt«, sagte ich. »Gut. Gibt irgendwie Sinn.«

»Danke sehr.«

». . . bei einem Soziopathen.«

»Wie nett du bist.«

»Aber deine Mutter«, fragte ich, »warum mußte sie sterben?«

Sie antwortete mit leichter, heller Stimme. »Du weißt doch, wie das mit Müttern und Töchtern ist. Die ganze angestaute Eifersucht. Der endlose Steit über zu lange Telefongespräche und ob sie mit zur Schulaufführung kommt.«

»Jetzt ehrlich!«

Sie trommelte einen Moment mit den Fingern auf dem Lauf der Pistole.

»Meine Mutter«, antwortete sie dann, »war eine wunderbare Frau.«

»Ich weiß. Ich habe Bilder von ihr gesehen.«

Sie schnaubte verächtlich. »Bilder sind Blödsinn. Bilder sind Momentaufnahmen. Meine Mutter war nicht nur physisch schön, du Schwein. Sie war die Eleganz in Person. Sie war anmutig. Sie liebte ohne Einschränkung.« Desiree holte tief Luft.

»Warum mußte sie dann sterben?«

»Als ich klein war, nahm mich meine Mutter einmal mit in die Stadt. Einen Damentag nannte sie das. Wir picknickten im Park, gingen in ein Museum, tranken Tee im Ritz, machten eine Bootsfahrt im Public Garden. Es war ein wunderschöner Tag.« Sie blickte aus dem Fenster. »Gegen drei Uhr sahen wir diesen Jungen. Es war ein Chinese, ungefähr in meinem Alter, damals wahrscheinlich so zehn, elf Jahre, und er weinte, weil jemand einen Stein aus einem vorbeifahrenden Schulbus auf ihn geworfen hatte und ihn am Auge getroffen hatte. Und meine Mutter, das werde ich nie vergessen, drückte ihn an sich und weinte mit ihm. Leise. Die Tränen rollten ihr über die Wangen, und das Blut des Jungen lief auf ihre Bluse. So war meine Mutter, Patrick.« Sie wandte sich vom Fenster ab. »Sie weinte um Fremde.«

»Und deshalb hast du sie umgebracht?«

»Ich habe sie nicht umgebracht«, zischte sie.

»Nicht?«

»Ihr Auto ging kaputt, du Arschloch! Kapiert? Das war doch nicht geplant! Sie sollte gar nicht bei Trevor sein. Sie sollte doch nicht sterben.«

Sie hustete laut in die Faust und schluchzte.

»Es war ein Fehler«, stellte ich fest.

»Ja.«

»Du hast sie geliebt.«

»Ja.«

»Ihr Tod tut dir also weh.«

»Mehr, als du dir überhaupt vorstellen kannst.«

»Gut«, antwortete ich.

»Gut daß sie tot ist, oder gut, daß ihr Tod mir weh tut?«

»Beides.«

Als wir in die Einfahrt zu Trevor Stones Haus einbogen, tat sich das große gußeiserne Tor vor uns auf. Ich fuhr hindurch, und die Torflügel schlossen sich hinter mir. Die Scheinwerfer des Autos warfen Lichtkegel auf die sorgfältig geschnittenen Büsche und Sträucher vor uns, folgten dem Kiesweg dann nach links, der sich um einen ovalen Rasen mit einem riesigen Vogelbad in der Mitte schlängelte, und beschienen schließlich die Hauptauffahrt zur Rechten. Das Haus lag einige hundert Meter höher, wir fuhren durch eine Allee weißer Eichen, die uns im Abstand von fünf Metern wie Wachmänner stolz und unnachgiebig überragten.

In der Sackgasse am Ende der Straße befahl Desiree: »Fahr weiter! Da entlang!« und wies mir den Weg. Ich fuhr um den Springbrunnen herum, dessen Beleuchtung im selben Moment angeschaltet wurde; gelbe Lichtstrahlen schossen durch Fontänen schäumenden Wassers. Eine Nymphe aus Bronze schwebte darüber, drehte sich langsam um sich selbst, die toten Augen in ihrem Engelsgesicht blickten mir nach.

Die Straße führte um die Hausecke herum. Ich folgte ihr durch einen Pinienhain zu einer umgebauten Scheune.

»Stell ihn da ab!« befahl Desiree und wies auf einen freien Platz neben der Scheune.

Dort parkte ich und stellte den Motor ab.

Sie nahm mir die Schlüssel ab und stieg dann aus, hielt die Waffe durch die Windschutzscheibe weiterhin auf mich gerichtet, während ich meinerseits die Tür öffnete und in die Nacht hinaus trat. Weil der Wind hier vom Ozean herüberwehte, war die Luft doppelt so kalt wie in der Stadt.

Ich vernahm das unverwechselbare Geräusch von Patronen,

die in den Lauf eines Gewehres geschoben wurden, und drehte mich um. Am anderen Ende des schwarzen Laufs stand Julian Archerson.

»'n Abend, Mr. Kenzie.«

»Lurch!« rief ich. »Wie immer eine Freude.«

Im schwachen Licht sah ich, daß aus seiner linken Manteltasche ein Chromzylinder hervorragte. Ich blickte genauer hin, nachdem sich meine Augen an die Dunkelheit gewöhnt hatten, und erkannte, daß es eine Art Sauerstoffbehälter war.

Desiree stellte sich neben Julian und hob einen Schlauch hoch, der an dem Behälter hing, sie strich die Knicke aus dem Schlauch und hielt schließlich eine durchsichtige gelbe Maske in der Hand. Sie reichte mir die Maske und drehte den Verschluß des Behälters mit einem Zischen auf.

»Atme es ein!« befahl sie.

»Mach keine Witze.«

Julian drückte mir den Lauf des Gewehrs an den Kiefer. »Sie haben keine Wahl, Mr. Kenzie.«

»Für Miß Gennaro«, sagte Desiree mit süßer Stimme. »Die Liebe deines Lebens.«

»Langsam«, sagte ich, als ich die Maske entgegennahm.

»Was meinst du damit?« fragte Desiree.

»So wirst du sterben, Desiree. Langsam.«

Ich setzte mir die Maske auf und atmete tief ein. Sofort fühlte ich ein taubes Gefühl in den Wangen und Fingerspitzen. Ich atmete erneut ein und fühlte, wie die Schummrigkeit in meine Brust floß. Beim dritten Zug wurde alles erst grün, dann schwarz.

39

Als ich wieder zu Bewußtsein kam, war mein erster Gedanke: Ich bin gelähmt.

Ich konnte meine Arme nicht bewegen. Ich konnte meine Beine nicht bewegen. Und zwar nicht nur die Gliedmaßen selbst, sondern auch die Muskeln.

Ich öffnete die Augen, blinzelte mehrmals, um die trockene Kruste zu entfernen, die sich auf meiner Hornhaut gebildet zu haben schien. Desirees Gesicht schwebte an mir vorbei, es lachte. Dann Julians Brust. Dann eine Lampe. Dann wieder Julians Brust. Dann Desirees Gesicht, das immer noch lachte.

»Hi!« begrüßte sie mich.

Das Zimmer hinter ihnen begann Formen anzunehmen, als ob plötzlich alles aus der Dunkelheit auf mich zuflösse und hinter den beiden abrupt zum Halt käme.

Ich war in Trevors Arbeitszimmer, saß auf einem Stuhl vorne links neben dem Schreibtisch. Hinter mir konnte ich das Meer rauschen hören. Und während ich langsam wach wurde, vernahm ich zu meiner Rechten das Ticken einer Uhr. Ich wandte den Kopf. Neun Uhr. Ich war zwei Stunden lang bewußtlos gewesen.

Ich blickte an meinem Körper hinunter und sah nichts als Weiß. Meine Arme waren an die Armlehnen gefesselt, meine Beine an die Innenseiten der vorderen Stuhlbeine. Ich war mit zwei Bettlaken festgebunden, das eine war über Brust und Oberschenkel gezogen, das andere über die Beine. Ich spürte keine Knoten und vermutete, daß beide Bettlaken wohl hinter der Rückenlehne verknotet waren. Und sie waren fest verknotet. Genaugenommen war ich vom Hals abwärts wie eine Mumie eingewickelt, und wenn es zu einer Autopsie kommen sollte, mit der Desiree offenbar rechnete, würde man an meinem Körper weder Fesselspuren noch Abschabungen durch Handschellen entdecken.

»Keine Spuren«, bemerkte ich. »Sehr gut.«

Julian tippte sich an den nicht vorhandenen Hut. »Habe ich in Algerien gelernt«, sagte er, »vor langer Zeit.«

»Die Reise hat sich gelohnt«, lobte ich. »Das gefällt mir an Lurch.«

Desiree kam herüber, setzte sich auf den Schreibtisch, schob die Hände unter die Oberschenkel und baumelte mit den Beinen wie ein Schulmädchen.

»Hi«, grüßte sie abermals, die Nettigkeit in Person.

»Hi.«

»Wir warten nur auf meinen Vater.«

»Ach.« Ich sah Julian an. »Wenn Lurch hier ist und der Flummi tot ist, wer kümmert sich um deinen Vater, wenn er in die Stadt geht?«

»Der arme Julian«, erklärte sie, »hatte heute eine Grippe.«

»Das tut mir aber leid, Lurch.«

Julians Mund zuckte.

»Also mußte Daddy einen privaten Fahrdienst engagieren, der ihn in die Stadt bringt.«

»Was für eine Vorstellung!« empörte ich mich. »Was werden die Nachbarn dazu sagen! Du meine Güte!«

Sie nahm die Hände unter den Oberschenkeln hervor, holte eine Packung Dunhills aus der Tasche und zündete sich eine Zigarette an. »Hast du schon alles rausbekommen, Patrick?«

Ich legte den Kopf in den Nacken und sah zu ihr hoch. »Du legst Trevor um, dann mich und läßt es anschließend so aussehen, als hätten wir uns gegenseitig erledigt.«

»So ähnlich.« Sie setzte den linken Fuß auf den Tisch, schob den rechten darunter und beobachtete mich durch die Rauchkringel, die sie in meine Richtung blies.

»Die Bullen in Florida werden bestätigen, daß ich eine Art

persönlichen Rachefeldzug gegen deinen Vater führte, und werden behaupten, daß ich Wahnvorstellungen hatte.«

»Wahrscheinlich.« Sie aschte auf den Boden.

»Wow, Desiree, für dich läuft ja alles nach Plan.«

Sie verbeugte sich leicht vor mir. »Tut es meistens, Patrick. Früher oder später. Eigentlich sollte Price jetzt an deiner Stelle sitzen, aber er hat es ja vermasselt, und ich mußte improvisieren. Dann sollte Jay in dem Stuhl sitzen, aber das ist ja auch danebengegangen, und ich mußte wieder umplanen.«

Sie seufzte und drückte die Zigarette auf dem Schreibtisch aus. »Aber das ist schon in Ordnung. Improvisation gehört zu meinen Stärken.«

»Ich würde gerne applaudieren«, sagte ich, »aber ich bin irgendwie gehandicapt.«

»Der gute Wille zählt«, erwiderte sie.

»Da wir ja jetzt hier herumsitzen und nicht mehr viel zu tun haben, bevor du deinen Vater und mich umbringst, kann ich dich doch etwas fragen, oder?«

»Schieß los, Baby!«

»Price nahm das Geld, das ihr gestohlen habt, und versteckte es, stimmt's?«

»Ja.«

»Aber warum hast du das zugelassen, Desiree? Warum hast du ihn nicht einfach ein bißchen gequält, ihn die Information ausspucken lassen und ihn dann umgebracht?«

»Er war ein ganz schön gefährlicher Bursche«, antwortete sie mit hochgezogenen Augenbrauen.

»Na, komm! Was die Gefährlichkeit angeht, sieht er neben dir doch wie ein Waschlappen aus.«

Sie beugte sich vor und sah mich mit milder Anerkennung an. Dann wechselte sie erneut die Position, setzte sich im Schneidersitz auf den Tisch und hielt die Knöchel mit den Händen umfaßt. »Ja, letztendlich hätte ich die zwei Millionen innerhalb einer Stunde von ihm zurückbekommen, wenn ich gewollt hätte. Aber es wäre ganz schön blutig geworden. Und der Drogendeal von Price war gar nicht schlecht, Patrick. Wenn das Schiff nicht untergegangen wäre, hätte er am Zahltag zehn Millionen bekommen.«

»Und du hättest ihn sofort nach der Geldübergabe umgebracht und das Geld genommen.«

Sie nickte. »Nicht schlecht, oder?«

»Aber dann wurde das Heroin an die Strände von Florida geschwemmt ...«

»Und der ganze Plan war null und nichtig, ja.« Sie zündete sich eine neue Zigarette an. »Dann schickte Daddy dich und Clifton und Cushing herunter, und Cushing und Clifton nahmen Jay aus dem Spiel, und ich mußte wieder improvisieren.«

»Aber das kannst du doch so gut, Desiree.«

Sie lächelte mit geöffneten Lippen und fuhr mit der Zungenspitze unter der oberen Zahnreihe entlang. Sie sprang vom Schreibtisch herunter, lief mehrmals um meinen Stuhl herum, rauchte und sah mit einem strahlenden Glanz in den Augen auf mich herunter. Dann blieb sie stehen und lehnte sich wieder gegen den Tisch, starrte mich mit ihren jadefarbenen Augen an.

Ich weiß nicht, wie lange wir so verharrten, einander in die Augen blickend und auf ein Blinzeln des anderen wartend. Ich würde gerne sagen, daß ich Desiree nach einem langen, tiefen Blick in ihre schimmernden grünen Augen verstand. Ich würde gerne sagen, daß ich ihre Seele erkannte, daß ich die Verbindung zwischen uns beiden entdeckte und damit die Verbindung zwischen allen menschlichen Wesen. Das alles würde ich gerne sagen, aber ich kann es nicht.

Je länger ich sie anschaute, desto weniger sah ich. Zuerst sah ich jadefarbenes Porzellan, in dem sich Leere andeutete. Aus der Andeutung von Leere wurde das absolute Nichts. Außer vielleicht nackte Gier, schamloses Verlangen, die glatte Seele einer Maschine, die nur verlangen konnte, und sonst so gut wie nichts.

Desiree drückte ihre Zigarette auf dem Scheibtisch neben der anderen aus und hockte sich vor mich hin. »Patrick, weißt du, was nervt?«

»Abgesehen von deinem Charakter?« fragte ich.

Sie lächelte. »Abgesehen davon. Was wirklich nervt, ist, daß ich dich irgendwie mochte. Bisher hat noch kein Mann meine Annäherungsversuche abgeschlagen. Noch nie. Und das hat mich eigentlich angemacht. Wenn wir Zeit gehabt hätten, hätte ich mich an dich herangemacht.«

Ich schüttelte den Kopf. »Keine Chance.«

»Ach nein?« Sie rutschte auf den Knien an mich heran und legte ihren Kopf in meinen Schoß. Dann drehte sie den Kopf und blickte mich mit dem rechten Auge. an. »Ich habe mich an jeden herangemacht. Frag doch Jay.«

»Du hast dich an Jay herangemacht?« fragte ich.

Sie drückte ihre Wange gegen meine Oberschenkel. »Würd' ich so sagen.«

»Warum warst du dann so dumm und hast am Flughafen *Angriffsziel Moskau* zu mir gesagt?«

Sie riß den Kopf hoch. »Dadurch hast du Lunte gerochen?«

»Ich war mir nicht im klaren über dich, seit wir uns kennengelernt hatten, Desiree, aber dadurch wußte ich Bescheid.«

Sie schnalzte mit der Zunge. »Tja, gut für Jay. Gut für ihn. Er hat mich aus dem Grab heraus verraten, nicht?«

»Ja.«

Sie hockte sich wieder vor mich. »Na gut. Hat ihm sehr viel genützt. Dir auch.« Sie reckte sich und fuhr sich mit beiden Händen durchs Haar. »Ich bin immer auf alle Eventualitäten eingerichtet, Patrick. Immer. Das hat mir mein Vater beigebracht. So sehr ich den Scheißkerl hasse, das hat er mir beigebracht. Immer einen Plan zum Ausweichen haben. Falls nötig, sogar drei.«

»Hat mir mein Vater auch beigebracht. So sehr ich den Scheißkerl auch hasse.«

Sie neigte den Kopf ein wenig nach rechts. »Wirklich?«

»O ja, Desiree. Wirklich.«

»Blufft er, Julian?« Sie sah über die Schulter nach hinten.

Julians unbewegliches Gesicht zuckte. »Er blufft, Liebes.«

»Du bluffst«, sagte sie zu mir.

»Leider nicht«, gab ich zurück. »Liebes. Heute schon vom Anwalt deines Vaters gehört?«

Scheinwerfer erleuchteten das Haus, während draußen Reifen über den Kies knirschten.

»Das müßte dein Vater sein«, sagte Julian.

»Ich weiß, wer das sein müßte, Julian.« Sie starrte mich an, ihre Kiefermuskeln bewegten sich fast unmerklich.

Ich blickte ihr so tief in die Augen, wie ich es bei einer Geliebten tun würde. »Wenn du Trevor und mich umlegst und es so aussehen läßt, als hätten wir uns gegenseitig umgebracht, hast du ohne geändertes Testament nicht viel davon, Desiree.«

Die Haustür wurde geöffnet.

»Julian!« bellte Trevor Stone. »Julian! Wo stecken Sie?«

Draußen knirschten erneut Reifen über Kies und fuhren die Zufahrt hinunter auf das Eingangstor zu.

»Wo ist er?« fragte Desiree.

»Wer?« fragte ich.

»Julian!« rief Trevor.

Julian ging zur Zimmertür.

»Bleib hier!« befahl Desiree.

Julian blieb stehen.

»Läßt er sich kraulen und bringt Knochen und so?« fragte ich.

»Julian! Verdammt noch mal!« Auf dem Marmorboden vor der Tür kamen Trevors schwächliche Fußtritte näher.

»Wo ist Danny Griffin?« fragte Desiree.

»Nimmt den Hörer nicht ab, schätze ich.«

Sie holte ihre Pistole unter dem Pullover hervor.

»Julian! Verflucht noch mal!« Die schwere Tür wurde aufgestoßen, und dort stand Trevor Stone auf seinen Spazierstock gestützt, er trug einen Smoking mit einem weißen Seidenschal, sein Körper zitterte.

Desiree kniete auf dem Boden und richtete die Pistole mit gestrecktem Arm auf ihn.

»Hi, Daddy!« sagte sie. »Lange nicht gesehen.«

40

Ich hatte noch nie einen Menschen gesehen, auf den eine Waffe gerichtet wurde und der dabei so gelassen blieb wie Trevor Stone.

Er blickte seine Tochter an, als hätte er sie erst gestern gesehen, blickte auf die Pistole, als sei sie ein Geschenk, aus dem er sich nicht viel machte, das er aber nicht ablehnen würde, kam herein und ging auf seinen Schreibtisch zu.

»Hallo, Desiree. Die Bräune steht dir gut.«

Sie warf ihr Haar zurück und sah zu ihm auf. »Findest du?«

Trevors grüne Augen huschten über Julians Gesicht und sahen dann in meine Richtung. »Und Mr. Kenzie«, sagte er. »Ich sehe, Sie sind heil aus Florida zurückgekommen.«

»Abgesehen von diesen Laken, mit denen ich an den Stuhl gefesselt bin«, antwortete ich, »geht's mir prima, Trevor.«

Er stützte sich beim Vorbeigehen mit der Hand am Tisch ab, griff dann nach dem Rollstuhl vor dem Fenster und setzte sich hinein. Desiree drehte sich auf den Knien, die Waffe weiterhin auf ihn gerichtet.

»So, Julian«, sprach Trevor ihn mit seinem vollen Bariton an, der den großen Raum erfüllte, »Sie halten es also mit der Jugend, wie ich sehe.«

Julian legte die Hände übereinander vor den Bauch und blickte zu Boden. »Es war die pragmatischste Lösung, Sir. Ich bin sicher, Sie verstehen das.«

Trevor öffnete einen Behälter aus Ebenholz auf seinem Schreibtisch, und Desiree spannte die Pistole.

»Nur eine Zigarre, mein Schatz.« Er holte eine kubanische Zigarre hervor, die so lang war wie mein Wadenbein, knipste ein Ende ab und zündete sie an. Kleine Rauchkringel stiegen auf. Seine zerstörten Wangen bewegten sich, er zog mehrmals an der Zigarre. Als sie zu brennen begann, drang ein voller, eichenblattähnlicher Geruch in meine Nase.

»Die Hände so, daß ich sie sehen kann, Daddy.«

»Nichts, was ich lieber täte«, entgegnete er, lehnte sich zurück und paffte einen Kringel in die Luft über seinem Kopf. »Also willst du jetzt den Job zu Ende bringen, den diese drei Bulgaren letztes Jahr auf der Brücke nicht erledigen konnten.«

»So ähnlich«, antwortete sie.

Er wandte den Kopf und sah sie aus den Augenwinkeln an. »Nein, Desiree, genau so ist es nicht. Denk dran: Wenn du verschwommen sprichst, sieht es so aus, als würdest du auch so denken.«

»Trevor Stones Kampfregeln«, sagte sie zu mir.

»Mr. Kenzie«, sprach er mich an und betrachtete wieder die Kringel, die er ausatmete, »haben Sie meine Tochter ausprobiert?«

»Daddy«, mahnte Desiree. »Wirklich!«

»Nein«, antwortete ich. »Das Vergnügen hatte ich nicht. Da bin ich in diesem Zimmer wohl der einzige.«

Trevors zusammengefallener Mund verzog sich zu einem angedeuteten Lächeln. »Aha, es gibt also immer noch Desirees Phantasiegeschichte, daß ich eine sexuelle Beziehung mit ihr hatte.«

»Daddy, du hast doch selbst gesagt: ›Wenn etwas funktioniert, bleib dabei.‹«

Trevor blinzelte mir zu. »Ich bin nicht ohne Sünde, aber bei Inzest hört es bei mir auf.« Er wandte den Kopf. »Und, Julian, wie hat dir meine Tochter im Bett gefallen? War sie zufriedenstellend?«

»Ziemlich«, gab Julian zurück, sein Gesicht zuckte.

»Besser als ihre Mutter?«

Desiree drehte den Kopf zu Julian, dann wieder zu Trevor.

»Über ihre Mutter weiß ich nichts, Sir.«

»Na, kommen Sie«, kicherte Trevor. »Nicht so bescheiden,

Julian. Soweit wir wissen, sind Sie der Vater dieser Dame, nicht ich.«

Julian spannte die Hände an, seine Füße gingen leicht auseinander. »Sie phantasieren, Sir.«

»Wirklich?« Trevor sah sich um und blinzelte mir zu.

Es kam mir vor, als säße ich in einem Stück von Noël Coward, das von Sam Sheppard umgeschrieben worden war.

»Meinst du, das zieht?« fragte Desiree. Sie erhob sich von den Knien. »Daddy, ich befinde mich so weit jenseits normaler Vorstellungen von richtigem und falschem sexuellem Verhalten, daß es nicht einmal mehr zu messen ist.« Sie trat hinter mich, ging um den Tisch herum und stellte sich hinter ihn. Sie beugte sich über seine Schultern. Dann setzte sie ihm die Mündung ihrer Pistole an die linke Schläfe und zog sie mit so viel Druck quer über die Stirn zur rechten Schläfe, daß die Zielvorrichtung eine dünne Blutspur hinterließ. »Und wenn Julian mein biologischer Vater wäre, ja und?«

Von Trevors Stirn fiel ein Blutstropfen herunter und landete auf seiner Zigarre.

»Los, Dad!« sagte sie und zwickte ihn ins linke Ohrläppchen, »jetzt schieben wir dich in die Mitte des Zimmers, damit wir alle beisammensitzen können.«

Trevor paffte seine Zigarre, während sie ihn schob, und versuchte so unbekümmert zu wirken wie beim Betreten des Raumes, aber ich konnte sehen, daß ihm die Situation langsam zu schaffen machte. Angst hatte sich in seiner stolzen Brust eingenistet, im Ausdruck seiner Augen, in der Haltung seines zusammengefallenden Kiefers.

Desiree schob ihn um den Schreibtisch herum, bis er mir gegenübersaß, wir beide auf unseren Stühlen, die wir uns fragten, ob wir jemals wieder aufstehen würden.

»Wie ist das, Mr. Kenzie?« fragte Trevor. »Hier angebunden zu sitzen, hilflos, sich zu fragen, welches der letzte Atemzug sein wird?«

»Sagen Sie's mir, Trevor!«

Desiree entfernte sich von uns und ging zu Julian herüber, sie flüsterten einen Moment miteinander, wobei sie die ganze Zeit die Pistole auf den Hinterkopf ihres Vaters gerichtet hielt.

»Sie sind doch gerissen«, fing Trevor mit gesenkter Stimme an, beugte sich vor. »Irgendeine Idee?«

»Soweit ich sehen kann, Trevor, sind Sie erledigt.«

Er fuchtelte mit seiner Zigarre herum. »So wie Sie, mein Junge.«

»Für mich steht es nicht ganz so schlimm.«

Er hob die Augenbrauen angesichts meines eingewickelten Körpers. »Ach ja? Da irren Sie sich, glaube ich. Aber wenn wir beide uns zusammentun, dann könnten wir vielleicht ...«

»Ich kannte mal einen Typen«, entgegnete ich, »der belästigte seinen Sohn, ließ seine Frau umbringen, verursachte einen Bandenkrieg in Roxbury und Dorchester, wobei mindestens sechzehn Jugendliche getötet wurden.«

»Und?« fragte Trevor.

»Der war mir sympathischer als Sie«, erwiderte ich. »Nicht viel, versteht sich. Ich meine, er war ein Drecksack, Sie sind ein Drecksack, das ist so, als hätte man die Wahl zwischen zwei Sorten Sackratten. Aber er war immerhin arm, ohne Schulbildung, die Gesellschaft hatte ihn auf tausend verschiedene Arten spüren lassen, wie scheißegal er ihr war. Aber Sie, Trevor, Sie haben alles gehabt, was sich ein Mensch nur wünschen kann. Doch es reichte Ihnen nicht. Sie mußten sich trotzdem eine Frau wie eine Sau auf dem Markt kaufen. Sie haben trotzdem ein Kind, das Sie in die Welt gesetzt haben, zu einem Monster gemacht. Der Typ, von dem ich eben sprach? Er war für den Mord von mindestens zwanzig Menschen verantwortlich, soweit ich weiß. Wahrscheinlich noch viel mehr. Und ich habe ihn wie einen Hund getötet. Weil er das verdiente. Aber Sie! Ich wette, daß Sie nicht einmal mit einem Taschenrechner all die Menschen zusammenzählen können, für deren Tod Sie verantwortlich sind, deren Leben Sie zerstört oder im Laufe der Jahre unerträglich gemacht haben.«

»Also würden Sie mich wie einen Hund töten, Mr. Kenzie?« Er lächelte.

Ich schüttelte den Kopf. »Nein. Eher wie einen Sandhai, den man beim Tiefseeangeln fängt. Ich würde Sie an Bord ziehen, Sie so lange schlagen, bis Sie betäubt wären. Dann würde ich Ihnen den Bauch aufschneiden und Sie ins Wasser zurückwerfen und zusehen, wie die größeren Haie kommen und Sie bei lebendigem Leib fressen.«

»Junge, Junge!« kommentierte er. »Das wäre ja ein Anblick!«

Desiree kam zu uns zurück. »Na, haben die Herren Spaß?«

»Mr. Kenzie bingt mir gerade die Feinheiten von Bachs Brandenburgischem Konzert Nummer zwei in F-Dur nahe. Er hat meine Vorstellung davon wahrhaft revolutioniert, Liebling.«

Sie schlug ihm gegen die Schläfe. »Schön, Daddy.«

»Also: Was hast du mit uns vor?« fragte er.

»Du meinst, nachdem ich euch umgebracht habe?«

»Na ja, darüber habe ich gerade nachgedacht. Ich verstehe nicht, warum du mit meinem geliebten Diener, Mr. Archerson, Rücksprache halten mußt, wenn alles nach Plan verläuft. Du bist zu genau, Desiree, weil ich dich so erzogen habe. Wenn du mit Mr. Archerson Rücksprache halten mußt, dann muß das sprichwörtliche Haar in der Suppe sein.« Er sah mich an. »Könnte das etwas mit dem gerissenen Mr. Kenzie zu tun haben?«

»Gerissen«, sagte ich. »Das war jetzt das zweite Mal.«

»Sie gewöhnen sich dran«, versicherte er mir.

»Patrick«, wandte sich Desiree an mich, »wir zwei haben noch ein paar Dinge zu besprechen, nicht wahr?« Sie drehte sich um. »Julian, bringst du Mr. Stone in die Speisekammer und schließt ihn dort ein?«

»Die Speisekammer?« jubelte Trevor. »Ich liebe die Speisekammer! All die Dosen und Konserven!«

Julian legte die Hände auf Trevors Schultern. »Sie wissen, wie stark ich bin, Sir. Lassen Sie's nicht drauf ankommen.«

»Käme mir nie in den Sinn«, antwortete Trevor. »Zu den Dosen und Konserven, Julian. Schnellstens!«

Julian schob ihn aus dem Zimmer, und ich hörte die Reifen auf dem Marmor quietschen, als sie an der großen Treppe vorbei auf die Küche zufuhren.

»Der ganze Schinken!« rief Trevor. »Und der Lauch!«

Desiree setzte sich rittlings auf meinen Schoß und hielt mir die Pistole an das linke Ohr. »Also los!«

»Ist das nicht romantisch?«

»Wegen Danny«, sagte sie.

»Ja?«

»Wo ist er?«

»Wo ist meine Kollegin?«

Sie lachte. »Im Garten.«

»Im Garten?« wiederholte ich.

Sie nickte. »Bis zum Hals eingegraben.« Sie sah aus dem Fenster. »Gott, ich hoffe, es schneit heute nacht nicht.«

»Grab sie aus!« verlangte ich.

»Nein.«

»Dann gib Danny einen Abschiedskuß!«

In ihren Pupillen tanzten die Messer. »Laß mich raten ... Wenn du nicht zu einem bestimmten Zeitpunkt irgendwo anrufst, ist er tot und so weiter.«

Ich blickte auf die Uhr hinter ihr, während sie auf meinen Schenkeln herumrutschte. »Ähm, nein! Ihm wird so oder so in dreißig Minuten eine Kugel in den Kopf gejagt.«

Ihr Unterkiefer fiel einen Moment lang herunter, dann riß sie noch mehr an meinem Haar und stieß die Pistole so hart in mein Ohr, daß ich glaubte, sie würde an der anderen Seite wieder rauskommen. »Falls du nicht zum Hörer greifst«, ergänzte sie.

»Nein. Das Telefon hilft nicht, weil der Typ, der ihn festhält, kein Telefon hat. Entweder bin ich in dreißig, nein, neunundzwanzig Minuten an seiner Tür, oder es gibt einen Anwalt weniger auf dieser Welt. Alles in allem: Wer vermißt schon einen Anwalt?«

»Und was ist mit dir, wenn er stirbt?«

»Ich bin tot«, entgegnete ich. »Aber das bin ich ja sowieso.«

»Hast du deine Kollegin vergessen?« Sie wies mit dem Kopf zum Fenster.

»Ach, komm, Desiree! Du hast sie doch schon längst kaltgemacht.«

Ich sah ihr in die Augen, als sie antwortete.

»Nein, das habe ich nicht.«

»Beweis es.«

Sie lachte und bog sich nach hinten. »Fuck off, Junge!« Sie drohte mir nah vor dem Gesicht mit dem Finger. »Man merkt langsam, daß du verzweifelt bist, Patrick.«

»Du auch, Desiree. Wenn du den Anwalt verlierst, verlierst du alles. Du kannst deinen Vater umbringen, du kannst mich umbringen und hast immer nur zwei Millionen. Und wir beide wissen, daß dir das nicht reicht.« Ich neigte den Kopf zur Seite, so daß die Pistole nicht mehr gegen mein Ohr drückte, und preßte dann meine Wange gegen den Verschluß. »Noch achtundzwanzig Minuten«, sagte ich. »Danach läufst du mit dem Wissen durchs Leben, wie nahe du an über einer Milliarde Dollar warst. Und du kannst nur zusehen, wenn die anderen sie ausgeben.«

Der Kolben der Waffe traf meinen Kopf so hart, daß der Raum kurz scharlachrot wurde und sich alles drehte.

Desiree erhob sich von meinen Oberschenkeln und schlug mir mit der flachen Hand ins Gesicht. »Denkst du, ich kenne dich nicht?« schrie sie. »Hm? Meinst du, ich . . .«

»Ich denke, daß du einen Anwalt brauchst, Desiree. Das denke ich.«

Noch ein Schlag, diesmal kratzten ihre Fingernägel über meine linke Wange.

Sie zog den Hahn der Pistole zurück, setzte mir die Mündung zwischen die Augenbrauen und schrie mir ins Gesicht, ihr Mund gähnte mir wild, wutverzerrt entgegen. In ihren Mundwinkeln bildete sich Schaum, und wieder kreischte sie, ihr Zeigefinger, der sich um den Abzug krümmte, wurde dunkelrot. Der Schreck über ihr Geschrei, über den Rest von Gewalttätigkeit darin, wirbelte durch meinen Schädel und brannte in meinen Ohren.

»Du wirst elend verrecken!« rief sie mit kehliger, rauher Stimme.

»Siebenundzwanzig Minuten«, gab ich zurück.

Julian platzte durch die Tür herein, und sie richtete die Waffe auf ihn.

Er hielt die Hände hoch. »Gibt's Probleme, Miß?«

»Wie schnell kannst du in Dorchester sein?« fragte sie.

»Dreißig Minuten«, antwortete er.

»Du hast zwanzig Minuten. Wir zeigen Mr. Kenzie jetzt seine Kollegin im Garten.« Sie sah zu mir herunter. »Und dann gibst du uns die Adresse von deinem Freund, Patrick.«

»Julian wird niemals lebend durch die Tür kommen.«

Wieder erhob sie die Waffe über meinem Kopf, doch sie hielt mitten im Schlag inne. »Das soll Julians Sorge sein«, zischte sie. »Die Adresse für einen Blick auf deine Kollegin. Abgemacht?«

Ich nickte.

»Mach ihn los.«

»Wie bitte, Liebling?«

»Nenn mich nicht ›Liebling‹, Julian!« Sie beugte sich über meine Rückenlehne. »Mach ihn los!«

Julian sagte: »Das ist nicht klug.«

»Dann sag mir doch bitte, was ich für eine Wahl habe, Julian.«

Darauf hatte Julian nichts zu sagen.

Zuerst merkte ich den fehlenden Druck auf meinem Brustkorb. Dann auf meinen Beinen. Die Laken fielen herunter und breiteten sich vor mir auf dem Boden aus.

Desiree trieb mich vom Stuhl, indem sie mir mit der Pistole auf den Hinterkopf schlug. Dann drückte sie mir die Mündung gegen den Hals. »Gehen wir!«

Julian nahm eine Taschenlampe oben von einem Bücherregal und drückte die Glastür auf, die auf den Rasen hinter dem Haus führte. Wir folgten ihm nach draußen, während er nach links bog und das Licht vor ihm ringförmig durchs Gras tanzte.

Da Desiree mich hinten an den Haaren zerrte und mir die Pistole in den Nacken hielt, war ich gezwungen, mich zu ihr herunterzubeugen. So ließen wir den Rasen hinter uns und folgten einem kurzen Pfad, der um eine Hütte und eine umgekehrte Schubkarre führte, dann durch eine Reihe von Bäumen ging und schließlich im Garten endete.

Der Garten war – passend zum Rest des Anwesens – riesig, mindestens so groß wie ein Baseballfeld; er wurde an drei Seiten von einen Meter zwanzig hohen vereisten Hecken gesäumt. Wir stolperten über eine Plastikplane, die zusammengerollt vor dem Eingang lag, und Julians Taschenlampe hüpfte über die Furchen gefrorenen Drecks und über das stachelige Gras, das widerstandsfähig genug war, den Winter zu überleben. Eine plötzliche Bewegung am Boden zu unserer Rechten fesselte unsere Aufmerksamkeit, und Desiree brachte mich mit einem Schlag auf den Kopf zum Halten. Der Lichtkegel sprang wieder nach links, ein abgemagerter Hase, dessen Fell vor Kälte abstand, hoppelte durchs Gras und rettete sich in die Hecken.

»Erschieß ihn!« sagte ich zu Desiree. »Vielleicht hat er ein bißchen Geld!«

»Halt's Maul!« wies sie mich zurecht. »Beeil dich, Julian!«

»Liebling!«

»Du sollst mich nicht ›Liebling‹ nennen!«

»Wir haben ein Problem, Liebling.«

Er trat zur Seite und gab den Blick frei auf den Lichtkegel der Taschenlampe, der auf ein leeres Loch von ungefähr einen Meter sechzig Tiefe und fünfzig Zentimetern Durchmesser fiel.

Das Loch war wahrscheinlich einmal sauber und ordentlich gewesen, aber irgend jemand hatte beim Herauswühlen ein schreckliches Durcheinander angerichtet. Durch den Boden zogen sich Furchen, die tiefer waren als die von einer Harke, und die Erde lag in weitem Umkreis um das Loch verteilt. Da war jemand nicht einfach nur verzweifelt gewesen, als er sich aus dem Loch wühlte. Da war jemand richtig sauer gewesen.

Desiree sah nach links, dann nach rechts. »Julian.«

»Ja?« Er sah in das Loch hinunter.

»Wann hast du zum letzten Mal nach ihr gesehen?«

Julian sah auf die Uhr. »Vor mindestens einer Stunde.«

»Einer Stunde!«

Julian bemerkte: »Inzwischen könnte sie ein Telefon erreicht haben.«

Desiree verzog das Gesicht. »Wo denn? Das nächste Haus ist vierhundert Meter entfernt, und die Besitzer sind im Winter in Nizza. Sie ist voller Dreck. Sie ist . . .«

»Hier im Haus«, zischte Julian und sah über die Schulter zur Villa zurück. »Sie könnte im Haus sein.«

Desiree schüttelte den Kopf. »Sie ist immer noch hier draußen. Ich weiß es. Sie wartet auf ihren Freund. Stimmt's?« rief sie in die Dunkelheit. »Stimmt's?«

Irgend etwas raschelte zu unserer Linken. Das Geräusch konnte von der Hecke kommen, aber es war schwer auszumachen, da auf der anderen Seite des Gartens in nur zwanzig Metern Entfernung die Gischt rauschte.

Julian bückte sich vor einer langen hohen Hecke. »Ich weiß nicht . . .« sagte er langsam.

Desiree wies mit der Waffe nach links und ließ meinen Kopf los. »Das Flutlicht. Wir können das Flutlicht anmachen, Julian.«

»Ich bin mir wirklich nicht sicher«, sagte Julian.

Es war nur das Rauschen des Windes und das Geräusch der Brandung zu hören.

»Verdammt noch mal!« rief Desiree. »Wie ist die bloß ...?«

Und dann hörte ich ein schmatzendes Geräusch, als wäre jemand mit dem Schuh in eine Pfütze eisigen Schneematsches getreten.

»O je«, stöhnte Julian und leuchtete mit der Taschenlampe auf die zwei glänzenden Blätter der Gartenschere, die in seiner Brust steckten.

»O je«, sagte er erneut und starrte auf die Holzgriffe der Schere, als würden sie sich von selbst erklären.

Dann fiel die Taschenlampe herunter, und er kippte nach vorne um. Die Spitzen der Schneiden bohrten sich durch seinen Rücken, er blinzelte einmal, das Kinn im Schlamm, und seufzte dann. Danach war es still.

Desiree richtete die Waffe auf mich, aber die wurde ihr aus der Hand geschleudert, als der Griff einer Hacke auf ihr Handgelenk niederfuhr.

Sie sagte: »Was?« und drehte den Kopf nach links, als Angie, über und über mit Schlamm bedeckt, aus der Dunkelheit hervortrat und Desiree Stone so heftig mit der Faust mitten ins Gesicht schlug, daß sie sicherlich schon süß träumte, ehe sie auf dem Boden aufschlug.

41

Ich stand neben der Dusche des Gästebadezimmers im ersten Stock, während das Wasser Angies Körper umspülte, und der letzte Rest Schmutz ihre Knöchel herunterströmte und im Abfluß verschwand. Sie rubbelte mit einem Schwamm über ihren linken Arm. Die Seife tropfte ihren Ellenbogen herunter und blieb dort einen Moment lang wie eine Träne hängen, bevor sie in das Marmorbecken tropfte. Dann trocknete Angie den anderen Arm ab.

Sie hatte jeden Körperteil bestimmt schon viermal abgeschrubbt, seitdem wir hier waren, aber irgendwie war ich noch immer überwältigt.

»Du hast ihr die Nase gebrochen«, erzählte ich ihr.

»Ja? Hast du hier Shampoo gesehen?«

Ich nahm ein Handtuch, um den Medizinschrank zu öffnen. Ich schlug das Tuch um ein kleines Glasfläschchen mit Shampoo, ließ etwas auf meine Handfläche laufen und ging zur Dusche zurück.

»Dreh dich um!«

Sie gehorchte, und ich beugte mich vor und massierte ihr das Shampoo ins Haar, fühlte, wie sich die nassen Strähnen um meine Finger wickelten, wie die Seife zwischen den Haarwurzeln aufschäumte, während meine Finger ihre Kopfhaut bearbeiteten.

»Fühlt sich sehr gut an«, bemerkte sie.

»Kein Witz?«

»Wie schlimm sieht es aus?« Sie beugte sich vor, und ich nahm die Hände aus ihren Haaren, während sie die Arme hob und sich den Kopf stärker schrubbte, als ich es jemals bei mir wagen würde, wenn ich mit vierzig immer noch Haare auf dem Kopf haben wollte.

Ich wusch mir das Shampoo im Waschbecken von den Händen. »Was?«

»Ihre Nase.«

»Schlimm«, antwortete ich. »Als ob sie plötzlich drei hätte.«

Ich ging zur Dusche zurück, während sie den Kopf unter dem Wasserstrahl nach hinten neigte und die weiße schaumige Mischung aus Shampoo und Wasser ihr zwischen den Schulterblättern den Rücken hinunterlief.

»Ich liebe dich«, sagte sie mit geschlossenen Augen, den Kopf unter dem Wasser nach hinten gebeugt, und wischte sich mit den Händen das Wasser von den Schläfen.

»Ja?«

»Ja.« Sie warf den Kopf nach vorne und griff nach dem Handtuch, das ich ihr bereithielt.

Ich griff in die Dusche und drehte das Wasser ab, sie trocknete sich das Gesicht ab, blinzelte einige Male und sah mich dann an. Dann schnupfte sie das Wasser aus der Nase und rieb sich mit dem Handtuch den Nacken ab.

»Als Lurch das Loch grub, da hat er zu tief gegraben. Als er mich dann hineingeworfen hat, bin ich mit dem Fuß an einem Stein hängengeblieben, der ziemlich weit unten aus der Wand stand. Ungefähr fünfzehn Zentimeter über dem Boden. Und ich mußte jeden Muskel in meinem Körper anspannen, um den Fuß auf diesem kleinen Absatz zu halten. Das war verdammt schwer. Weil ich die ganze Zeit zu diesem Arschloch hochguckte, der mich ohne irgendeine Regung im Gesicht mit Erde zuschaufelte.« Sie wollte sich weiter abtrocknen. »Dreh dich um.«

Ich gehorchte und sah die Wand an.

»Zwanzig Minuten. So lange brauchte er, um das Loch zuzuschütten. Und er vergewisserte sich, daß ich fest eingepackt war. Zumindest auf den Schultern. Er hat nicht mal geblinzelt, als ich ihm ins Gesicht gespuckt habe. Trocknest du mir den Rücken ab?«

»Klar.«

Ich drehte mich wieder um, und sie reichte mir das Handtuch, als sie aus der Dusche stieg. Ich rieb ihr mit dem dicken Frottiertuch die Schultern und dann den Rücken trocken, während sie ihr Haar mit beiden Händen drehte und am Hinterkopf feststeckte.

»Also: Obwohl ich auf diesem kleinen Absatz stand, war unter mir noch eine ganze Menge Erde. Zuerst konnte ich mich gar nicht bewegen und geriet in Panik, aber dann dachte ich wieder daran, warum ich über zwanzig Minuten lang mit einem Fuß auf diesem Stein stehen konnte, während Mr. Lebender Tod mich lebend begrub.«

»Und warum?«

Sie drehte sich in meinen Armen um. »Wegen dir.« Sie fuhr mir mit der Zunge über den Mund. »Wegen uns. Verstehst du? Deswegen.« Sie klopfte mir auf die Brust und griff hinter mich, nahm das Handtuch. »Und dann habe ich mich bewegt und umgedreht, und immer mehr Erde fiel unter meine Füße, und ich habe mich weiter gewunden, und dann, drei Stunden später, kam ich langsam voran.«

Sie lächelte, und ich küßte sie, traf mit den Lippen ihre Zähne, aber es war mir egal.

»Ich hatte solche Angst«, sagte sie und schlang mir die Arme um den Hals.

»Es tut mir so leid.«

Sie zuckte mit den Schultern. »War ja nicht dein Fehler. Mein Fehler, daß ich nicht gemerkt habe, daß Lurch mich diesen Morgen verfolgte, als ich hinter Desiree her war.«

Wir küßten uns, und meine Hand wischte über einige Wassertropfen, die ich auf ihrem Rücken vergessen hatte, und ich wollte sie so fest an mich drücken, daß sie entweder in mir verschwand oder ich in ihr.

»Wo ist die Tasche?« fragte sie, als wir uns schließlich voneinander lösten.

Ich hob sie vom Boden des Badezimmers hoch. Sie enthielt Angies schmutzige Kleidung und das Taschentuch, mit dem wir ihre Fingerabdrücke von den Griffen der Hacke und der Gartenschere abgewischt hatten. Sie warf das Frottiertuch mit hinein und ich das Handtuch, dann griff sie nach einem Sweatshirt von dem kleinen Stapel von Desirees Kleidung, den ich auf den Toilettensitz gelegt hatte, und zog es über. Danach nahm sie Jeans und Socken und Tennisschuhe.

»Die Turnschuhe sind eine halbe Nummer zu groß, aber der Rest paßt gut«, sagte sie. »Los, jetzt erledigen wir diese Monster.«

Ich folgte ihr mit der Mülltüte in der Hand aus dem Badezimmer.

Ich schob Trevor ins Arbeitszimmer, während Angie nach oben ging, um nach Desiree zu sehen.

Ich blieb vor dem Schreibtisch stehen, und er sah mir zu, als ich die Seiten des Stuhls, an den ich gefesselt gewesen war, mit einem neuen Taschentuch abwischte.

»Sie verwischen alle Spuren, die Sie heute abend im Haus hinterlassen haben«, sagte er dazu. »Sehr interessant. Warum machen Sie das wohl? Und der tote Diener ... ich nehme an, er ist tot?«

»Ja, er ist tot.«

»Welche Erklärung gibt es dafür?«

»Das ist mir wirklich egal. Aber uns wird man damit nicht in Verbindung bringen.«

»Gerissen«, kommentierte er. »Das paßt gut zu Ihnen, junger Mann.«

»Und erbarmungslos«, ergänzte ich. »Deswegen haben Sie uns doch engagiert.«

»Ja, sicher. Aber ›gerissen‹ hört sich so gut an. Finden Sie nicht?«

Ich lehnte mich gegen den Schreibtisch, faltete die Hände

über dem Schoß und sah zu ihm hinunter. »Sie spielen den kauzigen alten Trottel sehr überzeugend, wenn es Ihnen nützt, Trevor.«

Er wedelte mit dem verbliebenen Drittel der Zigarre in der Luft herum. »Wir brauchen alle unsere kleinen Rollen, auf die wir hin und wieder zurückgreifen können.«

Ich nickte. »Das macht Sie fast liebenswert.«

Er lächelte.

»Aber nicht wirklich.«

»Nein?«

Ich schüttelte den Kopf. »Dafür klebt zuviel Blut an Ihren Händen.«

»Wir haben doch alle Blut an den Händen«, erwiderte er. »Können Sie sich noch daran erinnern, als es damals Mode war, Krügerrands wegzuwerfen und alle Produkte zu boykottieren, die aus Südafrika kamen?«

»Na klar.«

»Die Leute wollen ein gutes Gewissen haben. Was ist schon ein Krügerrand angesichts eines so großen Unrechts wie die Apartheid? Hm?«

Ich gähnte in die Faust.

»Doch die wunderbare, selbstgerechte amerikanische Öffentlichkeit boykottiert Südafrika oder Pelze, oder gegen was auch immer sie morgen protestiert, und ist gleichzeitig blind gegenüber den Vorgängen, durch die sie Kaffee aus Zentral- oder Südamerika bekommt, Kleidung aus Indonesien oder Manila, Früchte aus dem Fernen Osten und so gut wie alles aus China.« Er zog wieder an seiner Zigarre und starrte mich durch den Rauch hindurch an. »Wir wissen, wie diese Regierungen arbeiten, wie sie mit Dissidenten umgehen, wie viele Menschen sie zur Sklavenarbeit zwingen, was sie mit denen machen, die ihre profitablen Abkommen mit amerikanischen Firmen bedrohen. Und wir sind nicht nur auf beiden Augen blind, wir ermutigen sie ja noch dazu. Denn wir wollen ja unsere weichen T-Shirts, wir wollen unseren Kaffee und unsere supermodernen Sportschuhe, unsere Obstkonserven und unseren Zucker. Und Leute wie ich besorgen euch das alles. Wir unterstützen diese Regierungen, halten die Lohnkosten niedrig und geben diese Einsparungen an alle weiter.« Er lächelte. »Das ist doch gut?«

Ich hob die noch intakte Hand und ließ sie mehrmals auf meinen Oberschenkel fallen, wodurch ein Geräusch entstand, als würde ich in die Hände klatschen.

Er lächelte weiter und paffte an seiner Zigarre.

Aber ich klatschte weiter. Ich klatschte, bis der Oberschenkel zu stechen begann und meine Handfläche taub wurde. Ich klatschte und klatschte, und der große Raum war erfüllt von dem Geräusch von Fleisch auf Fleisch, bis Trevors Augen nicht mehr fröhlich guckten, die Zigarre müde zwischen seinen Fingern hing und er sagte: »Ist gut. Sie können jetzt aufhören.«

Aber ich klatschte weiter und hielt den starren Blick auf sein starres Gesicht gerichtet.

»Ich sagte: Es reicht, junger Mann!«

Klatsch, klatsch, klatsch, klatsch, klatsch, klatsch.

Er wollte sich aus seinem Stuhl erheben, doch ich stieß ihn mit dem Fuß zurück. Ich beugte mich vor und schlug nun schneller und heftiger mit der Hand auf den Schenkel. Er schloß die Augen. Ich ballte meine Hand zur Faust und hämmerte damit auf die Lehne des Rollstuhls, hoch und runter, hoch und runter, hoch und runter, hoch und runter, fünf Schläge pro Sekunde, immer wieder. Trevor kniff die Augen fester zu.

»Bravo!« sagte ich schließlich. »Sie sind der Cicero unter den Raubrittern, Trevor! Glückwunsch.«

Er öffnete die Augen.

Ich lehnte mich auf dem Schreibtisch zurück. »Im Moment ist sie mir egal, die Tochter des Gewerkschafters, die Sie in Stücke geschnitten haben. Es ist mir egal, wie viele Missionare und Nonnen mit Kugeln im Hinterkopf verbuddelt wurden wegen der Anordnungen und der Politik, die Sie in Ihren Bananenrepubliken verfolgen. Es ist mir sogar egal, daß Sie Ihre eigene Frau gekauft haben und ihr wahrscheinlich jede Minute ihres Lebens zur Hölle gemacht haben.«

»Was ist Ihnen denn nicht egal, Mr. Kenzie?«

Wieder führte er sich die Zigarre an die Lippen, und ich schlug sie ihm aus dem Gesicht und ließ sie auf dem Teppich zu meinen Füßen schwelen.

»Jay Becker und Everett Hamlyn sind mir nicht egal, du elender Haufen Scheiße!«

Er blinzelte, da sich auf seinen Wimpern Schweißtropfen gebildet hatten. »Mr. Becker hat mich betrogen.«

»Weil alles andere eine Todsünde gewesen wäre.«

»Mr. Hamlyn wollte verschiedene Behörden anrufen und meine Geschäfte mit Mr. Kohl anzeigen.«

»Weil Sie das Geschäft zerstört haben, für das er sein Leben lang gearbeitet hat.«

Er holte ein Taschentuch aus der Innentasche seines Dinnerjacketts und hustete heftig hinein.

»Ich liege im Sterben«, sagte er.

»Nein, das stimmt nicht«, entgegnete ich. »Denn wenn Sie wirklich davon überzeugt wären, daß Sie sterben müssen, dann hätten Sie Jay nicht angeheuert. Dann hätten Sie Everett nicht umgebracht. Denn wenn einer der beiden Sie vor Gericht gezerrt hätte, dann hätten Sie nicht in Ihre Kühlkammer steigen können, stimmt's? Und wenn Sie dazu wieder in der Lage gewesen wären, dann wäre Ihr Gehirn schon längst kaputt, Ihre Organe völlig aufgelöst, und Sie tiefzugefrieren wäre reine Zeitverschwendung.«

»Ich liege im Sterben«, wiederholte er.

»Ja«, erwiderte ich. »Jetzt ja. Na und, Mr. Stone?«

»Ich habe Geld. Wieviel wollen Sie?«

Ich erhob mich und trat die Zigarre mit dem Absatz aus.

»Ich will zwei Milliarden.«

»Ich habe nur eine.«

»Na dann«, gab ich zurück und schob ihn aus dem Arbeitszimmer in Richtung Treppe.

»Was haben Sie mit mir vor?« fragte er.

»Weniger als Sie verdienen«, erklärte ich, »aber mehr, als Sie erwarten.«

42

Langsam stiegen wir die große Treppe hinauf, Trevor stützte sich am Geländer ab und machte zögernde Schritte, er atmete schwer.

»Ich habe Sie heute abend reinkommen hören und habe Sie durchs Arbeitszimmer gehen sehen«, sagte ich. »Da war Ihr Gang sehr viel selbstsicherer.«

Er sah mich mit dem gequälten Gesicht eines Märtyrers an. »Sie kommen in Schüben«, erklärte er, »die Schmerzen.«

»Sie und Ihre Tochter«, antwortete ich. »Sie geben nie auf, oder?« Ich lächelte und schüttelte den Kopf.

»Sich ergeben ist tödlich, Mr. Kenzie. Sich beugen heißt gebrochen werden.«

»Irren ist menschlich, vergeben ist göttlich. Wir können stundenlang so weitermachen. Los! Sie sind dran.«

Er kämpfte sich den Treppenabsatz hoch.

»Links!« befahl ich und gab ihm seinen Spazierstock zurück.

»In Gottes Namen!« keuchte er. »Was haben Sie mit mir vor?«

»Bis zum Ende des Korridors, dann rechts!«

Das Anwesen war so konstruiert, daß die Rückseite nach Osten zeigte. Trevors Arbeitszimmer und sein Freizeitraum im Erdgeschoß gingen auf das Meer hinaus, wie im ersten Stock das große Schlafzimmer und Desirees Zimmer.

Auf der zweiten Etage ging jedoch nur ein Raum auf das Wasser hinaus. Dort konnten die Fenster und Wände entfernt werden, und im Sommer wurde eine Brüstung um den Parkettboden gezogen, die Deckenplatten wurden herausgenommen, damit das Zimmer nach oben offen war, und der Boden wurde mit Hartholzplatten ausgelegt, um das Parkett zu schonen. Es war mit Sicherheit keine leichte Aufgabe, dieses Zimmer an jedem sonnigen Sommertag auseinanderzunehmen, es hinterher wieder zusammenzubauen und es, wann auch immer Trevor Stone geruhte, sich zu Bett zu begeben, vor den Unbilden des Wetters zu schützen. Aber Trevors Sorge war das ja schließlich nicht. Dafür hatten Lurch und der Flummi zu sorgen, nahm ich an, oder welche Diener es hier sonst noch gegeben hatte.

Im Winter war der Raum eingerichtet wie ein französischer Salon mit vergoldeten Louis-XIV.-Stühlen und Chaiselonguen, feinen bestickten Polstersofas und Diwanen sowie grazilen goldüberzogenen Teetischen. An den Wänden hingen Gemälde von Perücken tragenden Adligen, die sich über die Oper oder die Guillotine unterhielten oder über was auch immer sich die französische Aristokratie in den letzten Tagen vor ihrem Untergang unterhielt.

»Eitelkeit«, begann ich mit einem Blick auf Desirees matschige, gebrochene Nase und Trevors verfallenes Gesicht, »zerstörte die französische Oberschicht. Sie löste die Revolution aus und trieb Napoleon nach Rußland. So ähnlich haben es mir die Jesuiten beigebracht.« Ich blickte kurz zu Trevor hinüber. »Stimmt das?«

Er zuckte mit den Achseln. »Ein bißchen vereinfacht, aber es ist nicht falsch.«

Er und Desiree waren an Stühle gefesselt, sie an einem Ende des Zimmers, er am anderen, gut fünfundzwanzig Meter voneinander entfernt. Angie war im Westflügel des Erdgeschosses und suchte zusammen, was wir brauchten.

Desiree sagte: »Ich brauche einen Arzt für meine Nase.«

»Wir haben aber momentan keinen Schönheitschirurgen bei der Hand.«

»War das ein Bluff?« fragte sie.

»Was denn?«

»Das mit Danny Griffin.«

»Ja. Vollkommen geblufft.«

Sie blies sich eine Haarsträhne aus dem Gesicht und nickte vor sich hin.

Angie kam ins Zimmer zurück, und wir rückten gemeinsam die Möbel zur Seite, so daß ein breiter Streifen Parkett zwischen Desiree und ihrem Vater frei wurde.

»Hast du den Raum ausgemessen?« fragte ich Angie.

»Sorgfältig. Er ist genau fünfundzwanzig Meter zwanzig lang.«

»Ich weiß nicht mal, ob ich einen Football fünfundzwanzig Meter weit werfen könnte. Wie weit ist Desirees Stuhl von der Wand entfernt?«

»Einen Meter achtzig.«

»Und Trevors?«

»Genauso.«

Ich blickte auf ihre Hände. »Schöne Handschuhe.«

Sie hielt sie in die Höhe. »Magst du sie? Sie sind von Desiree.«

Ich hielt meine gesunde Hand hoch, die ebenfalls in einem Handschuh steckte. »Von Trevor. Kalbsleder, glaube ich. Ganz weich und geschmeidig.«

Sie faßte in ihre Tasche und holte zwei Pistolen hervor. Die eine war eine Neun-Millimeter Glock 17 aus Österreich. Die andere eine deutsche Sig Sauer P 226 mit neun Millimetern. Die Glock war leicht und schwarz. Die Sig Sauer war aus einer silbernen Aluminiumlegierung und ein wenig schwerer.

»Da waren so viele im Waffenschrank«, erklärte Angie, »aber diese hier schienen mir für unsere Zwecke am besten geeignet.«

»Magazine?«

»Die Sig hat fünfzehn Schuß, die Glock siebzehn.«

»Einer pro Kammer natürlich.«

»Ja klar. Aber die Kammern sind leer.«

»Was um Gottes willen tun Sie da?« fragte Trevor.

Wir beachteten ihn nicht.

»Was meinst du, wer ist stärker?« fragte ich.

Sie betrachtete beide. »Beide gleich. Desiree ist jung, aber Trevor hat viel Kraft in den Händen.«

»Nimm du die Glock.«

»Mit Vergnügen.« Sie reichte mir die Sig Sauer.

»Fertig?« fragte ich und hielt den Kolben der Sig Sauer zwischen Brust und verletztem Arm, schob die Schlinge mit der gesunden Hand zur Seite und drückte die Patronen in den Lauf.

Sie hielt die Glock auf den Boden gerichtet und tat dasselbe. »Fertig.«

»Stop!« schrie Trevor, als ich auf ihn zuschritt, die Pistole auf seinen Kopf gerichtet.

Draußen rauschte die Brandung, und die Sterne glänzten.

»Nein!« kreischte Desiree, als Angie mit ausgestreckter Waffe auf sie zuging.

Trevor wand sich in den Seilen, mit denen er an den Stuhl gefesselt war. Er warf den Kopf nach links, dann nach rechts, dann wieder nach links.

Und ich ging weiter.

Ich konnte hören, wie Desirees Stuhl auf das Parkett hämmerte; auch sie warf sich hin und her, und der Raum schien um Trevor herum zu schrumpfen, während ich näherkam. Sein Gesicht wurde größer und nahm das ganze Blickfeld ein. Seine Augen schossen von links nach rechts. Schweiß rann aus seinem Haar, seine eingefallenen Wangen zuckten. Die milchigweißen Lippen waren gegen die Zähne gepreßt, er heulte.

Ich trat an seinen Stuhl heran und hielt ihm die Pistole auf die Nasenspitze.

»Wie fühlt sich das an?«

»Nein«, flehte er, »bitte nicht.«

»Ich habe gefragt, wie sich das anfühlt!« schrie Angie Desiree auf der anderen Seite des Raumes an.

»Nein!« kreischte Desiree. »Nein!«

Ich sagte: »Ich habe Sie etwas gefragt, Trevor.«

»Ich ...«

»Wie fühlt sich das an?«

Seine Augen glotzten auf den Lauf der Pistole, rote Äderchen platzten hinter der Hornhaut.

»Antworte!«

Seine Lippen zitterten, dann preßte er sie fest zusammen, und die Adern an seinem Hals traten hervor.

»Es fühlt sich scheiße an!« schrie er.

»Ja, das stimmt«, antwortete ich. »So hat sich auch Everett Hamlyn gefühlt, als er starb. Scheiße. So hat sich Jay Becker gefühlt. So haben sich Ihre Frau und ein sechsjähriges Mädchen gefühlt, das auf Ihren Befehl in Stücke geschnitten und in einen Bottich mit Kaffeebohnen geworfen wurde. Scheiße. Wie nichts.«

»Erschießen Sie mich bitte nicht!« jammerte er. »Bitte, bitte!« Aus seinen leeren Augen rollten Tränen.

Ich ließ die Pistole sinken. »Ich werde Sie nicht erschießen, Trevor.«

Während er mir verwundert zusah, ließ ich das Magazin aus dem Kolben in meine Armschlinge fallen. Ich drückte die Waffe gegen mein verletztes Handgelenk und machte mich an den Schlitten, er warf eine scharfe Patrone aus dem Patronengehäuse. Ich bückte mich, hob sie auf und steckte sie in meine Tasche.

Während Trevor immer verwirrter wurde, drückte ich den Verschluß herunter und entfernte den Schlitten oben vom Rahmen und ließ ihn ebenfalls in meine Armschlinge fallen. Ich griff in den Rahmen und nahm die Feder über dem Lauf heraus. Ich hielt sie hoch, damit Trevor sie sehen konnte, und ließ sie dann wiederum in das Leinentuch fallen. Zuletzt nahm ich den Lauf selbst ab und tat ihn zu den anderen Teilen.

»Insgesamt fünf Teile«, sagte ich zu Trevor. »Der Verschluß, der Schlitten, die Feder, der Lauf und der Rahmen. Ich nehme an, Sie haben Erfahrung im Zerlegen Ihrer Waffen, oder?«

Er nickte.

Ich drehte mich um und rief Angie zu: »Wie läuft's mit dem Zerlegen bei Desiree?«

»Offenbar hat Daddy sie gut angelernt.«

»Hervorragend.« Ich wandte mich wieder Trevor zu. »Wie Sie sicherlich wissen, sind die Glock und die Sig Sauer, was das Zerlegen angeht, identisch.«

Er nickte. »Ich weiß.«

»Schön!« Ich grinste und drehte mich um. Ich zählte fünfzehn Schritte ab, blieb stehen und nahm die Einzelteile der Waffe aus meiner Schlinge. Ich legte sie ordentlich in einer Reihe auf den Boden.

Dann ging ich zu Angie und Desiree hinüber. Ich stellte mich neben Desirees Stuhl, drehte mich um und zählte nochmals fünfzehn Schritte ab. Angie kam zu mir und legte alle fünf Teile der zerlegten Glock in einer Reihe auf den Boden.

Wir gingen zu Desiree zurück, und Angie band ihre hinter dem Stuhl gefesselten Hände los, dann bückte sie sich und zog die Knoten um die Knöchel fester zu.

Desiree sah zu mir hoch und atmete, um die gebrochene Nase zu schonen, heftig durch den Mund.

»Du bist verrückt!« sagte sie.

Ich nickte. »Du willst, daß dein Vater stirbt. Stimmt's?«

Sie wich meinem Blick aus und sah zu Boden.

»Hey, Trevor!« rief ich. »Willst du immer noch, daß deine Tochter stirbt?«

»Mit jedem Atemzug, der mir noch bleibt!« rief er.

Ich sah zu Desiree hinunter, und sie beugte den Kopf nach hinten und sah durch schwere Lider und das dunkle Haar, das ihr ins Gesicht gefallen war, zu mir hoch.

»Es sieht folgendermaßen aus, Desiree«, fing ich an, während Angie zu Trevor ging, seine Hände losband und die Fesseln an den Füßen überprüfte. »Ihr seid beide an den Knöcheln festgebunden. Trevor nicht ganz so fest wie du, aber nicht viel weniger. Er kommt wahrscheinlich nicht ganz so schnell auf die Füße, deshalb habe ich ihm den kleinen Vorsprung gegeben.« Ich wies auf den langen polierten Fußboden. »Dort liegen die Waffen. Versucht, dahin zu kommen, baut sie zusammen und macht damit, was ihr wollt.«

»Das kannst du nicht machen«, sagte sie.

»Desiree, ›nicht können‹ ist ein Begriff aus der Morallehre. Das solltest du wissen. Wir können tun, was immer uns in den Sinn kommt. Du bist der lebende Beweis.«

Ich ging in die Mitte des Raums zurück. Angie und ich blickten auf die beiden, die die Finger dehnten und sich bereitmachten.

»Falls einer von euch auf die tolle Idee kommen sollte, sich mit dem anderen zusammenzutun und hinter uns herzukommen«, wandte Angie ein, »dann findet ihr uns in der Redaktion der Boston Tribune. Verschwendet also nicht eure Zeit. Wer von euch das hier überlebt – wenn überhaupt –, der sollte sich schleunigst in ein Flugzeug setzen.« Sie stieß mich an. »Noch was?«

Ich sah die beiden an, wie sie die Handflächen an den Oberschenkeln trocken rieben, die Finger noch ein wenig dehnten und sich nach den Stricken um ihre Knöchel reckten. An ihren Bewegungen erkannte man deutlich ihre Verwandtschaft, am stärksten und auffälligsten war sie jedoch in ihren zornig blitzenden, jadefarbenen Augen abzulesen. Darin spiegelten sich Gier, Aufsässigkeit und Schamlosigkeit. Dieser Primaten-Blick stand stinkenden Höhlen näher als der luftigen Leichtigkeit dieses Zimmers.

Ich schüttelte den Kopf.

»Viel Spaß in der Hölle!« rief Angie, dann verließen wir den Raum und schlossen die Türen hinter uns.

Wir stiegen direkt die Dienstbotentreppe hinunter und kamen bei einer kleinen Tür heraus, die sich in einer Ecke der Küche befand. Über uns kratzte mehrmals etwas über den Boden. Dann hörten wir einen dumpfen Schlag, auf den unmittelbar ein zweiter vom anderen Ende folgte.

Wir gingen nach draußen und folgten dem Pfad durch den hinteren Garten, während sich das Meer langsam beruhigte.

Ich holte die Schlüssel hervor, die ich Desiree wieder abgenommen hatte, während Angie und ich durch den Garten und an der umgebauten Scheune vorbeigingen und schließlich vor meinem Porsche stehenblieben.

Es war dunkel draußen, doch wurde die Nacht durch die Sterne am Himmel erhellt, und als wir an meinem Auto standen, sahen wir zum Himmel hinauf. Trevor Stones riesiges Haus schimmerte im Schein der Sterne, ich sah auf die flache Dünung in der Ferne, wo das Wasser auf den Himmel traf und den Horizont bildete.

»Guck mal!« sagte Angie und zeigte auf eine weiße Sternschnuppe, die mit einem Funkenschweif vom Himmel fiel, auf einen Punkt außerhalb unseres Blickfeldes zu, den sie jedoch nicht erreichte. Sie legte nur zwei Drittel des Weges zurück und implodierte dann im Nichts, während mehrere Sterne um sie herum uninteressiert zuzusehen schienen.

Der Wind, der bei meiner Ankunft vom Ozean heraufgeweht war, hatte sich gelegt. Die Nacht war absolut ruhig.

Der erste Schuß klang wie ein Feuerwerkskörper.

Der zweite wie eine feierliche Versöhnung.

Wir warteten, doch nichts als Stille und das entfernte Plätschern müder Wellen waren zu vernehmen.

Ich öffnete die Beifahrertür, und Angie stieg ein, griff zu meiner Tür herüber und stieß sie auf, während ich ums Auto herumging.

Wir parkten rückwärts aus, wendeten und fuhren an dem beleuchteten Springbrunnen und den wachenden Eichen vorbei, umrundeten den kleinen Rasen mit dem gefrorenen Vogelbad.

Während der weiße Kies unter meinem Kühlergrill knirschte, holte Angie eine kleine Fernbedienung hervor, die sie aus dem Haus mitgenommen hatte, und drückte auf einen Knopf. Sofort öffnete sich das große schmiedeeiserne Tor mit dem Familienwappen und den Buchstaben TS in der Mitte wie Arme, die uns willkommen heißen oder verabschieden wollten. Beide Gesten ähneln sich manchmal so sehr, es kommt nur auf die Perspektive an.

EPILOG

Wir erfuhren nicht, was geschehen war, bis wir aus Maine zurückkamen.

In der Nacht, als wir Trevors Haus hinter uns ließen, fuhren wir direkt zur Küste nach Cape Elizabeth hoch und mieteten uns in einem kleinen Bungalow ein, von dem aus man aufs Meer sehen konnte. Die Besitzer wunderten sich, daß sie vor dem Tauwetter im Frühling überhaupt jemanden zu sehen bekamen.

Wir lasen keine Zeitungen und sahen kein Fernsehen, wir taten überhaupt nicht viel, außer das »Bitte nicht stören«-Schild an die Tür zu hängen, den Zimmerservice zu bestellen und morgens lange im Bett zu liegen und zuzusehen, wie die spätwinterlichen Schaumkronen den Atlantik aufwühlten.

Desiree hatte ihren Vater durch einen Schuß in den Bauch umgebracht, und er hatte ihr eine Salve durch die Brust geschossen. Sie lagen auf dem Parkettboden, die Gesichter einander zugewandt, das Blut floß aus ihren Körpern, und die Brandung schlug gegen die Grundmauern des Hauses, in dem sie dreiundzwanzig Jahre lang gemeinsam gewohnt hatten.

Die Polizei konnte sich angeblich weder den toten Diener im Garten erklären noch die Tatsache, daß Vater und Tochter an Stühle gebunden gewesen waren, bevor sie einander umbrachten. Der Fahrer der Limousine, der Trevor an jenem Abend nach Hause gebracht hatte, wurde verhört und wieder freigelassen, die Polizei konnte keinen Hinweis darauf finden, daß in jener Nacht irgend jemand außer den Opfern im Haus gewesen war.

In der Woche unserer Abwesenheit startete ebenfalls Richie Colgans Serie über Trauer & Trost und die Church of Truth.

Die Kirche erhob sofort Klage gegen die Tribune und Richie, aber kein Richter wollte eine einstweilige Verfügung gegen das Erscheinen der Reportage erlassen, und am Ende der Woche hatte Trauer & Trost mehrere Niederlassungen in Neuengland und dem mittleren Westen vorübergehend geschlossen.

Wie sehr sich Richie jedoch bemühte, er fand nie heraus, wer hinter P. F. Nicholson Kett die Fäden zog, und Kett selbst war nicht aufzufinden.

Aber davon wußten wir nichts in Cape Elizabeth.

Wir hatten nur uns selbst und den Klang unserer Stimmen und den Geschmack von Champagner und die Wärme unserer Haut.

Wir sprachen über nichts Bedeutsames, es waren die besten Gespräche, die ich seit langem geführt hatte. Wir sahen einander minutenlang in knisterndem Schweigen an und brachen oft gleichzeitig in Lachen aus.

Eines Tages fand ich im Kofferraum meines Wagens einen Band mit Shakespeare-Sonetten. Das Buch hatte ich von einem FBI-Agenten geschenkt bekommen, mit dem ich im letzten Jahr am Gerry-Glynn-Fall gearbeitet hatte. Sonderagent Bolton hatte es mir gegeben, als ich mit meinen Depressionen kämpfte. Er sagte mir, es würde mich trösten. Aber ich glaubte ihm damals nicht und warf es in den Kofferraum. In Maine jedoch las ich die meisten der Gedichte, während Angie duschte oder schlief, und obwohl ich nie ein großer Fan von Gedichten gewesen war, gefielen mir Shakespeares Worte, der sinnliche Fluß seiner Sprache. Er schien jedenfalls sehr viel mehr zu wissen als ich, über Liebe, Verlust, den Menschen, über alles.

Manchmal wickelten wir uns nachts in die Kleidung, die wir am Tag nach unserer Ankunft in Portland gekauft hatten, und huschten durch die Hintertür unseres Bungalows auf den Rasen. Wir kuschelten uns gegen die Kälte aneinander und gingen den steilen Weg zum Strand hinunter, setzten uns auf einen Felsbrocken, blickten auf das dunkle Wasser und kosteten die Schönheit so gut wie möglich aus, die sich uns unter einem pechschwarzen Himmel darbot.

»Verdacht und Argwohn sind des Schönen Zier«, sagt Shakespeare.

Er hat recht.

Aber Schönheit selbst, schlichte, natürliche Schönheit ist heilig, sie verdient unsere Ehrfurcht und Treue.

In diesen Nächten am Meer nahm ich Angies Hand in meine und führte sie an meine Lippen. Ich küßte sie. Und manchmal, wenn die See tobte und die Dunkelheit des Himmels noch dunkler wurde, fühlte ich Ehrfurcht. Und Demut.

Ich fühlte Vollkommenheit.